KRISTINA McMORRIS

Es una autora de *bestsellers* en la lista de *The New York Times* y *USA Today*. Sus obras de ficción, inspiradas en relatos verídicos personales e históricos, incluyen seis novelas y dos novelas breves, y han obtenido más de veinte premios literarios nacionales. Antes de su carrera como escritora, desde los nueve años fue anfitriona de programas semanales de televisión para Warner Bros., y *Business Journal* la eligió como una de las *40 Under 40* de Portland. Kristina con frecuencia es oradora invitada y presentadora de talleres, y tiene un título de ciencias y *marketing* internacional de Pepperdine University. Vive cerca de Portland, Oregón, donde de alguna forma ha logrado sobrevivir sin tener ninguna habilidad para la jardinería y sin poseer ni un solo paraguas.

Niños
a la
venta

VINTAGE ESPAÑOL

Penguin
Random House
Grupo Editorial

Título original: *Sold on a Monday*

Primera edición: noviembre de 2018

Copyright © 2024, Kristina McMorris
Publicado en acuerdo con Sourcebooks
LLC a través de International Editors & Yáñez Co' S.L.

Copyright © 2024, Renata Somar por la traducción
Copyright © 2024, Penguin Random House Grupo Editorial, S. A. U.
Travessera de Gràcia, 47-49. 08021 Barcelona
Copyright © 2024, Penguin Random House Grupo Editorial USA, LLC
8950 SW 74th Court, Suite 2010
Miami, FL 33156

Impreso en Colombia / *Printed in Colombia*

ISBN: 979-8-89098-063-2
24 25 26 27 28   10 9 8 7 6 5 4 3 2 1

SOLD ON A MONDAY

Niños a la venta

Autora bestseller del *New York Times*
KRISTINA McMORRIS

VINTAGE ESPAÑOL

Para los niños en la fotografía

*Mil palabras no dejarán una impresión
tan profunda como la de una acción.*

HENRIK IBSEN

PRÓLOGO

AFUERA DE LA ENTRADA PROTEGIDA POR GUARDIAS, los reporteros formaron un círculo como manada de lobos. Querían nombres y ubicaciones, cualquier vínculo con la Mafia, cualquier detalle relevante para la primera plana de la mañana siguiente.

Me fue imposible no notar la ironía.

En el área de espera del hospital, tras pasar horas en la misma silla, levanté la cabeza en cuanto apareció el médico. Habló con la enfermera en voz muy baja, pero su abundante bigote, igual de canoso que sus sienes, vibró con cada palabra. Mis hombros se enroscaron como resortes mientras buscaba una mirada, una insinuación de lo peor. El repentino silencio resultaba ensordecedor, luego el médico continuó caminando y sus pasos se empezaron a apagar cuando dio vuelta en la esquina. Volví a hundirme en mi asiento una vez más.

El aire apestaba a desinfectante, blanqueador y cigarros de fumadores nerviosos. De los mosaicos del piso escapó un estridente rasguño, una silla que alguien arrastraba hacia mí. Los diminutos vellos de mi nuca se erizaron por algo más que el sonido. En cuanto se enteró de mi participación, un oficial me advirtió que dentro de poco llegaría un detective para hablar.

Ese hombre estaba ahora sentado frente a mí.

—Buenas tardes —dijo mientras se quitaba el sombrero de ala y lo dejaba en su regazo de manera casual. Desde su traje a rayas y el pulcro corte, hasta sus perfectos y blancos dientes, parecía el póster de reclutamiento de J. Edgar Hoover.

No alcancé a escuchar su nombre ni las frases protocolarias cuando se presentó, mi mente estaba empantanada con olas de preocupación y falta de sueño. Sin embargo, imaginé qué tipo de información buscaba. Era igual a los periodistas apiñados en la calle y siempre dispuestos a fisgonear, estaba hambriento de respuestas que yo aún no alcanzaba a comprender.

Si tan solo pudiera escapar, escapar de este lugar y de este instante. Qué agradable sería saltar al futuro, una semana o un mes. Para ese momento, los rumores impropios habrían quedado enterrados tiempo atrás, los charcos de sangre habrían sido limpiados, el resultado de este día habría sido superado. Entonces me imaginé en un rincón oscuro de una cafetería, contestando las preguntas de un joven reportero que me entrevistaba mientras bebíamos un café. Su fresco fervor me recordaría la persona que alguna vez fui, cuando me acababa de mudar a la ciudad con el pleno convencimiento de que la aspiración y el éxito desplazarían la oscuridad de mi pasado y mi sensación de falta de merecimiento.

—Qué alivio que todo salió bien —diría él.

Para algunos, por supuesto, no para todos.

—¿Me puede decir cómo empezó todo? —escuché después. El reportero en mi cabeza se fundió con el detective sentado frente a mí. No sabía bien quién fue, quien preguntó, y, sin embargo, como si hubiera una lente de por medio, de pronto vi el año pasado con una claridad asombrosa, vi los senderos entrelazados que nos condujeron a todos ahí. Vi cada paso como una ficha fundamental de dominó que caería sobre la siguiente.

Asentí lento a su pregunta, no sin un gran arrepentimiento, recordando al responder.

—Todo empezó con una fotografía.

PRIMERA PARTE

La fotografía es el arte de la observación.
Tiene poco que ver con lo que ves
y todo que ver con la forma en que lo ves.

ELLIOTT ERWITT

CAPÍTULO 1

Agosto de 1931
Laurel Township, Pensilvania

Fueron sus ojos lo primero que atrajo a Ellis.

Sentados en el pórtico de una casa rural envejecida y gris, entre las pocas que flanqueaban el camino rodeado de campos de cultivo de heno, dos niños lanzaban guijarros a una lata. Tendrían, máximo, seis y ocho años, y no llevaban ni zapatos ni camisa, solo overoles parchados que dejaban ver buena parte de su pálida piel teñida por la mugre y el sol del verano. Debían de ser hermanos. La complexión delgada y el desaliñado cabello cobrizo de ambos hacían que parecieran ser el mismo niño, pero en etapas diferentes de la vida.

Y luego, sus ojos. Desde unos seis metros de distancia se apropiaron de Ellis Reed. Eran azules como los suyos, pero de un tono tan claro que habrían podido estar hechos de cristal cortado. Un llamativo hallazgo en medio del entorno más insulso posible, como si no pertenecieran ahí del todo.

Una perla más de sudor se deslizó desde la fedora de Ellis, bajó por el cuello y llegó al borde de la camisa almidonada.

17

Aunque no llevaba el saco del traje, la camisa entera le colgaba debido a la maldita humedad. Se acercó a la casa y levantó la cámara. Aunque su pasatiempo eran las fotografías de vistas naturales, ajustó la lente para enfocar a los niños. Junto a ellos había un letrero, una placa de madera con bordes cerrados que se inclinaba un poco hacia el pórtico como si el pesado calor de la tarde lo hubiera obligado a reclinarse. Ellis no comprendió del todo la oferta garabateada con tiza, sino hasta que le tomó la fotografía.

La respiración se le atoró en la garganta.

Bajó la cámara y volvió a leer las palabras.

No debieron conmocionarlo, al menos, no con tanta gente que continuaba teniendo dificultades desde que la bolsa de valores se desplomó en 1929. Todos los días, muchos enviaban niños a vivir con parientes, o los dejaban en iglesias, orfanatos y lugares similares, con la esperanza de que ahí les brindaran alimento y los mantuvieran abrigados. Pero esto, venderlos, le añadía una capa aún más oscura a aquella época funesta.

¿Los hermanos de los niños se habrían salvado? ¿Separarían a estos dos? ¿Podían siquiera leer el letrero? En la mente de Ellis se arremolinó una serie preguntas que, antes, solo habría contestado con suposiciones.

Unos seis años atrás, digamos, cuando apenas tenía veinte y vivía bajo el techo de sus padres en Allentown, habría juzgado sin siquiera pensarlo. Pero en el tiempo que había pasado desde entonces, las calles de Filadelfia le enseñaron que pocas cosas podían desesperar más a una persona que la necesidad de comer. ¿Se requiere una prueba? Basta con sentarse frente a cualquier fila para recibir las ayudas sociales, y ver las golpizas cuando se reparte lo último que queda de la sopa del día.

—¿Qué tiene ahí, señor? —preguntó el mayor de los niños señalando el pequeño aparato en la mano de Ellis.

—¿Te refieres a esto? Es solo mi cámara.

No era del todo cierto, ya que la cámara le pertenecía a *The Philadelphia Examiner*, pero dada la situación, aclararlo carecía de importancia.

El niño más pequeño le susurró al mayor, quien volvió a dirigirse a Ellis como si tradujera la pregunta de su hermano.

—¿De eso trabaja? ¿Hace fotos?

En realidad, el trabajo de Ellis consistía en cubrir banalidades para la página de Sociales, y no en mucho más. No era el tipo de periodismo duro que había previsto para su carrera. De hecho, cualquier mandadero podría hacer ese mismo trabajo.

—Por el momento, sí.

El chico mayor asintió y lanzó otro guijarro a la lata. Su hermano menor se mordió el seco labio inferior con un aire de inocencia que coincidía con su mirada. Ninguno de los dos parecía saber lo que le deparaba la vida, pero tal vez así era mejor.

Si bien la gente solía criar como si en verdad fueran parte de la familia a los niños que fueron adoptados siendo bebés, no era ningún secreto el valor que se les asignaba a los que eran adoptados no siendo tan pequeños. Las niñas se convertirían en niñeras, costureras o camareras; y los niños trabajarían en granjas y en campos de cultivo, o devendrían obreros en fábricas, o mineros. Para estos dos, sin embargo, tal vez no era demasiado tarde. Al menos, no si recibían un poco de ayuda.

Ellis se asomó por las ventanas del frente de la casa y trató de ver si había movimiento más allá de las manchas y la suciedad. Se estiró intentando escuchar el tintineo de cacerolas u oler un estofado cocinándose: cualquier indicio de que había una madre en casa. Pero lo único que percibió fue el distante gruñido de un tractor y el olor de las tierras de cultivo que el viento llevaba consigo. Y en medio de todo eso, de pronto empezó a pensar.

¿Qué podría él hacer por esos dos niños? ¿Convencer a sus padres de que había un mejor camino? ¿Contribuir y darles un dólar completo, siendo que con dificultad podía pagar su propia renta?

Los hermanos no dejaban de mirarlo como si esperaran a que dijera algo.

Ellis desvió su atención del letrero y rebuscó en su cerebro palabras con un verdadero significado. Al final, no se le ocurrió nada.

—Cuídense, niños.

Ante el silencio de los hermanos, dio media vuelta con desgano. El breve y metálico ruido de los guijarros cayendo en la lata continuó y luego se desvaneció a medida que él se fue alejando por aquel camino rural.

Casi cincuenta metros adelante, el Modelo T que había salvado de un depósito de chatarra lo esperaba con las ventanillas abiertas. El radiador ya no siseaba ni echaba vapor. El entorno también había cambiado de alguna manera. Los acres extendiéndose alrededor y las vallas torcidas que apenas unos minutos antes le habían parecido lo bastante interesantes para fotografiar para su colección personal, para pasar el tiempo de una manera decente mientras el motor se enfriaba del calor de agosto, ahora eran solo el telón de fondo de otra tragedia más allá de su control.

En cuanto llegó a su chatarra lanzó la cámara al interior con, quizás, un poco más de fuerza de la que debió y sacó su botella de agua. Rellenó el radiador y después ajustó las palancas y giró la llave para preparar el motor. Luego, bajo el capote, sujetó el guardafangos para apalancarse y le dio un sustancioso tirón a la manivela. Por suerte, solo necesitó un segundo intento para que el sedán reviviera.

Una vez que estuvo frente al volante, se quitó el sombrero y, más ansioso que nunca por volver a la ciudad, comenzó el viaje de vuelta. En menos de una hora estaría en un mundo distinto por completo y Laurel Township solo sería un diminuto recuerdo.

La brisa que entraba al automóvil hizo revolotear el mapa sobre el saco doblado junto a él. Esa mañana, aquella hoja arrugada con notas en lápiz y destinos en círculos lo había guiado hasta su más reciente y emocionante misión: una exposición de edredones confeccionados por un cuerpo auxiliar de damas de la Legión estadounidense, dirigido por la hermana del alcalde de Filadelfia. Aunque la mayor parte del trabajo con agujas era sin duda impresionante, Ellis refunfuñó cada vez que oprimió el obturador. El hecho de que fuera domingo agrió aún más su estado de ánimo: todavía necesitaba revelar las fotografías y redactar el artículo antes de la hora límite de entrega, a la mañana siguiente. *Adiós día libre*, pensó. Pero luego, tras la aleccionadora experiencia al conocer a aquel par de niños, se sintió avergonzado de quejarse de un empleo que muchos morirían por tener.

Aunque trató de sacar a los hermanos de su mente, continuaron dando vueltas una y otra vez mientras él avanzaba traqueteando en su automóvil y salía de Chester County. A pesar de todo, no fue sino hasta que estuvo cerca del edificio de *The Philadelphia Examiner* que notó la verdadera razón por la que lo conmovieron de manera tan profunda.

Si su hermano hubiera sobrevivido, ¿se habrían parecido a aquellos niños? Sus padres, ¿los habrían deseado a ambos?

CAPÍTULO 2

AL LLEGAR A SU ESCRITORIO con el sombrero de campana aún puesto y el bolso en sus manos, Lily se sintió horrorizada por lo que hizo.

O, más bien, por lo que no hizo.

El viernes por la tarde, un reportero del área laboral esperó hasta que sus fotografías se secaron, a pesar de que era obvio que se moría de frío. Howard Trimble, el jefe de Lily, era el jefe de la redacción y dirigía el periódico con la misma rigidez que un comandante preparándose para la batalla. Ese viernes exigió ver las imágenes el lunes, a primera hora, pero como a esa hora el reportero estaría fuera cubriendo una historia, Lily le ofreció su ayuda. *Yo entregaré las fotografías*, le prometió al reportero. *Tú ve a casa y descansa.*

No era el tipo de persona que hacía promesas a la ligera, pero en medio del torbellino que provocaron otras tareas, se olvidó de las fotografías. Ahora era lunes por la mañana, las ocho menos cuarto, quince minutos antes de la acostumbrada hora de llegada del jefe.

Arrojó su bolso a un lado y atravesó apresurada la sala de prensa medio llena. Conversaciones apagadas viajaban entre los escritorios adyacentes. Era el típico cambio de guardia, el personal diurno de *The Examiner* empezaba a desplazar a los empleados del turno nocturno que aún estaban ahí.

Subió por las escaleras al lado del elevador, la ruta más rápida cuando se quería subir solo al siguiente nivel, y salió a la sala de redacción en el cuarto piso.

—Buenos días, señorita Palmer —dijo el joven de brazos largos a su derecha que cargaba un altero de carpetas.

Como se trataba de un empleado recién contratado y no pudo recordar su nombre, Lily respondió con una sonrisa y solo desaceleró cuando él continuó hablando.

—Se supone que tendremos otra semana sofocante.

—Eso parece.

—¿Hizo algo el fin de semana?

Como lo hacía todos los fines de semana, Lily había viajado en autobús durante dos horas para ir al norte de Delaware, a su verdadero hogar. La casa de huéspedes cerca del periódico donde vivía entre semana, era solo parte de un arreglo temporal. Sin embargo, como la mayor parte de lo que sucedía en su vida, el propósito de sus viajes no era algo de lo que le gustara hablar con la gente del periódico.

—Me temo que tengo prisa en este momento, pero espero que tenga buen día —le dijo al empleado con una sonrisa antes de rebasarlo y dirigirse hacia la puerta en el rincón que llevaba al pasaje entre salas. Por suerte no estaba cerrada con llave. El letrero de *No molestar* en la segunda puerta estaba volteado, lo que indicaba que el cuarto oscuro no estaba ocupado y que era posible entrar sin riesgos.

En el interior, una delgada cadena colgaba desde la bombilla en el techo. La jaló con ligereza y el espacio rectangular se iluminó con un inquietante resplandor rojo. El lugar olía a los químicos para revelar que se encontraban en las diversas charolas sobre el mostrador a lo largo de la pared.

Más de diez fotografías colgaban de un cable que se extendía a lo largo del cuarto. Hacia el final, después de las imágenes de mujeres desplegando con orgullo sus edredones, Lily vio las tres fotografías que había venido a recoger. Escenas de la reunión sindical de los obreros siderúrgicos.

Tomó con prisa una carpeta vacía que estaba sobre el mostrador y descolgó las tres fotografías. Acababa de guardarlas cuando algo llamó su atención. Era una sencilla imagen de un árbol... a menos de que se mirara con detenimiento. El viejo roble estaba en un campo, solitario, casi triste. Sus ramas se alargaban como si anhelaran algo que no alcanzaba a divisarse.

Miró la siguiente imagen, las iniciales talladas en una valla astillada.

**K. T. + A. **

La última letra estaba incompleta, quienes la vieran tendrían que imaginar cuál era la forma deseada y, más allá de eso, su historia. Miró la siguiente fotografía, luego la que estaba al lado. Una abandonada tapa de rosca de una botella. Enterrada a medio camino. Una flor solitaria y alta en un área de maleza seca. Por la manera en que cada imagen narraba una historia, supo quién las había capturado.

Desde que ocupó el puesto de secretaria del jefe, dos primaveras atrás, Lily se había topado con las fotografías personales de Ellis Reed en dos ocasiones. Cada imagen contenía una perspectiva intrigante, una profundidad en los detalles que la mayoría de la gente no habría notado.

Aunque muy pocos hombres en ese negocio estaban dispuestos a escribir para las páginas femeninas o aceptar la paga, Ellis insistía de manera diligente. Al igual que a ella, era obvio que lo habían relegado a un trabajo que ignoraba sus verdaderos talentos. Naturalmente, Lily nunca se lo mencionó porque sus periódicas conversaciones rara vez iban más allá de una cordialidad elemental…

Aquel pensamiento se desvaneció en cuanto giró un poco.

Entre la neblina roja colgaba una fotografía de un letrero. Dos niños sentados en un pórtico eran ofrecidos en venta. Como ganado en un mercado.

En ese instante, una oleada de emoción la invadió y desenterró viejos sedimentos que le había costado mucho trabajo enterrar. Miedo, dolor, arrepentimiento. Y a pesar de todo, no pudo desviar la mirada. Incluso arrancó la fotografía de entre las pinzas para verla de cerca con ojos que empezaban a empañarse por el llanto.

Un destello de luz le causó un sobresalto.

La puerta se había abierto y cerrado de inmediato.

—¡Lo siento! —gritó un hombre—. No estaba cerrado con llave y el letrero no está volteado.

Lily recordó su misión.

—¡Saldré en un momento!

Recobró la compostura lo mejor que pudo y caminó hacia la puerta. Cuando estaba a punto de tocar el picaporte, se dio cuenta de que aún tenía la fotografía de Ellis en la mano.

Una parte oscura de su ser no quería más que hacer pedazos la copia y quemarla junto con el negativo, pero una voz en su interior le dio otra idea. Tal vez podría tomar algo completamente horrible y convertirlo en algo bueno. Podría atraer la atención de la gente hacia los niños a quienes era demasiado fácil olvidar. Sería un recordatorio de que todos y cada uno importan. Una lección que aprendió por las malas en el pasado.

Sin volver a mirarla, guardó la fotografía en su carpeta y abrió la puerta.

CAPÍTULO 3

LOS RESORTES EMITIERON UN GUTURAL CRUJIDO a lo ancho del burdo colchón.

Ellis jaló la almohada de debajo de su cabeza y miró con ojos entrecerrados la luz del sol que se asomaba por la ventana. La había dejado abierta para mitigar un poco el calor, pero a cambio tuvo que sacrificarse y percibir los ruidos de la ciudad y el hedor de los vapores y las aguas residuales. Giró hacia el reloj de doble campana de estaño sobre la mesa de noche que también hacía las veces de escritorio, y parpadeó con fuerza para aclarar la visión.

Diez y cuarto, quince minutos pasados de la hora límite.

Mierda, pensó. Seguro apagó la alarma estando medio dormido. Era de esperarse, la pareja de arriba lo mantuvo despierto la mitad de la noche con sus constantes disputas.

Se incorporó con dificultad, la sábana estaba hecha un nido sobre el áspero suelo de madera. Al pensar en el tiempo que le tomaría orinar, maldijo la urgencia de hacerlo. La única ventaja de vivir en un apartamento del tamaño de un clóset para escobas era que, con unos cuantos pasos, podía llegar hasta la puerta y unirse a la fila para pasar al baño, la cual se extendía hasta la mitad del corredor: un inconveniente más del desempleo masivo en el país. A esa misma hora, un día entre semana, pero de dos años atrás, casi nadie habría estado en casa, tal vez solo las madres, los niños pequeños y los ancianos.

—Vamos, avancen —masculló, pero el único que se movió fue un ratón tratando de escabullirse.

Frente a Ellis, un trío de mujeres de mediana edad dejó de conversar. Sus incisivas miradas revelaron la razón: no traía puesto nada más que los calzoncillos.

—Jesús mío. ¡Lo siento! —dijo cubriéndose por reflejo. Aunque su complexión había acumulado una buena cantidad de músculo con el paso de los años, en ese momento se convirtió en el chiquillo enclenque que fue hasta que la pubertad hizo lo suyo. Un modesto jugador de béisbol callejero sin esperanza de llegar a las ligas mayores, un corredor de pista cuya confianza y, por lo tanto, su velocidad, siempre lo dejaron a unos cuantos pasos del trofeo.

En el lado positivo, los deseos de orinar habían disminuido. Lo suficiente para esperar. Salió volando de vuelta a su apartamento mientras las quejas por su obscena conducta y su lenguaje aún hacían eco en el corredor. Cuando estuvo frente a su lavabo, se salpicó la cabeza y el cuerpo con agua del día anterior y luego se vistió con ropa lavada que descolgó del tendedero que dividía la habitación. Metió su artículo en un viejo bolso de cuero que abrazó como balón de futbol porque ya no tenía asa, y salió deprisa por la puerta. Algún día iría a trabajar con estilo, sin quejarse por el precio de la gasolina, pero hasta entonces, tendría que seguir corriendo para alcanzar un tranvía repleto de gente.

Los pasajeros se abanicaban con periódicos doblados o con el ala de su sombrero. Ellis notó que no solo había olvidado su fedora, sino también aplacar su cabello con tónico. Las abundantes ondas negras eran aún cortas pero rebeldes. Una razón más para no tratar de hacer una gran entrada ese día.

Las vías chirriaron y la campana produjo un sonido metálico mientras el tranvía se deslizaba con suficiente lentitud para alcanzar a escuchar los gritos de los niños repartidores de periódicos.

—¡Los Lindbergh aterrizan en Japón!

—Joven bandido asesinado, ¡detective recibe un disparo!

—¡Novia que huye se vuelve a reunir con el novio!

En medio de la bruma de molinos y fábricas que aún tosían y balbuceaban negándose a morir, apareció el ayuntamiento, un majestuoso edificio de piedra caliza y granito. Sobre la torre del reloj, un William Penn de bronce fruncía el ceño al ver lo inaceptable de la hora.

Ellis bajó de un salto en su parada y apenas alcanzó a esquivar un carro jalado por caballos. Caminó deprisa por Market Street, zigzagueando entre las carretillas de los vendedores ambulantes y los limpiabotas. No desaceleró hasta que entró al edificio de piedra de cinco pisos donde funcionaba el periódico. El *Examiner* no era el *Evening Bulletin*, pero, con sus más de veinte años de existencia, se había convertido en un contendiente respetable para el lectorado nocturno.

Después de una rápida visita al baño más cercano, entró al elevador y se unió a dos hombres de la sala de corrección y al operador.

—Tercer piso —dijo.

El jorobado operador terminó de bostezar antes de iniciar el ascenso, y los correctores hablaron como en clave sobre las chicas que conocieron la noche anterior, un par de vendedoras de la tienda departamental Wanamaker's. El operador abrió la puerta unos treinta centímetros por encima del tercer piso a pesar de que, por lo general, lo hacía treinta centímetros por debajo, pero nunca en el nivel correcto. El penetrante aroma de café y tinta entrelazado con una ola de humo de cigarro se introdujo en el elevador.

Ellis dio un paso y bajó los treinta centímetros para llegar a la sala de noticias locales, centro neurálgico del periódico. En medio del laberinto de escritorios se encontraban los jefes de redacción de los cuatro departamentos centrales trabajando de forma rigurosa. Por suerte, su jefe directo, el corpulento jefe de redacción, Lou Baylor, no se veía por ningún lado. A veces, su cabeza calva permitía localizarlo con facilidad, en especial cuando se acercaba el límite para una entrega de artículos y, debido al estrés, se transformaba en una enrojecida y temblorosa pelota.

Ellis se sumergió sin preámbulo en el estrépito de media mañana. Las conversaciones cada vez más sonoras del personal y los radios portátiles competían con el repiqueteo de los teléfonos y las máquinas de escribir. Los jóvenes empleados que repartían las copias de los artículos en los distintos departamentos, los famosos *copy boys*, pasaban volando por todos lados tratando de ponerse al día tras el fin de semana: una carrera perpetua sin meta final.

Ellis sintió que alguien a unos pasos de su escritorio le jalaba el codo. Giró y se encontró con Lily Palmer y una taza de café.

—Dios santo, señor Reed, ¿dónde ha estado?

—Yo… solo… Mi alarma. No sonó.

Aunque no de la típica manera a la Jean Harlow, la chica era una belleza. La nariz, tan delgada como sus labios, la tenía salpicada de pecas claras, y llevaba el cabello cobrizo prolijamente recogido con pasadores, Hoy, sin embargo, lo que más notó Ellis fueron sus ojos. No el color verde y cobre, sino el centelleo, la urgencia.

—El jefe ha estado preguntado por usted, más vale que vaya a su oficina.

Ellis miró los relojes colgados en la pared que mostraban la hora de cuatro zonas horarias. La hora local decía 10:42. ¿La noticia de su gran error ya habría llegado hasta Trimble?

En la mayoría de los periódicos de esas dimensiones, el jefe de la redacción dejaría que el redactor ejecutivo se encargara de lidiar con los problemas cotidianos, pero siendo el hijo mayor del fundador retirado, para Howard Trimble rara vez había un problema demasiado trivial para no atenderlo en persona, en especial si requería un reproche.

Ellis temió enfrentarse en ese momento a una de sus mordaces diatribas.

—Claro, solo necesito un minuto para poner mis cosas en…

Desde la oficina del jefe en una esquina lejana se escuchó un rugido.

—¿Alguien me puede traer café, o tengo que hacer *todo* yo? ¿Y dónde demonios está Reed?

La puerta de la oficina estaba a medio abrir, pero era probable que su voz se hubiese escuchado hasta el sótano, donde incluso a las impresoras les costaría trabajo ahogarla.

Lily suspiró y arqueó una ceja.

—¿Vamos?

Ellis asintió como si le estuvieran dando una opción.

Atravesaron juntos la sala de noticias locales hasta pasar las hileras de escritorios apoyados en alteros de periódicos. Lily caminó sin hablar, pero con la gracia de siempre a pesar de su puritana vestimenta de costumbre: zapatillas de tacón bajo y falda recta negra. No era el tipo de mujer que hablara de trivialidades, pero su silencio de ese día resultaba sobrecogedor.

Luego vino la mirada, el atisbo singular. Tal vez estaba al tanto de algo que él no.

—¿Qué sucede?

—¿Mmm? Oh, no es nada.

—Señorita Palmer —dijo Ellis deteniéndola cuando la vio titubear, un par de metros antes de llegar a la puerta.

—Solo… parece que tuvo una noche difícil, es todo.

De pronto Ellis cobró conciencia del desastre en que se había convertido: barba sin rasurar, cabello despeinado, traje combinado al azar. Tenía la misma elegancia que un indigente de callejón.

Pero, al menos, ahora traía puesto algo más que solo los calzoncillos.

—Encubierto para una historia —explicó encogiéndose un poco de hombros.

Ella sonrió. Una broma triste por su obviedad. La sonrisa se desdibujó en cuanto giró hacia la oficina del jefe. Ellis se pasó la mano por el cabello aún húmedo y con mechones parados, y la siguió al interior.

Sobre el archivero enano junto a la ventana, las aspas de un ventilador mecánico repiqueteaban con cada rotación.

—Ya era maldita hora —gritó el jefe desde su asiento. Era un hombre de torso más bien redondo al que rara vez se le veía sin corbata de moño y los lentes al borde de la nariz. Sus cejas eran tan gruesas como su barba, parecía un abuelito amable... hasta que abría la boca.

Ellis se sentó en la silla para los visitantes, apoyó la barbilla en su viejo bolso de cuero y se preparó para la tormenta. Como de costumbre, parecía que el escritorio que tenía enfrente había sido azotado por un tornado: cartas, carpetas, trozos de papel con anotaciones, memoranda, circulares, recortes de periódico. Un montículo lo bastante alto y extenso para enterrar un cuerpo.

El de un reportero articulista, por ejemplo.

—No olvide su cita de las once en punto —le dijo Lily al jefe al tiempo que le entregaba la taza de café—. También llamó su esposa, quiere saber dónde cenarán el viernes.

El jefe se detuvo a medio sorbo.

—¡Jesucristo! Olvidé hacer las reservaciones.

—En ese caso le diré a la señora Trimble que cenarán en Carriage House. Le pueden dar una mesa a las siete —Lily estaba atenta a todos los detalles—. Le explicaré al *maître* que es su aniversario para que haya flores y… algo especial para la ocasión.

Hizo referencia al alcohol de manera velada porque no era raro ofrecer una generosa propina para tener vino o *champagne* incluso en restaurantes de primera clase. A pesar de sus buenas intenciones, la Prohibición no solo había aumentado el deseo de beber de la gente, sino también la corrupción de la mafia que ahora se daba la gran vida. No pasaba una semana entera sin un encabezado sobre gente como Max Hoff, mejor conocido como "Boo Boo", Mickey Duffy o la pandilla de Nig Rosen.

—Muy bien… entonces —el tono del jefe casi rayaba en la amabilidad, pero un instante después le indicó con un ademán a Lily que se fuera y centró su dura mirada en Ellis.

—Veamos, Reed… —dijo.

Ellis se enderezó en su asiento.

—Sí, jefe, dígame.

Cuando Lily pasó a su lado, pareció desearle *Buena suerte* con la mirada, pero luego solo salió y cerró la puerta. El impacto hizo que el vidrio repiqueteara. El jefe colocó su café sobre el escritorio salpicando un poco.

—Al parecer, ha estado usted tomando algunas fotografías *interesantes*.

Ellis no comprendió la sorpresiva insinuación.

—¿Cómo dice, señor?

—¿Qué tal si me explica esto? —dijo el jefe al tiempo que sacaba una fotografía de una carpeta y la arrojaba al escritorio. Era la de los niños en el pórtico con el devastador letrero a un lado. Seguro también había visto las otras fotografías. A medida que la situación empezó a aclararse, Ellis sintió que un enorme peso le caía al fondo del estómago.

—Jefe, esto solo fue para… Después del evento del cuerpo auxiliar de damas, tuve que matar algo de tiempo. Hacía muchísimo calor y el motor de mi automóvil…

No había necesidad de continuar, nada justificaría usar una cámara y un rollo fotográfico propiedad del periódico para tomar fotografías personales y luego revelarlas con químicos que también le pertenecían a la empresa.

El jefe se reclinó y tamborileó con los dedos sobre el brazo de la silla, como reflexionando o preparándose para algo. Parecía que lo mejor que podía hacer Ellis era permanecer callado.

—¿Cuántos años lleva trabajando aquí? ¿Unos… cuatro?

—Cinco.

Era solo un tecnicismo, Ellis se sintió avergonzado de haber corregido a su jefe de forma innecesaria, pero en ese momento, empezó a cobrar conciencia de sus propias palabras.

Cinco años no eran una eternidad, pero sí una respetable cantidad de tiempo. Primero se esforzó para avanzar en lo que llamaban "la morgue", el adecuado sobrenombre que le habían dado a la polvorosa y lúgubre sala de archivos que no tenía ni una sola ventana. A eso le siguió un período en el que tuvo que redactar obituarios para cubrir las horas de trabajo y que lo llevó a implorar que le otorgaran un ascenso. *Puedo cubrir cualquier tipo de noticia*, fue lo que dijo y, de manera muy propicia, poco después uno de los dos redactores de la sección de Sociales se casó y renunció.

Ellis tuvo que hacer a un lado su ego masculino, ese trabajo sería un puente. Además, también le vino bien enterarse de que le reportaría al señor Baylor, quien llevaba algún tiempo mejorando las cosas en el periódico desde que el redactor de Sociales se fue para cuidar de su madre. Howard Trimble nunca era tan fanático de la eficiencia como cuando se trataba de asegurar las ganancias del periódico.

Eso fue dos años atrás y, a pesar de sus subsecuentes solicitudes para que le dieran la oportunidad de cubrir noticias de verdad, no había avanzado nada en el escalafón. La mayoría de las misiones que requerían descripciones de pasteles y tela de raso le correspondía a su colega de sección, una señora de edad, lo cual resultaba afortunado, aunque de todas maneras tenía que cubrir una serie infinita de exposiciones en galerías, galas de gente engreída, ocasionales apariciones de celebridades y, lo que más le gustaba, eventos de recolección de fondos organizados por la élite que todos los días ignoraba a los pordioseros en la calle cuando iba de compras a Gimbels.

Si alguien merecía quejarse, era Ellis.

Apoyándose en el orgullo que sentía, levantó la barbilla.

—Así es, han sido cinco años en los que he dado mi cien por ciento, trabajado casi todos los fines de semana para asistir a los eventos que me han asignado, sin quejarme ni una sola vez. Así que, si piensa reprenderme o quiere despedirme por haber tomado algunas fotografías feas, hágalo.

Le costó trabajo apegarse a la lógica, era muy mal momento para quedarse sin empleo y, además, Dios sabía que jamás regresaría arrastrándose hasta su padre para pedirle que le ayudara a pagar la renta. Pero ¡qué demonios!

El rostro del jefe no mostraba ninguna emoción.

—¿Ya terminó?

Ellis ahuyentó todo rastro de arrepentimiento y asintió.

—Espléndido —dijo el jefe en un tono aún monótono pero tenso, como un cable que vibra con cada sílaba—. La razón por la que lo hice venir es que quiero que escriba un artículo, un perfil familiar acompañado de la fotografía que tomó. Si no es mucha molestia para usted, claro.

En ese momento, le pareció que el ventilador había succionado todo el aire de la oficina.

Tragó saliva con dificultad y se resistió a la urgencia de aflojar el cuello de su camisa. La humildad lo hizo encogerse hasta que se sintió del tamaño de un jockey. Cambió de velocidad y trató de actuar con naturalidad, de forma intencional, menos como un imbécil.

—Por supuesto, señor, excelente idea. Comenzaré a trabajar de inmediato.

El jefe no dijo nada.

Ellis se puso de pie de un salto, tomó su bolso de cuero y dio media vuelta para irse antes de que el jefe retirara la oferta, no sin antes tomar la fotografía que estuvo a punto de olvidar. No había cruzado la puerta todavía cuando una sonrisa se extendió en su rostro. Todos los articulitos triviales y los eventos insulsos, los años de paciencia y fortaleza, por fin valieron la pena. O podrían valerla, más bien. Atravesó la caótica sala caminando hacia su escritorio, tratando de contener su entusiasmo. No había garantía de que se publicara el artículo, lo que escribiera tendría que ser aprobado primero. Tendría que ser un texto estelar de cabo a rabo. Citas fuertes, observaciones agudas y todo respaldado con hechos. Cuando volvió a ver la fotografía, ya estaba planeando otra visita a la granja y sintió que los indefensos y desaliñados hermanos lo miraban con sus ojos cristalinos.

Empezó a caminar más lento a medida que fue recordando la escena.

La idea de entrevistar a esos niños o a sus padres… No. Algo andaba mal.

Trató de no pensar en ello. Reporteros como Clayton Brauer no dudarían en lanzarse de lleno si tuvieran una primicia así. No obstante, la verdad se aferró a él: no se trataba de políticos, de estrellas de cine, ni de gente que hubiera buscado ser el centro de atención, no era gente preparada para que la juzgara toda la sociedad. Y si en la difícil situación de la familia hubiera una horrible verdad subyacente, el enjuiciamiento podría ser feroz y crítico, por decirlo de forma amable. Como si, por ejemplo, el padre fuera un borracho que apostaba el dinero de la renta, o si la madre solo se hubiera cansado de soportar la carga. Dependiendo de la historia, quienes más podrían sufrir serían los niños.

Ellis prefería no correr ese riesgo, solo necesitaba una visión alternativa, libre de información que pudiera dañar, pero la necesitaba lo antes posible. Si esperaba demasiado, el interés y la oferta decaerían.

Miró el reloj, aún quedaba tiempo antes de la siguiente cita del jefe, pero no mucho. Se dirigió de nuevo a la oficina de la esquina antes de que se apoderaran de él nuevos pensamientos. En el trayecto a la oficina fue pensando en lo que solicitaría, aunque estaba muy consciente de los riesgos.

El jefe había puesto toda su atención en una gran cantidad de trabajo de oficina, así que solo miró a Ellis de reojo y lo más rápido posible. El reportero entró anunciando cómo descargaría la responsabilidad.

—¿Sabe, jefe? Hay un ligero problema. Verá, no estoy seguro de que esta familia aprecie que yo llegue a bombardearla con preguntas —explicó, pero no dijo nada más hasta recibir una respuesta.

—Entonces anote la dirección de la casa y le asignaré el artículo a otro redactor.

—¿Cómo? No, no quise decir que...

Se escuchó un ligero golpeteo en la puerta antes de que Lily asomara la cabeza.

—Lamento interrumpir, jefe, pero el comisionado ya llegó para su cita.

El jefe miró su reloj.

—Sí, sí, hágalo pasar.

Ella asintió y se fue.

El pánico se apoderó de Ellis. Su gran oportunidad se le escapaba de las manos.

—Lo único que quiero decir es que, bueno… esta fotografía tiene que ver con mucho más que una sola familia —explicó. Por encima del hombro vio a Lily y al comisionado acercándose, así que insistió a pesar de la creciente irritación que notó en el rostro del jefe—. Después de todo, hay gente sufriendo en todos lados. La verdadera historia exige explicar por qué sigue sucediendo esto, más allá de la caída de la bolsa de valores, claro.

Durante el largo silencio que siguió, Ellis abrazó su bolso de cuero y esperó. Aún tenía la fotografía en la mano.

Al final, el jefe negó con la cabeza como si no estuviera de acuerdo con su propia decisión.

—De acuerdo. Solo escriba el artículo, Reed.

Ellis suspiró aliviado, pero sabía que no sería buena idea quedarse a celebrar.

—Gracias, jefe. Mil gracias.

Casi chocó de espaldas con Lily, quien acababa de llegar con el comisionado, pero alcanzó a hacerse a un lado para cederles el paso antes de volver a su escritorio.

Como su mente era un hervidero, casi había olvidado el artículo para Sociales. Lo retomó y, tras agregar una fotografía de edredones salida del cuarto oscuro, lo entregó sin, por suerte, recibir una respuesta negativa por la demora. Después de eso, se hundió en su silla.

A dos escritorios de distancia, los dedos índice de Clayton Brauer atacaban con furia el teclado de una máquina de escribir. Fiel a su ascendencia, tenía rasgos delicados, hombros amplios y la precisión de una máquina alemana. Como siempre, de la comisura de sus labios colgaba con aire engreído un cigarro a medio fumar.

En el mundo de las noticias, casi todas las historias se publicaban sin la firma del autor, incluso si tenían un carácter contundente. Era una práctica común de todo periódico respetable. Sin embargo, gracias a sus escandalosos recuentos de crimen y corrupción, la leyenda *Por Clayton Brauer* había aparecido en artículos publicados en el *Examiner* muchas más veces de las que a Ellis le interesaba contar. Incluso había aparecido en la primera plana.

Era obvio que el artículo de Ellis no se publicaría ahí, pero, al menos, ahora se encontraba muchísimo más cerca de los codiciados artículos firmados. Y más importante aún, por fin escribiría una historia trascendente.

Deslizó papel carbón nuevo en su Royal y volvió a analizar la fotografía en busca de inspiración. Había varios enfoques que considerar. Sus dedos se cernieron sobre las teclas esperando que las palabras llegaran. Algo provocativo. Algo de verdadero interés.

Tal vez incluso… creativo.

CAPÍTULO 4

UNA NOCHE DE LA SIGUIENTE SEMANA, en la casa de huéspedes, cuando Lily regresaba de tomar un baño escuchó su nombre y aguzó los oídos por instinto. Detrás de la puerta entrecerrada de una habitación, un par de nuevas inquilinas hablaban de su actitud.

Es una presumida, ¿no crees?

Oh, no lo sé. A mí solo me parece demasiado remilgada y correcta.

Si supieran.

Lily tenía la tendencia a ser retraída, por lo que difícilmente podría sentirse ofendida. Tenía veintidós años, no era ninguna vieja urraca, pero sus prioridades eran distintas a las de las otras jóvenes huéspedes. Por las noches, ellas fantaseaban con los rumores de las celebridades, las más recientes películas habladas o los chicos que les habían agradado en el último baile comunitario. Al principio, algunas chicas la invitaron a salir, pero como siempre se negó, prefirieron ya no desperdiciar su tiempo.

Ahora, sentada a la hora del almuerzo en una banca a la sombra de un árbol en Franklin Square, recordó con toda claridad qué era lo que en verdad le interesaba. Miró alrededor, las parejas de enamorados y alegres familias parloteaban y paseaban. Se tomó un momento para acariciar el relicario oval en el hueco de su cuello. Recordó el beso de despedida más reciente de Samuel, su tristeza reflejada en la de él. *Esto no durará mucho tiempo*, le había dicho, una frase que repetía tanto, que empezaba a dudar de su propia promesa.

Solo de pensar en eso se le fue el apetito.

Metió el almuerzo en el contenedor que traía y, tras tomar su libro, se dirigió de vuelta al periódico. El sudor y la humedad hacían que las medias se le pegaran a la piel. A pesar de tener aún un poco de tiempo, atravesó el parque rápido. Apenas iba pasando la fuente central cuando escuchó claxonazos y gritos. Un taxista y el conductor de un camión de hielo discutían sobre quién tenía derecho al paso, y su colorido lenguaje hacía imposible ignorarlos. Los miró boquiabierta un momento hasta que notó a alguien familiar sentado a los pies de un gran arce.

Ellis Reed tenía en la mano una libreta del tamaño de su palma y parecía ir tachando cada palabra que escribía. Alrededor, sobre el césped que se tornaba marrón, había hojas arrugadas. Ese tipo de persistencia le parecía lógico a Lily, quien recordaba haber trabajado de la misma manera cuando escribía el boletín escolar.

La fotografía de los niños la había conmovido profundamente. Desde que se enteró de la oportunidad que el jefe le ofreció a Ellis al inicio de la semana, se había sentido tentada a preguntarle sobre su progreso, pero ahora adivinaba la respuesta en su agitación. Era obvio que la situación no mejoraba, acababa de lanzar con fuerza a la hierba la página en que había estado trabajando. Asustado por la interrupción, un pato solitario graznó y sacudió las alas antes de alejarse contoneándose.

Ellis se desplomó contra el árbol y colocó las manos en las rodillas. Su sombrero cayó derrotado al suelo, al lado del lápiz y la libreta. No llevaba saco, Lily vio la camisa blanca con las mangas arremangadas y notó que incluso los tirantes atados a los pantalones oscuros colgaban con pesadez.

Su sensibilidad le advirtió que no se involucrara, pero era demasiado tarde. Después de todo, era responsable en buena parte del predicamento en que ahora se encontraba aquel reportero. Lo mínimo que podía hacer era animarlo.

Se acercó al arce con el mismo aire alicaído que él tenía, esquivando las páginas rechazadas.

—¿Se da cuenta de que si lo que quiere hacer es matar a ese pobre pato, sería mucho más efectivo dispararle?

Los rasgos de Ellis se relajaron cuando la reconoció.

—Solo si estuviera hecho de gelatina —murmuró mirando al pato.

Ella ladeó la cabeza sin comprender.

Le dio la impresión de que Ellis estaba a punto de explicarle, pero en lugar de eso, negó con la cabeza.

—Hablo de una historia para otra ocasión —dijo. Un tenue resplandor iluminó sus ojos tan azules como huevo de petirrojo y, tras un breve silencio, preguntó—: ¿Quiere sentarse?

Lily no planeaba quedarse mucho tiempo, pero sintió raro permanecer de pie a su lado mientras hablaban. En cuanto asintió, Ellis tomó el saco que yacía tirado a un lado y lo extendió junto a él. Ella se agachó, dejó sus pertenencias a un lado y se sentó con toda corrección sobre su falda. Cuánto extrañaba la ropa de fin de semana, las faldas sin faja. Ellis estaba tratando de enderezar su corbata negra sin mucho éxito cuando su estómago gruñó con la fuerza de un motor acelerando. A pesar de su esfuerzo, Lily no pudo ocultar su risa.

—Supongo que me perdí del almuerzo —dijo Ellis un poco avergonzado.

Ella tomó su contenedor y sacó la mitad del sándwich que no había comido.

—Pastrami y queso suizo en pan de centeno.

Ellis titubeó un poco antes de aceptar.

—Gracias —dos líneas curvas como paréntesis formaron una sonrisa que se extendió hasta las mejillas. A Lily le recordaron los hoyuelos de Samuel, que eran igual de encantadores. Incluso la piel de Ellis tenía un tono oliva similar.

Entonces recordó por qué se había acercado.

—Veo que la redacción del artículo no va bien del todo.

Ellis tragó el bocado completo de sándwich y retiró las migajas de los labios con el dorso de la mano y un aire de frustración.

—Es solo que no sé qué es lo que quiere el jefe. De acuerdo, no le gustó mi primer borrador, pero me esforcé al máximo con el segundo. Pasé casi una semana analizando cada bendita palabra.

Lily no había leído ninguno de los borradores, pero había escuchado las respuestas del jefe lo suficiente para darse una idea. *Tan rancio como pan tostado de hace una semana*, le dijo con toda elocuencia al señor Baylor, quien le había devuelto la segunda versión. Sobraba decir que el artículo no sobreviviría un tercer rechazo.

—Y bien, ¿de qué se trataba? —preguntó Lily.

—¿El último borrador?

Ella asintió con curiosidad genuina.

—Pues, era una diatriba contra la ley de aranceles Smoot-Hawley.

La sorpresa de Lily debió ser evidente porque Ellis enderezó los hombros y empezó a explicarse.

—Mire, muchos legisladores de D. C. juraron que ese arancel sería una salvación para los estadounidenses. ¿Qué hacer cuando se acaban las soluciones? Cóbrale impuestos a la gente. A los británicos les funcionó de maravilla.

Lily no se oponía a su postura, pero no veía la relación.

—¿Y… la fotografía que tomó?

—¿No lo ve? Es una prueba flagrante de cuánto se equivocaron.

La correlación estaba a millones de kilómetros de la emoción personal que ella experimentó al ver la imagen. Como no respondió, el rostro de Ellis se ensombreció, pero luego logró sonreír un poco.

—Supongo que a usted tampoco le agrada.

Debió seguir caminando por el parque sin detenerse, su intento de ayudar solo estaba empeorando las cosas.

—Estoy segura de que se le ocurrirá otra idea —respondió casi de forma irrisoria—. No se rinda aún.

Ellis se veía desconcertado.

—¿Rendirme? ¿Renunciar a escribir un artículo? De ninguna manera.

A Lily le preocupó que sus comentarios lo hubieran ofendido, pero la inquietud duró solo un instante. Era obvio que estaba decidido a lograr su objetivo. Tal vez esa fue la razón por la que ella sintió que podía hacer algo que en general evitaba: entrometerse y destacar la importancia y la crudeza de aquella imagen tan conmovedora. No para ella, sino para que otros vieran.

—Señor Reed, ¿podría preguntarle qué significa en realidad esa fotografía para usted?

El ceño de Ellis se tensó, no esperaba esa pregunta.

—Porque yo supondría —se atrevió a decir— que, cuando la tomó, no estaba pensando en ningún arancel ni en los legisladores de D. C. ¿Qué fue lo primero que le vino a la mente cuando vio a esos niños?

Ellis abrió la boca, pero la cerró enseguida, la respuesta se replegó. Lily supuso que, después de eso, dejaría las cosas como estaban o trataría de ver la historia desde otro ángulo económico. Sin embargo, Ellis contestó con voz ligeramente ronca.

—Pensé en mi hermano. En cómo habría sido.

Lily asintió tratando de ocultar su sorpresa. Era obvio que su hermano falleció y que Ellis estaba acostumbrado a mantener oculta esa parte de su vida como una reliquia en un ático polvoso.

43

—Al principio no me di cuenta —continuó el reportero—, pero eso fue lo que me hizo acercarme a esa casa. Luego vi el letrero —dijo negando con la cabeza, como si recordara las palabras—. Claro que pude sentirme impactado, preguntarme cómo era posible que una madre hiciera eso, vender a sus hijos así. Pero no fue lo que sentí.

—¿No?

—No pude dejar de pensar en esos niños mientras me alejaba. Ellos no pidieron la pésima vida que les tocó, pero se las arreglarán de alguna manera. Nosotros, los adultos, siempre estamos ocupados quejándonos de nuestros problemas, mientras que la vida de niños como los de la fotografía puede cambiar en un instante sin que nadie se entere. Nosotros no nos enteramos de nada, al menos, no de las cosas importantes.

Ellis fue sintiéndose más convencido, empezó a hablar rápido.

—Incluso cuando la vida es espantosa sin remedio, los niños son resilientes porque, bueno, supongo que porque no conocen otra forma de ser. Es como si solo pudieran enterarse de lo injusta que es su existencia si uno se los dice. E incluso entonces, lo único que necesitan es un mínimo de esperanza para hacer casi cualquier cosa que se propongan… —la voz de Ellis empezó a desvanecerse, parecía haber dicho mucho más de lo que tenía pensado.

Lily solo pudo sonreír ante la enorme pasión y honestidad en sus palabras. De la misma manera que lo había hecho con las fotografías, capturó una perspectiva, una gran profundidad en los detalles que la gente solía pasar por alto. Una visión que necesitaba compartirse.

—Me parece que ya encontró su historia, señor Reed.

Ellis entrecerró los ojos. Cuando elevó la vista, su rostro se iluminó. Poco a poco apareció una sonrisa, contagiosa, con suficiente calidez para inquietar a Lily.

—Bien —dijo ella—, será mejor que me vaya —agregó y reunió sus pertenencias antes de ponerse de pie. Cuando él empezó a levantarse para despedirse como lo marcaban los buenos modales, ella lo instó a permanecer sentado—. Descuide, de todas formas, tiene mucho trabajo.

—En eso tiene razón —admitió él riendo un poco—. Y, sin duda, estoy en deuda con usted, señorita Palmer.

—De ninguna manera, fue un placer —dijo Lily antes de irse y dejarlo reflexionando y garabateando en su libreta.

Cierto, no había sido muy comunicativa respecto a la reacción que ella misma tuvo al ver la fotografía, lo que la instó a hacérsela llegar al jefe para abrir el paso a una posible publicación. Pero quizá, más que cualquier otra cosa, lo que motivó sus acciones fue el anhelo de sentirse menos sola respecto a las decisiones que alguna vez tomó.

Cualquiera que haya sido la causa, no había razón para entrar en detalles. Ya había dicho lo suficiente para ayudar.

CAPÍTULO 5

EL VEREDICTO ACABABA DE LLEGAR. El señor Baylor le había dado el visto bueno al artículo. Ellis se sentía tan ligero que era un milagro que no se hubiera elevado hasta el techo de la sala de redacción.

Sí, habría sido agradable que el jefe se lo hubiera dicho en persona, pero no iba a ponerse quisquilloso. Si todo salía bien, dentro de poco lo podrían asignar a las Noticias locales, lo cual le abriría la puerta a las historias criminales o políticas.

Tomando en cuenta los sucesos recientes, no exageraba al creer que fuera posible: ahora sus superiores aceptarían otras fotos similares que enviara, las descritas como "humanas", las sumamente "conmovedoras". Y lo mejor de todo era que también recibirían los artículos que las acompañaran.

Sin perder tiempo se sentó frente a su escritorio y hojeó su archivo personal de fotografías.

No encontró nada que le sirviera.

Tenía otras fotografías guardadas en su apartamento, pero eran más de lo mismo. A partir de ese momento recorrería las calles y los callejones, los muelles y los corrales de las granjas con una mirada alerta y su cámara preparada, siempre al alcance de sus manos.

—¡Hey, Reed! —gritó un reportero de Asuntos políticos al que llamaban Stick. Era un individuo delgado con ojos que sobresalían un poco. Estaba rellenando su taza en la estación de café, a solo unos tres metros de distancia, pero a veces, su ingesta de cafeína lo volvía tan escandaloso que aullaba como merolico de feria rural—. Acabo de enterarme de tu artículo. ¡Me da gusto!

Varios reporteros voltearon de pronto a ver a Ellis, y ese instante lo hizo sentir muy orgulloso aunque, segundos después, volvieran a enfocarse en sus encabezados del martes, sus llamadas y la verificación de hechos.

Se limitó a agradecerle con modestia a Stick, no quería verse demasiado entusiasta.

—Por cierto —agregó el reportero—, algunos compañeros quieren probar un nuevo lugar para almorzar en Ludlow. Acompáñanos si tienes tiempo.

—Claro, ¿por qué no? —dijo, de nuevo con indiferencia.

Stick sonrió rápido y, antes de volver de forma atropellada a su escritorio, bebió otro sorbo de café. Tal vez era la quinta taza de la mañana.

Las salidas a comer juntos eran eventos en los que los reporteros principales trataban de establecer vínculos personales. Un año atrás, Ellis fue por casualidad a un restaurante donde un grupo de empleados del periódico estaban almorzando, y lo invitaron a sentarse con ellos. Poco después, durante la conversación trivial, varios hicieron bromas respecto a que Ellis era una como una "hermanita llorona", término que usaban para referirse a las reporteras debido a que las relegaban a misiones sensibleras, como la sección de Sociales. Después de escuchar otra serie de bromas privadas que no entendió y de recuerdos sobre el tiempo que algunos compartieron en la universidad, pero que él nunca vivió, se escabulló con una excusa a la que nadie prestó atención.

Ahora, sin embargo, con una invitación clara y un artículo respetable que en algún momento sería publicado, las cosas empezaban a cambiar…

A su tren de ideas lo interrumpió un destello color borgoña. Era la blusa de Lily. Ellis se espabiló al notar que estaba sola a unos escritorios de distancia, se había detenido a garabatear notas en una libreta de taquigrafía.

Si la suerte que había tenido ese día era una especie de señal, tenía todo lo que necesitaba para sentirse confiado. De cualquier manera, necesitaba actuar.

Caminó hacia ella tratando de disimular su prisa, Lily estaba a punto de irse.

—Señorita Palmer.

—¿Ajá? —respondió distraída.

Él continuó cuando la vio levantar la vista de sus notas.

—Solo quería decirle, en caso de que no se haya enterado, que mi artículo sobre los niños está programado para publicarse el jueves.

—Vaya, qué maravilla, señor Reed. Felicitaciones —exclamó. El entusiasmo iluminó su rostro. Una buena señal que habría apaciguado sus nervios, de no ser por el ruido de Clayton mecanografiando en el escritorio más cercano. El infalible ritmo de su colega desaceleró de forma perceptible mientras Ellis articuló sus siguientes palabras.

—¿Iba a decirme… algo más? —aunque la voz de Lily aún tenía un tono agradable, empezaba a sonar impaciente. Sin duda, el jefe ya le había asignado una lista infinita de tareas.

—De hecho, sí —aunque Ellis prefería no destacar el trabajo pendiente para Sociales, se atrevió a lanzarse de lleno—: esta noche voy a cubrir una nueva exposición en el museo de arte. Antiguas piezas de colección de China. Parece que valdrá mucho la pena verlas.

Ella asintió y esperó a que continuara.

Sin duda, una mujer como Lily merecía un cortejo adecuado: paseos en coche tirado por caballos, conciertos de orquesta sinfónica, cena en el Ritz. Pero Ellis no podía pagar nada de eso, y esa era la razón por la que tendía a mantener su distancia. No obstante, tras lo que sucedió en el parque, el esfuerzo de ella por ayudarlo, la sorpresiva comodidad al conversar, la manera en que se sonrojó cuando él le sonrió, le hizo suponer que tal vez tenía una oportunidad. Incluso si, en esta ocasión, el museo fuera quien pagara.

—En fin, ofrecerán una recepción para peces gordos y algunas personas de la prensa. Habrá brindis, música y todo lo que uno podría esperar. Me preguntaba si le gustaría asistir. Conmigo.

Los ojos de Lily se abrieron un poco más.

—Ah, ya veo.

El silencio a continuación pudo haber durado solo unos segundos, pero a él le pareció interminable. Pensando que quizás había malinterpretado las señales, trató de matizar la invitación.

—Sé que es algo de último minuto, así que no se sienta obligada. Solo se me ocurrió que sería una manera agradable de agradecerle. Ya sabe, por su ayuda.

—Bueno, en realidad no es necesario —dijo Lily estrechando la libreta contra su pecho. Una vez más, sus mejillas se tornaron de un ligero tono rosado que, para ser justos, también podría deberse al calor diurno—, además, me temo que tendré una noche bastante ocupada. Pero aprecio su invitación.

—Entonces, ¿en otra ocasión tal vez?

De las cuantas chicas con las que había salido en la preparatoria y desde entonces, sabía que la siguiente respuesta le diría todo. Sobre todo, el tono clarificaría su postura. Pero antes de que ella pudiera contestar, el señor Baylor apareció precipitándose por un costado. El color de su calva rivalizaba con el color borgoña de la blusa de Lily.

—Reed, necesitamos hablar.

Y en ese momento, Lily se fue.

Ellis se esforzó por disimular su irritación. Le tomó un momento recuperarse y enfocarse en lo que le estaba diciendo el señor Baylor. Algo sucedió... con la fotografía de los niños... con el negativo.

El reportero prestó atención enseguida.

—¿Cómo dice?

El señor Baylor resopló, no quería repetir lo que había dicho.

—Estoy diciendo que la maldita fotografía está arruinada.

—¿Arruinada?

Un idiota que apenas empezó a trabajar en el periódico estaba limpiando tinta derramada y terminó vertiendo blanqueador. Su carpeta, Reed, fue una de las víctimas. Todavía tengo la copia del artículo, pero la fotografía y el negativo están arruinados. Vamos a necesitar remplazarlos.

Ellis se lo quedó mirando, el impacto de la situación empezó a cobrar forma. Sintió que algo le apretaba el vientre, una especie de lazo de terror.

—Pero... yo... no tengo un remplazo.

—No tiene que ser una fotografía idéntica, solo algo que al jefe le parezca lo bastante parecido.

Cuando Ellis encontró a aquellos niños, no había pensado en el trabajo en absoluto. Ni siquiera comprendió a fondo las palabras en el letrero antes de oprimir el obturador. ¿Se requerían imágenes adicionales de una gala de caridad u otro evento que hubiera cubierto en los últimos dos años? No había problema, tenía de sobra. Pero ¿una fotografía de los dos niños? Solo había tomado una, ¿cómo iba a imaginar que llegaría a manos de Howard Trimble?

Como si lo hubiera invocado, en ese momento el jefe gritó desde su oficina llamando al señor Baylor, quien levantó la mano para hacerle saber que lo había escuchado. Volteó a ver a Ellis.

—Voy a necesitar la fotografía antes de que termine la jornada laboral, ¿comprende? —añadió antes de alejarse sin esperar respuesta.

Y qué bueno, porque Ellis no tenía ninguna. De hecho, dudaba de ser capaz de hablar.

Una densa nube de humo frente a él le causó escozor en los ojos. Tras escribir tanto tiempo con solo dos dedos, Clayton se había tomado un descanso para encender un nuevo cigarro. Se retiró una pizca de tabaco del labio inferior, levantó su cuadrada mandíbula y miró a Ellis.

—No te preocupes, amigo, no es el fin del mundo.

Ellis no escuchó sarcasmo en su tono, pero cuando lo vio retomar el trabajo y colocar el cigarro en el cenicero, sus labios retomaron la inclinación de costumbre. ¿O acaso estaría sonriendo con aire de superioridad?

Volvió a su escritorio tratando de contener un ataque de pánico. En la fila de relojes colgados en la pared, los segunderos avanzaban sin clemencia como si estuvieran en una carrera. La hora local era 11:08.

Adiós a su plan para la hora del almuerzo.

Necesitaba ponerse a trabajar de inmediato y permanecer en calma, aún tenía tiempo para salvar la situación. Podría suplicarle al señor Baylor que publicara el artículo sin la fotografía.

Pero, tomando en cuenta el temperamento del jefe, aquello tendría que ser solo un último recurso.

Ellis exploró otras soluciones sabiendo que estaba evitando la más obvia.

Era lejos de ideal, pero ¿qué otra opción tenía?

Una vez más, no vio ninguna señal de que hubiera alguien en el interior, la casa rural permanecía inmóvil como una piedra.

Estacionó el automóvil y salió directo al camino de polvo y guijarros. El trayecto de una hora le había permitido titubear y dudar bastante. Varias veces, tuvo que recordarse a sí mismo el mensaje de su artículo, la esperanza y determinación que podría provocar entre la gente necesitada; el cambio que podría significar para tantos en esa situación.

Por supuesto, decir que había viajado hasta Laurel Township solo por el bien de otros sería una mentira. Dado que fue criado en un hogar ensombrecido por un fantasma, desde muy pequeño aprendió que, para importar, había que ser visto. Pero ¿acaso no era eso lo que todos deseaban muy en el fondo? ¿Saber que su vida en realidad hacía una diferencia? ¿Dejar un rastro? ¿Ser recordado?

De pronto, sin embargo, al notar que el letrero no se veía por ningún lado, su preocupación se concentró en aquellos niños. Solo habían pasado unas semanas desde la tarde que estuvo ahí y, en ese tiempo, lo mejor había sido suponer que permanecieron en su hogar. Por suerte, en aquel viejo camino rural no había mucho tránsito.

Ellis se repitió todo eso mientras subía por los escalones del pórtico. En el bolsillo del pantalón llevaba un par de billetes de dólar arrugados. En la mañana, antes de salir de su apartamento y abordar su automóvil, tomó todo el dinero de su fondo para la renta. Planeaba ofrecerlo como donación antes de tomar nuevas fotografías. *Un simple intercambio por unas cuantas imágenes*, le explicaría al padre si resultaba ser un hombre orgulloso. Podría comprar leche para los niños, y algo de mantequilla y pan. Incluso carne y papas para un estofado.

Aferrado a esa esperanza, abrió la puerta de malla, tocó en la de madera y esperó.

Volvió a tocar, con más fuerza esta vez.

Pero otra vez no hubo respuesta.

Fue entonces que vio la placa de madera en uno de los rincones del pórtico, sobre un montículo de leños viejos. Soltó la puerta de malla y esta se cerró con un traqueteo. Levantó el letrero y lo volteó teniendo cuidado con los bordes dentados.

Miró alrededor, no vio canicas, juguetes ni zapatos pequeños. Ninguna señal de que los niños no hubiesen sido entregados al mejor postor o a cualquiera que haya ofrecido algo.

—Se fueron.

Ellis volteó. Lo primero que lo asustó fue la voz, luego el mensaje. En la base del pórtico había una niña de unos siete años con varios dientes de león en la mano. Vestía un overol sin camiseta que cubría su pecho y la mayor parte de su pequeño cuerpo, pero le quedaba corto y dejaba ver sus tobillos y sus pies descalzos.

Ellis se preparó para lo que venía.

—¿Te refieres a los niños que vivían aquí?

La niña asintió y su rubia coleta se sacudió.

—Los otros de la familia también se fueron. Mamá dice que su papá tuvo suerte de conseguir un empleo en Bedford County, justo a tiempo. El señor Klausen siempre nos amenaza con… ¿Usted conoce al señor Klausen?

Ellis negó con la cabeza.

La niña resopló aliviada.

—Uff, pues no se ha perdido de nada, se lo aseguro. El señor Klausen es dueño de un montón de casas de por aquí y parece una papa. Ya sabe, como las papas gordas con brotes por todos lados. Y cuando alguien se tarda en pagar la renta, se vuelve malvado *muy* rápido con esa persona —exclamó la pequeña. Por el énfasis de su expresión era obvio que lo había visto en persona. Por lo que Ellis comprendió, la familia de los niños que ya no vivían ahí, también había atestiguado el cambio de humor del señor Klausen, cuerpo de papa.

—Son buenas noticias, entonces. Me refiero al empleo —dijo sintiéndose contento por la familia. En verdad era un alivio.

De acuerdo, ahora que sabía que los niños estaban bien, solo deseaba haber tomado un par más de fotografías cuando tuvo la oportunidad.

—¿Quiere algunos? —preguntó la niña.

Ellis no sabía a qué se refería.

—Cada ramo cuesta solo un centavo, los hice yo misma, ¿ve? —agregó extendiendo el brazo para mostrar lo que parecían varios ramos de una docena de dientes de león cada uno. Algunos estaban más marchitos que otros debido al calor—. Solo hay que darles un poco de agua y se animarán enseguida, se lo prometo —explicó la niña asintiendo con determinación para hacer patente que su integridad iba de por medio.

Ellis en verdad necesitaba guardar cada centavo más que nunca, pero de pronto vio las enjutas y rosadas mejillas, la naricita redonda y los ojos desbordantes de esperanza. Y aunque lo intentó, no pudo negarse.

—Déjame ver cuánto tengo —dijo con un suspiro antes de bajar por los escalones del pórtico.

La niña sonrió emocionada al verlo buscar en los bolsillos de sus pantalones. Ellis encontró tres centavos y su primer instinto fue darle solo uno, pero las lecciones que en él habían imbuido los años que asistió a los servicios religiosos los domingos con su madre y, aunque solo fuera en el aspecto físico, con su padre también, lo instaron a ser caritativo. *Apenas unos minutos antes estaba dispuesto a darle dos dólares a una familia que ni siquiera conozco,* pensó.

—Creo que tomaré lo que pueda comprar con esto —dijo. En cuanto colocó las monedas en la mano de la niña, ella se quedó boquiabierta, como si estuviera recibiendo una colección de singulares joyas, pero enseguida ocultó su emoción con una expresión formal como de quien está haciendo negocios.

—Con eso puede comprar tres —explicó la pequeña mientras le entregaba todos salvo uno de los tristes ramilletes.

De hecho era perfecto: ahora tenía flores para el funeral de su carrera.

—Gracias, señor —dijo la niña sonriendo lo menos posible, aunque el fulgor en su mirada la traicionaba. Como no pensaba esperar a que el desconocido cambiara de opinión, la pequeña y sabia niña se fue corriendo y empuñando con fuerza las monedas. En un abrir y cerrar de ojos cruzó el camino y corrió por el largo acceso de tierra y grava que llevaba a la otra casa.

Por la mejilla de Ellis corrieron perlas de sudor. El sol de mediodía ejercía presión en su espalda y sus hombros. El peso acumulado sumaba el aire y la presión del día que menguaba.

No se rinda aún. Las palabras de Lily hicieron eco en su mente.

Al mirar hacia abajo se dio cuenta de que aún tenía el letrero en la mano. Todavía le podía tomar una fotografía e incluir la casa como fondo. No tendría la fuerza de la imagen original, pero eso era mejor que nada.

Abrió la puerta del automóvil, colocó el letrero y las flores en el asiento del frente y sacó la cámara con rollo de su bolso de cuero. Cuando levantó la cabeza, lo hizo demasiado rápido y se golpeó en el techo, el vehículo chirrió con el impacto y él rechinó los dientes maldiciendo con la boca semiabierta.

Metió la mano debajo de su fedora y empezó a sobarse donde se había golpeado cuando vio que la niña se había detenido junto a un gran manzano junto a la casa del otro lado. Estaba agitando la mano desde debajo de una rama, saludando a un niño más pequeño y, quizá, haciéndole llegar la noticia de su gran venta.

A pesar de que a Ellis todavía le pulsaba la cabeza, en ella se empezó a forjar una idea. Los pensamientos se deslizaron como perlas de sudor, como gotas de lluvia que se reúnen en el vidrio de una ventana y forman una entidad distinta.

Tenía el letrero y el escenario, lo único que necesitaba era un par de niños. Tal vez un hermano que jugaba dentro de casa. O un primo, un amigo.

Y si no, qué demonios: con la niña bastaría. Con esas prendas de niño y el cabello peinado hacia atrás, ¿quién lo notaría? Muy pocos habían visto la foto original y lo más probable era que nadie hubiera prestado atención en verdad. No le agradaba la táctica, pero el éxito de un reportero a menudo dependía de su habilidad para resolver problemas.

Además, si aquellos tres centavos entusiasmaron con tanta facilidad a la niña, tal vez sus padres sentirían lo mismo si les ofreciera los dos dólares. No sería algo muy distinto a, digamos, pagarles a modelos para que aparecieran en un elegante anuncio del *Ladies' Home Journal*.

Revisó el reloj que llevaba en el bolsillo. Eran las doce y media, no quedaba tiempo para ponerse a debatir.

Tomó el letrero, cerró el automóvil y se dirigió al otro lado del camino.

CAPÍTULO 6

ANTES DE LEVANTAR EL AURICULAR del teléfono vertical, Lily escudriñó la sala de prensa desde su escritorio para asegurarse de que nadie la viera.

Desde que declinó la invitación de Ellis esa mañana, la había estado fastidiando la idea de reconsiderar la proposición. Y, tomando en cuenta la comida programada en la casa de huéspedes donde vivía, ¿por qué no? Todos los martes, sin falla, preparaban pastel de carne y riñones con bastante cebolla, el platillo predilecto de la casera británica a la que todas las inquilinas detestaban.

Para ser franca, el atractivo de aquella salida no tenía tanto que ver con la comida que con el hecho de tener compañía, ya que, de otra manera, después de cenar, seguro pasaría la noche leyendo un libro en su casi vacía habitación en la casa de huéspedes. Luego, sin embargo, recordó que, para ella, nada que pareciera una cita era posible excepto si era con Samuel. Recordarlo la hizo extrañarlo aún más y la animó a hacerle una llamada rápida.

Se escuchó la voz de la operadora en línea.

—Sí, hola —contestó Lily—. Me gustaría hacer una llamada de larga distancia, por favor.

—¿Podría hablar más fuerte, señora?

El bullicio de la sala de prensa la rodeaba por completo e iba en aumento porque se acercaba la hora límite de entrega de artículos. Se acercó un poco más la bocina a la boca sin dejar de sostener el cuerpo del teléfono.

—Dije que me gustaría hacer una llamada.

—¿A qué número?

Antes de poder dar los detalles, un hombre apareció cerca de Lily. Ella giró en su silla y vio a Clayton Brauer con una hoja de papel en la mano.

Lily sujetó el teléfono con más fuerza al ver que su oportunidad de hablar con Samuel se desvanecía.

—¿Señora? —insistió la operadora.

De la boca de Clayton colgaba un cigarro. Asintió a modo de saludo. En sus ojos, del mismo color café claro que su cabello cortado al ras, se veía toda la confianza que tenía en sí mismo: desde su amplia estatura, sus modales y su suave voz, hasta sus trajes bien cortados y de buen gusto y los relucientes zapatos tipo Oxford.

—Le volveré a llamar en un momento, operadora, gracias —Lily colocó el auricular en el gancho. Clayton tomó el cigarro de su boca y exhaló.

—No quise interrumpirla, señorita Palmer.

—Oh, no, no fue usted —contestó mientras fingía buscar entre los papeles sobre su escritorio—. Juraría que tenía el número aquí, pero ahora no lo veo.

Durante el silencio que siguió, Lily imaginó la mirada de reportero de Brauer, inquisitiva e incierta, analizando cada uno de sus movimientos. Sin embargo, cuando levantó la vista lo vio enfocado en la puerta cerrada del jefe. La hoja de vidrio ofrecía una visión clara de la reunión que se llevaba a cabo en el interior. ¿Por qué estaría tan interesado?

—¿*Señor Brauer?* —dijo Lily con un tono mucho más incisivo del que había planeado. Era resultado de la interrupción del reportero.

A él no le afectó ni un poco, seguía con la vista fija en la puerta y solo inclinó un poco la cabeza.

—Parece que el viejo Schiller va a empacar su tinta —musitó.

—¿Se va a jubilar? —Lily volteó a la oficina confundida y estiró un poco el cuello para ver por sí misma, pero el brillante cuero cabelludo del señor Schiller, visible a través de su delgado cabello blanco, no dejaba ver el rostro del jefe—. ¿Por qué piensa usted eso?

—¿Ha leído su columna últimamente? —Clayton la miró divertido—. Todo es sobre viajes e irse a ver el mundo. Safaris y pesca en mares profundos. Estoy seguro de que Schiller tiene ganas de largarse, podría apostarlo.

La simple variedad de temas no era inusual. El señor Schiller había trabajado en *The Examiner* desde que el periódico comenzó y se había ganado el derecho a decidir de qué hablar en su columna. De hecho, tenía tanta antigüedad que rara vez se sometía a discusiones con el jefe y, mucho menos, en persona.

Como la discusión de ahora.

—De cualquier forma… tome —dijo Clayton colocando la hoja de papel en el escritorio de Lily—. Son las fuentes que solicitó el jefe —dijo, y si acaso agregó algo antes de irse, no lo escuchó porque estaba demasiado intrigada por la revelación. Las posibilidades empezaron a forjarse en su mente.

Abrió el cajón de abajo y, de entre los lápices, estampillas y grapas, tomó su carpeta color verde oscuro. Tenía las esquinas dobladas y los bordes maltratados por todos los años de guardar ensayos y columnas que escribió en la escuela. No había guardado todo, solo lo mejor de sus escritos.

Cuando llegó a la ciudad, traía consigo aspiraciones demasiado infantiles, y todas acomodadas y ordenadas entre esas páginas.

Un montón de entrevistas a las que asistió revelaron de inmediato la muy baja probabilidad que, como muchísimas otras mujeres, tenía de convertirse en la próxima Nellie Bly. Las osadas aventuras de la columnista fallecida, desde la carrera alrededor del mundo con la que rompió récords, hasta la deliberada manera en que se hizo arrestar para escribir un reporte sobre las condiciones de vida en las prisiones, eran cosas que incluso los reporteros hombres, acérrimos, admiraban a regañadientes, pero solo por ser una peculiar excepción. Para cuando Lily entró caminando al *Examiner*, tenía suficiente sentido común para saber que no debía rechazar un puesto secretarial. La posibilidad real de recibir un sueldo constante tuvo más peso que su orgullo.

Pero ahora, si Clayton estaba en lo cierto, una oportunidad se abría para ella. Y qué momento más propicio, ¿no? Acababa de impulsar la carrera de Ellis Reed. Tal vez había llegado el momento de avanzar en verdad con sus propios planes para el futuro, lo cual le permitiría cumplir una promesa hecha mucho tiempo atrás, no solo a ella misma.

CAPÍTULO 7

EL ROSTRO DE LA NIÑA SE ILUMINÓ cuando vio a Ellis acercarse a su granja. Era parecida a la otra casa rural, tenía un pórtico y una puerta de malla. La mayor diferencia era que, debajo de su sórdida apariencia, alguna vez la pintura fue blanca.

—¿Quiere comprar *más* flores, señor?

—En realidad quería saber si tu padre está en casa —dijo Ellis. De ser así, el hombre seguro querría opinar respecto a cualquier arreglo económico.

—Se fue —dijo ella. El niño rubio descalzo y vestido con un overol como el de ella, estaba parado a su lado.

—¿Al trabajo?

—No. Al cielo.

La objetividad en el tono de la niña hizo comprender a Ellis que el suceso no era reciente, pero de todas formas ofreció sus condolencias.

—Lo lamento mucho.

El niño jaló a la niña del brazo con aire escéptico, inseguro de que debieran confiar en un desconocido.

—Ah, no te preocupes, este es el tipo que me dio los centavos —dijo ella poniendo los ojos en blanco de forma exagerada:

61

su forma de decirle que era demasiado pequeño para comprender.

Luego sonrió.

—Supongo que es tu hermanito menor, ¿cierto?

—Sí, así es. Calvin solo tiene cinco años.

—No soy su *hermanito*, soy su hermano —exclamó el niño haciendo puchero y arrugando el rostro.

—Yo soy Ruby, Ruby Dillard. Tengo ocho años y medio, casi nueve.

La edad que le había calculado Ellis era bastante cercana a la real, aunque se quedó corto unos diez años en cuanto a su precocidad.

—Bien, Ruby, ¿y no tendrás otro hermano que esté en casa?

—¿Otro? —preguntó la niña colocando los puños en su cadera—. ¡Claro que no! Si pudiera no tendría ni este —exclamó tratando de no sonreír cuando Calvin volteó hacia ella y la miró desafiante con sus brillantes ojos enmarcados en gruesas pestañas.

—¡Mamaaaá! —gritó cuando entró corriendo a la casa en busca de su madre, lo cual respondía justo a tiempo la siguiente pregunta del reportero.

Ruby se inclinó hacia delante y habló en un susurro.

—Oiga, señor, escuche, en la iglesia hay una señora que suena como gato muriéndose cuando canta. Esa señora le dice a mamá "Geri" de cariño porque se llama Geraldine, pero mamá detesta que lo haga.

—Ah… entonces no debo llamarla Geri.

Ruby asintió arqueando una ceja.

—*No querrá llamarla así. Créame* —dijo.

En ese momento la madre de la niña salió de la casa secándose las manos en el desgastado delantal a rayas que traía sobre el vestido de algodón. Calvin se asomaba detrás de ella. El sol iluminó el cabello rubio que la mujer traía recogido en un moño.

—¿Le puedo ayudar en algo? —preguntó en un tono tan frío como su mirada.

—Buenas tardes, señora Dillard. Trabajo para el periódico *Philadelphia Examiner*, lamento interrumpirla en medio de su jornada.

—No nos vamos a suscribir a nada.

—No… no es eso lo que busco.

—¿Entonces qué quiere?

De acuerdo, tendría que ir directo al trato.

—Verá, escribí un artículo para el periódico y necesito fotografías de algunos niños, no tomará más de…

—No estamos interesados. Ruby, entra a hacer tus quehaceres.

—Pero, mamá, ¿no escuchaste? ¡Quiero salir en el periódico!

—Jovencita, hoy no tengo energía para estar repitiendo órdenes —dijo y, en efecto, la mujer se veía cansada, tosiendo y agitando la mano para dispersar el polvo en el aire. A pesar de todo, aún parecía tener la energía necesaria para darle unas nalgadas a su hija.

Ruby dejó caer los hombros desilusionada y subió los escalones del pórtico trabajosamente. Ellis se acercó un poco.

—Por favor, señora Dillard, antes de que tome una decisión final… —comenzó a decir. En unos segundos más, al igual que los dos que había fotografiado, estos niños desaparecerían, así que metió la mano a su bolsillo y buscó los billetes enrollados—, sepa que puedo pagarle.

Ruby giró de inmediato y, al ver los billetes, se quedó boquiabierta. Calvin inclinó la cabeza con los ojos abiertos de manera imposible. Geraldine no parecía tan impresionable, pero, de cualquier forma, también se quedó mirando el dinero.

En cuanto Ellis notó que tenía una oportunidad, aunque fuera mínima, se apresuró y describió las fotografías que necesitaba y los puntos esenciales del artículo. No había ninguna restricción específica para los niños. En el escrito no añadiría sus nombres ni ningún otro detalle más allá del nombre del pueblo. La fotografía solo representaría el dilema que enfrentaban incontables familias estadounidenses.

Cuando el reportero terminó de hablar, Geraldine se cruzó de brazos, lo escudriñó y evaluó tratando de decidir. Sus grandes y redondos ojos eran iguales a los de sus niños, pero se veían más caídos debido a las ojeras; el color cenizo de su piel indicaba que algo le había drenado el color a su vida.

—Acabo de lavar y los niños tienen quehaceres pendientes, pero, si quiere, puede tomar sus fotografías mientras cuelgo la ropa —dijo la señora y, sin más, entró a la casa y desapareció. La cámara estaba lista para tomar la fotografía.

Miró por la lente y capturó varias veces sus caras mugrosas pero encantadoras, sus labios como de angelito y las orejas redondeadas. Gracias al poder de persuasión de Ruby, las sonrisas y miradas de ambos niños se tornaron más cálidas.

La pequeña acababa de colocar el brazo sobre los hombros de Calvin, y Ellis estaba tomando otra fotografía cuando Geraldine volvió a salir de la casa con la mano levantada y cubriéndose el rostro con la palma.

—Suficiente, ya consiguió lo que necesitaba.

La sesión había llegado a su fin.

El reportero tenía poco más de diez imágenes de calidad en su rollo fotográfico. Les agradeció a los niños antes de que Geraldine los arreara para que entraran a la casa. Se reunió con ella en los escalones y le entregó el dinero viendo la desesperación en su rostro.

—Aprecio su gesto, señora Dillard, me ha salvado la vida, en verdad.

Ella asintió y luego entró a su casa sin decir nada.

Ruby apareció de repente en la ventana del frente, enmarcada por unas cortinas de tela a cuadros azules y, como si estuviera haciendo su última caravana en un escenario, se despidió con la mano y desapareció.

Ellis volvió al camino en unos instantes.

Mientras manejaba de vuelta a Filadelfia en su ruidoso automóvil, pensó en las nuevas fotografías. Entre más kilómetros recorría, más crecía su incertidumbre respecto a la manera en que había sustituido la original. No obstante, cuando llegó al centro de la ciudad, una buena dosis de realidad les cayó encima a sus dudas. Frente a la Sala de la Independencia, un grupo de hombres con traje y sombrero daban vueltas en círculos. No por gusto, sino obligados. Sobre el pecho traían letreros pintados a mano.

SE BUSCA EMPLEO DECENTE. TENGO TRES OFICIOS.

ACEPTARÉ CUALQUIER TRABAJO, NO BUSCO CARIDAD.

PADRE DE FAMILIA. VETERANO DE GUERRA.
ESTUDIOS UNIVERSITARIOS. NECESITA UN EMPLEO.

En conjunto, esos hombres le estaban enviando un mensaje brutal a Ellis: si llegara a perder de vista sus objetivos, muy pronto también necesitaría un letrero para buscar trabajo. Si alguien llegara a preguntarle sobre las fotografías, admitiría la verdad porque no tenía intención de defraudar a nadie y, mucho menos… de mentir sin reparo…

En la esquina pisó el acelerador de su Modelo T, avanzó por Market y, por primera vez, se sintió agradecido por el traqueteo del bendito motor: cualquier cosa que ahogara los murmullos de su conciencia sería bienvenida.

CAPÍTULO 8

Había pasado una semana desde la publicación del artículo, pero las llamadas y las cartas no dejaban de llegar. Los lectores querían saber más sobre aquellos pobres y dulces niños. Como era de esperarse, había muchos indignados por el hecho de que una madre estuviera dispuesta a vender a sus propios hijos, pero la gran mayoría expresó su simpatía por la familia.

Si acaso hacía falta una prueba de la solidaridad, Lily solo necesitaba echarle un vistazo al escritorio de Ellis. Entre las donaciones más recientes había osos de peluche, ropa, un andrajoso mono de felpa, frascos de conservas, verduras en salmuera y un edredón de arcoíris. Se rumoraba que en algunas cartas se había ofrecido empleos y una cantidad modesta de dinero en efectivo. Lily escuchó decir que todo sería entregado personalmente a Ellis, ya que la gente había leído que la familia deseaba proteger su privacidad.

Tomando en cuenta la fotografía que al final fue publicada, esta preferencia no resultaba sorprendente. Al parecer, la imagen original había sufrido un percance, lo que obligó a Ellis a proveer fotografías tomadas de un segundo rollo de película. El jefe estaba dictándole a Lily un memorándum ese día, cuando el señor

Baylor interrumpió con una carpeta llena de alternativas. A través de la ventana de la puerta, la joven notó que Ellis observaba la conversación desde lejos, demasiado nervioso para esperar sentado. Una vez más, como sucedió en el parque, sintió la necesidad de tranquilizarlo, pero nadie sabía lo que su voluble jefe decidiría al final.

Tras examinar la fotografías rápido, el jefe se decidió por la última de la serie: una en la que la madre aparecía en el pórtico cubriéndose el rostro a medio voltear y los niños aferrándose el uno al otro junto al perturbador letrero.

A aquel despliegue de las adversidades de la vida, el gesto de la madre añadió una desmesurada capa de vergüenza.

A pesar de que esa fotografía tuvo en Lily un efecto similar al de la primera y se sentía abrumada, logró asentir mirando a Ellis para confirmar la aprobación del jefe. El rostro del reportero se iluminó con una sonrisa tan grande y genuina, que ella no pudo reprimirse y sonrió de vuelta. Entonces el sonido de su nombre en la ronca voz de su jefe la obligó a despegar la vista de Ellis y volver a concentrarse en la taquigrafía, por lo cual se sintió agradecida: no necesitaba más distracciones en su vida.

Hoy eso era más cierto que nunca. En vista de su inminente propuesta, debía mostrar diligencia en todo momento. Parada junto a la estación de café, vio la sala de noticias locales llenarse de forma gradual. Estaba preparando la taza del jefe con bastante anticipación a su llegada esa mañana. Pero mientras practicaba su discurso en silencio, su mano se sacudió. El café ardiendo la salpicó. Había llenado demasiado la taza de cerámica, la favorita del jefe, y estuvo a punto de dejarla caer al duro piso de linóleo.

Enfócate, Lily, pensó.

Fue con prisa al baño, tomó una toalla para las manos y regresó a trapear el charco de café. Aún estaba arrodillada cuando escuchó el saludo de jóvenes reporteros ansiosos por impresionar.

El jefe acababa de llegar.

Doce minutos más temprano.

Lily gruñó, no había terminado aún su rutina para asegurarse de que el desastre en el escritorio del jefe desapareciera, tampoco había dejado templar el café que él prefería negro y tibio, ni vaciado el cenicero para que estuviera listo.

—¡Señorita Palmer! —rugió el jefe al entrar a su oficina como de costumbre.

—Sí, señor, ¡estaré con usted en un instante! —dijo al tiempo que atravesaba la sala a trompicones para llegar a su escritorio. En esta ocasión, en lugar de un lápiz y una libreta de taquigrafía, lo que sacó fue su preciada carpeta verde.

En cuanto pudo confirmar las sospechas de Clayton respecto a que el señor Schiller se jubilaría, no sin antes anunciarlo formalmente, empezó a aprovechar todas las noches y los recorridos en autobús que hacía los fines de semana para ir a Delaware y volver, para prepararse. Había revisado, vuelto a mecanografiar y editado varios de sus antiguos artículos, e incluso redactó nuevas muestras. Aunque estaba segura de que no eran perfectos, lo cual le causaba remordimiento, no podrían estar más listos.

—¡*Señorita Palmer!* —la impaciencia del jefe aumentaba.

Lily entró a su oficina respirando hondo para darse fuerza.

La luz matinal entraba por la ventana y calentaba el lugar, pero ella cerró la puerta de todas maneras.

El jefe había dejado el saco de su traje sobre la silla para visitantes, y su sombrero estaba equilibrado sobre él. Lily tenía la responsabilidad de colocar todo en el perchero del rincón, pero en lugar de eso, esta vez se quedó de pie esperando frente al escritorio que no había tenido tiempo de ordenar.

—Buenos días, jefe.

El jefe, plantado en su silla, se asomó por encima de la montura de sus gafas, se veía más confundido que molesto.

—¿Dónde está mi café?

El café. Me quiero morir, lo había olvidado.

A pesar de eso, continuó.

—Sí, antes de eso —dijo como si esa hubiera sido su estrategia desde el principio, como si la taza de café solo fuera a aparecer después de que el jefe escuchara sus exigencias—. Tenía la esperanza de que pudiéramos hablar en privado antes de que comience la jornada de trabajo.

El jefe empezó a buscar entre los documentos sobre su escritorio, pero aceptó gruñendo.

Era su oportunidad.

—Señor, en vista de la decisión del señor Schiller de retirarse, me gustaría presentarle una idea. Después de todo, supongo que va a necesitar un nuevo columnista para finales del próximo mes.

—Si tiene a alguien en mente, apunte su nombre y, ahora, solo preocúpese por el café —dijo señalando la puerta con un gesto burdo, como si Lily necesitara que le indicaran por donde salir… hacia un lugar que podría encontrar caminando de espaldas en medio de la oscuridad de la noche.

Detrás de ella, las voces amortiguadas empezaban a sonar con más fuerza, lo que indicaba que la sala de noticias locales estaba cobrando vida. Dentro de poco se desataría el torbellino cotidiano y perdería toda oportunidad de sostener una conversación formal.

El jefe levantó la mirada en cuanto percibió que sus órdenes habían sido ignoradas.

Lily sonrió de la manera más persuasiva de que era capaz.

—Lamento molestarlo, jefe, pero si pudiera tomarse un minuto y echarles un vistazo a algunas muestras de artículos, se lo agradecería de manera infinita.

No era el tipo de persona que pidiera mucho, y el jefe lo sabía. Lo vio en sus ojos antes de que él contestara con un suspiro.

—De acuerdo —dijo estirando la mano para tomar la carpeta.

Mientras fue pasando las páginas, Lily tuvo que resistir la tentación de jugar con su relicario. Recordó a Ellis y lo inquieto que estaba cuando ella lo animó y tranquilizó, y deseó que ahora él estuviera ahí para hacer lo mismo por ella.

Entonces el jefe empezó a balancear la cabeza hacia arriba y hacia abajo, era la señal de que lo que leía le parecía satisfactorio, pero de ninguna manera era una garantía.

—¿Quién escribió esto? —preguntó sin levantar la vista de los textos.

A ella se le hizo de repente un nudo en la garganta. Mostrar su trabajo bajo un pseudónimo habría sido una buena opción de no ser porque el jefe prefería lidiar con hechos. En este mundo, no había verdades a medias. Tragó saliva con dificultad.

—Yo los escribí.

El jefe dejó de leer y se sentó de nuevo. Lentamente, frunciendo las tupidas cejas.

—Entonces no está contenta con su empleo.

—¡Oh! No, por Dios, jefe, no se trata de eso. Es decir, mi empleo es un buen empleo —y lo era, a corto plazo—. Es solo que pensé que podría escribir una columna aparte, además de mis tareas de costumbre —dijo, convencida de sus palabras. Sin contar ese día, claro. Le costó trabajo recordar su discurso—. Como podrá recordar, fui redactora del boletín de mi preparatoria y, a lo largo de los años, he escrito varias cartas a jefes de redacción que fueron publicadas en diversos periódicos.

El jefe se quitó los lentes y se frotó el puente de la nariz. Ese simple gesto de deliberación la animó a continuar.

—De hecho, ya tengo una lista de posibilidades. La mayoría implica una visión de primera mano de distintos entornos. Incluso estoy dispuesta a trabajar encubierta para mostrar a los lectores lo que significa laborar en un vaudeville o ser camarera de un hotel de lujo. Si le interesa, también podría…

El jefe levantó la mano y detuvo su discurso mostrándole la palma.

—Sí, sí, ya entendí.

Lily asintió, temiendo haber hablado demasiado, pero con la esperanza de haber dicho lo necesario.

—Puedo hacer esto, jefe, sé que puedo.

El jefe inhaló de forma sonora y exhaló.

—No tengo duda de ello —dijo. La sutil ligereza en su tono la hizo sonreír, pero en cuanto lo vio volver a ponerse las gafas, inclinarse al frente y apoyar los codos en el escritorio, se preparó para lo que venía—. Sin embargo, nuestros lectores esperan una columna de cierto tipo, señorita Palmer. Quieren a alguien que escriba sobre la vida como… vaya, como Ed Schiller.

En cuanto el jefe terminó de hablar, ella continuó, estaba preparada para esta discusión.

—Sé a lo que se refiere, señor, sin embargo, creo que yo podría disminuir de distintas maneras la brecha entre los lectores y las lectoras.

—¿Qué me dice de las recetas?

La pregunta la tomó por sorpresa.

—¿Disculpe?

—Sus padres tienen una charcutería en Delaware, ¿no es cierto? Estoy seguro de que tiene algunas buenas recetas que podríamos publicar en las ediciones del domingo.

Entonces comprendió, se refería a la sección de Comida para las mujeres. La que se publicaba junto a las columnas sobre los errores al vestir, las reglas de etiqueta para reuniones y cómo ser el ama de casa perfecta. Eran el tipo de temas a los que la joven Nellie Bly se tuvo que limitar cuando trabajaba en el *Pittsburgh Dispatch*, antes de irse y perseguir mejores oportunidades y una mejor paga.

Haciendo a un lado el asunto de los objetivos, la dignidad de Lily no se compraba con recetas de cinco o diez centavos. Al menos, no el día de hoy.

La puerta se abrió con un traqueteo y Clayton entró con prisa.

—¡Jefe! Tengo la exclusiva de Duffy.

La tensión en la oficina debió sentirse como una tirante tela de araña porque el reportero se detuvo a medio paso y se sacó el cigarro de la boca.

—Puedo… volver más tarde.

—No, no, ya terminamos —dijo el jefe. Lily respondió con una forzada sonrisa para complacer—. ¿Averiguó más? —preguntó.

Clayton asintió en cuanto recordó qué hacía ahí.

—Fue asesinado en su habitación de hotel, en el Ambassador.

—¿Hay sospechosos?

Ninguno de los dos pareció notar cuando Lily pasó entre ellos para tomar su carpeta.

—La policía está interrogando a Hoff y a algunos de sus secuaces, pero parece más bien que quien lo entregó fue gente asociada con la Mafia irlandesa. La policía cree que miles de personas asistirán al funeral. Si está usted de acuerdo, en una hora yo podría estar listo para ir a Atlantic City.

Clayton transmitía tanto entusiasmo, que parecía que Orville Wright acababa de mostrarle al mundo una nave capaz de volar a la luna y volver.

Lily los dejó solos para que celebraran.

Cerró la puerta con más fuerza de lo que habría sido prudente, pero ¿quién se daría cuenta? Tras escuchar las recientes noticias, la sala de noticias locales parecía un hervidero. Mickey Duffy, oriundo de la misma Filadelfia, era traficante y transportaba dinero y apuestas entre los lugares donde se bebía y se apostaba de manera clandestina. Lo apodaban "El *Mr. Big* de la Prohibición", y la noche anterior había sido asesinado. Seguro por eso el jefe llegó temprano ese día.

De hecho, que rechazara su discurso para escribir una columna podría deberse, en buena medida, a que llegó en un momento inoportuno. Tal vez debería intentarlo otro día.

Pero, no. ¿A quién trataba de engañar? Si volvía a acercarse a él para hablar, recibiría la misma respuesta. Y si presionaba más, terminaría teniendo suerte de que no la despidiera de su empleo actual.

Al otro lado de la sala se encontraba Ellis muy animado hablando con el señor Baylor, seguro discutían sobre otro artículo en curso. Aunque lo que logró con el primero fue lo que la animó e inspiró a hablar con el jefe, ahora le provocaba una profunda envidia.

En ese momento, Ellis miró hacia donde ella se encontraba. Lily recobró la compostura y continuó caminando porque, después de todo, tenía importantes tareas pendientes. Como llevarle café tibio a su jefe.

CAPÍTULO 9

NADIE HABRÍA PODIDO PREDECIR cuánto se difundiría el artículo de Ellis. Fue como un incendio forestal que se extendió de un periódico al siguiente. Primero llegó a Jersey, luego Maryland, Rhode Island e Illinois. De ahí descendió a Texas y, al oeste, llegó hasta Wyoming. Los diarios cotidianos que volvieron a publicarlo sumaron nueve. Diez, tomando en cuenta el original publicado por el *Examiner*.

De cierta manera, era intrigante, misterioso. Ver a desconocidos en situaciones difíciles se había vuelto tan común que, para la mayoría de la gente, terminaban siendo invisibles. Sin embargo, al centrar la atención en una familia en particular, en un par de hermosos niños abrazados y una madre cubriéndose el rostro, los humanizó y los convirtió en algo que merecía compasión.

Para ser justos, Ellis nunca planeó entregar la fotografía en que aparecía el retrato de Geraldine. No se dio cuenta de que el señor Baylor se la presentó al jefe sino hasta que se enteró de que había sido aprobada. Ya estaban a mediados de octubre, pero lo de la familia continuaba perturbándolo.

De hecho, todo en la fotografía lo inquietaba. Entre más halagos y éxito tenía, más fraudulento se sentía. Sucedieron muchas cosas que no fueron planeadas, y todo pasó en un lapso muy breve. El día que logró venderle su gran idea al jefe había sido dos meses atrás.

A veces se preguntaba qué más habría vendido ese lunes. ¿Sus principios? ¿Su integridad?

Al menos, la respuesta de los lectores le ayudaba a luchar contra la culpa que lo carcomía. Siguieron llegando cartas compasivas y donaciones. Ya había hecho tres viajes a casa de los Dillard para dejar cajas de regalos en su pórtico, ya tarde por la noche. Se había convertido en lo opuesto a un ladrón y evitó la incomodidad de entregar las donaciones en persona, de tener que explicar cuánto se había difundido el artículo. Aunque la atención le encantaría a Ruby y, quizás, a su hermano también, era obvio que su madre no estaría tan contenta.

En cualquier caso, lo único que podía hacer él era continuar. Hasta ese momento, todo funcionaba bien hasta cierto punto, tanto en el aspecto económico como en la oportunidad recibida. En sus últimos dos artículos presentó a unos siameses nacidos en Filadelfia que desafiaron las probabilidades médicas, luego a un actor que alguna vez fue conocido por su participación en películas mudas, pero ahora tenía salud frágil y vivía en un barrio bajo al que la gente llamaba Hooverville.

Las muestras de humanidad común conmovían a los lectores, pero lo que hacía sentir orgulloso a Ellis en particular era el artículo que estaba por publicar. La idea de visibilizar a los mineros de carbón de Pittston se le ocurrió una semana antes. Cuando iba en el tranvía vio a un pequeño limpiabotas con las mejillas manchadas de crema para lustrar y eso le trajo un recuerdo.

Habría tenido más o menos la misma edad, siete u ocho años, cuando visitó una mina cercana al pueblo donde pasó su infancia, Hazelton. Aquella visita marcó una de las peculiares ocasiones en que su padre se quedó a trabajar hasta tarde. Era supervisor de maquinaria para la Huss Coal Company y, en esa ocasión, estaba tomando algunas decisiones con un operador de barrena cuando Ellis se encontró con un grupo de niños pequeños que comían el almuerzo que habían traído en baldes a la mina. Estaban cubiertos de polvo de carbón, de la punta de las botas a la punta de la cabeza, se veían tan negros, que el blanco de sus ojos casi brillaba.

La grave voz de su padre se escuchó desde atrás, tan ronca como un rugido, y, literalmente, hizo a Ellis dar un salto. *Te dije que te quedaras en la camioneta.* El hombre solía ser callado y discreto, esta era la primera vez que Ellis cobraba conciencia de lo alto y corpulento que era.

Caminaron juntos de vuelta a la camioneta y su padre se aferró al volante. Las manos le temblaban tanto de ira, que Ellis supo que llegando a casa le esperaba una tunda con el cinturón por haberse salido del vehículo y deambulado por ahí. Pero luego, a medida que avanzaron, su padre se fue calmando. Ellis recordó lo que le dijo al final: *Esas minas no son para andar jugando por ahí.* Parecía que iba a decir más, pero solo volvió a sumirse en el silencio que siempre los acompañaba en sus recorridos juntos.

El pequeño sabía que lo mejor sería mantenerse callado, pero su curiosidad ganó. *Pa, ¿quiénes eran esos niños?* Su padre no despegó la vista del camino, su respuesta fue sombría y apenas perceptible. *Niños rompedores,* dijo en un tono que, a todas luces, daba fin a la conversación.

Con el tiempo, Ellis supo más sobre esos niños que, desde los seis años, eran usados para separar el carbón. Trabajaban diez horas al día en los conductos y las bandas transportadoras de las plantas procesadoras, soportando cortaduras que les provocaban las rocas y quemaduras por el ácido, perdiendo dedos y miembros en los engranajes, enfermándose de asma y de la enfermedad del pulmón negro. Algunos simplemente se asfixiaban por respirar el carbón.

Para cuando Ellis ya era reportero, los niños rompedores eran cosa del pasado, ahora había máquinas que podían efectuar ese trabajo, y también leyes que regulaban el trabajo infantil. Leyes que jamás se habrían redactado y que, mucho menos, se habrían hecho cumplir de no ser por el fuerte apoyo del público. ¿Y cómo sucedió eso en gran medida? Gracias a los reporteros.

Ellis lo comprendió poco después de haber visitado la mina de carbón. Estaba bebiendo un batido de malta en la barra de la farmacia mientras su madre compraba algunas cosas. Una clienta hablaba con el dueño, indignada porque leyó en un artículo que otro niño rompedor acababa de ser mutilado. Elogió a los "valientes reporteros" por reportar ese tipo de atrocidades que las grandes empresas mineras desearían que llegaran y se fueran sin causar barullo, como un susurro.

Como era típico en los hijos únicos, Ellis siempre fue un lector voraz, pero a partir de ese día, los periódicos se convirtieron en su lectura preferida. Cuando su madre trató de redirigirlo hacia las obras clásicas, preocupada porque los reportes locales de asesinatos y corrupción le parecían inapropiados para un niño, él empezó a leer los artículos a escondidas, al abrigo de las cobijas de su cama y bien pasada su hora de dormir.

Un día, él también se convertiría en un valiente reportero, se juró a sí mismo. Haría lo contrario que los infames individuos que aprovechaban los escándalos, los "buitres", de los que se quejaba su padre. En el mundo de Jim Reed, un hombre de verdadero valor creaba algo tangible y útil para la sociedad, artefactos tangibles y prácticos que duraran. Y eso no incluía escándalos ni chismes en periódicos que terminaban siendo "fajina manchada de tinta" que costaba un centavo y uno tiraba a la basura al día siguiente. No, Ellis haría algo más que eso. Sus artículos obligarían a la gente a sentarse y escuchar, impartiría conocimiento que en verdad hiciera la diferencia.

Nadie creyó que lograría ese gran sueño, excepto su madre. En Allentown, el pueblo donde su familia se estableció años atrás, cuando su padre fue contratado por Bethlehem Steel, uno obtenía su diploma de la preparatoria, luego trabajaba en alguna fábrica que produjera automóviles o camiones, o golpeando metal para el ejército, y se olvidaba de ir a las costosas universidades. Esas instituciones eran solo para los Rockefeller del mundo que no habían trabajado un solo día de su vida. O al menos, eso era lo que se decía.

Ellis hizo lo que todos hacían durante algún tiempo, incluso salió con algunas chicas, hasta que se dio cuenta de que no era justo para ellas, ya que tenían como único objetivo conseguir un esposo y empezar una familia. Él no podía arriesgarse a atarse a una mujer solo porque a ella le daba miedo que la dejara. Durante más de un año, semana a semana, se echó al hombro las botas y los guantes, y se fue a trabajar y sudar a una planta de baterías. Pero solo lo hizo para poder ahorrar, mudarse a Filadelfia y comprar las refacciones que necesitaba para la joya que encontró en un depósito de chatarra, y así perseguir las grandes historias que necesitaba un reportero para empezar a trabajar.

Su madre comprendió todo, incluso cuando renunció a su sólido empleo en la planta de baterías para archivar periódicos aunque le pagaran menos, y para luego escribir trivialidades en las páginas para mujeres. A ella nunca tuvo que explicarle la manera en que cada uno de sus pasos lo acercaba más a su meta.

Su padre, en cambio, nunca compartió esta visión, y nunca tuvo reserva alguna para decirlo, lo cual hacía que la cena de esa noche en casa de sus padres resultara aún más satisfactoria.

Aunque le había enviado a su madre recortes de sus primeros tres artículos y escuchó sus halagos cuando hablaron por teléfono, esta sería la primera vez que vería a sus padres desde que los artículos fueron publicados. Su padre por fin tendría que admitir que sus elecciones profesionales no fueron estúpidas después de todo, vería que el trabajo de su hijo tenía un significado, al menos, ahora que les mostraría su próxima historia sobre la mina.

Era cuestión de elegir el momento adecuado.

—¿Quieres más estofado, corazón? —preguntó su madre. Estaba sentada a la derecha de Ellis en la mesa y, como siempre, su silla era la más cercana a la cocina.

—No, gracias, ma, ya comí suficiente.

—¿Y qué tal un poco de pan? —dijo mientras se estiraba para tomar los bollos en forma de medialuna apilados en un cuenco de vidrio opaco que había poseído desde que nació. Era de una simplicidad encantadora pero, además, era útil e inalterable. Como todo lo que había en la casa de dos pisos tipo *chalet* de sus padres—. No te atrevas a decir que estás satisfecho —le advirtió su madre— porque voy a empezar a decirte otra vez lo delgado que estás.

Como el presupuesto semanal de Ellis rara vez le permitía comer una comida completa, se sentía más que satisfecho con el estofado de su madre, pero al ver su sonrisa alentándolo de esa manera, no se pudo negar.

—Claro, solo uno más —dijo y tomó otro bollo, el tercero de la noche. El aroma del pan tibio siempre le recordaba su hogar.

Al morderlo, su madre se enderezó un poco más en su asiento. Ellis vio su vestido floreado y sus brillantes ojos azules. Eran un agradable recordatorio de todos los rasgos que había heredado de ella, como las arrugas de su sonrisa y la barbilla redondeada, como el ondulado cabello negro que ella mantenía de forma invariable solo hasta los hombros. Incluso le había heredado su complexión mediana y su esbeltez en la cadera.

Pensándolo bien, cuando era adolescente, lo que le habría gustado heredar de su padre era un físico un poco más corpulento. Fuera del moreno color de piel que reflejaba sus distantes raíces portuguesas, tenían muy poco o nada en común. En especial ahora, que el cabello castaño de su progenitor se estaba volviendo gris, y que de manera permanente usaba las gafas que no tendría si su esposa no hubiera insistido con amabilidad pero determinación.

—¿Y tú, querido? —le preguntó a su esposo—. ¿Quieres otro bollo?

Jim Reed estaba sentado del otro lado de Ellis, en la cabecera de la mesa, y sin embargo, a veces era fácil olvidar que se encontraba ahí.

—Yo estoy bien —dijo y, con un gesto de su mano callosa y con las uñas manchadas un poco de negro, con la misma grasa que salpicaba su típica camisa a cuadros, rechazó la canasta antes de volver a concentrarse en la crema de maíz en su plato.

La calma que se percibió en ese instante no duró ni medio minuto. La madre había dominado mucho tiempo atrás el arte de llenar los huecos que dejaba el silencio como si se tratara de moldes en espera de masa para galletas. Era experta en disminuir la tensión hablando de programas de radio, de sus proyectos de tejido, de las noticias más recientes sobre los vecinos y los amigos, incluyendo los antiguos compañeros de escuela de Ellis, y sobre la salud de sus abuelos maternos, quienes vivían en Arizona por el sol. Los paternos habían fallecido.

Los vínculos de Ellis con sus antiguos conocidos en el pueblo se habían ido desvaneciendo con el tiempo, pero de todas formas asintió cuando los mencionó su madre. De vez en cuando, algún tema le interesaba a su padre lo suficiente como para hacer un comentario.

Por supuesto, solo había un tema que nunca se mencionaba, a pesar de estar presente en la silla vacía frente a Ellis.

Al pensar en ello, casi pudo percibir el aroma de las manzanas con canela desbordándose de su antigua casa en Hazelton. Había estado sentado afuera, picoteando el yeso que le acababan de poner en el brazo porque, un poco más temprano, se cayó de la bicicleta. Su madre estaba dentro cocinando una tarta. Ellis no se dio cuenta de que era ella quien gritaba porque nunca había escuchado sonidos como esos, solo lo comprendió cuando salió corriendo de la casa con el niño envuelto y su padre detrás. Ella tenía el rostro desencajado por el miedo cuando ambos abordaron la camioneta. Él debe de haber tenido por lo menos cinco años, edad suficiente para quedarse solo. Lo bastante inteligente para rescatar del horno la tarta de la que se comió la mitad directo del molde cuando empezó a dolerle el estómago por el hambre.

Esa noche, su madre se encaramó en su cama y le habló con una voz tan áspera como la lija. *A veces, los bebés solo dejan de respirar sin ninguna razón.* Recordaba las lágrimas en sus mejillas y que trató de comprender por qué su hermano se había ido a vivir con los ángeles. Más tarde despertó al escuchar los pesados pasos de su padre yendo de un lado a otro sobre los chirriantes pisos de madera. Caminar así, tarde por la noche, era un hábito que continuó teniendo durante años, como si hubiera perdido algo que nunca podría encontrar.

Para Ellis era imposible decir si su padre había vuelto a reír alguna vez después de ese día o si alguna vez mencionó algo sobre el fallecimiento de Henry, pero suponía que las probabilidades no eran mayores a las de que su madre hubiera vuelto a hornear una tarta de manzana.

—¿Ellis? —preguntó su madre trayéndolo de vuelta al presente—. ¿Quieres un poco de pastel de durazno?

—Me encantaría —contestó sonriendo.

Ella estaba a punto de levantarse y de dejarlo solo con su padre.

—Espera, mamá, tú solo siéntate y relájate, yo puedo traerlo.

Por supuesto, su madre protestó, pero llegaron a un acuerdo. Mientras él llevó los platos al lavadero, ella sirvió el postre y el café, y luego ambos volvieron a sus lugares.

—Espero no haberle puesto demasiada nuez moscada —dijo su madre mientras él y su padre empezaban a comer el pastel—. Es una nueva receta de *Good Housekeeping* que quise probar.

—Es perfecto, ma —insistió Ellis con la boca medio llena.

Su padre estuvo de acuerdo.

—Sabe bien, Myrna. En verdad bien.

Ella sonrió sintiéndose más orgullosa que aliviada y luego continuó dirigiendo la plática trivial con la que llenarían el resto de la cena. Entonces Ellis se dio cuenta de que su oportunidad empezaba a desvanecerse.

Esa tarde, cuando se sentaron a la mesa, su madre le había preguntado cómo iba todo en el periódico: una pregunta general a la que había que responder de la misma manera. *Todo en orden*, contestó él, seguro de que tarde o temprano ella daría la vuelta a varios temas y regresaría a ese para que le diera más detalles. Sin embargo, eso no había sucedido hasta el momento. Le preguntó a su esposo sobre una nueva máquina de la planta acerera en la que ahora trabajaba como supervisor, y el rostro del padre de Ellis se iluminó al describir la eficiencia y las ventajas de seguridad de la máquina que pasó un año insistiendo en que compraran.

El tema le resultó refrescante a Ellis, tanto por el ánimo de su padre, como por la sutileza con que podría dirigir la conversación a la fotografía que llevaba en el bolsillo de la camisa. Finalmente decidió sacar a relucir el tema él mismo cuando su padre habló.

—¿Qué te parece si reviso tu radiador antes de que te vayas?

Era el tipo de frase que se usaba para hacerle saber a un invitado que era hora de irse, que la visita había llegado a su fin.

—Eh, claro. Te lo agradecería.

Su padre terminó de beber su café de un trago, pero en ese momento, como si pudiera leer los pensamientos de su hijo, Myrna intervino.

—Oh, pero todavía está muy iluminado allá afuera, no hay necesidad de apresurarse —exclamó y, con eso, logró cambiar la opinión de su esposo de la manera en que solo ella podía—. Cuéntanos, Ellis, ¿sobre qué estás escribiendo en este momento?

Habría podido abrazarla con todas sus fuerzas, organizarle un desfile.

—De hecho, mañana se publica un nuevo artículo mío.

—¿Otro? ¿Tan pronto? ¡Y en la edición del domingo! —exclamó su madre mirando al otro lado de la mesa—. Es tremendo, ¿no te parece, Jim?

Su esposo le respondió asintiendo secamente, sin embargo, sus cejas se arquearon como si no pudiera evitar sentirse impresionado.

Animado, Ellis se enderezó en su asiento.

—Verás, estaba tratando de pensar en un tema para cubrir y en una imagen que pudiera representar algo importante para la gente local, y entonces pensé en las minas —explicó. Si algo había aprendido, aunque fuera poco, era que a la gente de Filadelfia le encantaba leer sobre sus coterráneos—. La traje para que la vieran —dijo antes de sacar la fotografía y deslizarla sobre la mesa con orgullo.

—Estos hombres que ven aquí crecieron siendo niños rompedores, pero ahora operan maquinaria que separa el carbón en lugar de ellos. Es más eficiente y segura, como la máquina que acaban de comprar en la fábrica, pa. ¿Puedes imaginar cuántos niños están vivos ahora gracias a estas separadoras mecánicas? Y gracias a las leyes laborales también, y a la prensa, que no ha permitido que los problemas continúen como antes —concluyó. No había planeado decir esa última parte respecto al crédito que le correspondía, solo fue algo que fluyó al hablar del artículo.

No obstante, algo cambió en el lugar. Ellis lo notó en la postura de su padre, en su mirada que había perdido la ligereza de unos segundos atrás. ¿Habría tal vez reconocido el esfuerzo de su hijo para probarle que se equivocaba? ¿Para deshacerse de las antiguas dudas respecto a su carrera, de sus ideas respecto a los buitres de la prensa? ¿O... sería otra cosa?

A su padre siempre se le facilitó encontrar las ventajas y las debilidades de cualquier máquina. Como supervisor, hacía lo mismo con los trabajadores, tal vez él era el único que podía percibir, como si fuera un artefacto defectuoso, el fragmento de engaño detrás del éxito de la historia de su hijo.

Cualquiera que fuera la causa, incluso la madre de Ellis se quedó boquiabierta ante aquel momento sin palabras que, en el fondo, decía demasiado.

Su padre se puso de pie y habló en tono áspero y grave.

—Será mejor que vea tu automóvil antes de que se haga más tarde —dijo antes de dirigirse a la puerta y sacar su caja de herramientas del clóset.

En cuanto se fue, la madre de Ellis sonrió de manera forzada y le devolvió la fotografía a su hijo.

—Parece que será un artículo maravilloso, Ellis —dijo—. Nos emocionará mucho leerlo.

CAPÍTULO 10

LILY HABÍA MENTIDO UNA Y OTRA VEZ. No era la manera ideal de pasar un miércoles, pero en cuatro ocasiones diferentes, sus compañeros de trabajo le preguntaron si se sentía bien. Ella insistió en que todo estaba en orden, lo cual era falso. No se había sentido bien desde la noche anterior, cuando hizo una llamada telefónica secreta desde la casa de huéspedes. En una residencia para mujeres solteras del más elevado calibre moral, ese tipo de llamadas tenían que hacerse de manera furtiva. En cuanto se enteró de cómo se encontraba Samuel, empezó a preocuparse tanto que casi se enfermó.

Mañana abordaré un autobús a primera hora de la mañana, pensó decidida. Le habían dicho que no fuera, que no era necesario, que estaba exagerando. Además, lo vería de nuevo el viernes de todas formas. Sin embargo, faltaban dos días para eso, días que se alargarían como si fueran años.

Se esforzó por dejar pasar las horas lo mejor que pudo. Se ocupó archivando papeles, haciendo llamadas telefónicas, tomando dictados, recordándose a sí misma que, mientras tuviera un jefe como Howard Trimble, no podría ir y venir como le viniera en gana. A menos, claro, de que quisiera quedarse sin empleo.

Incluso logró contenerse y no volver a marcar para averiguar cómo se encontraba Samuel, excepto por la llamada que hizo a la hora del almuerzo. Ahora, sin embargo, el jefe se había ido a una junta que tendría a las cuatro de la tarde, así que no volvería. La mayor parte de la sala de noticias locales se había desocupado y la gente que quedaba estaba enfocada en la fecha límite del día siguiente, lo que le proveyó suficiente privacidad para volver a hacer una llamada.

Llamó a la operadora desde el teléfono de su escritorio y la conectaron a la charcutería de su familia. El hecho de que la línea estuviera compartida con la casa que se encontraba arriba del local, significaba que tendría dos oportunidades de escuchar las noticias más recientes. ¿Cómo podría relajarse hasta no confirmar que se encontraba bien?

Samuel era el centro de su mundo y su corazón. Era en lo primero que pensaba al levantarse por la mañana y lo último antes de quedarse dormida en la noche.

Era su adorado hijo de cuatro años.

La serie de discordantes repiqueteos terminó cuando su madre contestó el teléfono y ella preguntó sin saludar.

—¿Cómo se siente?

—Ay, cariño, está bien.

—Entonces ¿ya no tiene fiebre?

—Te dije que no había nada de qué preocuparse —dijo su madre. Que no contestara su pregunta hizo que Lily sujetara el auricular con más fuerza.

—¿Qué tan elevada? —preguntó—. ¿Cuánta fiebre tiene?

Escuchó un exasperado suspiro.

—Treinta y ocho y medio.

—Voy para allá.

—Pero, Lily, tienes que trabajar mañana. En cuanto llegues tendrás que volver.

Tenía razón, cada trayecto le tomaría dos horas y, además, los autobuses casi no se detenían por las noche.

—Entonces dormiré allá.

—No digas tonterías.

Lily ya se estaba levantando de la silla, estaba a punto de tomar su bolso y salir para ir a la estación de autobuses. Pero primero escribiría una nota para su jefe en la que le diría con vaguedad que tuvo que atender una emergencia familiar.

—Lillian Harper —dijo su madre con un tono distinto, enfatizando las dos palabras que transformaron en ese instante a Lily en una niña—: entiendo tu preocupación, pero ¿recuerdas lo que sucedió la última vez que, solo por un dolor de estómago, viniste a toda prisa sin pensarlo? Incluso el médico dijo que no era bueno que te estresaras de esa manera, y tampoco es bueno para Samuel.

La lógica estaba del lado de su madre, también el médico, pero la lógica no tenía nada que ver con la verdadera razón por la que Lily temía por el bienestar de su hijo.

Se sintió tentada a explicarlo por fin. Su madre comprendería, ¿no? Después de todo, su apoyo había sido constante en los momentos más difíciles, incluso cuando su padre, en un primer ataque de cólera, amenazó con desheredar a su única hija. ¿Y quién podría culparlo? Se suponía que Lily sería la "bebé milagro", que estaba destinada a la grandeza, que sería la recompensa después de diez difíciles años de intentos para que su madre se embarazara. A los diecisiete años su vida parecía muy prometedora, fue la primera de la familia con planes para ir a la universidad, y luego echó todo a perder por pasar una noche con un chico al que casi no conocía.

Por otra parte, aquel error se transformó en una bendición. No solo porque nació Samuel, sino por el perdurable amor de sus padres, quienes la apoyaron cuando tanta gente la desdeñó. De hecho, las miradas de disgusto de la sociedad la fortalecieron y le imbuyeron la voluntad necesaria para separarse de su hijo cada semana. Había aprendido a tolerar los juicios de la gente de su pequeñísimo pueblo desde mucho tiempo atrás, pero se negaba a que Samuel sufriera lo mismo. Sabía que el escudo que le proveía su inocencia era temporal. A diferencia de los dos niños pobres de la primera fotografía de Ellis, él nunca se preguntaría si fue deseado. Al menos, no si Lily podía impedirlo. Para cuando tuviera edad para ir a la escuela, ella habría ahorrado lo suficiente para empezar de nuevo en otra ciudad y tener un apartamento propio. Incluso podría pasar por una joven viuda de veintitantos y ya no tendría que ocultar a quien más amaba en la vida.

Pero hasta entonces, claro que se preocupaba, mucho más de lo que debía. Y aunque tenía sus razones, sabía que nunca las diría en voz alta, sobre todo, no a su madre.

—Yo puedo llevarla.

La voz masculina asustó a Lily. Giró y se encontró con Clayton Brauer parado junto a ella con las manos en los bolsillos del pantalón.

—¿Disculpe? —preguntó colocando el micrófono del teléfono sobre su pecho para cubrirlo. Su corazón se aceleró en cuanto reflexionó sobre lo que acababa de escuchar.

—Usted necesita que la lleven a algún lugar y a mí me cancelaron la entrevista —dijo levantando el hombro como solía hacerlo, sin tomarse la molestia de encogerse de hombros por completo—. En automóvil llegará en la mitad de tiempo y, si desea volver esta misma noche, podrá venir a trabajar mañana temprano.

—Me temo que... no estoy segura de lo que escuchó usted, pero...

—Señorita Palmer, si su hijo está enfermo, debería ir a verlo.

Lily se quedó paralizada, olvidó cómo respirar hasta que la voz de su madre la hizo caer en cuenta de que la llamada continuaba.

—Mamá, te llamaré más tarde —dijo y colgó.

Clayton había sido el reportero de crímenes del *Examiner* durante los últimos cuatro años y era a quien el jefe escuchaba más de todo el personal. Lo último que ella necesitaba era que su jefe y su casera se enteraran de que había mentido de una manera extrema, ni que alguien rastreara su mentira hasta el día en que tuvo su entrevista de trabajo con el señor Baylor en representación del jefe.

¿Es casada?, le preguntó tiempo atrás.

No, señor.

¿Planea cambiar esta situación pronto?

La última secretaria del jefe fue contratada cuando se acababa de casar y renunció en cuanto se enteró de que estaba embarazada. El jefe pensó entonces que alguien sin inoportunos problemas familiares de los cuales preocuparse daría menos dolores de cabeza. ¿No le parece lógico?

Como en verdad necesitaba el empleo, logró asentir. *No, no tengo inoportunos problemas familiares*, le aseguró a Baylor para tranquilizarlo, él sonrió y, poco después, ya le estaba mostrando el edificio, la llevó hasta su escritorio y la presentó con el jefe y con el jefe de la redacción, un individuo gruñón a quien, por suerte, casi no se le veía en el periódico. Incluso le dieron una referencia personal de la casa de huéspedes cerca del periódico. Innegablemente, el hecho de que en ambos lugares la aceptaran y la trataran como una joven virtuosa le resultó refrescante, pero eso nunca fue su principal motivo para mantener la existencia de Samuel en secreto.

Se rio para hacer creer a Clayton que se equivocaba, pero su pulso seguía acelerado.

—Me parece que ha habido un malentendido, señor Brauer. En realidad me estaba poniendo al tanto de la salud de mi sobrino.

Clayton miró su reloj, sus palabras fueron como partículas de polvo que pasaron volando.

—Solo necesito bajar a revisar algo al otro piso, antes de que cierren las prensas. Después de eso podemos ir a Maryville, si está usted lista. ¿Le parece?

Clayton lo sabía todo. Sobre su hijo, sobre su pueblo natal. Y, al parecer, lo sabía desde antes de que ella hiciera esa llamada.

Entonces comprendió: claro, nadie se convierte en reportero estrella sin fijarse en los detalles, en las pistas más sutiles.

—¿Desde cuándo…

—No tiene de qué preocuparse, su secreto está a salvo —dijo el reportero y, con una simplicidad contundente, respondió a dos asuntos aún más cruciales: ¿alguien más sabía? ¿Le diría al jefe?

Lily asintió sintiéndose aún muy sorprendida, pero también agradecida en extremo. Como la mayoría del personal del periódico, él vivía en Filadelfia. Delaware difícilmente le quedaba de paso camino a casa.

—Regresaré cuando haya terminado —dijo Clayton—. Y, escuche, si decide volver a casa esta noche, me dará mucho gusto traerla y ahorrarle el boleto de vuelta.

Aunque eso evitaría que al jefe le diera un ataque al día siguiente, al ver que Lily llegaba tarde, se negaba a aceptar.

—Es encantador de su parte ofrecerse, pero ni en sueños consideraría obligarlo a esperarme. Ya está usted haciendo demasiado.

—El favor no es para usted, señorita Palmer. Tomando en cuenta que de todas formas manejaré de regreso, preferiría hacer el trayecto con alguien con quien pueda hablar y que no sea yo mismo.

Ella sonrió, incapaz de argumentar y, antes de salir de la sala, Clayton sonrió como acostumbraba.

En menos de dos minutos Lily estuvo lista para partir. Los siguientes quince los pasó mirando repetidas veces los relojes en la pared. Ya había preparado su sombrero de campana, los guantes de viaje y su suéter rosa desteñido. Tomó su bolso, lo sujetó con fuerza y se aprestó.

Decidió que podría ahorrarle a Clayton algunos escalones, así que caminó hacia su escritorio y lo encontró vacío. Todavía se encontraba terminando sus pendientes en algún piso de abajo.

Se recordó a sí misma que debía ser paciente, no pensar demasiado en la fiebre de Samuel. Entonces notó que Ellis estaba en su escritorio. A pesar de que solo lo veía de perfil, alcanzó a detectar una expresión de pesadez. Tenía la vista fija en su máquina de escribir, pero sin realmente verla.

De pronto recordó el encuentro que tuvieron aquella mañana. Dos miembros del personal acababan de decirle que no se veía bien, y cuando Ellis se acercó a su escritorio, ella ni siquiera volteó y solo insistió en que no pasaba nada, antes de que él pudiera decir cualquier cosa. Resulta que Ellis tenía la esperanza de que a ella le interesara salir con él después de trabajar, e ir a un bar clandestino llamado *The Cove*, adonde un grupo de empleados de *The Examiner* solía ir a media semana para relajarse. En retrospectiva, había rechazado la invitación de una manera muy grosera.

Desde que hablaron en Franklin Square, ella se había esforzado por mantenerse a una distancia cómoda, pero de ninguna manera se debía a que él hubiera hecho algo malo.

—Disculpe, ¿señor Reed?

Ellis levantó la mirada y el trance llegó a su fin.

—Me parece que esta mañana lo traté de una forma inadecuada. Espero que pueda aceptar una disculpa.

La tensión en el rostro de él se relajó lo suficiente para sonreír a medias.

—Lo aprecio, pero descuide, no hay problema.

Lily también sonrió antes de que él volviera a enfocarse en su cuaderno. Parecía que solo estaba tratando de ocuparse con algo.

El pesimismo de Ellis no podía haberlo causado exclusivamente ella con su comportamiento. Debía de haber algo más.

—¿Hay algo que... le inquiete?

A Lily le pareció que Ellis estaba reflexionando sobre si debía responder o no, lo cual la preocupó aún más.

Al fondo se escuchaba el ritmo disparejo de dos máquinas de escribir traqueteando y un reportero despidiéndose de otro, pero Lily continuó concentrada en Ellis. Aunque no tenía tiempo para una conversación prolongada, podía permanecer ahí unos minutos.

Se sentó en el escritorio de junto con su bolso en el regazo y alcanzó a ver la gratitud en su mirada.

—Recibí una oferta —contestó Ellis y luego bajó la voz—. Para trabajar en Noticias de la ciudad.

Un ascenso. Lily estaba en verdad contenta por él, ya no quedaba nada de la envidia que en algún momento sintió.

—Es maravilloso, debe de sentirse muy orgulloso —dijo, pero entonces miró su apesadumbrada expresión y agregó—. Pero no lo veo celebrando.

—Es un empleo en el *New York Herald Tribune*.

—¿Disculpe?

—El redactor de Noticias de la ciudad llamó ayer. Le pareció que al *Trib* le hacía falta un reportero sensible, según dijo. Su esposa tiene una amiga que no vive en Filadelfia, pero le recomendó mis artículos. Todavía me cuesta trabajo creerlo.

Lily debió ver venir esto. Tanto los artículos como las fotografías de Ellis irradiaban una sinceridad y un interés por sus semejantes que cautivaban a los lectores, y en el pequeño mundo de las noticias, era obvio que, tarde o temprano, un redactor avezado lo descubriría.

—Para ser honesto, señorita Palmer, es por eso por lo que le pedí que me acompañara al *Cove*. Me parece que, una vez más, necesito que alguien me guíe por el buen camino —dijo riendo entre dientes, sintiéndose avergonzado de tener que pedirle consejos.

—Entonces, ¿todavía no ha decidido?

—Debo estar loco, ¿no es cierto? Es el empleo con que sueñan todos los reporteros que conozco.

En ese momento, Lily se dio cuenta de cuánto deseaba ser, por encima de todo lo demás, la causa de la reticencia de Ellis a partir. Era una idea ridícula, así que la descartó con firmeza.

—Entonces, ¿cuál es el problema?

Ellis humedeció sus labios como si eso pudiera facilitar el flujo de las palabras.

—La cuestión es que, cuando el jefe me asignó el primer artículo con la fotografía de los niños, me pareció que era mi gran oportunidad, una manera de demostrarles a todos en casa que en verdad podía hacer esto.

—¿Y ahora?

—Ahora están sucediendo todas estas cosas maravillosas, pero cuando pienso en la fotografía…

En cuanto le pareció comprender cuál era el problema de Ellis, completó la idea.

—Se sintió culpable por obtener ganancias a partir del infortunio de otros —dijo. Era una respuesta comprensible.

—No. Es decir, sí, está eso por supuesto. Pero, bueno… es que…

La miró directo a los ojos y ella volvió a percibirlo. Ellis guardaba una verdad, un secreto ardiente con el que ella se identificaba. Tal vez tenía que ver con el hermano que perdió, con su vínculo personal con la fotografía. Pero no sabía nada más, solo tenía su oscuro pasado personal y sabía que la imagen logró sacudirlo.

—Puede contarme —le aseguró a Ellis—. Le prometo que mis labios serán una tumba —agregó, dándose cuenta de que confiaba en ella a pesar de no tener muchas razones para hacerlo.

Ellis se inclinó hacia ella con aire melancólico, su rostro quedó a solo unos centímetros del de ella. Lily percibió el débil aroma a jabón en su piel, la calidez de su aliento. No tenía deseos de alejarse, se sintió mucho más cómoda de lo que debería. Sin embargo, cuando él iba a hablar, algo detrás de ella captó su atención y lo hizo alejar su cabeza de forma abrupta.

—No quisiera interrumpir —le dijo Clayton a Lily. Tenía su portafolios de cuero en una mano y la fedora en la otra, a la altura de la cintura.

—Solo quería decirle que estoy listo para partir en cuanto usted lo indique.

Lily recobró la compostura enseguida y se puso de pie. Por lo nerviosa que se sentía, uno pensaría que la acababan de descubrir en medio de una situación amorosa, pero, por supuesto, no era así.

—Puedo esperar afuera —añadió Clayton—, aunque creo que deberíamos tomar la carretera pronto.

La preocupación por Samuel volvió a Lily con fuerzas renovadas. ¿Cómo pudo olvidarlo siquiera por un minuto?

—Sí, tiene razón —dijo inclinándose un poco hacia donde estaba Ellis, pero sin hacer contacto visual—. Lo lamento, señor Reed, pero debo irme.

—No, soy yo quien lamenta haberla distraído —contestó con aire despreocupado a la vez que se enderezaba en su silla—. Ya me había dicho que estaría ocupada esta noche, debí recordarlo.

El Cove, claro. En la mañana, cuando le pidió que fuera con él, ella respondió con su excusa de costumbre, pero ahora deseaba con desesperación corregir la situación y explicar la posible suposición de Ellis respecto a que Clayton y ella fueran pareja, pero hacerlo no sería sencillo.

—Bien, entonces lo veré mañana —dijo Lily girando hacia Clayton, quien le ofreció su brazo de manera ostentosa. Ella solo había avanzado unos pasos cuando Ellis habló.

—De hecho, dudo que así sea —dijo con un tono más denso, con una franqueza que la hizo voltear—. Verá, tengo mucho que empacar. Para la gran mudanza.

Lily solo se lo quedó mirando, pero Clayton mordió la carnada.

—Mudanza, ¿eh? ¿Adónde?

—Recibí una oferta de Nueva York. Del *Herald Tribune*.

Ellis parecía estar esperando una reacción. Cualquier reportero del *Examiner* habría estado celoso, pero Clayton apenas movió los labios en lo que parecía una sonrisa.

—¿Ah sí? Qué tal —dijo e incluso felicitó a Ellis estrechando su mano con vigor.

Lily tuvo que hacer un verdadero esfuerzo por imitar la alegría de ambos. Detestó sentirse molesta por la elección de Ellis. Aunque solo estaba a unas horas de distancia, Nueva York, o la Gran Ciudad, como le decían por muchas razones, implicaba el inicio de una nueva vida y dejar el resto atrás.

A pesar de todo, cuando las manos de ellos se separaron, ella se dirigió a Ellis.

—En ese caso, señor Reed, le deseo la mejor de las suertes —y luego a Clayton—. Debemos irnos, ¿no es cierto?

—Después de usted —contestó Clayton y ella lo dirigió a la salida sin permitirse mirar atrás.

CAPÍTULO 11

Titubear era una tontería de la parte de Ellis. Ningún reportero con dos dedos de sentido común habría rechazado al prestigioso *Herald Tribune*.

Por supuesto, tomar la decisión habría sido más sencillo de no ser por su conciencia. Lily tenía razón respecto a la fuente de su culpabilidad, respecto a que su éxito se construyó sobre el infortunio de otros, pero eso solo era la mitad. El entusiasmo del jefe de la redacción del *Tribune*, en especial por la fotografía de los Dillard, le recordaba la verdad. O mejor dicho, la mentira.

Deseaba contárselo a alguien, pero no a cualquiera, solo a Lily Palmer. Quería explicarle que se suponía que la fotografía de aquellos niños solo sería un peldaño para ascender en su carrera y cómo, a pesar de que no debería, de pronto sentía que se había convertido en la escalera completa.

Lily tenía algo que le hacía pensar a Ellis que lo comprendería, había un vínculo subyacente. O al menos, eso creyó hasta que la aparición de Clayton dejó todo muy claro. En ese momento, un orgullo, producto de un simple reflejo, instó a Ellis a decidirse respecto al empleo. En cuanto dijo las palabras, ya no pudo retractarse. Incluso si pudiera, ¿por qué tendría que hacerlo? La

96

mudanza a Nueva York era justo lo que necesitaba. Dentro de poco, el recuerdo de Lily y los niños Dillard se desvanecería en la distancia.

Fue lo que se dijo a sí mismo mientras se preparaba para llamarle por teléfono al jefe y hacer el asunto oficial. Se preparó para escuchar su diatriba sobre cuánto le parecía que era un acto de deslealtad o ingratitud, pero, aunque el jefe murmuró algo respecto a lo inconveniente que resultaba su renuncia, terminó deseándole lo mejor con un tono que incluso sonaba sincero.

Tal vez también ayudó que el redactor original de Sociales regresaría por fin en las siguientes semanas. Además, rara vez pasaba un día en que un escritor, ya fuera aspirante o avezado, hombre o mujer, no visitara el *Examiner* tratando de cazar una vacante. Como decía el dicho, solo los reporteros de mayor nivel eran irremplazables... hasta que los remplazaban.

Si tuviera la oportunidad, el padre de Ellis reforzaría su posición con deleite, justo por eso, no se la daría. Después de todo, era momento de celebrar. Por eso, cuando decidió dar a conocer las noticias, llamó entre semana y en medio de la jornada laboral para que su madre estuviera sola en casa. *Ay, cariño, estamos tan orgullosos de ti*, le dijo desbordando entusiasmo. Y, por un instante, quiso creer que el plural en su afirmación era cierto.

Cuatro días después de aceptar ya había empacado sus pertenencias con un esfuerzo mínimo. También preparó su chatarra para el viaje, reservó en Brooklyn un apartamento que no había visitado y se fue.

Por supuesto, un solo vistazo a su nuevo edificio habría reprimido el entusiasmo de su madre porque, una vez más, solo había un sanitario para todos los inquilinos del piso, las paredes eran tan delgadas que parecían tela de gasa y, de vez en cuando, grillos de cola larga visitaban el lugar. La mejora evidente respecto al apartamento anterior era que en este había un escritorio y una silla de verdad, una cama que casi no tenía bultos ni rechinaba, y una cocineta con un lavabo que incluía agua fría y caliente. Demonios, incluso uno podía girar con los brazos extendidos por completo sin arriesgarse a rasguñar alguna de las paredes. Y como ventaja adicional, como sus vecinos eran inmigrantes de todo tipo, si le dieran ganas de aprender un nuevo idioma, podría escoger casi cualquiera.

Para ser francos, Ellis podría pagar un mejor lugar. Su salario inicial sería de sesenta dólares a la semana, una suma decente si se le comparaba con la mezquina cantidad que recibía en Sociales. Sin embargo, planeaba ser frugal y ahorrar para comprar un nuevo motor antes de que el que tenía dejara de funcionar. En cuanto hiciera eso podría gastar un poco más, tal vez comprarse un sombrero nuevo con una banda de seda o un elegante traje de gabardina: artículos que le irían bien cuando trabajara en el *Herald Tribune*.

Como todo en Nueva York, el periódico era más ágil, tanto en velocidad como en estilo. Al menos, eso le pareció aquella tarde, la primera vez que entró al elegante edificio y subió en el elevador a la sala de noticias locales, un vasto espacio repleto de gente, humo de cigarro e intensidad. De todos los lunes en que habría podido comenzar, fue como si hubiera elegido el más ajetreado. Acababan de declarar culpable a Al Capone de evasión fiscal, Thomas Edison había fallecido, treinta mil partidarios de Hitler desfilaron en Alemania y, para colmo, mientras Japón se abría paso en Manchuria, también empezó a trabajar para impedir que Estados Unidos se uniera a la Liga de las Naciones.

En resumen, la llegada de Ellis no fue de mucho interés para nadie.

—Señor Walker —repitió por tercera vez antes de captar la atención del redactor de noticias locales. Varios reporteros que estaban apiñados alrededor de su escritorio, en el centro de la sala, acababan de dispersarse tras confirmar sus respectivas tareas para ese día.

—¿En qué puedo ayudarle?

—Soy Ellis Reed, señor —dijo y se quedó callado, a la expectativa. Stanley Walker solo miró su reloj de muñeca mientras se levantaba de su asiento. Su enjuta figura se quedaba corta frente al metro ochenta de Ellis, y entre su cabello negro ligeramente ondulado, resaltaban algunas mechas en tono rojizo.

—¿Tiene una historia? Cuénteme rápido, me dirijo a una reunión —su ligero y arrastrado acento tejano chocaba con su paso en *staccato* al caminar.

—¿Yo? Eh… no… Usted me contrató la semana pasada. Para trabajar aquí, ¿recuerda?

El jefe de la redacción tomó su saco color azul marino con olor a puro y en su rostro perfectamente afeitado apareció una expresión de desconcierto. Alrededor de ellos el familiar repiqueteo de las máquinas de escribir se fundía con las voces provenientes de un radio y varias capas de conversaciones.

—¿Cómo dice que se llama?

Un hormigueo se extendió en el cuero cabelludo de Ellis, por un momento temió que se hubiese tratado de una confusión.

—Reed, del *Examiner*.

—¿De Pittsburgh?

—Filadelfia.

El señor Walker chasqueó los dedos.

—Claro, claro, el escritor de artículos de fondo —exclamó. Al sonreír aparecieron varios dientes descoloridos, pero de inmediato bajó los labios como si fuera un hábito—. Ha sido una de esas mañanas infernales, usted comprenderá.

—Por supuesto —dijo Ellis mientras estrechaba aliviado la mano del redactor—. Señor, le repito que aprecio el esfuerzo que hizo por encontrarme. Créame que no está cometiendo un error.

—En verdad espero que no —contestó con una sonrisa tensa que le impidió a Ellis interpretar bien el comentario. El redactor lo presentó con su asistente, quien estaba en el escritorio de junto, y le pidió a este que le ayudara a instalarse.

—Será un placer —contestó Percy Tate. Sin embargo, en cuanto su jefe se fue, su actitud cambió. Le mostró y explicó a Ellis lo básico, desde la organización del edificio y quiénes eran los directores de cada departamento, hasta las tareas comunes y los horarios cotidianos. Habló con tanta prisa que Ellis solo escuchó la mitad de los detalles. Cuando se atrevió a pedirle que clarificara algo, el rostro endurecido del asistente de redactor le hizo saber que había cometido un error. Tate tenía la apariencia de un búho, todos sus rasgos parecían indicar que estaba vigilando, al acecho, esperando el momento para bajar en picada por su presa.

—Oiga, señor Tate —dijo un hombre que se acercó a ellos. Su juvenil rostro contrastaba con su profunda voz—. Si este es el nuevo reportero, puedo hacerme cargo de él a partir de aquí. Si usted gusta.

A Ellis le costó trabajo ocultar su desconcierto. El señor Tate se fue sin siquiera pensarlo.

—Soy Dutch —le dijo el hombre a Ellis al estrechar su mano con un resplandor de genialidad y astucia en su mirada. Sobre una de sus orejas descansaba un lápiz de mina densa que atravesaba su embadurnado cabello color castaño.

—Oh, no estoy seguro de… qué fue lo que hice mal.

—Ah, descuida, no le prestes atención a ese tipo con cara de cuero arrugado —dijo levantando un poco la mano hacia Tate—. Cuando yo llegué al periódico, no me trató mucho mejor.

Ellis logró sonreír

—Me dio la impresión de que tenía algo personal contra mí.

—Pues, tal vez. Un poco —admitió Dutch—. Un amigo suyo lleva algún tiempo tratando de encontrar una vacante para trabajar aquí. Quizá Tate está molesto porque contrataron a otro. Ya se le pasará.

Ellis comprendió el problema y asintió. No era la mejor manera de empezar en un nuevo empleo, pero pensó que sería una motivación adicional para demostrar su valía.

—Y ahora —añadió Dutch–: ¿qué tal una visita al periódico?

~

Gracias a Dutch, cuyo nombre en realidad era Pete Vernon, Ellis aprendió en poco tiempo cómo navegar en el laberinto de pisos, cuáles eran los horarios nocturnos y de madrugada de un periódico matutino, así como a cuáles empleados acercarse y a cuáles evitar. Dutch era casado, tenía un niño pequeño que apenas gateaba, y otro venía en camino, así que, cuando salía de trabajar, socializaba lo mínimo. A pesar de ello, incluyó en la visita guiada de Ellis una salida a Bleeck's, el bar clandestino junto al periódico, en Fortieth Street.

El señor Walker solía almorzar ahí y acompañar su comida con uno o dos vasos de whiskey. Ni siquiera los ejecutivos en los puestos más elevados del *Herald Tribune* habrían objetado, en especial porque se sabía que el dueño también frecuentaba el lugar por las noches y bebía más alcohol ilegal de lo debido y que, al parecer, hacía lo mismo a lo largo del día en su amplia oficina con doble vista en el edificio. Por suerte para todos, su esposa tenía suficientes conocimientos y astucia para lidiar con muchos de los aspectos de negocios del periódico. De hecho era posible que, tres años antes, ella hubiese sido el motor principal detrás del ascenso del señor Walker, del personal nocturno a jefe de la redacción.

Según Dutch, al visionario redactor de noticias locales le habían asignado la tarea de infundirle nueva vida al *Tribune*. Sin esperar un instante, reemplazó la carga de la progenie aristocrática

con algunos reporteros veteranos, pero principalmente, con redactores ansiosos por escribir historias de "mujeres, dinero y de-
litos", como a él mismo le gustaba describirlo. Dicho de otra
forma, Stanley Walker prefería centrar la atención en la sensación
que provocaba la ciudad y en su cultura, que en los rancios recuentos de asuntos políticos y económicos.

Resultaba lógico que Ellis hubiese sido reclutado, pero adap-
tarse al lugar fue más difícil de lo que se esperaba.

Una tarde, cuando llevaba algunas semanas de trabajo, pero
todavía se estaba ajustando a los horarios del periódico que solían
terminar ya bien pasada la medianoche, se encontraba en su escritorio a punto de salir. En ese momento apareció un reportero
corpulento al que llamaban Dobbs y lo golpeó en el hombro con
una hoja de papel enrollada.

—Tengo un rumor, pero estaré saturado de trabajo todo el
día. Es tuyo si quieres.

Ellis se enderezó con dificultad en su asiento y aceptó con
gratitud. Hasta ese momento había sido el nuevo, el que hacía
mandados y andaba de recadero, a quien enviaban a buscar citas
útiles o detalles de apoyo para los artículos de otros reporteros. El
resto del tiempo era como la mascota de la sala de redacción a la
que le encargaban largas listas de tareas insignificantes. Las cosas
que nadie quería hacer.

Esta era su oportunidad de hacer algo más. Se espabiló y se
esforzó en leer las notas de Dobbs respecto a un elusivo barco. La
embarcación era en realidad un bar clandestino llamado *Lucky
Seagull* y, al parecer, había sido visto en los alrededores del puerto
al atardecer. Si él llegaba a ubicarlo, sería el tipo de material que
le serviría para escribir un artículo firmado.

No *si lo encontraba*, sino más bien, *cuando* lo encontrara.

Ellis pasó los siguientes tres días investigando el paradero del barco. Pasó las tres noches merodeando los helados muelles, una tarea deprimente en noviembre. En varios de los muelles le confirmaron los rumores de que el barco había desaparecido, pero nadie sabía nada más. Cuando empezó a desesperarse, fue más allá del escepticismo y pagó más dinero del que debió por un paseo en bote con un pescador apestoso y ebrio que juraba haber visto el *Lucky Seagull* en más de diez ocasiones.

Para el amanecer del cuarto día, fuera de un brutal catarro, Ellis no tenía nada que avalara el tiempo que había pasado investigando.

Aunque temía reportar la estéril búsqueda, volvió al periódico para asistir a la reunión de la una de la tarde. Dicha reunión era un evento cotidiano que tenía lugar alrededor del escritorio del señor Walker. Entre tos y estornudos, Ellis reveló que no había descubierto nada. Estaba a media explicación cuando las risas que habían reprimido hasta ese momento los otros reporteros le dejaron claro que se habían burlado de él.

En cuanto el grupo se separó, Dutch lo miró con simpatía.

—Lo lamento. De haberme enterado, te habría avisado —dijo encogiendo los hombros—. Cuando no hay muchas noticias, los reporteros les asignan misiones imposibles a los novatos. Es como un rito de iniciación. Trata de no tomártelo a pecho.

—Claro, comprendo —contestó Ellis sonándose la nariz con un pañuelo y sonriendo para fingir que le había divertido la broma.

Después de todos los años que trabajó en el *Examiner*, le molestaba que se refirieran a él como "novato", aunque, si lo pensaba bien, era cierto, tomando en cuenta que su éxito de publicación se limitaba a unos cuantos artículos. O más bien, dirían algunos, a una fotografía memorable.

De hecho, la verdad respecto a la maldita imagen todavía lo inquietaba cada vez que su mente hacía un receso. Hasta ese momento, su flamante empleo en una nueva ciudad, incluso en un estado diferente, no había servido para sacar a los Dillard de su recuerdo. Durante las largas horas que pasó caminando tembloroso en los muelles, se filtraron hasta su conciencia. Aún podía verlos en aquel sórdido pórtico que le sirvió como telón de fondo para fotografiar el anunció que tomó prestado. El recuerdo de los niños seguía volviendo a él como trozos de madera a la deriva en el mar, y lo mismo sucedía con sus recuerdos de Lily Palmer.

Qué gran desperdicio de tiempo, pensó. Todo eso había quedado en el pasado. Al sentirse menospreciado por gente como el señor Tate y, ahora quizá también, el mismo señor Walker, decidió avanzar con aún más determinación.

Por eso, a medida que pasaron las semanas, intentó de manera frenética encontrar una historia notable, aunque siempre había una razón para que el jefe de la redacción la rechazara: el meollo del asunto era insuficiente, era parte de un tema que ya se había cubierto bastante, la teoría era excelente pero no había suficiente evidencia para publicarlo.

Mientras tanto, para continuar justificando su salario, cubrió noticias locales básicas y se hizo cargo de una pulgada de columna por aquí y otra por allá. Como sucedía con la mayoría de las tareas en el periódico, estas pasaban desapercibidas hasta que surgía un error que estropeaba la publicación, como el nombre mal escrito de una estrella de vodevil, o como la inversión de las edades de una madre y su hijo, supervivientes de un incendio. O como equivocarse y confundir en el pie de una fotografía a la hija de un embajador con su esposa.

Cada vez que esto sucedió, Ellis recibió una advertencia, pero las últimas dos fueron más severas que la primera.

Debido a esto, se volvió diligente en extremo cada vez que tenía que registrar información, y confirmaba los hechos por lo menos dos veces para evitar equivocarse. Por eso estaba absolutamente seguro de haber transcrito bien la hora que Dutch le dio para llegar a una reunión del concejo en el ayuntamiento y conseguir un comentario del alcalde respecto a una controversial disputa de zonificación. Y, a pesar de todo, cuando llegó descubrió que el evento había terminado horas antes y que no podría hablar con el alcalde porque se acababa de ir de viaje.

Ellis le habló por teléfono de inmediato a Dutch, quien se disculpó por el error. Para cuando volvió al periódico, no había tenido necesidad de preparar ninguna disculpa o defensa por la falla, pero le pidieron que fuera de inmediato al escritorio del redactor.

—Dutch me dijo que hubo una confusión —empezó a decir el señor Walker. A diferencia del viejo Howard Trimble, no era un hombre al que le agradara gritar, pero Ellis percibió algo de frustración en su manera arrastrada de hablarle—. Necesitábamos la respuesta del alcalde para corroborar hechos, pero ahora no podemos publicar el maldito artículo.

—Puedo ir a buscarlo, señor, para mañana tendré un comentario.

—Dutch se hará cargo.

Desde su escritorio de asistente del redactor, el señor Tate lo fulminó con su mirada de búho como de costumbre.

El señor Walker se recargó en su silla y negó con la cabeza sin dejar de mirarlo con firmeza.

—Para acabar pronto, señor Reed, esto no puede volver a suceder.

Ellis, anonadado y desconcertado, trató de pensar en algo que explicara las palabras del redactor, pero en ese momento su mirada se cruzó con la de Dutch, que estaba al otro lado de la sala y, cuando lo vio bajar la vista, todo quedó claro: le había echado la culpa a él.

Ellis sabía que, en cualquier negocio competitivo, sobre todo en Nueva York, todo hombre tenía que ver por sí mismo, y en especial en momentos como ese. Era solo que no se esperaba una traición de alguien a quien consideraba su amigo.

—Comprendo —respondió sin decir más, no tenía manera de argumentar.

Ahora bien, tomando todo en cuenta, ¿a quién de los dos le habría creído el señor Walker?

~

Cuatro o cinco. No, seis. Ellis agitó con suavidad el whiskey en su vaso tratando de recordar cuántos había bebido desde que llegó a Hal's Hideaway y se plantó en un gabinete del rincón. El mal iluminado bar le hacía honor a su nombre: era un verdadero escondite. Estaba en lo más profundo de un callejón y, para entrar, había que pasar por una puerta sin ningún rasgo particular. Se encontraba a unas calles del apartamento de Ellis en Brooklyn. Al llegar a la puerta era necesario tocar de una manera en particular que había logrado averiguar gracias al intendente de su edificio de apartamentos. El anciano le dijo que, de vez en cuando, iba a Hal's para tomar un trago de "bebida de centeno".

Sobre un escenario de baja altura, un trío tocaba blues a pesar de que el lugar estaba a medio llenar. La mezcla de mesas y gabinetes ofrecía cierta privacidad, pero lo que más le gustaba a Ellis de Hal's Hideaway era que no era Bleeck's, un lugar repleto de reporteros del *Herald Tribune* que seguramente lo consideraban un tonto por culpa del traicionero Dutch. De hecho, el individuo tuvo el valor suficiente para acercarse y tratar de hablar con él antes de que terminara el día, pero Ellis se dio media vuelta y se fue sin escuchar una sola palabra.

La gente en Allentown le había advertido respecto a ese tipo de personas, los individuos astutos, codiciosos que daban puñaladas por la espalda, pero él no había querido escuchar. Y ahora estaba ahí, a punto de salir disparado a casa, vencido, sin un empleo.

Lily fue inteligente. Entre él y Clayton Brauer, el tipo que siempre tenía un as bajo la manga, había elegido al ganador.

Bebió el whiskey de un solo trago, ya no le quemó al bajar por su garganta, solo fundió otra capa más de frustración. Cuatro whiskeys tal vez, para ahogar ese sentimiento de derrota.

Con los ojos entrecerrados miró hacia donde se encontraba la camarera —su visión la había transformado en gemelas—, cuando captó su atención le indicó con un gesto que le rellenara el vaso. Ella asintió, pero se fue a atender a otros clientes. No parecía tener prisa.

Ellis se hundió en su asiento sintiendo los párpados cada vez más pesados. Trató de perderse entre las notas de *Embraceable You*, pero las voces detrás de él continuaron llegando a sus oídos a través del gabinete de asientos altos. A medida que pasaban las rondas de tragos, parecía que el grupo se volvía más nutrido.

En el estado en que se encontraba, preferiría que bajaran el volumen, les diría algo si la cabeza le funcionara. Pero luego alcanzó a escuchar lo suficiente para mejor no meterse: algo respecto a un asalto reciente a una bodega y a un nuevo miembro de la pandilla. Sería mejor que se hiciera de oídos sordos, aunque la misma curiosidad que lo hizo convertirse en reportero lo instó a escuchar con más atención.

—Necesitamos hacer algo, maldita sea —dijo uno de ellos con un fuerte acento que revelaba un vínculo con la Mafia irlandesa, un grupo numeroso e importante en el vecindario—. Parecemos un montón de bobalicones y asesinos, el jefe tiene razón, la gente nos considera ratas de callejón, nunca nos respetarán como lo merecemos.

—¿Ah sí? ¿Y qué tienes en mente? —dijo otro, cuyo acento se escuchaba local.

—¿Qué? ¿Acaso parece que tengo todas las respuestas?

Ellis se dio cuenta de que estaban discutiendo sobre la percepción del público, un concepto que, incluso en el inframundo, difícilmente era nuevo. Después de todo, los mafiosos, al menos los más despabilados, también eran hombres de negocios.

Ellis recordó un artículo. Después de la Masacre del Día de San Valentín, cuando los hombres de Capone bañaron a sus oponentes con una lluvia de balas, la sofisticada imagen del contrabandista de alcohol se vio afectada. Poco después, como se destacó en los periódicos, Capone empezó a financiar cocinas que les proveían alimentos a los indigentes, lo que le sirvió para recobrar la estima del público.

Entonces a Ellis se le ocurrió una idea, una solución a más de un problema. Claro, fue algo que llegó acompañado de la voz de la razón, pero también fue producto de un desesperado deseo de que su suerte diera un revés. Más que eso, era una urgencia primitiva de luchar por recuperar su sitio. Se veía a sí mismo como Jack Dempsey en el noveno *round* de una pelea por el título, aferrado a las cuerdas, negándose a ser derrotado.

Antes de que le diera tiempo de sopesar el riesgo, se puso de pie y se acercó a la mesa de al lado. Se mareó por levantarse demasiado rápido y le costó trabajo enfocar a los hombres. Dos de ellos estaban sentados juntos, pero no alcanzaba a discernir sus rostros. El tercero, que tenía una cicatriz en la mandíbula, se quedó viendo a Ellis.

—¿Y *tú* qué diablos miras? —exclamó.

—Les tengo una propuesta —dijo Ellis tratando de sonar como un hombre seguro de sí mismo, no derrotado—. Es una manera bastante sencilla de resolver su problema.

El más fornido de los dos individuos que parecían hermanos interrumpió.

—Con que nuestro problema, ¿eh? ¿Nos has estado escuchando? ¿Se trata de eso?

A pesar de su confusión mental, Ellis sabía que tenía que ir al grano.

—Verán, soy reportero del *Herald Tribune* y ustedes están tratando de mejorar su…

—Saquen a este idiota de aquí —ordenó el irlandés con cicatrices.

El tipo que se puso de pie sobrepasaba a Ellis por, al menos, treinta centímetros y unos buenos treinta kilos. Cuando lo sujetó del brazo y le aplicó un torniquete, el error que cometió al acercarse a ellos se hizo demasiado evidente, pero también la necesidad de terminar su explicación.

—Les estoy ofreciendo un intercambio que a su jefe le va a encantar.

El hombre continuó sujetándolo con fuerza, pero también lo miró a los ojos. Ellis sabía que, al menos, había despertado su curiosidad. Pero ¿bastaría eso para salvarlo de un viaje al basurero sin regreso?

Tras un silencio incómodo, los ojos del irlandés brillaron un poco.

—Siéntese —dijo.

CAPÍTULO 12

EL CIELO MATINAL DE MARZO inundó la ventana de Lily con un lóbrego gris que coincidía con su creciente desasosiego. Sobre la charcutería de sus padres había dos pisos, en el de en medio estaban los espacios comunes de la vivienda y, en el tercero, las habitaciones. Hoy se encontraba en su recámara de la infancia, pero el aroma a pastrami y pan que entraba por los respiraderos no le brindaba consuelo. Tampoco ver a Samuel en el suelo dibujando cohetes, conejos y a los miembros de la familia. En todo caso, su presencia agravaba la situación.

—¡Mira, mami!

Estaba sentada en el banquito de su tocador, solo vestía un conjunto de ropa interior y una bata, se estaba preparando a regañadientes para iniciar el día. Samuel le mostraba otra obra de arte, esta vez, de la charcutería flanqueada por árboles con sus florecientes hojas primaverales.

—Ay, bebé, es maravilloso.

La sonrisa de Samuel se extendió dejando ver sus pequeños dientes. Sus ojos verde claro y su carita redonda brillaban.

—Se lo voy a enseñar a *abue* —dijo antes de pararse de un salto y salir corriendo de la habitación. Sus pasos se escucharon

110

como golpes por el corredor y se desvanecieron cuando bajó por las escaleras.

Aunque no era la principal fuente de los problemas de Lily, el hecho de que este fuera el primer sábado que pasaría lejos de su hijo, le parecía poco trivial. Ya pasaba demasiado tiempo sin él, pensando en lo que podría suceder o estar sucediendo.

Eso no significaba que a veces no se sintiera tonta por preocuparse demasiado, como sucedió en octubre, cuando ella y Clayton llegaron a casa de sus padres y descubrieron que la fiebre de su hijo había disminuido. En esa ocasión, Clayton expresó alegría y no se permitió desanimarse ni siquiera cuando Samuel no quiso convivir con él porque no lo conocía. Y luego se vio recompensado cuando su madre ejerció su absoluto dominio invitándolo a cenar y a entrar a su casa con gran entusiasmo, a pesar de la mirada escéptica de su esposo.

Harriet Palmer era descendiente de un largo linaje de panaderos y era mucho más fuerte de lo que uno creería al ver su baja estatura y esa melena de bucles cobrizos que peinaba con rulos por la noche. Harriet y su esposo se parecían en el aspecto físico a los ligeros y esponjosos bollos que ella cocinaba todos los días al amanecer, pero también en su tierno y dulce carácter.

Bueno, eso si no se tomaban en cuenta los improperios del padre de Lily cuando escuchaba la transmisión por radio de los juegos de los Yankees, expresiones que lo obligaban a visitar después al sacerdote en el confesionario o a soportar la mirada fulminante que su esposa solo usaba para mostrar su descontento cuando encontraba oposición en temas que le parecían importantes.

Es probable que Clayton haya percibido esto último desde el principio, ya que no dudó en aceptar la invitación a cenar. Un mes después, cuando volvió a llevar a Lily a casa de sus padres un viernes al salir del trabajo, aceptó con la misma facilidad. Según él, la charcutería se encontraba camino a un lugar adonde tenía que ir para investigar una pista. Fuera cierto o no, Lily no resistió la tentación de ahorrarse una hora de viaje, lo cual le permitiría ver a su querido Samuel correr hacia ella más pronto y disfrutar una hora más de su dulce risa y de su emoción al hablar con ella.

Y así empezaron las cosas, con una vergonzosa facilidad y sin protestas por parte de Lily, quien se había dado cuenta de que los beneficios pesaban más que cualquier mensaje que le pudiera estar transmitiendo a Clayton, hasta que los trayectos a Maryville en su Chevy Coupe y la subsecuente cena con la familia se convirtieron en un suceso recurrente a menos de que una historia lo obligara a ir a otro lugar.

Para finales del invierno, los solitarios trayectos en autobús de Lily a Delaware y de vuelta a la ciudad empezaron a sentirse mucho más largos debido a la falta de conversación, aunque no siempre estaba de acuerdo con las opiniones de Clayton. Sus posturas eran tan extremas como los recortes del periódico de sus artículos, y esa permanente oposición era para volver loco a cualquiera. Sin embargo, como era un reportero versado en el área del crimen, tenía una gran cantidad de historias intrigantes y preguntas ingeniosas que compartía en particular con los padres de Lily para evitar silencios incómodos.

Con el tiempo, el señor Palmer bajó la guardia por completo. También ayudó que Clayton fuera católico y que, aunque tenía orígenes alemanes, fuera un "estadounidense de tercera generación". Esto lo aclaró en cuanto pudo para evitar cualquier resentimiento relacionado con la Gran Guerra, aunque, para ese momento, nada habría logrado que los padres de Lily o incluso Samuel, quien ya se sentía también bastante cómodo con su presencia debido a sus visitas regulares, lo rechazaran.

Además, ¿cómo no sentir simpatía por él? Clayton Brauer tenía la apariencia de un hombre respetable que también sentía confianza en sí mismo, además de una carrera honorable: elementos clave de un buen pretendiente. Y lo más importante: cortejar a una madre soltera no parecía causarle ninguna incomodidad.

A pesar de todo, la primavera llegó antes de que Lily pudiera confrontar el estado de su relación.

Esa noche acompañó a Clayton a su automóvil, se encontraba estacionado en la fresca oscuridad afuera de la charcutería. Aunque sabía que no era necesario preocuparse, miró a lo largo de la calle principal del pueblo para detectar a cualquier testigo chismoso, y se sintió aliviada al confirmar que todo permanecía inmóvil. Le agradeció al reportero de manera profusa, como siempre lo hacía antes de que él volviera a Filadelfia. Él respondió mirándola a los ojos de manera profunda y ella reconoció sus intenciones antes de que se inclinara. Dada la interacción que habían tenido hasta entonces, aquel encuentro era de esperarse. Sin embargo, cuando sintió los labios de Clayton presionando los suyos, se alejó por reflejo, lo que la hizo sentir culpable de inmediato.

—Lo lamento mucho, Clayton, sé que has sido paciente…

La comisura de los labios de Clayton se tensó mientras acariciaba con suavidad la barbilla de Lily con su pulgar.

—No hay problema. Aquí seguiré.

Clayton era experto en su oficio, en una ocasión abordó las preocupaciones de Lily con tan solo unas palabras: le dijo que podía tomarse todo el tiempo que le pareciera necesario, que él era un hombre con el que podía contar.

Entró a su automóvil, pero se detuvo antes de cerrar la puerta.

—Tengo un viejo amigo de mi infancia en Chicago, ahora trabaja en el *Sun* y se va a casar el próximo fin de semana en el Waldorf, en Manhattan. Me encantaría que vinieras conmigo, si así lo deseas.

Hubo un largo silencio hasta que ella se dio cuenta de que no había respondido. Negó con la cabeza al notar su distracción y se rio.

—Oh, Dios, claro, por supuesto. Me encantaría ir.

Él volvió a sonreírle antes de encender el motor e irse. Y en ese instante, Lily se dio cuenta de que la boda interrumpiría su rutina de los fines de semana. Pensó en retractarse, pero tras el acercamiento que tuvieron esa noche y la permanente generosidad de Clayton, ¿cómo podría?

Todavía pensando en ello, subió al piso de arriba por la escalera detrás del mostrador de la charcutería. En la sala encontró a su madre tejiendo sentada con su falda larga en su mecedora, junto a la lámpara. La cortina de flores en la ventana estaba corrida, pero Lily no estaba de humor para suponer que su madre lo había visto todo.

—Buenas noches —dijo rápido y dio la vuelta para dirigirse de nuevo a las escaleras y subir. Quería encerrarse pronto en la habitación que compartía con Samuel. Cuánto anhelaba escuchar el dulce y constante sonido de su respiración.

—Espera, querida.

Lily dio media vuelta con mucha renuencia. Su madre dejó sus agujas del tejido sobre su regazo y suspiró en tono de advertencia.

—Lily, no olvides que un hombre como Clayton no aparece todos los días.

Aquí venía, el inevitable sermón sobre los horrores de la soltería permanente. Lily reprimía un gruñido cuando su madre añadió:

—Necesitas pensar en Samuel.

Lily se la quedó mirando. ¿Cuántas veces no le habían dicho que pensaba demasiado en su hijo? Cierto, al principio temió que sufriera el vacío de un padre ausente, pero ya no era así. Samuel tenía una familia que lo adoraba. Era innegable que su vida era poco convencional, pero era un niño que había recibido más bendiciones que muchos otros.

Pero antes de que sus pensamientos se transformaran en palabras, su madre levantó la mano ordenándole que le permitiera terminar de hablar.

—Y también tienes que pensar en *ti*. Tu padre y yo no estaremos aquí por siempre, y nos aterra la idea de que te quedes sola —agregó. Su triste mirada reflejaba la gravedad y la preocupación de su voz.

El deseo de una madre o un padre de proteger a sus hijos era una dulce carga sin fin.

Lily bajó la guardia y trató de reconfortar a su madre.

—Aprecio que te preocupes, pero no estoy sola. Tengo a nuestra familia. Tengo a Samuel.

—¿Y cuando él crezca? ¿Qué pasará?

Samuel era tan pequeño y aún tan dependiente que Lily se estremeció al imaginarlo teniendo sus propias aventuras, quizás a medio mundo de distancia.

—Madre, en verdad, estaré bien.

—Sí, sí, estarás bien —dijo su madre—. Pero ¿serás feliz?

La pregunta no dejó en paz a Lily desde ese momento. Incluso ahora se cernía en cada centímetro de la habitación de ella y Samuel, desde el cofre de juguetes en el rincón, hasta el par de estrechas camas cubiertas con edredones. Una de las cuales algún día se quedaría vacía.

Descartó ese pensamiento, terminó de hacer su moño francés y se aplicó lápiz de labios rojo. Tenía que tomar el tren a Grand Central, donde Clayton la estaría esperando. Con el propósito de que ella no tuviera que hacer uso de sus ahorros, él pagó su boleto y una habitación para que pasara la noche en un lugar adecuado para una mujer viajando sola. Cuando Clayton hacía planes, no dejaba nada al azar.

Junto al clóset, Lily se puso las zapatillas de tacón con banda en T y se abotonó el vestido de seda. Era un vestido color jade, con un escote en forma de corazón, la única prenda que poseía lo bastante elegante para asistir a un evento de alto nivel. Se echó encima el abrigo de tweed y con un alfiler fijó en su cabeza el sombrero verde de ala. Con cada prenda que se ponía, se acercaba más a su partida.

Una vez en la charcutería, justo en la salida, guardó sus guantes color marfil en su bolso de viaje y se arrodilló frente a Samuel. Los clientes que estaban al fondo se desdibujaron en ese momento. Ella se forzó a sonreír mientras arreglaba los botones mal alineados y el cuello de la camisa de su hijo, prueba de que él mismo se la había puesto sin ayuda de nadie.

—Samuel, pórtate bien y sé buen niño mientras yo no esté, ¿me lo prometes?

Él asintió con gran seguridad, acostumbrado cada vez más a arreglárselas sin ella. Lily sintió un agudo pellizco en el pecho, pero en ese momento él la abrazó del cuello y le habló quedo.

—Te amo, mami.

—Ay, Samuel, yo te amo aún más —dijo ella al sentir rozándole la mejilla el fino cabello castaño, tan parecido al suyo. Su hijo olía a jabón de lavanda, sudor infantil y al plátano que comió con la avena. Las lágrimas empezaron a aparecer en sus ojos, pero entonces se recordó a sí misma que solo estaría lejos una noche. Al día siguiente, tomaría muy temprano el tren que la traería de vuelta a Maryville, donde pasaría la tarde con su hijo antes de tomar el autobús que la llevaría a Filadelfia. A su madre le pareció tonto de su parte no volver directo a la ciudad con Clayton, pero Lily no estaba de acuerdo con ese plan.

—Bien, entonces será mejor que me vaya —agregó besando el pegajoso hoyuelo en la mejilla de Samuel, y se separó del abrazo que podría hacerla cambiar de opinión.

En ese momento el padre de Lily gritó desde detrás del mostrador.

—¡Oye, Sammy! ¿Quieres una galleta de jengibre?

Samuel se apresuró a ir por la galleta en la que siempre se podía confiar para distraer a un niño.

—Hasta pronto, mi bichito de azúcar —susurró Lily. Tomó su bolso de viaje, le sonrió a su padre llena de agradecimiento y salió con discreción por la puerta.

Bichito de azúcar. Mientras Lily se dirigía en el autobús a la estación de trenes, pensó en el origen de aquel cariñoso apodo. Varios años antes, en aquellas interminables noches de aullidos por los cólicos, unos cuantos granitos de azúcar en la lengua le proveyeron a Samuel alivio temporal hasta quedarse dormido y, a ella, cierta tranquilidad. Ahora, algo en su interior extrañaba aquellos días agridulces, su hijo cumpliría cinco años en junio, y ella sentía que todo iba demasiado rápido.

Necesitas pensar en Samuel, le dijo su madre. En cuanto se instaló en su apartado en el tren, volvió a analizar aquellas palabras. La vida le había enseñado que debía tener cuidado en lo referente a los hombres, y eso incluía ser prudente al tomar decisiones.

Entre más deliberaba y sopesaba la idea de un futuro con Clayton, más claro se volvía su camino. Tomó el relicario que guardaba la fotografía que tanto apreciaba de su hijo y lo frotó como si fuera una piedra del desasosiego. Para cuando el tren pasó Trenton, había tomado una decisión.

Y para evitar cualquier titubeo, se enfocó en el libro que había traído con ella. *Diez días en un manicomio* era el relato de primera mano de Nellie Bly, quien ingresó en un asilo de enfermos mentales de forma deliberada y logró exponer la escandalosa situación que se vivía en el interior. Lily había leído la historia tantas veces que cualquiera habría podido cuestionar su propia cordura. Tal vez esa era la lógica en la que se basaba lo que estaba a punto de hacer.

Al terminar la recepción, Clayton la acompañaría a su hotel y, antes de despedirse, ella daría fin a lo que nunca debió empezar.

Excepto por los vitrales, las columnas de mármol y los techos abovedados de la Catedral de San Patricio, la ceremonia fue bastante común y tuvo las características típicas de las misas de matrimonio. Durante la recepción, en cambio, se hizo patente toda la extravagancia de la alta sociedad neoyorquina. El gran salón de baile del Waldorf Astoria era como un agitado mar desbordante de esmóquines y vestidos de noche, colonias y perfumes, y la niebla de costoso tabaco. Las conversaciones y las risas competían con las cuerdas de un cuarteto que nadie veía.

Salvo por lo pretensioso, Lily tenía que aceptar que era un evento impresionante. Candelabros de seis brazos parpadeaban en el centro de cada una de las mesas redondas. Sobre los impecables manteles blancos se extendían juegos idénticos de una vajilla dorada, pétalos de rosa y servilletas plegadas a la perfección. Los camareros con manos enguantadas sirvieron *champagne* en las altas copas de cristal, lo cual, señaló Clayton, al parecer era posible porque la presencia de dos congresistas protegía al evento de cualquier dificultad legal.

—¿Me permites? —preguntó Clayton cuando deslizó la silla para que se sentara Lily. A la luz de las velas, ataviado con un saco blanco, corbata negra de moño, y con el cabello embadurnado de pomada, era innegable que se veía muy apuesto.

Lily sonrió con amabilidad y se sentó a la mesa donde ya estaban los amigos de la prensa neoyorquina de Clayton y sus esposas. Cuando él se sentó a su lado, pensó en lo mucho que parecían una pareja, y eso la incomodó bastante.

Por eso, cuando el padre de la novia atrajo la atención de todos e hizo un brindis formal con una buena dosis de ingenio, típico de un magnate petrolero, ella se sintió aliviada. El hombre solo hizo una ocurrente broma respecto a que, al casarse, su yerno estaría ascendiendo en el escalafón social. Luego los hombres sentados en la mesa de Lily se lanzaron de lleno a conversar sobre asuntos periodísticos. Entre una calada y otra de sus cigarros, compartieron historias sobre redactores coléricos, políticas de las salas de prensa y escándalos extraoficiales. Describieron encuentros con el tristemente célebre William Hearst y discutieron en broma respecto a cuál de los periódicos era el mejor.

Las esposas también hablaron de una historia común que se evidenció en sus chismes y las noticias más recientes de amigos mutuos. Cuando por fin surgió el tema de los niños, Lily se espabiló y vio la oportunidad de contribuir algo a la conversación, pero entonces recordó que mencionar a Samuel exigiría una incómoda explicación. Así pues, continuó comiendo en pequeños bocados su codorniz y bebiendo el *champagne* en su copa, fingiendo sentirse intrigada por los comentarios en la mesa.

No fue sino hasta después, cuando se puso de pie y se disculpó para ir al tocador, que sintió el efecto de todo lo que había bebido, avivado por el ambiente sofocante en el salón. Lily rara vez se permitía beber, por lo que prefirió quedarse un momento a solas para recobrar la estabilidad y recordar la misión que debía cumplir al final de la noche.

Varias mujeres pasaron detrás mientras ella se miraba en un ornamentado espejo oval. Respiró profundo varias veces y, en cuanto sintió más confianza, volvió a la recepción. En la entrada del salón la esperaba Clayton con sus abrigos colgando del brazo.

—Ah, ahí estás —dijo en un tono que transmitía más ansiedad que alivio. Ella repasó sus confusos pensamientos preguntándose cuánto tiempo habría pasado en el baño para damas.

—¿Ya nos vamos?

—Hubo un robo. Una joyería en Times Square. Quizás un tiroteo mortal. Podría incluso tratarse de Willie Sutton, quien escapó de la penitenciaría. Es lo que nos dijeron —dijo señalando a los otros reporteros que estaban solicitándoles a las chicas del guardarropa sus pertenencias—. Pero, por supuesto... si prefieres quedarte, podemos hacerlo —agregó al ver que Lily no reaccionaba antes las noticias.

El entusiasmo y la distracción en su mirada eran elocuentes: Clayton ya se encontraba en la escena del crimen formulando una historia. Aunque ella sabía que ese era su trabajo, percibir su ansiedad de salir corriendo a ver un cadáver como si no se tratara de una persona real por la que llorarían y guardarían luto sus seres amados, le provocó escalofríos.

—No, no, está bien —dijo—. Tengo que tomar el tren temprano por la mañana, debería acostarme temprano de todas maneras.

—Ah, bien. Entonces solo pasaré a dejarte a tu hotel antes.

Su hotel, sí: el lugar donde ella había previsto tener una conversación que ahora tendría que esperar.

Clayton abrió y extendió el abrigo para que Lily se lo pusiera, pero cuando empezó a deslizar los brazos en el interior, se dio cuenta de que no traía su bolso de viaje consigo. ¿Lo había dejado en el baño de damas? ¿O debajo de su silla? O quizá...

—¿Lily? —Clayton ya estaba a algunos metros de distancia cuando descubrió que Lily no caminaba detrás de él. Regresó con la impaciencia de un corredor profesional que tiene que volver a tras una salida en falso.

—Necesito volver, no traigo mi bolso conmigo —explicó Lily con voz temerosa

Por la cara que puso Clayton, uno diría que sintió que la carrera había sido cancelada.

—Descuida, ve con los otros, Clayton, yo puedo caminar al hotel sola —agregó Lily.

Clayton trató de descifrar la expresión en su rostro.

—¿Estás segura? Puedo esperarte —dijo. La disposición parecía estar ahí a pesar de que su cuerpo se dirigía a la salida.

—¿Y perderte la primicia? ¡No! Al jefe le daría un ataque. En serio, solo ve. El hotel queda a solo dos calles.

Clayton asintió aliviado y sonrió.

—De acuerdo, ten un buen viaje entonces —dijo mientras le daba un beso en la mejilla, antes de apresurarse a alcanzar a sus amigos que ya estaban saliendo del lugar.

De pronto, Lily recordó: había dejado sus pertenencias debajo de la silla.

Se dirigió de vuelta a la mesa que había ocupado, zigzagueando entre la gente en el salón y, como lo imaginó, encontró su bolso donde lo había dejado. En ese momento, sin embargo, alguien tintineó una copa con un cubierto para acallar a los invitados, y el cuarteto de cuerdas dejó de tocar apenas un compás después.

Por cortesía, Lily volvió a ocupar su lugar para escuchar el brindis. Al frente del salón, el novio hizo un discurso dirigido a la novia, quien, parada con delicadeza a su lado, se sonrojó al escucharlo. Su vestido sobrepasaba por mucho la elegancia del típico traje de novia.

Lily solo alcanzó a escuchar la mitad del discurso porque lo que en verdad la había cautivado era la adoración en su voz, la vulnerabilidad a flor de piel. El novio no solo estaba entregando su corazón, sino todo su ser, y la disposición de la novia no era menor. Notó en la mirada de la pareja el vínculo que los unía, una mirada tan íntima que, en algún momento, observarlos la hizo sentir como una intrusa.

Al terminar el discurso, la pareja se besó de manera apropiada para un lugar público, pero desbordando una ternura que desencadenó un sentimiento inesperado en Lily. Fue como un anhelo romántico que casi había olvidado que existía, como un antiguo imán que atraía su corazón.

Toda la gente en el salón aplaudió, el cuarteto de cuerdas reinició el tema que tocaba y el *champagne* continuó fluyendo.

Abrió su bolso y, al sacar sus guantes, vio el sobre. En el interior había una carta para Ellis Reed sobre los niños que aparecieron en su artículo. La dirección a la que estaba dirigida: *The New York Herald Tribune.* Había planeado dejarla en la oficina postal en Grand Central antes de abordar el tren por la mañana porque le pareció que sería más eficiente enviarlo desde la misma ciudad.

Sin embargo, ahora se preguntaba: ¿tuvo otra razón para traer la carta consigo? Recordó la última conversación que sostuvo con Ellis en el *Examiner,* la confianza sobreentendida, sus rostros a solo centímetros de distancia. Una vez más, pensó en las palabras que nunca se dijeron. El malentendido, la indiferencia de su partida. Tal vez, que tuviera que viajar a Nueva York para asistir a la boda era parte de un plan mayor, de otro propósito que ella conocía de manera inconsciente, pero había evitado ver.

Entregar la carta en persona.

CAPÍTULO 13

"Si gusta seguirme, señor Reed..." La rubia platinada sonaba totalmente Bronx, pero se veía totalmente Hollywood. Sonrió con modestia fingida antes de girar en su entallado traje rojo, un prefabricado y deslumbrante acto que acentuaba sus curvas. El mismo tipo de movimiento de las chicas vendedoras de tabaco que caminaban alrededor del lugar con sus charolas y esos uniformes que tanto dejaban ver.

Ellis caminó por el piso de mosaicos cuadrados por el que lo guio la anfitriona, pero siempre manteniendo la mirada a una altura apropiada. Estaba muy consciente de la pareja que lo seguía detrás. Por suerte, cuando echó un vistazo por encima del hombro, descubrió a su madre mirando impresionada hacia arriba y aferrada al brazo de su marido. Estaba apreciando el enorme candelabro de cristal que lanzaba chispas como gemas sobre el lujoso e íntimo club iluminado a la luz de las velas.

Salvo por su modesta entrada, ubicada en un callejón, el Royal era un verdadero oasis. Según la gente, su popularidad alcanzó su auge en algún momento a principios de los años veinte, pero continuaba atrayendo a una clientela de primera clase, y ahora Ellis entendía por qué. Todo era elegancia, domos de plata sobre los platillos, camareros en esmoquin. Sobre el escenario, una banda de músicos negros con esmóquines blancos tocaba ágiles canciones en piano, contrabajo y varios alientos de metal bien pulido. Era el lugar perfecto para estar un sábado por la noche y se encontraba repleto de vestidos centellantes y trajes Brooks Brothers como el que él vestía: de tres piezas en gabardina azul marino, con corbata y pañuelo de seda. Había comprado las polainas para usarlas porque quería verse mejor que nunca.

—¿Le agrada esta mesa, señor? —preguntó la rubia platinada señalando uno de los gabinetes en forma de medialuna a lo largo de la pared, justo como el que él había solicitado. La mayoría de las otras mesas y sillas estaban acomodadas en forma de U, demarcando la zona en que, en ese momento, las parejas bailaban *lindy hop*. Ellis esperaba que, gracias a las separaciones parciales creadas por cortinas blancas, los gabinetes les ofrecerían más privacidad y un toque especial para esa ocasión.

—Excelente —le contestó a la chica entregándole una propina de un dólar, y luego invitó a sus padres a sentarse primero.

—Disfruten de su noche —dijo la anfitriona antes de alejarse caminando con paso tranquilo.

Una vez que estuvieron instalados, Ellis se quitó su fedora color crema con cinta de seda y lo dejó a un lado. Su padre hizo lo mismo con su viejo sombrero de ala.

—Como les decía, no he escuchado más que maravillas sobre este lugar —les explicó a sus padres—. La gente del periódico dice que aquí sirven el mejor filete de la ciudad —agregó. El filete fue uno de los factores principales a considerar cuando hizo la reservación porque era el platillo favorito de su padre—. Y, entonces, ¿qué te parece, *pa*?

La música se fundió con la respuesta susurrada de su padre.

—Fue una elección encantadora, cariño —dijo su madre enseguida con una gran sonrisa.

Después de varias semanas en que ella hizo labor de convencimiento, la pareja por fin hizo el viaje a Nueva York, la ciudad que Ellis había empezado a considerar su hogar.

Y pensar que, solo cuatro meses antes, enfurruñado en Hal's Hideaway por la advertencia de su redactor, llegó a estar seguro de que iba a perder el empleo. Sin embargo, con la ayuda de demasiado whiskey, logró hacer un trato con los miembros de la Mafia irlandesa. De manera legítima, el jefe de la pandilla tenía una tienda de pieles en el centro de la ciudad. Ellis le sugirió que realizara una acción caritativa: donar todas sus ganancias de un fin de semana de ventas a la Sociedad de ayuda para los niños. Su acto generaría una historia de interés que él podría proponer en el periódico.

Y, como si nada, según el registro de solicitud de rembolso de la compañía de seguros, un lote de pieles cayó de un camión y se fue flotando por un río y ¡bum!, así se recolectó el dinero para los niños. A cambio, Ellis recibió un soplo sólido sobre un congresista que tuvo el descaro de esquilmar beneficios de los veteranos. Con una prudente semana de diferencia, ambas historias fueron publicadas en una página interesante del *Herald Tribune*.

Luego llegó un *bonus*.

A manera de regalo por parte de su contacto irlandés, Ellis recibió una lista de varios políticos corruptos más, así como suficientes pistas para desvelar sus turbios actos. Y lo más increíble de todo fue que esa ayuda no exigió ningún favor a cambio. Como los oficiales señalados eran controlados por las mafias rusa, judía e italiana, es decir, todas menos la irlandesa, el hecho de exponer a sus enemigos sería pago suficiente para los irlandeses. Ellis nunca vinculó de manera directa a los legisladores con el subterráneo mundo de la mafia porque no tenía deseos de terminar en el fondo del Hudson, pero, sin querer, todos salieron ganando.

En resumen, había soportado las severas críticas, pero al final salió triunfante. Jack Dempsey se habría sentido orgulloso.

Luego prefirió no abusar y poner a prueba su suerte, así que se concentró en expandir su red de contactos en áreas menos intimidantes de la sociedad. Por un dólar extra aquí y allá, las operadoras de los conmutadores y los botones de los hoteles compartieron con él primicias más jugosas de las que alguien más habría podido darle. Y eso, sin mencionar a los bomberos de la ciudad que, como eran agudos observadores de sus territorios y contaban con una gran cantidad de tiempo libre en la estación, estaban dispuestos a compartir chismes sin pedir nada a cambio.

En poco tiempo, el mayor desafío para Ellis fue escribir los artículos con la rapidez necesaria. Había reportado sobre todo tipo de temas, desde los tejemanejes en el sistema de licencias de la ciudad y el crimen organizado en el seno de la industria de la vivienda, hasta la habilidad de un senador para tener tres amantes de manera simultánea.

Una verdadera hazaña, por cierto.

Era cierto que, en últimas fechas, sus artículos habían contenido más sensacionalismo que sustancia, pero a veces uno tenía que llenar los huecos hasta que llegara la siguiente gran oportunidad. Justo la semana anterior, por ejemplo, una viuda quería identificar al asesino de su esposo, un conocido traficante de alcohol de Queens, y Ellis cubrió la sesión espiritista. No todos los artículos podían ser dignos de ser firmados, pero, increíblemente, él ya había logrado hacerlo con dos. Ninguno llegó a la primera plana, donde ya había publicado varios de manera anónima hasta ese momento, sin embargo, todos representaban dinero en el banco. *Literalmente*, gracias a cierta cantidad de whiskey escocés bien añejado.

Cuando se atrevió a pedirle un aumento al dueño del *Tribune*, le llevó la botella de whiskey que significó una riesgosa merma a sus ahorros. Al principio, su objetivo era ochenta dólares a la semana, pero creía que terminarían dándole setenta. Sin embargo, después de varios jaiboles a la mitad del día, de alguna manera llegaron al acuerdo de que serían ochenta y cinco.

¿Qué fue lo mejor de todo? Que Ellis por fin se sintió un "hombre de Park Row". Y esta noche sus padres pensarían lo mismo. O al menos, ese era el plan.

—¿Están seguros de que no quieren algo más... festivo? —les preguntó a sus padres señalando sus vasos de agua—. ¿Tal vez un jerez para acompañar tu cena, *ma*?

El camarero esperaba al lado como un centinela. En cuanto recibió la propina que Ellis le entregó con la habilidad de un político, se dispuso a llevarles cualquier bebida que pidieran.

—Esta noche pago yo —le recordó a su madre.

Ella se sintió tentada al ver el martini de ginebra que su hijo bebía de una taza de té debido a que, como precaución ante una posible redada, todo se servía de esa manera. Sin embargo, antes de que pudiera decidirse, su esposo contestó por ambos.

—No, solo beberemos agua —dijo.

En el rostro desprovisto de gafas de su padre, Ellis vio la mirada firme, inquebrantable. Al parecer, su apertura a beber en casa un trago no se extendía a los entornos públicos.

La madre de Ellis asintió sonriéndole al camarero.

—De acuerdo, entonces —dijo el joven volteando hacia Ellis—. Y, ¿para usted, señor? ¿Desea que rellene su taza mientras revisa el menú? ¿Un doble quizá? —propuso. Sin duda, había detectado que necesitaba un trago para reducir la tensión que se produjo en cuanto les entregó los menús forrados en piel. En especial cuando el padre confirmó que los precios eran en dólares.

—Eso sería estupendo —contestó.

El camarero se fue y una parte de Ellis quiso irse con él. Tuvo que recordarse a sí mismo que su padre estaba en verdad muy lejos de su zona de confort. Era obvio por la manera en que jalaba el cuello de su camisa y luchaba con su corbata como si se tratara de una horca.

Si alguna vez me ves vestido así, será porque hubo un funeral, fue su respuesta cuando, siendo un niño, Ellis le preguntó por qué nunca usaba trajes como los hombres que pasaban por la calle. *Si no estoy ahí dando mis condolencias, entonces seré el tipo en el féretro*.

El hecho de que ahora vistiera un traje simple y negro, el único que poseía, y solo porque él se lo pidió, era un gesto que debía tomarse en cuenta.

—Debo decir que ambos se ven extraordinarios esta noche —dijo haciendo un gesto con su taza de té—. Y ese prendedor se ve hermoso en ti, ma.

Su madre tocó la rosa con tallo de plata que su hijo le había regalado y sonrió orgullosa.

—Gracias, hijo.

Antes de que salieran a cenar, estando en su nuevo apartamento en el Bronx, Ellis colocó el prendedor en el suéter en tono ciruela que su madre llevaba sobre un vestido del mismo color. Mientras tanto, su padre deambuló con aire estoico por el lugar que, aunque no era una mansión en absoluto, era el primer apartamento que a Ellis no le daba vergüenza mostrar. Y a pesar de que, como era de predecirse, sus padres se habían negado a pasar la noche ahí, lo amuebló apresuradamente antes de la visita.

Ahora, su padre inspeccionaba el club con la misma mirada indescifrable que escudriñó el apartamento.

—¿Siempre comes así? —le preguntó a su hijo.

Ellis estuvo a punto de decir que no, ¿pero por qué mentir? Había ganado ese dinero y recibido con orgullo el cheque semana tras semana.

—Yo diría que una vez a la semana.

—Entonces ya ahorraste para un nuevo motor, ¿no? —la duda en su tono no era sutil.

—En realidad —dijo Ellis—, había querido decirles que cambié de opinión al respecto.

La confusión hizo que la expresión de su padre se tensara mientras esperaba una explicación.

—Solo supuse que había llegado el momento de dejar de desperdiciar dinero en esa vieja chatarra y empezar de cero. Tal vez podría comprarme un Ford Roadster nuevo, recién salido de la línea de producción —dijo, sabiendo que eso significaba que no necesitaría más la ayuda mecánica de su padre, y que eso les vendría bien a ambos.

—Un *roadster* —dijo su madre preocupada—. Pero esos automóviles son demasiado veloces, ¿no es cierto?

—No hay de qué preocuparse, ma, no pienso cometer tonterías.

Su padre resopló, fue un sonido breve pero intenso, lleno de condescendencia. Luego bajó la mirada, se concentró en el menú y empezó a escudriñar los precios, a juzgar.

Y en ese preciso momento, todo fue demasiado claro y doloroso para Ellis: no había hecho otra cosa que juzgarlo desde que empezó su noche juntos.

Se sintió muy frustrado, pero hizo un esfuerzo para que las cosas no fueran más allá. Todavía podía gozar lo suficiente de esa noche, en especial con un poco más de ginebra.

Bebió de un trago el resto de su coctel y se preparó para el doble que esperaba.

—Y bien —dijo tomando su menú—, ¿qué tenemos aquí?

En ese momento alcanzó a ver cerca de su mesa a una de las chicas cigarreras que miraba por todo el club en espera de que algún comprador la llamara. Aunque sus padres no fumaban, Ellis sabía que su padre disfrutaba de vez en cuando un puro con sus compañeros de la planta.

Tal vez calar un puro suavizaría su actitud, no tenía nada que perder.

—Oiga, ¡señorita! —gritó con la mano en alto. Su voz se perdió entre la oleada de conversaciones y las notas de un saxofón. Estaba a punto de volver a llamarla cuando su padre murmuró algo indiscernible, pero lo bastante alto para mostrarle su desprecio.

Ellis volteó a verlo mientras su madre se dirigía a él susurrando, pero con firmeza.

—Jim, por favor —musitó como queriendo decir: "No aquí. No esta noche".

Su padre dijo algo antes de cerrar la boca. Volteó a concentrarse en el menú, pero su mandíbula temblaba como si le costara trabajo contener las palabras. Palabras terribles que, sin duda, estaban destinadas a su hijo.

—¿Tienes algo que decir, pa?

Los ojos de su padre se abrieron de golpe y se estrecharon enseguida. Era claro que había detectado el tono desafiante en la pregunta de Ellis.

Su madre interrumpió con tiento.

—Solo decidamos qué cenar, ¿les parece?

Él sostuvo la mirada endurecida de su padre. ¿Y por qué no hacerlo? Se había cansado de quedarse callado, de ceder. Las únicas veces en que no era invisible era porque estaba haciendo algo mal.

—Vamos, ya soy un hombre, puedo enfrentar lo que me digas.

Su padre negó con la cabeza y volvió a reír con desprecio.

—Eso es lo que crees que eres, ¿eh? ¿Un hombre? ¿Solo porque encontraste la manera de quemar tu dinero?

La madre de Ellis tocó el brazo de su esposo, pero él se soltó y fulminó a su hijo con la mirada.

—Mírate, desfilando por ahí con tus trajes y sombreros elegantes. Con tu nuevo apartamento, pasando dinero por ahí como si fueran dulces, tratando de parecer un tipo importante.

La frustración de Ellis empezaba a hervir. No merecía nada de eso, en especial de parte de alguien que apenas lo conocía, que nunca se había tomado la molestia de hacerlo. Cuando estaba en Filadelfia, le preocupaba que su éxito inicial a partir de la fotografía de los Dillard hubiese alertado las sospechas de su padre, pero ahora se daba cuenta de algo más.

Se inclinó hacia adelante con los puños sobre las rodillas.

—¿Sabes qué? Yo solo estaba tratando de ofrecerles a ti y a mamá una noche agradable en la ciudad. Pero si todo esto te pone celoso, no es culpa mía —dijo y solo alcanzó a ver el grito ahogado de su madre.

Su padre se quedó mirándolo.

—¿Qué dijiste?

—Escuchaste bien. Celoso de que yo esté haciendo algo con mi vida —exclamó. Y en cuanto las palabras salieron no hubo manera de volverlas a guardar. La comparación implícita se quedó flotando en el aire, su padre se hundió de vuelta en su asiento. Su madre solo observaba tapándose la boca con la mano.

Después de un largo rato, su padre asintió con pesadez, como si le concediera la razón, un simple gesto que llenó a Ellis de vergüenza. Y, sin embargo, a ese sentimiento lo suavizó una peculiar oleada de alivio. La esperanza de por fin llegar a cierto entendimiento.

—Tal vez tengas razón respecto a eso —dijo su padre, y entonces su voz se tornó gélida—: porque si así es como resultó ser mi único hijo, es obvio que he fallado.

El final de la frase fue como un golpe directo al pecho. Ellis había bajado la guardia y ahora sentía el embate de cada sílaba, aunque no solo para él, también para el hermano que fue borrado tanto tiempo atrás, como si nunca hubiera existido.

—Querrás decir tu único hijo que sobrevivió.

—*¡Basta!* —interrumpió su madre.

En ese instante, el mundo más allá de su gabinete desapareció. Se habían convertido en un trío de estatuas, de cuerpos paralizados, de seres que difícilmente respiraban. Lo único que él escuchaba era el estruendo de su propio pulso.

Poco a poco, como si volviera de un limbo, su padre tomó su sombrero. Se puso de pie con los ojos distantes, casi nublados. Y con una expresión que parecía tallada en piedra, se dirigió a la salida.

Su madre también se paró, preparándose para seguir a su esposo.

—Ma... —exclamó Ellis, no sabía que decir. Sin importar quién tenía la razón y quién no, para bien o para mal, detestaba la idea de haberla lastimado—. Lo lamento.

Volteó a verlo con una mirada taciturna y le dio una palmada en el hombro.

—Lo sé, cariño, lo sé —dijo y lo besó en la mejilla.

Ellis la vio ir detrás de su padre, justo cuando el camarero volvía con una taza llena. Era, tal vez, un poco tarde.

O quizá justo a tiempo.

—¿Será mesa para uno, señor? —preguntó. Su mirada indicaba que había sido testigo de la partida apresurada de la pareja.

—Supongo que sí... —contestó Ellis tratando aún de comprender lo que acababa de suceder.

—Si está listo, me gustaría saber qué desea ordenar como entrada. O puedo darle más tiempo para decidir —dijo. Tomó el silencio de Ellis como la segunda respuesta, pero entonces, cuando estaba a punto de irse, hizo una pausa y agregó—: Señor, si está usted abierto a un cambio de planes, tengo una sugerencia que podría interesarle. Algo para terminar la noche en un tono más alegre, quizá.

Ellis no podía imaginar algo que pudiera mejorar esa terrible noche, pero no tenía prisa por volver a casa, donde el silencio lo forzaría a pensar en su familia, en su padre y en las espantosas palabras pronunciadas en su discusión.

—¿Como qué?

En lugar de explicar la sugerencia, el camarero señaló a la anfitriona rubia, quien sonrió con aire de complicidad antes de caminar hacia a ellos.

CAPÍTULO 14

En general, Lily no entraría sola a un lugar como ese y, sobre todo, tan tarde por la noche y en una ciudad desconocida. No obstante, Jack Bleeck's era vital para su búsqueda, era el lugar preferido de los reporteros del *Herald Tribune*. Al menos, eso fue lo que le dijo el anciano botones del Waldorf Astoria, quien se alegró de poder mostrar su extenso conocimiento de la ciudad.

Con suerte, el cantinero de Bleeck's podría darle una respuesta segura.

—Claro que conozco a Ellis, viene todo el tiempo —respondió gritando por encima del estrépito de la multitud. Sus palabras avivaron la esperanza de Lily hasta que agregó—: pero esta noche no lo he visto para nada.

Luego le dijo que esperara un momento, había visto a varios copistas del *Trib* agachados en su rincón de costumbre, y tal vez ellos sabrían dónde se encontraba.

El cantinero tenía razón. Al parecer, uno de los reporteros había escuchado en el periódico decir a Ellis que planeaba llevar a sus padres a un lugar llamado The royal. No tenía más detalles, pero con eso bastaba.

Lily le dio las gracias y, sin pensarlo mucho, se apresuró a tomar un taxi. La animaba la sensación de estar persiguiendo el indicio de una noticia o, para ser honestos, la posibilidad de ver a Ellis.

En las semanas subsecuentes a la abrupta mudanza del reportero a Nueva York, cada vez que Lily trabajaba en su escritorio, su mente divagaba bastante. Se imaginaba a sí misma en algún rincón de Filadelfia o almorzando en Franklin Square, donde su camino se había cruzado con el de él, pero en ese momento, a su ensoñación la interrumpía el jefe gritando su nombre. En ocasiones, incluso estuvo a punto de llamar por teléfono al *Tribune* para hacerle saber a Ellis que había llegado una carta respecto a alguno de sus viejos artículos. Sin embargo, le avergonzaba que su excusa fuera demasiado transparente y llevara la conversación a un incómodo final. Además, a medida que pasaron los meses, empezó a considerar más a Clayton.

Y a pesar de todo, ahí se encontraba ahora, cerca de Ellis y con un impulso que aniquilaba a su lógica. Era una tendencia que solía meterla en problemas y que logró bloquear hasta que el portero del Royal, de pie en la parte más alta de las escaleras en el callejón, le permitió entrar y cerró la puerta de manera irreversible. Entonces vio a los invitados que, al final del corredor iluminado por candeleros, en el área del guardarropa, iban llegando o partían en parejas.

Y entonces pensó, *¿qué tal si Ellis vino acompañado de una mujer?* Claro, eso era dando por sentado que, como le dijeron en el bar, hubiera hecho planes para cenar ahí. Qué apuesta tan ridícula.

Sujetó su bolso mientras se debatía entre continuar o dar marcha atrás, pero entonces recordó la carta. Ya había llegado hasta ahí, ¿qué de malo habría en echar un vistazo?

Sin quitarse el abrigo, continuó avanzando hacia la entrada enmarcada con cortinas color borgoña. El salón principal le mostró un elegante universo de comensales y camareros iluminado con velas. En ese sentido, se parecía a la recepción de la boda a la que acababa de asistir, pero el ambiente era más ligero y la música más animada.

—Buenas noches, señorita —una rubia platinada de notorias curvas envueltas en un vestido de brillantes lentejuelas rojas bajó de su podio y se acercó a ella—. ¿La espera alguien adentro?

—Sí. Bueno, no sé… tal vez. Estoy buscando a un viejo amigo, me dijeron que estaría aquí. O más bien, que tal vez vendría esta noche.

La rubia la miró dudosa. En un lugar como ese, las celebridades atraían a sus fervientes seguidores.

—Tendré que verificarlo con la persona en el interior y asegurarme de que no sea un problema.

—Por supuesto —dijo Lily, pensando que tal vez debió ser más específica—. No me atrevería a interrumpirlo, pero como solo estaré esta noche en la ciudad, en verdad esperaba poder…

—¿Cuál es el apellido de su amigo? —preguntó la anfitriona mirando el libro de reservaciones.

—Reed. Ellis Reed.

—Ah, claro —dijo la rubia en un tono prometedor, pero luego levantó la mirada y negó con la cabeza—. Me temo que los invitados del señor Reed se fueron temprano, y él tenía otro compromiso.

Se había ido. A Lily le tomó un momento asimilarlo, aceptar que su esfuerzo había sido en vano.

Se quedó mirando el concurrido club. Si tan solo hubiese llegado más temprano, o si supiera adónde se fue. Volvió a dirigirse a la anfitriona.

—Y, por casualidad, el señor Reed no dijo adónde… —ay, no, por Dios, estaba llegando a un punto irracional—. No, descuide, gracias de todas maneras —dijo y logró sonreír a medias antes de dirigirse a la entrada encortinada.

En realidad, que no lo hubiera encontrado era una bendición. A la mañana siguiente volvería a casa en tren y su sentido común se restauraría. Cualquier recuerdo de cierto juvenil anhelo romántico se disolvería dentro de poco en la corriente de su vida cotidiana.

—Espere un segundo.

Lily se detuvo y, al voltear, vio a la anfitriona acercándose y tratando de adivinar sus intenciones.

—Solo prométame por favor que no es una de esas mujeres tratando de espiar a sus exnovios.

Al principio, Lily se quedó desconcertada.

—No, en absoluto. Solo es un amigo.

En los labios rojos y brillantes de la rubia se dibujó una amable sonrisa.

—Entonces, sígame —dijo inclinando la cabeza.

En un instante Lily se convirtió en un ratón en un laberinto. Caminó presurosa detrás de la anfitriona, serpenteando por la cocina, en donde los cocineros se encontraban mezclando, friendo y emplatando alimentos para los frenéticos camareros. Una mezcla de especias flotaba en el aire en el que se mezclaba el aroma de zanahorias a punto de hervir y filetes crepitantes.

—Por aquí… —dijo la rubia cuando vio que Lily se detuvo, confundida respecto a su destino—. Estamos tomando un atajo.

¿Un atajo a dónde? Lily no tenía idea, pero se arriesgó a seguir a la chica hasta que entraron a una bodega. Detrás de varios barriles apilados y rotulados con la palabra "Harina", las esperaba una estrecha escalera. No sin cierta aprensión, bajó por los escalones iluminados por una sola bombilla que se cernía sobre ellas.

En la base de la escalera había un muro de metal. La mujer tocó, saludó a través de una pequeña perforación y, como por arte de magia, la barrera se deslizó y reveló una entrada. Un musculoso italiano les permitió pasar y, en cuanto Lily pasó a su lado, escuchó un remolino de voces.

La anfitriona abrió una cortina negra doble, separada en medio.

—Bienvenida a Oz.

Lily entró y se encontró con una escena deslumbrante. Hombres en traje y mujeres emperifolladas estaban parados junto a mesas de juego de cartas, pase inglés y ruleta. Sostenían copas y vasos con cocteles, así como cigarros con largos filtros negros, y el humo que salía por las comisuras de sus bocas se elevaba hacia el techo.

Gracias a los reportes que había leído en los periódicos sobre las redadas, aprendió bastante sobre las salas de juego clandestinas, pero nunca imaginó entrar a una.

—¿La puedo dejar aquí? —preguntó la anfitriona.

Lily intentó agradecerle, pero tal vez solo alcanzó a asentir cuando se quedó sola y vio la cortina caer detrás de sí. Entonces tuvo que recordarse a sí misma por qué se encontraba ahí.

Cuando se aventuró a atravesar la sala, vio que las festividades las dirigían traficantes con corbata de moño. Sintió oleadas de risas y vítores. Vio una pared en la que estaban escritas apuestas con tiza junto a una mesa sobre la que había varios teléfonos. Al lado, un cantinero preparaba bebidas desde su puesto.

Aunque la moda de las *flappers* prácticamente no había vuelto a verse en las calles porque, desde que la bolsa de valores se desplomó a la gente le pareció demasiado llamativa, en este refugio subterráneo Lily vio medias enrolladas y vestidos con flecos sobre la rodilla. En comparación con esas chicas, ella habría podido pasar por una institutriz, pero eso no impidió que varios hombres la miraran de forma lasciva.

Le fue difícil imaginar que el Ellis que conoció en el *Examiner* pudiera sentirse atraído a un lugar como ese.

Lo más irónico fue que ese fuera su último pensamiento antes de reconocer sus rasgos. Ellis se encontraba de pie en la cabecera de la mesa de pase inglés con el sombrero en un ángulo desenfadado y bebiendo licor. Los jugadores alrededor de la mesa colocaron sus apuestas y una camarera se acercó para tomar su vaso en cuanto él terminó de beber de un trago.

Se acomodó la colilla del puro entre los labios y lanzó los dados. Desde una esquina de la mesa, una mujer sofisticada le dijo algo y él se preparó a lanzar los dados de nuevo en lugar de ella. Para imbuirles suerte, la mujer sopló cerca de las manos de Ellis, de una manera tan seductora que Lily se sonrojó.

Por fin lanzó los dados.

—¡Ojos de serpiente! —gritó el *dealer*. La gente gruñó al unísono y el *dealer* usó una vara que parecía bastón para arrastrar todo el dinero y formar un montículo.

Lily había sacrificado tanto y hecho un esfuerzo tan grande por ahorrar cada centavo que ganaba, que solo pudo apretar la mandíbula con fuerza ante aquel flagrante despliegue de desperdicio.

Ellis levantó el rostro y miró alrededor. Su mirada pasó por ella, avanzó y regresó. Tuvo que quitarse el puro de la boca y ver con atención, como si dudara de lo que veían sus propios ojos. ¿Cuántos tragos habría consumido? En ese momento, en su rostro apareció una sonrisa, un deleite innegable. Era obvio que Lily se acababa de convertir en la única persona en aquella sala clandestina.

Y, sin embargo, ese instante no se parecía en nada a la reunión que había imaginado.

Ellis caminó con rapidez hasta donde Lily estaba porque ella no hizo ningún esfuerzo por ir a su encuentro.

—¡Lily! ¿Cómo…. ¿Qué está haciendo aquí? —exclamó. Sus ojos azules se iluminaron y manaron la sinceridad y calidez que ella recordaba.

Lily trató de organizar sus pensamientos.

—Estaba en la ciudad y me enteré de que estaba usted aquí —estaba a punto de abrir su bolso, podría simplemente entregarle la carta que, después de todo, fue la principal razón para buscarlo. Pero ahora… deseaba saber mucho más.

—¿Hay algún lugar tranquilo donde podamos hablar?

La sonrisa de Ellis se extendió, era obvio que no captó lo tenso de su voz.

—Voy por mi saco.

~

El edificio de apartamentos estaba a solo tres calles de distancia. En cualquier otro momento, con cualquier otro individuo, Lily se habría negado rotundamente a ir a un lugar tan íntimo, pero Ellis estaba tan ansioso por mostrarle su nuevo hogar, como ella por ponderarlo un poco más. Quería saber en qué medida había cambiado, había dejado de ser el hombre que alguna vez conoció, o sospechaba haber conocido.

Como caía una lluvia ligera, tuvieron que caminar vigorosamente al salir del Royal, lo cual les impidió hablar hasta que llegaron.

—Todavía no he arreglado mucho el lugar —le advirtió Ellis al abrir la puerta de su apartamento en el tercer piso—. Me mudé hace solo un par de semanas y he estado demasiado ocupado para decorarlo en verdad.

Antes de entrar detrás de él, Lily sacudió las gotas de lluvia de su sombrero y los hombros. Ellis jaló la cadena de una lámpara de pie que iluminó la estancia, cerró la puerta y colocó su sombrero junto al teléfono que estaba sobre una pequeña mesa cerca de la entrada.

—¿Puedo tomar su abrigo?

—Prefiero no quitármelo, gracias —dijo Lily sin una idea precisa de cuánto tiempo permanecería ahí.

Al quitarse la gabardina, Ellis deslizó sin querer también su saco. Lily supuso que el breve forcejeo se debió al alcohol que había bebido.

—Sé que no es el mejor de los vecindarios —continuó explicando él—, pero tiene una alcoba y una cocina de verdad. Incluso un baño con sanitario y... —dijo antes de interrumpirse y reflexionar—. Demasiados detalles —murmuró.

Mientras él colocaba sus prendas en un perchero, Lily dio algunos pasos en la estancia. Las paredes color crema olían un poco a pintura nueva. Sobre la alfombra oriental había un sillón Davenport de tamaño considerable y una mesa café de madera de arce. Sobre un pequeño mueble cuadrado en el rincón había un elegante radio RCA de cuerpo arqueado en madera pulida. Tomando en cuenta los onerosos precios de las viviendas en la ciudad, aunque ninguno de los artículos resultaba demasiado extravagante, la residencia en general parecía un poco lujosa para un reportero con una carrera hasta cierto punto incipiente.

Ellis se acercó a Lily. Su corbata estaba un tanto floja, se veía casual.

Ella sonrió.

—Ha logrado cosas increíbles.

Ellis devolvió el gesto con incertidumbre.

—¿Qué tal si bebemos algo? —dijo tras un instante de calma.

Ella asintió.

—Sí, agua, por favor.

—Una bebida nocturna —dijo él entre dientes.

Ella ladeó la cabeza un poco desconcertada.

—Agua será entonces —confirmó Ellis y se dirigió a la cocina.

Lily caminó un poco sobre la alfombra y colocó sus guantes y su bolso sobre la mesita. A su derecha vio que de la pared colgaban varios marcos de distintos tamaños formando una especie de collage. No, al inspeccionarlo un poco más de cerca vio que, más bien, era algo parecido a un altar. En la parte superior, al nivel de la vista, destacaban dos artículos firmados por Ellis, y en las dos hileras inferiores había varios artículos publicados sin nombre, pero de extensión considerable que seguramente también había redactado él.

Al echar un vistazo a los temas encontró asuntos lascivos, un divorcio escandaloso y una sesión espiritista realizada para la viuda de un mafioso. Los otros, que en su mayoría hablaban de corrupción política, al menos tenían el mérito de no ser tan sensacionalistas. No obstante, ninguno de ellos contenía historias de un valor humano más profundo como los que alguna vez se sintió orgulloso de escribir, las historias que antes lo hicieron un reportero distinto.

—No me ha dicho —dijo Ellis cuando volvió de la cocina con dos vasos—, ¿qué la trajo a Nueva York?

Ella aceptó el agua y se alejó de la pared.

—Una boda.

Ellis se quedó inmóvil.

—Se… ¿se casó?

Lily se dio cuenta de cómo sonó lo que acababa de decir.

—No, no mi boda. Un amigo de Clayton se casó.

Ellis relajó los hombros, pero de inmediato volvió a surgir la tensión en el ambiente. Chocó su copa con la de ella.

—Salud —dijo, y Lily respondió de la misma manera.

Mientras ella bebía el agua, él pasó un trago de un líquido ambarino que con su aroma revelaba su potencia. Era obvio que no había bebido suficiente. A diferencia de la delicada forma en que Lily ingirió el *champagne* en la boda, la forma de beber de él indicaba que no era raro verlo así.

Ellis señaló el sillón Davenport.

—¿Quiere sentarse?

Ella asintió, pero se colocó en el extremo opuesto a donde estaba él. Ellis también se sentó y apoyó el vaso sobre su rodilla. A través de las persianas abiertas en cierta medida, la única ventana de la sala recibía las franjas de luz que lanzaban al interior los postes de luz de la calle. Abajo, los automóviles pasaban rugiendo.

En ese momento, Lily pensó en mencionar la carta, su excusa para haberlo buscado.

—Y bien —dijo Ellis—, ¿*dónde* se encuentra ese novio suyo?

Lily tuvo que analizar la referencia, y al comprender de quién hablaba, su primer instinto fue corregir lo que él estaba dando por sentado, pero la verdad es que ella misma no sabía cuál era su relación con Clayton. Y, para ser francos, después de haber visto a Ellis en el Royal, no sintió ninguna obligación de explicarse.

—Hubo un robo durante la recepción, cerca de Times Square. Fue corriendo a cubrir la noticia.

A pesar de que los párpados de Ellis parecían cerrarse, la miró incrédulo.

—¿Y la dejó sola aquí?

La pregunta la tomó por sorpresa.

—Yo… Bueno, sí, pero… porque le dije que eso es lo que debería hacer.

Ellis asintió un momento después.

—De acuerdo.

La palabra, por sí misma, sonaba bien, pero en su tono se escuchaba la desaprobación.

—Era una historia importante —afirmó ella—. Algunos dijeron que podría ser Willie Sutton. También que el tiroteo habría sido fatal —agregó. Esperaba ver un destello en la mirada de Ellis, una especie de envidia por haberse perdido la primicia. Porque, ¿qué reportero no estaría interesado?

Pero él solo levantó su vaso para beber otro sorbo y sonrió entre dientes.

—Supongo que es lógico. Después de todo, es una reacción típica de Clayton Brauer, ¿cierto?

Lily de pronto sintió la necesidad de ponerse a la defensiva, de ponerse del lado de Clayton. Y de ella misma. Le molestó que Ellis infiriera que permitía que la trataran como poca cosa durante el cortejo, algo que se había prometido no permitir que volviera a suceder. No obstante, se esforzó por seguir sonando casual.

—¿Ah, sí? Y, exactamente, ¿a qué reacción se refiere?

A Ellis le sorprendió que necesitara una aclaración.

—Vamos, usted conoce a los de su tipo.

Ella se quedó esperando la respuesta.

Finalmente, Ellis se inclinó hacia ella como si fuera a contarle un secreto.

—¿Necesita que Clayton le ayude? Basta con gritar: "fuego". Grite: "asesinato" y él tomará su pluma —dijo riéndose mientras se reclinaba de nuevo en los cojines agitando su trago.

Fuera o no cierto lo que decía, el comentario le resultó insoportable porque sabía que tenía razón, y no le hizo gracia.

—Se equivoca respecto a Clayton. Todos los fines de semana voy a Maryville a... —dijo y titubeó por un instante, pero se detuvo a tiempo—. A ayudarles a mis padres en su charcutería. Y en varias ocasiones, Clayton hay hecho un esfuerzo más allá de lo necesario y me ha llevado hasta allá en su automóvil sin esperar nada a cambio.

—¡Vaya! Nada a cambio, ¿eh? Eso es... impresionante —exclamó. Tal vez era solo una ocurrencia más, un intento por sonar ingenioso, pero esa noche había algo en su humor que le incomodaba bastante a Lily.

Entonces tomó en cuenta la fuente, la hipocresía sin reservas.

—Si yo fuera usted, señor Reed, tendría cuidado y no juzgaría a otros reporteros por lo que hacen para avanzar en su carrera —le dijo sonriendo a medias.

Al percibir la nada lúdica respuesta con que le puso un alto a su humor, Ellis se retrajo y habló con más tiento, tratando de descifrar.

—Y eso significa…

Lily se encogió de hombros.

—Significa que, por lo que veo, en su ambición por publicar artículos firmados, ahora ningún tema le parece prohibido. A menos de que no haya notado yo algo en este muro que ha erigido para felicitarse a usted mismo.

Ellis echó un vistazo a los marcos, se enderezó un poco y dejó de agitar su vaso.

—No tiene nada de malo sentirse orgulloso, trabajé con mucho ahínco para lograr eso.

—Y con "eso", supongo que se refiere a todas las historias profundas y "con corazón" que cubriría y por las que lo contrataron.

—Lo que he escrito es importante —le aclaró.

—Oh, sí, ya lo veo, todos esos artículos excitantes sobre amantes y mafiosos. Y… después de esta noche, puedo dar por hecho, sin temor a equivocarme, dónde y cómo obtiene sus primicias, sus más exclusivas noticias.

El comentario tocó una fibra delicada, fue obvio por su expresión y por el denso telón de silencio que cayó entre ellos.

Lily había ido demasiado lejos y lo sabía, la pregunta era ¿por qué? En realidad, solo eran amigos distantes, conocidos que se llevaban bien, en todo caso. Después de todos esos meses de no verse, ¿por qué sintió la necesidad de hacer patente su descontento?

Ellis se la quedó mirando impávido. Dada a situación en ese momento, proponer una tregua dependería de ella.

—Lo lamento, en verdad. No debí…

—No, por favor, continúe.

Al verlo tan tranquilo, prefirió guardar silencio.

—Estoy seguro de que, como secretaria de *The Examiner*, tiene todo tipo de *excelentes* consejos profesionales.

Lily se quedó inmóvil, azorada. Aunque Ellis no habría podido predecir el impacto total de sus palabras, o tal vez sí, lo que dijo horadó su orgullo.

Su mente le dijo que se marchara de ahí o que, por lo menos, lo atacara de vuelta, pero la brutal conversación había socavado su fuerza de voluntad. Lo único en que pensaba era que había cometido un grave error al ir a su apartamento.

Colocó el vaso sobre la mesa y tomó sus guantes y su bolso lentamente. Cuando se puso de pie, sacó el sobre que la había llevado hasta ahí. Ahora solo quería deshacerse de él, cumplir su misión.

—Esto es para usted —dijo colocando el sobre sellado junto al vaso, eliminando cualquier posibilidad de que sus dedos se tocaran.

La expresión en el rostro de Ellis empezaba a suavizarse, ahora había una especie de conciencia, tal vez incluso de arrepentimiento. Sin embargo, ella se negó a mirarlo a los ojos.

—Es una carta relacionada con los niños de su primer artículo —dijo Lily. Empezaba a recobrar su fuerza, su claridad—, si acaso los recuerda.

Había tantas cosas más que podría decir sobre lo que había aprendido gracias a esa fotografía, acerca del maldito secreto de Ellis. Sobre la manera en que, a menudo, las imágenes, al igual que la gente, en realidad no eran lo que aparentaban.

Pero en lugar de eso, antes de que él pudiera hablar, salió del apartamento.

CAPÍTULO 15

REPRODUJO LA CONVERSACIÓN de muchas maneras distintas y la conclusión siempre fue la misma: se había comportado como un imbécil.

Cuando Lily se fue, Ellis alcanzó a atisbar esa realidad antes de quedarse dormido y olvidar. A la mañana siguiente, las náuseas y el martilleo en su cabeza le imposibilitaron pensar en cualquier cosa. Sin embargo, a medida que el día fue pasando y la bruma en su recuerdo se dispersó, ya no pudo escapar a la vergüenza que le provocaban los ingeniosos pero hirientes comentarios que hizo la noche anterior.

Claro, estaba ebrio y, en efecto, la discusión con su padre lo dejó listo para reñir con quien fuera, aunque lo que se dijeron estaba enterrado debajo de demasiadas capas para poder procesarlo tan pronto. Pero lo que más lo encolerizó fue el espejo en que se transformaron las palabras de Lily, el reflejo de sí mismo que había logrado eludir durante meses.

Ahora no podía olvidar nada de eso. Aquella lluviosa tarde de lunes, la carta que Lily le había entregado lo instó a hurgar en su escritorio en busca de otros recordatorios de su acto. La sala de noticias locales zumbaba a su alrededor. Por fin encontró y abrió

147

el pequeño montículo de misivas que no dejaron de llegar cuando cambió de empleo y empezó a trabajar en el *Tribune*. Venían de los distintos periódicos que habían reproducido su artículo. Todas expresaban simpatía por la familia, y varios de los sobres contenían uno o dos dólares.

Antes de irse, Lily le preguntó si recordaba a los niños, como si acaso pudiera olvidarlos. Solo los había lanzado a la caverna más profunda de su mente para tratar de recuperar la cordura. Sus rostros, un símbolo doble de su culpabilidad, lo persiguieron como fantasmas, incluso cuando se mudó a Nueva York. En Central Park, en Times Square y cuando caminaba por la calle y veía niños, le parecía divisar a Ruby sonriendo, riendo con un ramo de flores en la mano. Había visto a Calvin trepar un árbol o esconderse entre los pliegues de la falda de su madre. Pero la verdad detrás de aquella fotografía no era la única razón. Como Lily lo notó hacía mucho tiempo, lo que más lo molestaba era que las dificultades de la familia hubiesen impulsado su carrera. Entre más lejos llegaba, más desagradable se tornaba ese hecho. Aquellos reportes de corrupción y los escándalos los usó para ocuparse, para ayudarse a olvidar.

—¿Te encontró la persona que te buscaba?

Ellis estaba tan inmerso en sus pensamientos que le tomó un instante comprender que la pregunta era para él, y aún más tiempo rastrear la voz hasta el hombre parado junto a su escritorio.

—Tu amiga —aclaró Dutch—. Estuvo preguntando por ti en Bleeck's. Te escuché decir que irías al Royal con tus padres, e imaginé que querrías que le diera la información a la dama.

Ellis entrecerró los ojos, de pronto ató cabos y comprendió cómo había sucedido todo. Al mismo tiempo, apenas se estaba haciendo a la idea de volver a hablar con Dutch.

—Sí, me encontró.

—Ah, bien.

Al fondo, alguien lanzó un avión de papel y un teléfono. Un reportero gritó buscando un *copy boy*.

Dutch se acomodó el lápiz que traía sobre la oreja y se quedó ahí hasta que la incomodidad ejerció demasiada tensión en el ambiente. Ellis no pudo decir nada más cuando lo vio alejarse.

¿Qué convendría decir? La última vez que hablaron fue meses atrás. Poco después del asunto del Ayuntamiento, en dos ocasiones Dutch intentó disculparse sin mucho entusiasmo.

De acuerdo, viéndolo en retrospectiva, tal vez sus intenciones eran genuinas. La presión de tener un nuevo bebé sumada a la falta de sueño y la desesperación por conservar su empleo condujo a una "decisión cobarde", según le dijo. Era obvio que cuando el señor Walker dio por sentado que había sido culpa de Ellis, Dutch no aclaró la situación. Más adelante ofreció corregir las cosas, pero para ese momento la oportunidad había quedado muy atrás. Ellis solo descartó su propuesta con frialdad y, desde entonces, se habían estado evitando.

Pensándolo bien, tal vez Dutch no era un mal tipo. Estando bajo presión, incluso la gente decente y con buenas intenciones podía tomar malas decisiones. Y ahora le debía, como mínimo, un agradecimiento por haberle dicho a Lily dónde encontrarlo, aunque, tomando en cuenta el resultado del reencuentro, iba a ser como agradecerle a una enfermera una dosis de aceite de hígado de bacalao: que fuera necesario ingerirlo no significaba que hubiese sido un trago agradable.

Bueno, pero su prioridad ahora era ella.

Extendió el brazo sobre el montículo de cartas y tomó el teléfono vertical. Dejó el auricular colgado en el gancho mientras buscaba las palabras adecuadas: su disculpa no podía sonar frágil.

Y eso, dando por sentado que llegaría lo bastante lejos para ofrecerle una disculpa, es decir, que ella no colgara el teléfono o que el jefe la llamara en ese momento. Tal vez podría enviarle una carta o un telegrama. Aunque ambos podrían terminar en un cesto de papeles o, en algunas semanas, de vuelta en su oficina sin haber sido leídos.

En ese momento el redactor de noticias locales pasó por el corredor de escritorios con su saco y su sombrero. Se dirigía a la salida para ir a almorzar.

Ellis tomó una decisión.

—Señor Walker —gritó. El redactor volteó con desgano, se veía impaciente por ir a comer su refrigerio de la tarde. Ellis se aceró y fue directo al grano—. Me preguntaba si habría alguna oportunidad de ir a casa, a Filadelfia, señor. Para arreglar un asunto personal.

Los ojos azules del Señor Walker brillaron intrigados, pero no era el tipo de individuo al que le gustara husmear, a menos de que el asunto fuera digno de publicarse.

—¿Quiere tomarse el día de mañana?

Ellis se refería a algún día de los que estaban por venir, pero sí, ¿por qué no el día siguiente? De todas formas, cualquier intento por trabajar fracasaría hasta que no arreglara la situación con Lily.

—Eso me ayudaría bastante, señor Walker.

—Entonces un día nada más —dijo, no en tono de sugerencia, sino como límite. Una buena parte de las tareas del jefe de la redacción, exacerbadas por la difícil situación económica, consistía en asegurarse de que el personal se ganara su salario.

—De acuerdo, señor.

—Está bien, siempre y cuando no olvide que quiero una nueva propuesta de artículo para el jueves.

—Por supuesto, ya estoy trabajando en ello.

—¿Tiene que ver con todo esto? —preguntó el señor Walker señalando las cartas extendidas sobre el escritorio.

Ellis deseó haberlas abierto en privado.

—Son solo misivas de lectores sobre un viejo artículo publicado en el *Examiner*.

El señor Walker asintió.

—Los niños con el letrero.

Una conjetura impresionante, aunque tal vez no debería sorprenderle. El éxito de aquel artículo fue responsable en buena medida de que Walker se fijara en él, y en lo que se refería a historias notables, su memoria era como un archivo.

El redactor le echó un vistazo a su reloj de pulsera.

—Bien, me voy a almorzar —dijo y siguió caminando, pero de pronto se detuvo con el dedo índice en alto—. Escuche... no es mala idea.

—¿Cómo dice, señor?

—Hay muchos lectores que quieren saber más al respecto. Si ya va a viajar a la zona, ¿por qué no le hace una visita de seguimiento a la familia?

Otro artículo sobre los Dillard...

La mera sugerencia hizo que a Ellis se le revolviera el estómago, pero el señor Walker continuó hablando.

—¿Qué sucedió con los niños? ¿Los conservaron, los vendieron, los regalaron? ¿Su situación mejoró o empeoró? Si la historia todavía tiene jugo, tal vez valdría la pena proponerla para la Primera plana.

¿Cómo diablos se le da seguimiento a algo que nunca sucedió? Era lo que Ellis iba a preguntar, pero solo respondió sin emoción.

—Trataré de averiguar.

El señor Walker asintió rápido y continuó avanzando mientras Ellis se quedó inmóvil tratando de reprimir una creciente sensación de pavor.

Su pasado estaba presionando con fuerza para volver a emerger.

El plan cambió en el trayecto.

Ellis partió de Nueva York en cuanto salió el sol y estaba a medio camino de Filadelfia cuando decidió dar marcha atrás. Si esperaba y llegaba al *Examiner* a la hora del descanso para almorzar de Lily, tal vez ella tendría un momento libre y, mejor aún, en privado. Pero eso significaba que debía cambiar de plan e ir a Laurel Township primero.

La decisión respecto a una secuela fue incluso más sencilla de tomar. Un artículo basado en una mentira era más que suficiente, no pensaba escribir otro. El objetivo de ese viaje sería otro, cerrar y dar fin al asunto, y ahora sabía cómo hacerlo. Un solo acto confirmaría por fin que el riesgo de realizar el viaje realmente había valido la pena.

Ellis entró con su automóvil al acceso vehicular sin pavimentar y con montones de guijarros, y terminó en la casa de los Dillard. Salvo por el cielo grisáceo de media mañana, la escena coincidía con la imagen que guardaba su memoria. La granja con el pórtico cubierto. Una capa de polvo sobre la pintura blanca. El manzano y los ondulantes campos de heno.

Se estacionó, bajó de su automóvil y se dio unas palmadas sobre el pecho, por encima del saco. Sintió el grueso sobre en su bolsillo interior y así confirmó que el regalo seguía ahí. A los siete dólares que juntó con el dinero que enviaron los lectores en sus cartas, añadió veintitrés de su propio bolsillo. Estaría bastante limitado hasta que llegara el siguiente día de paga, pero era lo mínimo que podía hacer. Si la familia atesoró aquellos dos miserables dólares, esto sería una mina de oro.

Solo desearía haberlo hecho antes.

Cuando estuvo en el pórtico abrió la puerta de malla y golpeó la de madera con los nudillos y, como nadie respondió, golpeó con más fuerza.

Nada aún.

Las veces anteriores, cuando entregó las donaciones, las dejó en los escalones del frente, pero no pensaba hacer lo mismo con esos treinta dólares.

Tocó por tercera vez y se quitó el sombrero para asomarse por la ventana. El estrecho espacio entre las cortinas de tela a cuadros azules le impidió ver bien.

Entonces escuchó el rugido de un motor detrás de sí. Giró esperanzado, pero solo vio a un hombre que manejaba un camión hacia la casa.

Bajó por las escaleras y, ansioso por aclarar que no estaba acechando el lugar, sacudió la mano de manera amigable cuando el vehículo negro se detuvo.

—¿Puedo ayudarle en algo, vecino? —preguntó el hombre canoso desde el interior. Tenía la ventana abierta y el motor encendido. En el costado del camión se podía leer en letras blancas de plantilla: *CORREO POSTAL DE LOS ESTADOS UNIDOS*.

—Busco a Geraldine Dillard. ¿Tiene idea de dónde estará?

—Mmm, desearía poder decirle —dijo el hombre rascándose la cabeza—, pero la señora Dillard no registró ninguna dirección para enviarle la correspondencia que llegara aquí.

—¿Quiere decir que… se mudó? —preguntó Ellis volviendo a mirar la casa, asombrado al escuchar las noticias—. ¿Cuándo?

—No podría decirle con exactitud, pero desde que los niños se fueron, ella rara vez volvió a salir. Lo único que sé es que hace unos meses el casero me dijo que le enviara las facturas a él hasta que hubiera un nuevo inquilino.

A Ellis le costó trabajo asimilar lo que le dijo el hombre, inferir el dolor de una madre a partir de la frase: *Los niños se fueron.*

Recordó de inmediato a su hermano, el bulto que sacaron a toda velocidad de su casa y que nunca volvió. El que enterraron en una pequeña parcela rodeada de flores y árboles en un cementerio.

Miró al hombre a los ojos.

—¿Qué les pasó a… los niños?

—Bueno, yo no vi nada de primera mano —dijo el hombre.

—Pero sabe algo.

El cartero echó un vistazo hacia atrás, por encima del hombro, como tratando de cerciorarse de que no hubiera nadie antes de revelar el chisme del pueblo.

—Solo sé lo que escuché decir al viejo Walter Gale. Walt trabaja en la estación de trenes. Hace mantenimiento y esas cosas. Incluso ayuda como taxista cuando es necesario. Dice que un banquero elegante llegó en tren con una fotografía recortada de un periódico. Una fotografía de esta mera casa, y que pagó para que lo trajeran hasta aquí directo desde la estación. Se llevó a los pequeños ese mismo día.

Ellis se sintió aliviado. Al principio dio por hecho lo peor, pero ese sentimiento se desvaneció enseguida.

—Ya veo, entonces los adoptaron a ambos.

—¿Adoptaron? No, no, por lo que sé, no fue así —explicó el cartero. Y justo entonces, la noción de lo que se avecinaba, la retorcida realidad de lo que él mismo había provocado, lo golpeó con la fuerza de un tren a toda velocidad incluso antes de que el hombre terminara de hablar—. A los niños los vendieron.

SEGUNDA PARTE

*No hay nada que temer excepto el persistente
rechazo a averiguar la verdad.*
— DOROTHY THOMPSON

CAPÍTULO 16

CON SUS RASGOS OCULTOS ENTRE LAS SOMBRAS, el conductor permaneció sentado en el interior del viejo y maltratado automóvil negro estacionado en la calle. Lily alcanzó a verlo desde el mostrador de la charcutería cuando la cantidad de compradores empezó a disminuir por fin. Era casi hora de cerrar, pero, siendo sábado, el lugar estaba repleto de clientes que se avituallaban para la comida del domingo.

—Querida, ¿podrías… —dijo la madre de Lily al entregarle una moneda de cinco centavos y dos de uno.

—¿Es del señor Wilson?

—¿De quién más?

De nuevo, el antiguo cliente de los Palmer había salido de la tienda con todo el salami y *provolone* que siempre compraba para la semana… y olvidado el cambio en el mostrador.

Lily corrió a la puerta sin tomarse un momento para quitarse el delantal que llevaba sobre la blusa de algodón de manga corta.

Algunas gotas de lluvia cayeron sobre sus brazos desnudos, el aire del inicio de la tarde traía consigo un aroma eléctrico. El señor Wilson ya había avanzado y pasado junto a varios locales,

157

pero lo alcanzó afuera de la mercería de Mel y le entregó su cambio. Él se lo agradeció sonriendo apenado.

Aunque llevaba el cabello recogido para trabajar en la charcutería, al regresar se retiró algunas mechas que le habían caído sobre los ojos. Estaba a punto de pasar junto al viejo automóvil Modelo T negro cuando el conductor abrió la puerta y salió.

—Lily, espere.

Se quedó helada.

Ellis Reed.

Él se quitó el sombrero y sostuvo el ala con ambas manos y aire incómodo.

—Lamento aparecer de manera imprevista.

Lily apretó los dientes, su estómago también se tensó. Había pasado una semana desde su amarga separación en Nueva York, pero de nuevo sintió los latigazos de sus palabras a flor de piel.

En ese tiempo se había dado cuenta de que cometió una tontería al despreciar a Clayton por el hombre que ahora tenía frente a ella. Debido a eso y a que él estaba ocupado en el periódico toda la semana, había pospuesto la conversación para hacerle saber su postura respecto a la relación. Además, se dijo a sí misma que nunca volvería a permitir que la emoción la hiciera cometer errores, incluso si con eso corría el riesgo de terminar sola.

—¿Qué quiere?

—Ofrecerle una disculpa por mi comportamiento de aquella noche. Por las desagradables cosas que expresé. Planeaba decirle esto desde hace días, pero… sucedieron varias cosas que… —dijo Ellis antes de levantar el rostro. La profunda sinceridad en su mirada no podía pasarse por alto, tampoco su esfuerzo.

—Manejó desde Brooklyn —dijo ella—, debe de haberle tomado tres horas.

Él se encogió de hombros.

—Una carta no habría bastado.

Aunque Lily comprendía, mucho más de lo que él podría imaginarse, mantuvo la guardia en alto.

—Por eso estoy aquí —continuó Ellis—, para disculparme en persona.

Antes de que ella pudiera responder, un par de damas, la bibliotecaria del pueblo y la organista de la iglesia, se disculparon por interrumpir la conversación y pasaron entre ellos, lo cual le recordó a Lily de forma abrupta dónde se encontraban.

De alguna manera, Ellis la había localizado sin ayuda de Clayton y viajó hasta Maryville. ¿Qué más sabrían él u otras personas?

Se acercó un poco más a él.

—¿Cómo supo dónde encontrarme? —le preguntó.

Ellis señaló la charcutería con su sombrero.

—Usted mencionó que venía aquí todos los fines de semana para ayudar a sus padres.

—Ah, sí, lo había olvidado —dijo. La explicación la tranquilizó un poco, pero sabía que, de todas maneras, ese mundo familiar debía permanecer separado de su entorno profesional. Al menos, para las personas que no le parecían dignas de confianza—. Bien, gracias, acepto su disculpa señor Reed. Y le agradezco todas las molestias que se ha tomado, pero me temo que debo irme.

Lily dio algunos pasos, pero entonces Ellis habló de nuevo.

—Por cierto, tenía usted razón. Respecto a las historias que he escrito, todo lo que hice para avanzar en el periódico…

Su voz se fue perdiendo, pero ella terminó la frase por él.

—… como los niños —dijo—, los de la *segunda* fotografía —agregó. Quería que él lo dijera, pero solo se quedó mirándola, desconcertado al descubrir que estaba al tanto de todo—. Sé que los niños no eran los mismos de la primera, Ellis.

El arrepentimiento deformó su expresión, mucho más de lo que ella esperaba.

Pero, consciente de que otras personas del pueblo seguían pasando por la calle, Lily insistió en dar fin a la conversación.

—¿Por qué no hablamos más de esto en otra ocasión? Tal vez cuando vuelva usted a Filadelfia. En este momento necesito ayudar a cerrar la tienda.

—Por supuesto —dijo él en voz baja.

Lily lo miró. Traía el traje arrugado y no se había afeitado, parecía que no había dormido en varios días, pero, a pesar de lo terrible de su reencuentro en Nueva York, esa no podía ser la única causa.

—¡Mami! —gritó una vocecita.

Lily giró enseguida.

—¿Sí?

Y, en ese momento, hizo un gesto de dolor.

Samuel, su precioso secreto, estaba en la entrada de la charcutería con media galleta en la mano. Tenía la camisa manchada de harina, prueba de que había estado cocinando con su abuela.

—¿Puedo comer esta galleta? Sobró y está rota, pero *abue* dice que te tengo que pedir permiso.

Lily adivinó el asombro en el rostro de Ellis a pesar de que estaba detrás de ella.

—¿Mami? ¿Por favooor?

Lily asintió sin pensarlo mucho. En ese instante, Samuel habría podría pedirle que lo dejara jugar con una caja llena de clavos, y ella habría asentido.

El pequeño sonrió de oreja a oreja y entró a la charcutería antes de que Lily recobrara la compostura, su determinación y el raciocinio, y volteara a ver a Ellis.

—Señor Reed, debe usted comprender que el jefe jamás me habría contratado. Y que en la casa de huéspedes donde vivo no me habrían aceptado si alguien supiera.

En efecto, la sorpresa era manifiesta, pero en el rostro de Ellis también había una compasión sutil, libre de todo juicio.

—Su hijo es un chico muy apuesto —dijo volteando hacia la charcutería.

Lily se abrazó a sí misma cubriendo su pecho, no era solo que la lluvia le hubiese provocado aquel escalofrío. De pronto cobró conciencia absoluta de la ventaja que acababa de ceder y que, quizá, nunca le perteneció de forma legítima.

—Gracias.

El silencio se instaló entre ellos hasta que Ellis habló.

—¿Desde cuándo sabe? Sobre los niños de la fotografía.

—Hace tiempo —susurró, aunque no tenía la intención de expresarse con vaguedad—. Después de que habló conmigo, seguí preguntándome por qué lo inquietarían tanto y, poco después, examiné la fotografía que fue publicada.

—Pero no se lo dijo a nadie —supuso Ellis.

Ella negó con la cabeza.

—Usted escribió un buen artículo y merecía ser leído —explicó Lily. Aunque, tal vez de forma inconsciente, tenía otra razón: por experiencia sabía que a veces era necesario negociar con la verdad y arriesgarse para avanzar.

Ahora se daba cuenta de su propia hipocresía al haberlo juzgado de aquella manera. Independientemente de cómo se comportó él cuando discutieron.

—Todo ha quedado en el pasado, no debemos obsesionarnos con lo que está hecho.

Al escuchar eso, él miró en otra dirección y volvió a presionar con fuerza el ala de su sombrero. Aún había más en esa historia y Lily lo intuyó.

—¿Ellis? ¿Qué sucede?

El terror la envolvió como enredadera, incluso antes de que él diera una respuesta. Y, cuando lo hizo, cada palabra, cada escena que imaginó plantó una realidad aún más devastadora.

Una casa vacía.

El relato del cartero.

La oleada de consecuencias tras el clic de un obturador.

Trató de digerir todo mientras contemplaba cómo se formaba un charco en la calle. El cielo oscureció y las gotas de lluvia se engrosaron. Eran demasiados pensamientos y sentimientos para procesarlos de una sola vez.

Volteó a mirar a Ellis y no supo si las gotas en sus ojos eran producto de la lluvia o de la emoción, pero sospechó que de ambos.

Lo solucionarían, tenían que hacerlo. Pero no ahí afuera bajo la lluvia.

—Venga conmigo —le indicó, pero no confirmó que la hubiese escuchado sino hasta que lo vio cerrar la puerta del automóvil para seguirla.

La tensión se cernía sobre la mesa mientras la familia cenaba casi sin hablar. Tampoco ayudó que, aunque se habían secado con toallas y estaban casi secos, Lily y Ellis todavía parecieran perros salidos de un callejón. Ni siquiera los dibujos de la familia, de pasteles y amaneceres que había hecho Samuel y que estaban pegados aligeraban los ánimos.

La madre de Lili le había pedido a Samuel quedarse para la cena. Por su tono, era evidente que la invitación era mera cortesía. Si a Lily le quedaba alguna duda, bastaba con echar un vistazo a cualquiera de los extremos de la mesa, donde sus padres exudaban tanto recelo como desaprobación. El hecho de que Ellis estuviera sentado frente a su hija y a Samuel, en la silla que con frecuencia usaba Clayton, hacía la contrariedad incluso más patente.

Había que reconocer, sin embargo, el hecho de que Ellis mantuviera una actitud amigable a pesar de su dilema.

Para tratar de estimular la conversación, Lily le informó que su madre había pintado a mano los conejitos del platón de cerámica donde sirvió el pastel de carne y que el conejo era el animal preferido de Samuel. Ellis felicitó a la madre de Lily enseguida, por el platón y por el pastel, y a cambio solo recibió un brevísimo agradecimiento.

El esfuerzo de Lily por involucrar a su padre en la conversación no tuvo mucho más éxito, la plática trivial sobre el béisbol solo condujo a que cuestionara a Ellis.

—¿Es usted fanático de los Yankees? —preguntó, sin que su desafiante tono dejara claro que la respuesta debía de ser "Sí".

Lily se puso nerviosa al ver que Ellis dejaba de comer.

—Me temo que últimamente he estado demasiado ocupado para seguir los juegos, pero tengo entendido que este año tienen una alineación fuerte —explicó. Aunque su rapidez al contestar fue impresionante, el tono diplomático de su respuesta indicaba que, si le iba a algún equipo, no era los Yankees. El ceño fruncido del padre de Lily dejó claro su desagrado.

Antes de que ella pudiera intervenir, Ellis giró con rapidez hacia Samuel.

—Entonces, te gustan los conejos, ¿eh?

Samuel mantuvo la mirada baja y usó su cuchara para empujar el montículo de puré de papas, receloso de los desconocidos como de costumbre.

Lily lo instó con dulzura a responder.

—Samuel, sé educado y contéstale al Señor Reed.

El pequeño asintió con rigidez.

Lily miró a Ellis y le transmitió con discreción una disculpa silenciosa por haberlo invitado a entrar a su hogar y no imaginar que eso se sumaría a sus dificultades, pero él respondió con una cálida sonrisa. Negó con la cabeza y le dijo que no debía inquietarse, y así continuó la cena en aquel pequeño y caluroso espacio. El sonido de la lluvia y los relámpagos regulares proveyeron el único alivio hasta que Samuel trató de reprimir su risa.

Lily volteó a ver a su hijo y siguió su mirada hasta el otro lado de la mesa, donde se encontró con el conejo de largas orejas fabricado con una de las servilletas de tela. Ellis, como un marionetista, llevó al animal saltando hasta el cuenco con zanahorias glaseadas y lo hizo mover la nariz. Samuel volvió a reír y, aunque poquísimo, la tensión disminuyó. Ni siquiera los padres de Lily pudieron ocultar su sorpresa al ver la alegría de su nieto y confirmar lo contagiosa que era.

El interés de Samuel había empezado a decaer cuando Ellis habló.

—¿Y qué tal una tortuga?

En esta ocasión, Samuel asintió con vigor y Ellis se puso a trabajar. Plegó, insertó y jaló la servilleta hasta que el conejo se transformó en una tortuga con un gran caparazón. El quelonio se arrastró por el borde de la mesa y provocó más risas hasta que Samuel pidió un pájaro. Ellis, feliz de complacerlo, parecía casi haber olvidado sus apuros.

Lily se escapó para servir varias rebanadas de la tarta casera de ruibarbo que ella misma había preparado y que Ellis alabó a pesar de que casi no tuvo tiempo de comerla. Estaba demasiado ocupado tratando de responder a más de cinco peticiones. Incluso una hecha por el padre de Lily, instado por Samuel.

Para cuando terminó la comida, los padres de Lily no habían bajado la guardia por completo, pero cumplieron con su papel de anfitriones como era debido. Tomando en cuenta el clima, su madre incluso le ofreció a Ellis pasar la noche en su casa.

—Gracias —contestó él—, pero en verdad me parece que les he dado ya demasiadas molestias.

—Pfff —exclamó la madre de Ellis—. No tiene sentido partir hasta que no sea seguro viajar. Lillian, trae algunas sábanas limpias —le ordenó a su hija, improvisarían una cama en el sofá.

A Lily le inquietaba que Ellis se quedara más tiempo por varias razones, pero no le parecía correcto enviar a un hombre cansado a conducir de noche durante una tormenta.

Cada minuto avanzó con esfuerzo hacia el siguiente y se extendió hacia el amanecer de manera interminable. La lluvia amainó lentamente. En la cama junto a la de Lily, el edredón sobre el pecho de Samuel ascendía y descendía con cada respiro mientras ella inhalaba el sutil aroma infantil, envidiando la capacidad de su hijo para descansar.

En medio de la oscuridad contó las franjas blancas y amarillo caléndula en el papel tapiz, un hábito que le había ayudado a relajarse desde que era niña. Esa noche, sin embargo, ni siquiera un vaso de leche caliente podría hacerla conciliar el sueño.

En ese momento, escuchó un ruido. Separó la cabeza de la almohada y prestó atención. Otro crujido le reveló que había movimiento en el piso de abajo. Sus padres no tenían la costumbre de levantarse y andar por la casa tan tarde, por lo que supuso que era Ellis, quien, al igual que ella, no dejaba de pensar en dos niños que no debieron ser vendidos.

¿Cómo podría él, o ella misma en todo caso, sentirse tranquilo hasta no averiguar más?

Se le ocurrió una idea. Implicaría tomar algunas horas de su fin de semana con Samuel, pero no había opción. Tenía que decírselo a Ellis en ese momento porque, si llegara a irse al amanecer sin despedirse, ni siquiera lo vería.

Salió de la cama con mucha precaución, ató su bata y bajó por las escaleras. Encontró a Ellis en la sala, de pie junto a la ventana con las cortinas entreabiertas. Mirando la noche, bajo la luz de la luna, sus rasgos se veían más suaves. Tenía puestos los pantalones, pero sus tirantes colgaban sobre ellos hasta los muslos. A su torso solo lo cubría una camiseta sin mangas, y las sombras parecían definir los músculos de su pecho y brazos.

A Lily de pronto le preocupó lo impropio de reunirse con él así. Solo llevaba un camisón y bata, ni siquiera se había puesto las pantuflas. Quiso retroceder y, al intentarlo, hizo crujir un tablón del suelo.

Ellis giró enseguida.

—¿La desperté? —preguntó con voz sutil pero áspera. Inquieta.

Ella negó con la cabeza.

Retirarse ahora sería tonto.

Se acercó a él lo suficiente para que pudiera escucharla murmurar.

—Creo que mañana deberíamos ir a la vieja zona de los Dillard. A Laurel Township.

—Lily —dijo Ellis, su tono conllevaba ya la objeción. Era algo que él mismo había pensado, pero necesitaba dejar que ella se explicara.

—El trabajador de la estación de trenes, el que hacía mantenimiento, él vio todo. Podría saber más. Podría saber adónde llevaron a los niños, por qué su madre hizo eso. Usted mismo dijo que no parecía ser el tipo de persona capaz de algo así.

—Lily —insistió él—. Aprecio su sugerencia y, sin duda, planeo averiguar más, pero no es necesario que usted se involucre. No le conté lo sucedido con ese objetivo. No fue usted quien provocó esto, fui yo.

—Se equivoca —dijo Lily. Ellis levantó el rostro y la enfrentó. Ella se obligó a ocultar su emoción, la culpabilidad que estuvo creciendo toda la noche.

—Yo fui quien le dio al jefe su primera fotografía. La encontré en el cuarto de revelado. Siendo madre, cuando la vi... yo... En fin, me conmovió —explicó. Prefirió simplificar las cosas, no quería ahondar de forma innecesaria en su propio pasado y el de Samuel.

Ellis arqueó las cejas, su expresión indicaba que por fin había encontrado la pieza faltante. Por un instante Lily se preguntó si le guardaría rencor por instigar aquella terrible situación.

Pero, en lugar de eso, Ellis insistió.

—Sigue sin ser su culpa. Estoy seguro de que solo trataba de ayudar.

—De acuerdo, entonces permítame continuar. Necesito hacer esto, Ellis, por favor.

Él fue amable y no preguntó por qué, solo se quedó pensando en sus palabras y exhaló.

—Bien, entonces iremos juntos.

El peso que sentía Lily pareció disminuir un poco. Al menos ahora tenían un plan. Se sonrieron y el espacio entre ellos se tornó demasiado silencioso, demasiado breve. Pero Lily dudó en irse.

Las sábanas continuaban sobre el sofá, suaves, inmaculadas. A ambos les esperaba una noche de inquietud.

Después de todo, habría descubrimientos, pero seguro no sería nada terrible.

—¿Está consciente de que quizá nos estamos preocupando por nada, y que tal vez lo único que sucede es que un adinerado banquero estuvo dispuesto a criar a los niños? Podríamos terminar descubriendo que las cosas dieron un giro para bien.

—Por supuesto —dijo Ellis—, podríamos descubrir eso.

En conjunto, casi sonaban convencidos.

CAPÍTULO 17

LA MAÑANA LLEGÓ EN UN ABRIR Y CERRAR DE OJOS. El aroma a café y pan recién horneado se extendió en el somnoliento ambiente. Por un instante, Ellis estuvo de nuevo en casa de sus padres, despertando con el aroma de los rollos que horneaba su madre.

No les había llamado desde la desastrosa salida a cenar, una semana antes. No era falta de valor, solo no sabía qué decir o hacer. Tal vez podría actuar como si nada hubiera ocurrido o asumir toda la carga y disculparse: las dos vías típicas al lidiar con su padre. Pero, para ser francos, estaba harto de solo añadir un vendaje más a la supurante realidad de su eterna desaprobación.

Además, ¿cómo podría exigirle respeto hasta que el misterio de los Dillard no quedara atrás?

Un par de ojitos se asomaron desde el corredor, trayendo su atención de vuelta a su entorno actual.

—Oye, ¡Samuel! —susurró. No quería despertar a nadie. Samuel le respondió ondeando la mano.

El pequeño resultó una sorpresa, cierto, pero ahora Ellis comprendía muchísimas cosas sobre Lily. Desde el principio había notado lo inteligente y hábil que era en su trabajo, y a eso se sumaba ahora lo valiente que parecía ser.

NIÑOS A LA VENTA

Se sentó y estiró la espalda.

Tras años de dormir en una cama desvencijada en Filadelfia, aquel sofá acolchado resultaba sumamente cómodo. Incluso cuando le había tomado casi la mitad de la noche lograr dormir un poco.

—¿Tienes idea de qué hora es?

Samuel negó con la cabeza.

La luz del nublado cielo que entraba por la rendija en las cortinas solo daba un indicio de qué hora podría ser. Su reloj de bolsillo estaba guardado en el saco de su traje, el cual colgaba de la mecedora junto a la ventana. Cuando se levantó para tomarlo, Samuel se acercó y le entregó una servilleta enrollada. Al verla, Ellis ladeó la cabeza.

—Es un caracol —explicó el niño lleno de orgullo.

—Oh, sí, ya veo. Un caracol muy bonito, por cierto.

En el rostro de Samuel apareció una sonrisa que dejó entrever sus perfectos dientes de leche alineados. Cuando se fue de manera apresurada, el recuerdo de otro niño ocupó la mente de Ellis: el hermano de Ruby. El rostro redondo, los ojos grandes, las gruesas pestañas: la visión de Calvin le infundió ánimo para su misión de ese día.

Solo le tomó unos minutos más ponerse el resto de sus prendas. Cuando llegó al final del corredor, le sorprendió encontrar a la familia sentada alrededor de la mesa del comedor, todos listos para la jornada y a punto de terminar de desayunar. Dio por hecho que hablaban en voz baja para no molestar al huésped que no habían planeado invitar, pero su conversación se acalló en cuanto él llegó.

—Buenos días.

Lily respondió al saludo. Su madre también le deseó buenos días antes de servirle un plato con panecillos y jamón frito. Ellis se sentó a pesar de que, tras la copiosa cena de la noche anterior, en realidad no tenía mucha hambre. Empezó a comer de todas maneras y, cuando iba a la mitad, el padre de Lily se dirigió a él hablando por encima del borde de su taza de café.

—La familia irá a misa al terminar el desayuno. ¿Usted va a misa los domingos?

Ellis tragó un trozo de pan, consciente de que lo estaban poniendo a prueba de nuevo. En esta ocasión, no se tomó la molestia de ser creativo.

—En realidad, me criaron en el protestantismo, señor, pero en mi infancia siempre asistí a la iglesia.

El silencio se extendió en el comedor y confirmó la postura del hombre.

Lily interrumpió.

—Señor Reed, debemos partir pronto… si es que, de vuelta a Filadelfia, en verdad queremos detenernos a trabajar como lo planeamos.

Ellis recibió de buena gana la señal para empacar. En cuanto Lily terminó la frase, él se levantó de la mesa y le agradeció a la familia.

～

La mayor parte del trayecto prevaleció el silencio, pero a Ellis eso no le molestó. Lily, quien se había levantado muy temprano para atender a su hijo, dormitó a pesar del repiqueteo del automóvil. Los rayos de sol que atravesaban las nubes acariciaron con suavidad su rostro, y ella no podría verse más tranquila. La larga cabellera le caía sobre los hombros, era la primera vez que Ellis la veía con el cabello suelto. Al menos, de día. También observó su atuendo: pantalones para dama, blusa casual y saco. Notó que casi no llevaba maquillaje. Sin lugar a duda, era una belleza natural.

De hecho tuvo que esforzarse por mantener la vista en el camino.

Por fin llegaron a Chester County y, cuando se estaban acercando a la estación de trenes más cercana a Laurel Township, el automóvil se hundió por un instante en un bache y se sacudió. El movimiento alertó a Lily.

—Es aquí —le dijo Ellis. La estación estaba al final del camino. Se detuvo para estacionarse. La mayor parte del área estaba rodeada de campos y grava, pero a lo lejos, al pie de una colina, se veían las fachadas de algunos comercios.

Lily tomó su bolso y se espabiló. En cuanto la determinación reapareció en su mirada, Ellis también se enfocó en su objetivo.

—Vayamos a buscar algunas respuestas —dijo ella. Él asintió y ambos se dispusieron a salir del automóvil.

Entraron a la estación de trenes y el aire hizo ondear los volantes pegados en un tablero de corcho cuando la puerta se cerró detrás de ellos. En la zona de espera había cuatro largas bancas, pero solo una de ellas estaba ocupada. Era un hombre mayor de traje a cuadros color beige que estaba equilibrando el portafolio que tenía en el regazo. Sus párpados colgaban en su demacrado rostro.

Ellis los guio hasta la taquilla. La empleada, una mujer de edad mediana con gafas, estaba encorvada sobre un libro. Levantó la vista y miró a Ellis. Parecía un poco irritada de que la hubieran interrumpido durante su lectura.

—¿A dónde viaja?

—Buenos días, señora, estoy buscando a un hombre que trabaja aquí. Me parece que se apellida Gaines. Sí, es el señor Gaines, ¿creo?

—Gale —lo corrigió ella.

—Señor Gale, sí, es él —dijo Ellis. Aunque estaba acostumbrado a grabarse nombres en la memoria, habilidad esencial en el periódico, las circunstancias en que habló con el cartero hicieron que los detalles fueran confusos—. ¿Sabe si está por aquí ahora?

Al ver que la empleada lo miraba con desconfianza, Lily interrumpió sonriendo.

—Tenemos una dificultad personal y esperábamos que el señor Gale pudiera ayudarnos. Le aseguro que no le quitaremos mucho tiempo.

La mujer contestó sin emoción.

—Walt no está incluido en el horario de turnos los domingos —dijo resollando—, pero suele pasar para ver si no se ofrece nada.

—Qué alegría escuchar eso —dijo Ellis.

—*No* es garantía de que vendrá.

Ellis comprendía, pero eso le parecía mejor que nada. Presionar para tratar de obtener la dirección del hombre sería infructuoso.

—De acuerdo. ¿Tiene idea de cuando pasará por aquí?

La empleada emitió un suspiro que estaba a punto de convertirse en resoplido.

—En las próximas horas. Quizá. No sé, no soy la nana de Walt, ¿sabe?

Lily intervino.

—Muchas gracias por su ayuda, esperaremos aquí con gusto y ya no la incomodaremos.

No fue necesario que Ellis dijera que estaba de acuerdo, la empleada ya estaba de nuevo leyendo su libro.

Ellis y Lily se dirigieron a la banca más cercana y él se sentó. Lily prefirió permanecer de pie con su bolso entre las manos y mirando hacia el otro lado. Cuando él intentó entablar una conversación elemental, las escasas respuestas de ella dejaron claro que aún había una brecha entre ellos. Lily lo había acompañado por una sola razón.

Ellis colgó la fedora sobre su rodilla y escuchó las campanas de una iglesia repicar a lo lejos. Estaba tamborileando los dedos sobre el ala de su sombrero cuando Lily murmuró algo para sí y volvió a la taquilla para hablar con la empleada. Cuando regresó, caminaba con prisa.

—La empleada cree que acaba de terminar una boda —dijo hablando a toda velocidad—. Supongo que el pastor del pueblo sabe todo lo que pasa en la comunidad. Si logro hablar con él, tal vez me diga algo. ¿Nos vemos aquí más tarde?

Todo parecía lógico. Hablar con el pastor, pero también separarse, así podrían cubrir un mayor rango.

—La estaré esperando —dijo él antes de que ella saliera volando de la estación.

La siguiente media hora Ellis tuvo que soportar los ronquidos del hombre en la banca de junto, quien, cosa extraordinaria, estaba sentado erguido a pesar de todo. La impaciencia del reportero empezó a aumentar. Un tren pasó sin detenerse y luego una adolescente entró para comprar un boleto. Abordó el siguiente tren, igual que una pareja que se iba de luna de miel. El novio le anunció orgulloso su destino a la empleada, y esta respondió dándole sus condolencias entre dientes.

Cada vez que las puertas batientes de la entrada se abrían, Ellis se enderezaba, pero luego solo volvía a hundirse en la banca. Hasta que un hombre alto y desgarbado llegó con una chamarra sin abotonar y un gorro plano. Caminó hasta la taquilla sin prisa y con movimientos angulosos. Cuando saludó, la boca de la empleada se estiró y formó algo parecido a una sonrisa que se deshizo enseguida, poco antes de señalar a Ellis.

—¿Señor Gale? —preguntó poniéndose de pie.

El hombre continuó caminando, ahora hacia el reportero. Un trozo de tabaco masticado le colgaba del labio inferior.

—Llámeme Walt.

—Soy Ellis —dijo antes de estrechar la mano del taxista.

—¿En qué puedo ayudarle?

Por suerte, no fue necesario esforzarse mucho para convencer a Walt de que se alejaran hacia un rincón para poder hablar en privado.

CAPÍTULO 18

Cuando Lily se acercó a la puerta abierta en el interior del pequeño edificio, a apenas kilómetro y medio de la estación de trenes, la recibió un ligero humo blanco.

No, de pronto se dio cuenta de que no era humo, sino polvo de gis. Al asomarse vio un pizarrón frente a varias hileras de pupitres de madera y a un chico pecoso con chaleco y pantalón bombacho golpeando dos borradores entre sí y formando una extensa nube de gis.

—Salud —dijo una mujer en el rincón cuando el chico estornudó.

Estaba sentada en el escritorio de la maestra y era la única otra persona en el lugar. Tenía cabello corto y negro. Su rostro, tan redondo como su figura, contrastaba con sus marcados pómulos. El tono moreno de su piel le daba un aire exótico.

—Oliver, concéntrate, no quiero pasar toda la tarde aquí.

—Sí, señora —masculló el chico con polvo blanco en las mejillas.

La escuela de solo dos salones se encontraba en la parte de atrás de una iglesia y, los domingos, también la aprovechaban para impartir las enseñanzas de la escuela dominical. El cordial pastor, asignado a esa área poco antes, le había dicho a Lily que ahí tal vez podría averiguar algo.

—Disculpe, ¿señora Stanton? —preguntó Lily al entrar.

La maestra giró en su asiento y su amplio busto hizo que su blusa se estirara.

—Sí, ¿puedo ayudarle en algo?

—Oh, eso espero, en verdad. El pastor Ron me envió a hablar con usted.

La señora Stanton sonrió.

—Ah, ¿tiene que ver con la donación de cobijas? —preguntó y, sin voltear a ver al niño, agregó—: Ya no escucho esos borradores, Oliver.

El chico continuó haciendo chocar los borradores para limpiarlos mientras la señora Stanton esperaba la respuesta de Lily, quien, debido a lo delicado del tema, se acercó para explicarle.

—El pastor Ron dijo que tal vez usted tendría información sobre un asunto que tiene que ver con una antigua alumna suya.

Aunque en su rostro todavía había una sonrisa, la señora Stanton se veía intrigada.

—¿A quién se refiere? He tenido bastantes alumnos.

Lily sonrió con amabilidad.

—Estoy segura de ello —dijo, pero consciente de la presencia del chico, bajó la voz—. Su nombre es Ruby Dillard.

La actitud de la señora Stanton cambió de inmediato, se encendió como una llama. Tras un breve silencio, aclaró la garganta.

—Oliver, es suficiente por hoy —dijo.

El chico se animó, dejó los borradores y corrió hacia la puerta.

—¡Y no lo olvides! —gritó la señora Stanton. Cuando el chico se detuvo, agregó—: ¿Cuál será tu castigo la próxima vez que se te ocurra *lamer* a un compañero de clase?

—Unas buenas nalgadas —dijo con un suspiro.

—Puedes irte —dijo la maestra apuntando con su tosca barbilla hacia la puerta.

La travesura del niño hizo imaginar a Lily una situación muy graciosa que se desvaneció en cuanto la señora Stanton se inclinó hacia delante con los codos sobre el escritorio.

—¿Le sucedió algo terrible al hombre que se llevó a esos dulces niños? —preguntó la maestra.

—Para ser franca, señora Stanton, eso es justo lo que estoy tratando de averiguar.

La maestra frunció el ceño.

—No comprendo, ¿no es usted trabajadora social?

—No, yo… —empezó a explicar, pero ¿cómo describirse de la manera más sencilla? —. Soy amiga de un reportero que hace poco conoció a los Dillard.

—Ya veo —dijo la señora Stanton—. El reportero.

Lily no pudo interpretar el tono en la voz de la mujer, pero se apresuró a hacer un benigno comentario en favor de Ellis.

—El mismo amigo que visitó a la familia en el verano por última vez y les trajo una serie de donaciones. Usted podrá imaginar su sorpresa cuando pasó por aquí la semana pasada y se enteró de las noticias.

—Sí, bueno, la situación nos sorprendió a muchos —dijo la maestra en un tono que, más que resentimiento, transmitía pesadumbre. Sus palabras instaron a Lily a continuar presionando.

—¿Sabe usted dónde se encuentran los niños ahora?

La señora Stanton negó con aire solemne antes de que su mirada viajara hacia el centro del salón, donde tal vez recordaba ver a Ruby en su pupitre.

—¿Tiene alguna idea de por qué los… cedieron? —preguntó Lily usando una palabra menos intensa—. En algún momento imaginé que las donaciones habrían ayudado a evitar que eso sucediera.

La señora Stanton habló con la mirada distante, como si estuviera pensando en voz alta.

—De haberme enterado de su enfermedad antes, yo me habría ofrecido a ayudar con Ruby, también con su hermano.

Lily parpadeó al escuchar a la maestra.

—¿Enfermedad? —la palabra la hizo imaginar mil escenarios.

¿Habría sido esa la razón por la que Geraldine le entregó su hija a un extraño? ¿Habrá visto al adinerado banquero como solución? ¿Como alguien capaz de ofrecerle una mejor atención médica a una niña enferma?

Pero entonces, ¿por qué también entregar al niño? ¿Y por qué tomó dinero a cambio?

—¿Quiere decir que Ruby estaba enferma, señora Stanton? —preguntó Lily.

La maestra se espabiló.

—Oh, no, no la niña —dijo. Lily sintió un profundo alivio—. Me refiero a la señora Dillard.

CAPÍTULO 19

EL AROMA A DIÉSEL Y TIERRA DE CULTIVO se volvió más intenso cuando el sol se abrió paso entre las nubes. Sus rayos filtrados formaron sombras de un lado a otro de las vías del ferrocarril. Del lado de la estación, Ellis había encontrado un lugar tranquilo y sombreado para hablar.

—Como le dije —repitió Walter Gale—, solo sé lo que alcancé a ver y escuchar desde mi vehículo.

—Lo entiendo —le aseguró Ellis. Deseaba apuntar los detalles en la libreta que traía en el bolsillo, pero tomando en cuenta lo delicado del tema, Walt no se sentía cómodo con ningún tipo de registro. No le importaba que el autor del artículo solo quisiera dar seguimiento al caso de manera personal.

—Entonces, ¿qué más le puedo decir? —preguntó Walt metiendo las manos en los pantalones de mezclilla que le quedaban un poco flojos y cortos por lo alto y delgado que era.

—¿Recuerda usted si ese día había algún letrero en la casa de los Dillard? ¿El que apareció en la fotografía del periódico?

—¿El letrero en que ofrecían a los niños? —preguntó. Parecía esforzarse por recordar mientras acomodaba con la lengua el tabaco que tenía debajo del labio inferior.

179

Ellis temía que haber dejado el maltratado letrero ahí hubiera conducido a esto por alguna razón.

La prominente manzana de Adán de Walt se movió.

—No lo recuerdo —dijo antes de dejar caer la barbilla mirando a Ellis—. Pero ¿quiere saber algo interesante respecto a ese letrero? La familia del final de la calle... Los Jones, ¿los conoce? Ellos colocaron uno igual afuera de su casa antes de mudarse.

El calor se deslizó por la espalda de Ellis como corriente eléctrica mientras se preparaba para la conclusión que lo condenaría.

—Yo imagino que eso le dio la idea a la señora Dillard —dijo Walt encogiéndose de hombros—. Pero, en cualquier caso, ese hombre le entregó un considerable fajo de billetes verdes a cambio de los pequeños. Eso sí lo vi con toda claridad.

Ellis trató de concentrarse a pesar de la mezcla de alivio y vergüenza que seguía corroyéndolo por dentro.

—¿Hay algo más que me pueda decir sobre él?

—Oh, yo diría que medía... un metro ochenta más o menos. Complexión promedio. Bigote y gafas. No sé cómo era su cabello porque llevaba sombrero.

Ellis asintió a pesar de lo común de la descripción. Si estuviera dibujando a un criminal, la mitad de los hombres del país podrían participar en la rueda de identificación.

—¿Algo más?

—Hablaba con suavidad, me pareció bastante agradable... para ser banquero, digo.

El desprecio con que Walt se expresó de su ocupación no era raro en esos días, pero para Ellis el detalle podría resultar útil. El cartero le había dicho lo mismo.

—¿El hombre mencionó de manera específica que trabajaba en un banco o es solo una suposición?

Walt volvió a encoger los hombros con aire casual, pero esta vez parecía orgulloso.

—Yo trabajé en Penn Station, en Pittsburgh. Estuve ahí lo suficiente para aprender a identificarlos. Veía a los pasajeros ir y venir. Ese individuo tenía traje de seda y zapatos elegantes recién encerados. Esas fueron mis primeras pistas. Cuando me pagó para que esperara, vi que sus billetes estaban ordenados de manera muy prolija. Separados por la denominación: uno, dos, los de cinco y todo eso. '¿Contador o banquero?', pregunté. 'Banquero', dijo. Parecía sorprendido, pero, a diferencia de la demás gente, no se tomó un instante para preguntarme cómo lo había adivinado. Solo se fue para arreglar su asunto de los niños —explicó.

Su asunto. Aquellas dos palabras atravesaron a Ellis como una navaja. Una navaja que él había afilado. Tuvo que recordarse a sí mismo que no era el único involucrado.

—La señora Dillard… ¿se veía mal, apesadumbrada?

Walt escupió saliva oscura al camino.

—Es difícil decirlo, no lo mostró mucho. Pero en estos tiempos difíciles, la gente de por aquí se ha acostumbrado a no tener opciones.

—¿Qué me dice de los niños? ¿Cómo se comportaron durante lo sucedido?

—¿Después de abrazar a su mamá? Tuvieron que convencer al niño para que subiera al automóvil, estaba confundido, pero en cuanto se pusieron en camino, se emocionó mucho de viajar en un tren de verdad. Hizo muchas preguntas.

—¿Y la niña?

—La escuché sorbiendo durante el trayecto, pero, fuera de eso, no dijo ni pío, si no mal recuerdo.

A Ellis le costó trabajo bloquear la escena en su mente, no quería imaginar el corazón de la pequeña roto en mil pedazos.

—¿Escuchó adónde se dirigían?

Walter negó con la cabeza.

—Lo siento, es todo lo que sé —dijo limpiándose un poco de saliva del labio antes de mirar su reloj—. Bien, si con eso basta, debo irme. Tengo que hacer varias diligencias antes de la cena.

Ellis sintió terror de dejar ir a su único testigo, pero sintió que el hombre le había dicho todo lo que sabía.

—Gracias, Walt, aprecio mucho su ayuda.

Después de estrechar la mano de Ellis, Walt caminó hacia un empolvado automóvil que estaba estacionado al otro lado del camino. Subió a él y encendió el motor.

Ellis no tenía aún una explicación lógica, esperaba que Lily tuviera suerte y reuniera más pistas.

—¡Oiga! Ahora que lo pienso —gritó de pronto Walt a través de la ventana abierta de su automóvil—, podría preguntarle a Blanche, en la taquilla, por los boletos que se vendieron en la última semana de octubre. Tal vez ella sepa a dónde iba el tren en que viajaron.

Ellis volteó hacia la estación y comprendió que Blanche era la empleada con quien había hablado.

—¿Recuerda el día exacto? —le gritó de vuelta a Walt, tratando de no sonar incrédulo. Por suerte, la pregunta no representó un desafío para el taxista.

—Mi aniversario de bodas fue el veintiocho. Con lo que me pagó el banquero le compré a mi esposa un frasco de crema blanca que ansiaba tener desde hace mucho tiempo. ¡Buena suerte!

Ellis levantó la mano agradecido y Walter Gale escupió tabaco una vez más antes de alejarse en su automóvil.

CAPÍTULO 20

EL LETRERO EN LA PUERTA DE LA CASA colgaba de lado, pero el mensaje, impreso en mayúsculas, era bastante claro.

SALVO QUE SEA UNA EMERGENCIA
NO MOLESTAR AL DOCTOR BERKINS
LOS FINES DE SEMANA

Lily se detuvo un momento antes de tocar. Había ido demasiado lejos y pensaba avanzar hasta el final. Tuvo que caminar unos setecientos metros más para llegar a la casa del médico del pueblo. Como la charcutería de su familia, el consultorio también formaba parte de la casa. Era una construcción de un piso pintada de color rojo ladrillo y con persianas blancas. El tapete de la entrada se veía bastante desgastado.

Volvió a tocar a la puerta.

El calor que su abrigo absorbía del sol estaba haciendo que su espalda baja sudara. Volteó y observó la zona sujetando con firmeza el asa de su bolso. A ambos lados había casas separadas de la del médico por medio acre, pero lo único que alcanzaba a escuchar era el suave canto de los pájaros. Tal vez el clima había convencido a la gente del vecindario a hacer un pícnic primaveral.

Entonces escuchó pasos en el interior, el peso de zapatos sobre el piso de madera.

Se enderezó y repasó la forma en que saludaría.

La puerta se abrió y le mostró un hombre de sesenta y tantos, delgado y con la frente arrugada. Tenía una servilleta en las manos.

—¿Diga?

—¿Doctor Berkins? Buenos días, me llamo Lillian Palmer. Le ofrezco una disculpa por molestarlo en domingo.

—¿Tiene fiebre?

—¿Disculpe?

—Se ve sonrojada. ¿Tiene otros síntomas?

Las palabras del médico confundieron a Lily y la obligaron a reorganizar sus pensamientos. Al fondo se escuchaba música clásica en piano y un poco de estática.

—No, doctor, he venido a verlo por un asunto personal.

El médico exhaló de manera profunda al reconocer que no se trataba de una emergencia, pero de todas formas se hizo a un lado.

—Pase, entonces.

Lily asintió agradecida. Cuando el médico cerró la puerta detrás de ambos, ella lo siguió y notó su ligero encorvamiento. Entraron a un cuarto a unos pasos de la entrada. El médico encendió una lámpara, abrió la cubierta enrollable de un escritorio pegado a la pared y, arrastrando un poco los pies, se acercó a la ventana y cerró las cortinas. En el centro del consultorio había una mesa con un candelabro de bronce encendido. El gabinete para vajilla que contenía frascos de medicamentos y otros artículos era una prueba más de que esa habitación fue antes un comedor. De hecho, en el aire se podía percibir una peculiar mezcla de olores: sopa de pollo y antiséptico.

—Voy a terminar de cenar en la cocina mientras usted se quita la ropa interior —dijo el médico—. Cuando esté lista, abra las puertas deslizables que ve aquí.

En ese momento Lily comprendió de qué manera había interpretado lo que dijo: "asunto personal". No le sorprendería descubrir que sus mejillas, antes sonrojadas, ahora parecieran betabeles.

—Pero… doctor…

El médico ondeó su arrugada mano.

—No tiene nada de qué avergonzarse —dijo con calma. Era obvio que, durante décadas, había reconfortado a mujeres pudorosas con esas mismas palabras.

—En serio, doctor, no vine a verlo debido a una enfermedad. Es decir, sí, pero yo no soy la persona enferma.

El médico dejó a un lado su servilleta y cruzó los brazos. Asintió con aire cansado. Otra historia familiar.

—Si me lo permite, me gustaría hacerle algunas preguntas sobre Geraldine Dillard —dijo Lily y se quedó en silencio, dándole tiempo de recordar el nombre.

El doctor Berkins no dijo nada, pero la conocía. Más que eso: sabía algo respecto a ella. Todo eso lo intuyó Lily al verlo endurecer la mandíbula y tensar los labios.

—Por favor, comprenda. En general, yo no me entrometería en la vida privada de alguien más, pero la señora Stanton, la maestra de Ruby, me dijo que la señora Dillard tenía un "malestar". Tengo la esperanza de que usted pueda decirme más al respecto. Verá, tengo buenas razones para inquietarme por sus niños.

El médico continuó mirándola con los brazos cruzados, pero ahora parecía sentir curiosidad respecto a sus motivos. Una reacción predecible. Los reporteros y los médicos tenían eso en común. Ambos eran, en el fondo, gente obsesionada con resolver enigmas y rompecabezas.

—Continúe —dijo, y ella se alegró.

En resumen, repitió lo que le había dicho a la señora Stanton e hizo énfasis en cuán importante sería para ella conocer los hechos reales respecto a lo que sucedió con los niños y constatar que se encontraban en la mejor situación posible.

El doctor no parecía conmovido. Cuando habló, lo hizo de manera profesional y mesurada.

—Debe comprender que tengo una política de no revelar los registros de mis pacientes, en especial, a gente que no tiene un vínculo familiar con ellos.

¿Podría esperar otra cosa? Después de todo, era una desconocida, una mujer que llegó de fuera, que ni siquiera pertenecía a la comunidad y que solo tocó a la puerta para pedir información íntima sobre alguien más.

Se le estaban acabando las ideas… y el tiempo. Todavía tenían que viajar a Filadelfia.

—Dicho lo anterior —continuó el médico—, veo que estas son circunstancias particulares.

Lily se quedó aturdida por un instante y no contestó nada, solo lo vio inclinarse junto a su escritorio y buscar con sus dedos algo en el archivero de la parte inferior.

—Creo que, durante algún tiempo, la señora Dillard sospechó que se trataba de tuberculosis —dijo—. En el otoño, cuando me visitó, ya tosía una cantidad considerable de sangre. Poco después, cuando ya no necesitó cuidar de sus niños… —el médico hizo una pausa, sacó una carpeta y hojeó sus anotaciones—. En efecto, le recomendé que pensara en el Sanatorio Dearborn, en Bucks County. Por supuesto, hay lugares más agradables, pero las instalaciones de este sanatorio son accesibles para quienes tienen recursos limitados.

Lily notó vagamente que la música de piano ya no sonaba. Lo único que se escuchaba en la casa ahora era la suave estática que provocaba la aguja sobre la parte interior del disco.

Se forzó a preguntar lo que no quería.

—¿Cuánto tiempo cree que le quede?

—*Quedaba*, yo diría. Es triste, pero calculé no más de... dos meses. Tres, como máximo.

Lily recordó a la mujer de la fotografía, sus dedos extendidos y su rostro a medio voltear. Al igual que el jefe, la mayoría de los lectores habían interpretado su gesto como una manifestación de vergüenza, no tenían idea de que estaban viendo a una madre cuya vida se derrumbaba y que ya no gozaría del amor de sus hijos, los pequeños apiñados frente a ella.

El corazón de Lily se encogió ante la injusticia de todo lo que había sucedido.

Ahora comprendía, no solo por qué Geraldine había renunciado a sus niños, sino también por qué tomó el dinero que le ofrecieron a cambio. El cuidado en un sanatorio no era algo gratuito.

Iba pensando en todo esto mientras caminaba a la estación. De hecho, se asustó cuando levantó la vista y vio que ya prácticamente había llegado.

—Lily —le gritó Ellis. Estaba recargado en su automóvil, esperándola. Caminó hacia ella ansioso de hablar, pero, al verla tan apesadumbrada por las noticias, su ánimo también decayó.

CAPÍTULO 21

TRES DÍAS DESPUÉS DE SU REGRESO de Laurel Township, Ellis continuaba inquieto por las noticias oficiales que Lily le transmitió. Ella había decidido llamar al sanatorio porque, según le dijo, no podría estar tranquila hasta no averiguar lo que había sucedido. La directora de la institución le confirmó las sospechas del médico.

Geraldine Dillard había fallecido.

Pensándolo en retrospectiva, Ellis empezó a reconocer los indicios. Las profundas ojeras que rodeaban sus ojos, el cansancio y la piel ceniza. La tos.

La desesperación que apareció en su rostro cuando le entregó aquellos dos billetes arrugados de dólar cobró un nuevo significado. Ellis ahora detestaba aún más la manera en que se benefició del hecho de que ella hubiese aparecido en la fotografía. Su único consuelo eran las donaciones que la familia recibió debido al artículo, y que ahora parecía que los niños estaban en un mejor hogar y no en un orfanato.

Todo eso, sin embargo, no bastaba para tranquilizarlo. Su mente continuó siendo un remolino, ya no pudo escribir más, y sus pesadillas le impedían descansar como era debido. La

188

favorable descripción del banquero debió imbuirle cierta tranquilidad, pero no fue así.

Millstone, así se apellidaba. Lo supo gracias a Blanche, la empleada de la taquilla en la estación de trenes. Walt, el taxista, hizo lo correcto al sugerirle que le pidiera detalles, aunque ella no se mostró muy feliz por la petición. Al principio respondió de manera cortante, pero una vez que Ellis le ofreció una modesta remuneración, aceptó. Era una táctica que no solo parecía funcionar con los botones de los hoteles y las operadoras. Bastó con echar un vistazo a los registros de viaje de finales de octubre, y ahí, el día veinticinco, aparecieron los tres boletos de primera clase reservados bajo el nombre de Alfred J. Millstone. El hombre incluso derrochó reservando un vagón privado.

¿El destino? Long Beach, California.

Poco más de tres mil kilómetros de distancia. Era lo más lejos que alguien podía alejarse de Pensilvania rural sin salir del país. El nombre del lugar hizo a Ellis pensar en un permanente clima soleado y en el glamur de Hollywood, e imaginar palmeras y playas de arena blanca. Pero aún seguía preocupado.

—¿*Reed?*

El círculo de miradas en la sala de redacción se enfocó en él. Al centro se encontraba el señor Walker viéndolo fijamente con los brazos cruzados.

—¿Sí?

—Le pregunté si tenía información reciente o ideas nuevas.

—Yo, eh, mmm, todavía estoy trabajando en ello. Espero poder tener más datos pronto.

El jefe de la redacción suspiró de la misma manera que lo había hecho en todas las reuniones de la una en punto de la semana anterior, en cada ocasión que Ellis le respondió con alguna variante de la misma respuesta. Luego, como de costumbre, pasó a otro reportero del grupo. Esta vez, se trataba de un vigoroso recién llegado con más propuestas de historias que los flecos que uno podría contar en un vestido de *flapper*. Ellis retomó sus pensamientos.

No se dio cuenta de que la reunión había terminado sino hasta que vio a Dutch frente a él.

—¿Te encuentras bien?

—Sí... sí, bien.

Era obvio que Dutch no estaba convencido, pero no dijo nada, solo cerró su libreta y caminó hacia su escritorio. En ese momento se le ocurrió una idea a Ellis, fue una especie de combinación de elementos que de pronto chocaron entre sí.

No tenía ningún deseo de siquiera preguntar. Después de su desencuentro, pedirle algo al otro reportero le parecía muy mala idea. Sin embargo, tomando en cuenta que había trabajado en el *San Francisco Chronicle*, Ellis sabía que habría una oportunidad y sentía que le debía eso a Geraldine como mínimo.

—Dutch, espera.

En el rostro de Dutch aparecieron la sorpresa y la cautela. Ellis se acercó a él a pesar de que no se sentía preparado: una situación demasiado frecuente en su vida en esos días.

—Escucha, Dutch, sé que tú y yo... En fin, me parece que tal vez sea mucho pedirte algo, dado que no hemos hablado en algún tiempo.

—¿Qué es lo que quieres? —preguntó Dutch sin rodeos. Esta era la oportunidad perfecta para que lo escuchara y luego lo mandara al demonio.

—¿Todavía tienes contactos en California?

—Algunos.

—La cuestión es que estoy tratando de rastrear a alguien. La persona a la que intento rastrear es un banquero de Long Beach llamado Alfred Millstone.

Dutch no reaccionó. Mala señal.

Pero entonces, como si se hubiera dado cuenta de que hasta ahí llegaba la petición, tomó el lápiz que llevaba sobre la oreja y empezó a escribir.

—Millstone, ¿eh?

—Así es. Alfred J.

Dutch garabateó en su libreta.

Ellis estaba a punto de agradecerle, pero Dutch se alejó con una leve sonrisa en la mirada.

—Haré algunas llamadas —dijo.

Tan simple como eso. Aquel era el inicio de un resarcimiento que debió suceder mucho tiempo atrás.

Agachado sobre su máquina de escribir, Ellis trataba de enfocarse. Nada de conversación trivial ni de viajes a la estación de café. Nada de hacer ni tomar llamadas. En una hora logró redactar un artículo elemental sobre la batalla entre legisladores demócratas y republicanos en torno a una propuesta de ley para legalizar la cerveza. Estaba tentado a sugerir que, en su próxima sesión, abrieran algunos barriles y bebieran, lo cual tal vez podría hacerlos convivir lo suficiente para que por fin lograran avanzar.

El artículo no causaría furor, pero bastaría hasta que recuperara el ímpetu que solía tener para redactar. Allá afuera había montones de jugosos encabezados con ganas de que alguien se apoderara de ellos. Tan solo esa semana, el caso de City Trust Company fue descartado de un juzgado, lo que permitió que defraudadores de un calibre considerable quedaran en libertad. Mientras tanto, en West Forty-Seventh, dos parejas fueron arrestadas por falsificar billetes por un valor de dos mil quinientos dólares que luego ocultaron en sus colchones. Además, venían las elecciones primarias presidenciales y Franklin D. Roosevelt estaba a la cabeza.

Por desgracia, nada de eso se sentía tan importante como debería.

—Aquí lo tiene señora —dijo uno de los *copy boys*. Venía con una visitante y la dejó frente a su escritorio antes de irse a toda velocidad.

Ellis tuvo que mirar dos veces.

—Ma, ¿qué haces aquí?

—Pensé que sería lindo… sorprenderte.

Estaba tan confundido como ella parecía estarlo, aunque por distintas razones. Las manos enguantadas de la señora se aferraban a su cartera. Miraba alrededor tratando de comprender la agitación que causaban la actividad, las voces y el ruido que Ellis ya ni siquiera notaba. Con su sencillo vestido amarillo y el cárdigan color crema, parecía un canario atrapado en una tormenta.

Ellis se paró para recibirla, pero un instante después se puso a la defensiva.

—¿Te trajo papá?

—No, él está en la planta. Va a trabajar hasta tarde reparando una máquina. Tomé el tren.

Ellis trató de ocultar su alivio y se preguntó si su padre tendría algo que ver con la excursión de su madre. Rara vez viajaba sola.

—Bien, pues me da gusto verte.

—Te habría llamado, pero… solo me gustaría que tomáramos un café y charláramos.

Su estrategia era clara. Sospechaba que, de tener la oportunidad, Ellis evitaría una confrontación planeada. Y estaba en lo cierto.

Ellis volteó al escritorio del redactor, en el centro de la sala de noticias locales. El señor Walker salió temprano a almorzar, un lujo que no todos podían darse. Sí, los reporteros podían ir y venir cuando quisieran, siempre y cuando cumplieran con su trabajo, y, últimamente, Ellis había holgazaneado. Aún peor, todas las primicias con que habría podido redactar artículos que valieran la pena, se estaban convirtiendo en un vago recuerdo.

Dicho de manera simple, no era buen momento para salirse del periódico a socializar. Pero... se trataba de su madre.

—Por supuesto —le dijo—. Después de ti.

Ordenaron café y buñuelos en el café de Thirty-Ninth Street. El lugar no estaba lleno, así que pudieron conversar sin gritar. Ellis esperaba que su madre se tranquilizara con una conversación trivial sobre los vecinos, la gente que vio en el tren o recetas deliciosas que hubiese descubierto hace poco. Pero no, fue directo al grano.

—Ellis, vine a verte hoy porque hay algo que debes saber. Sin importar las apariencias, tu padre está muy orgulloso de ti.

Ay, Dios.

—Ma, mira, aprecio mucho que hayas venido hasta acá, en verdad, pero es demasiado obvio lo que pa siente...

—*No* he terminado de hablar.

La última vez que la escuchó expresarse de manera tan firme, debió de estar en la secundaria. Aquella maldición por tener que hacer sus quehaceres le consiguió un regaño y una limpieza bucal con jabón Ivory. Si se concentraba un poco, todavía podía sentir el sabor de la espuma en la lengua.

—Lo lamento. Te escucho.

Su madre asintió y golpeó la mesa con sus manos ya sin guantes.

—Cuando tu padre trabajaba en las minas de carbón, solía haber accidentes y, con mucha frecuencia, los afectados eran niños —explicó—. Y sí, cariño, sé que a ti te inspiraron los reporteros que deseaban ayudar, pero no a todos los guiaba una causa noble. Tu padre decía que algunos les pagaban a los mineros o incluso a la policía para enterarse de los terribles accidentes en cuanto sucedieran. Ellos ya estaban en la mina incluso antes de que la noticia les llegara a las familias.

En ese momento volvió la alegre camarera. Ellis y su madre permanecieron en un incómodo silencio mientras la chica equilibraba la charola y colocaba sobre la mesa los alimentos que ordenaron.

—Que lo disfruten —dijo antes de dar la media vuelta e irse con un talante que contrastaba con el ambiente en la mesa.

Ellis esperó con paciencia mientras su madre sorbía su café. ¿Adónde iría con todo eso?

Ella colocó la taza en la mesa y la sujetó con ambas manos como si la necesitara para afianzarse.

—Un día le llamaron a tu padre de la mina porque hubo una emergencia. Tuvo que sacar a un niño rompedor que quedó atrapado en los engranes. Le tomó más de una hora.

En su mirada se veía la tristeza, su voz se tornó ronca. Sobraba decirlo: el pequeño nunca volvió a casa.

Ellis todavía recordaba a aquellos niños con la piel ennegrecida por el polvo de carbón y los ojos blanquísimos. También la tensión en la camioneta cuando se fueron de la mina, y a su padre furioso porque lo desobedeció y empezó a deambular en el lugar. *Esas minas no son para andar jugando por ahí*, le dijo aquel día.

—Al final —continuó su madre—, tu padre sacó a ese niño en sus brazos. Cuando lo colocó en el suelo, ya había ahí un reportero tomando fotografías. El chasquido del *flash* hizo estallar a tu padre. Golpeó al reportero una y otra vez hasta que los mineros los separaron. Días después, el hombre amenazó con demandar a la Huss Coal…

El resto se fue apagando, pero Ellis esperó y escuchó.

Su madre tomó un respiro.

—La empresa decidió llegar a un acuerdo y, como parte del trato, el reportero le exigió a tu padre que se disculpara públicamente. Necesitó de toda su fuerza de voluntad para hacerlo, pero lo logró.

A Ellis le costó trabajo imaginar las palabras *Lo siento* saliendo de la boca de Jim Reed. Fue mucho más sencillo adivinar lo que sucedió a continuación.

—Luego de eso nos mudamos a Allentown y pa empezó a trabajar en la planta de acero —dijo Ellis.

Su madre asintió. Él se reclinó en el asiento y comprendió que la cadena de su vida la formaban eslabones que desconocía.

—Cariño —dijo su madre extendiendo el brazo sobre la mesa para tocar su mano—. Sé que nunca te ha sido sencillo tener una relación con tu padre, pero pensé que, si tenías más información, comprenderías mejor. En el fondo, está muy orgulloso de lo que has logrado, es solo que le resulta difícil separar su pasado de tu trabajo.

Miró por la ventana del café y vio a gente pasar en ambas direcciones. Desconocidos entrecruzándose en la calle, cada uno en su viaje personal. Como Ellis y su padre.

Sería agradable aceptar la teoría de su madre, de no ser por su falla esencial: la frialdad de su padre empezó mucho antes de que la carrera de Ellis lo avergonzara.

Pero solo sonrió.

—Gracias, ma, lo tomaré en cuenta.

~

Se despidió de su madre en Grand Central y volvió corriendo al periódico. Ahí se sintió aliviado al constatar que el señor Walker aún no regresaba. Por desgracia, no era el caso de su asistente, el señor Tate, quien parecía de esos oficiales engreídos que andan buscando niños en la calle para llevarlos de vuelta al colegio.

—Ya volviste —dijo Dutch al acercarse al escritorio de Ellis—. Te tengo algo.

Ellis vio al señor Tate mirarlo con recelo y luego voltear hacia el reloj en la pared.

—Reed, ¿me escuchas? —insistió Dutch.

—Lo siento —dijo y volteó a verlo al recordar la tarea que le había encomendado—. ¿Qué encontraste?

—Hablé con un viejo amigo que se fue a trabajar en *Los Angeles Times*. Resulta que conocía al individuo que buscas, Millstone. Me dijo que recordaba una historia que se contaba de él hace algunos años.

—¿Qué tipo de historia?

Por la expresión de Dutch y la tensión en su rostro, Ellis supo que no serían buenas noticias.

—¿Dé qué se trata? ¿Fraude bancario? ¿Cargos por corrupción?

—No, nada de eso —dijo Dutch—. Fue un asunto en que estuvo involucrado un menor de edad.

CAPÍTULO 22

INQUIETA POR EL REPORTE MÁS RECIENTE, Lily leía el artículo por tercera vez en su escritorio. De acuerdo con el *New York Times*, el niño fue secuestrado de su propia habitación. Estaba en la casa de su familia, a poco más de una hora al norte, en Hopewell.

El estatus social que tenía por ser hijo del héroe de la aviación Charles Lindbergh no le interesaba salvo por un detalle: era un recordatorio de que ninguna cantidad de dinero, fama o éxito protegía a una madre o un padre de sufrir lo impensable.

Toda esa semana, en sus trayectos de ida y vuelta al *Examiner* y de vuelta, Lily esperó escuchar entre los gritos de los vendedores de periódicos algo como: *¡El bebé Lindbergh volvió a casa! ¡Sano y salvo en su hogar!* Sin embargo, la investigación comenzaba a decaer. Los rastros fríos y las pistas falsas reducían las de por sí escasas esperanzas de la familia, que ahora dependía de la negociación con los secuestradores.

Un niño más se sumó a las oraciones de Lily.

Aunque nunca dejaba de preocuparse por su propio hijo, ahora también se preocupaba por Ruby y Calvin. ¿Sabrían que su madre estaba enferma? ¿Les habrá ocultado la verdad porque sabía que, si se enteraban, se negarían a dejarla? ¿Los pequeños

197

habrán dado por hecho que no los quería? Si solo hubieran podido escucharla expresar sus sentimientos...

Ese pensamiento le hizo recordar lo que leyó en el *Times*. La parte humana de los viejos artículos de Ellis le permitió comprender algo: aunque no podía borrar su propio pasado ni asegurarles una buena vida a los niños Dillard, tal vez, aunque fuera de una manera muy modesta, podría ayudar a otra familia a reunirse.

El jefe estaba solo en su oficina, era momento de hablar con él.

En la sala de redacción la actividad era cada vez mayor, pero los dos golpes rápidos que dio en la puerta antes de entrar fueron contundentes.

—¿Jefe?

—Sí, sí. Almuerzo con el sobrino de mi esposa, ya lo sé —dijo el redactor antes de levantarse de su silla y apagar su cigarro en el cenicero—. Juro por Dios que, si este muchacho vuelve a llegar tarde, aunque sea por dos malditos minutos, me voy del lugar.

En cuanto a valores, la puntualidad para el jefe estaba solo por debajo de la confianza y, claro, la verdad.

Desenrolló sus mangas y se abotonó bien la camisa mientras Lily infundía confianza en sí misma.

—Señor, esta mañana leí un artículo y he estado pensando en el caso Lindbergh.

—Usted y todos los habitantes del planeta.

—Sí, pero... verá, los periódicos no dejan de enfocarse en los hechos duros: los sospechosos y las pandillas que han descartado, la búsqueda en casas y cruceros. Estos son los temas predominantes en todas las citas que he visto de la policía y del señor Lindbergh.

—Vaya al grano, señorita Palmer.

—¿Qué hay de *la señora* Lindbergh?

—¿Qué hay con ella?

—Tal vez una entrevista a fondo, realizada por el *Examiner* podría ayudar. Podría hablar sobre los alimentos, los juegos y las canciones de cuna preferidos de su hijo. Podríamos incluir fotografías personales donde la familia esté reunida y se vea feliz. Eso serviría como un recordatorio de que se trata de un niño de verdad, no solo de un artículo a cambio de un rescate.

El jefe rio con ganas mientras se ponía el saco.

—Dígales eso a los secuestradores.

—Eso es *justo* lo que deberíamos hacer —dijo Lily con una audacia que le borró la sonrisa al jefe. Luego mitigó su tono y agregó—: A final de cuentas, los criminales no dejan de ser personas. Si la señora Lindbergh pudiera apelar a ellos de manera directa y hablar del terror que atraviesan ella y su esposo, eso podría impedir que hieran al niño. Como mínimo, los lectores prestarían más atención a las posibles pistas que pudiera haber a su alrededor.

—Y, déjeme adivinar: usted es la persona idónea para realizar esa entrevista.

Lily se sintió confundida, en verdad no había contemplado siquiera eso, pero el jefe sacudió la cabeza con aire de hartazgo. Pensó que se trataba de una estrategia, que solo estaba esperando aprovechar la oportunidad que la tragedia ofrecía.

—Señor, le aseguro que esto no se trata de mí.

Eso no quería decir que hubiera abandonado sus aspiraciones respecto a redactar artículos. El hecho de que para remplazar al señor Schiller cuando se retiró hubieran elegido, de todas las opciones posibles, a un columnista de deportes continuaba indignándola, pero no tenía nada que ver con este asunto.

El jefe se puso el sombrero y ondeó la mano en un gesto condescendiente.

—Es probable que ya muchos le hayan solicitado entrevistas a la señora Lindbergh y se haya negado. ¿Qué le hace pensar siquiera que querría estar bajo las luces del reflector en un momento como este? —preguntó el jefe en un tono más bien retórico. Pensaba que su secretaria, que, para colmo, no era reportera, no tenía nada en que apoyarse para sugerir algo así.

La cuestión era que Lily no estaba hablando ni como reportera ni como secretaria.

—Porque, como madre, me gustaría ser escuchada.

No pudo contener las palabras, solo comprendió lo que había dicho cuando terminó de hablar. Para ese momento, el jefe estaba mirando de nuevo su reloj y se dirigía a la puerta: dio por sentado que se trataba de una afirmación hipotética.

La respuesta a la propuesta de Lily fue aún más obvia cuando se quedó sola en la oficina.

La conversación con su jefe la dejó en un estado de ánimo que difícilmente la hacía la persona más agradable ese día. Sin embargo, como Clayton rara vez la invitaba a almorzar porque hasta ese momento había mantenido separados el trabajo y sus interacciones sociales, no le parecía que fuera correcto cancelar.

—¿Estás segura de que te encuentras bien? —preguntó Clayton cuando subieron al elevador.

Lily sabía que no era buena idea hablar de su jefe estando en el edificio, pero las personas frente a ellos parecían lo bastante ocupadas en sus propias conversaciones.

—Se trata del bebé Lindbergh. Yo solo pensé que… —empezó a explicar en voz baja.

—Ah, por supuesto —dijo él en un tono que le causó desconcierto.

—¿Por supuesto?

¿Cómo se habría enterado?

Y, lo más importante, ¿por qué sonreía?

Clayton negó con la cabeza.

—Como dice tu madre: "te preocupas demasiado".

Clayton pensó que Lily tenía miedo por Samuel, que temía que desapareciera de una manera similar, pero no era eso. Al menos, no en ese momento. Por otra parte, su tono condescendiente cayó justo en una herida a flor de piel. Ya había soportado toda la condescendencia con que podía lidiar en un día.

—Me refería a un artículo que fue publicado hoy en el *Times* —lo corrigió. Habló con vigor, pero no lo suficiente para incomodar a las otras personas. La puerta se abrió en el segundo piso y un corrector subió al elevador.

Clayton se quedó mirándola, tratando de identificar el problema.

—Entonces… ¿estás molesta por lo que dijo la policía? ¿Que no trabajarían con los supuestos emisarios subterráneos de Lindbergh?

Era obvio que Clayton también había leído el artículo, no resultaba raro que les echara un vistazo a los diarios matutinos más importantes.

—Supongo —dijo Lily. En ese momento, estar de acuerdo resultaba más sencillo.

—Bueno, espero que comprendas por qué lo hacen. Esos defraudadores no ayudarían en nada y, además, luego habría que pagar favores. Es un caso clásico en el que el fin no justifica los medios.

Lily no dijo nada. Si Samuel estuviera en riesgo, si alguien fuera a lastimarlo, ella haría cualquier cosa para protegerlo.

—¿Y si el niño fuera tuyo? ¿Esos principios seguirían siendo una prioridad?

Varias de las personas en el elevador voltearon a verla. El repentino silencio al que también se sumó Clayton la hicieron sentir acalorada. Se quedó mirando al frente, sintiendo cómo aumentaba la tensión hasta que se abrió la puerta.

—Primer piso —anunció el operador.

Lily avanzó detrás de las demás personas, ansiosa por respirar aire fresco. Al salir, Clayton la tomó con suavidad del brazo y la detuvo.

—Si hay algo más que te esté incomodando, Lily, cualquier cosa, espero que sepas que puedes decírmelo.

Lily levantó la mirada sintiendo una oleada de culpabilidad al ver la sinceridad en su rostro, su amabilidad. Clayton no merecía que se desquitara con él.

—Lo lamento, me siento algo irritable —dijo, pero había demasiado que explicar, demasiadas confidencias que hacer—. Ha sido una mañana complicada.

En el rostro de Clayton apareció su sonrisa de costumbre.

—Tomando en cuenta que trabajas para el jefe, yo diría que eso es aplicable a casi todas las mañanas.

Lily le devolvió la sonrisa cuando él le plantó un beso en la frente, un cariñoso gesto que hizo que lo que restaba de su frustración se desvaneciera.

—Apuesto a que un agradable almuerzo en el Renaissance ayudaría.

Lily notó que estaban solos en el vestíbulo y se dejó llevar por el impulso de inclinarse hacia él. *O esto*, pensó mientras lo besaba en los labios. Cuando se separó de él, la sorpresa en los ojos de aquel reportero al que muy pocas cosas tomaban por sorpresa, la llenó de satisfacción.

—¿Nos vamos?

—Adondequiera que tú digas —contestó él. Su reacción inicial se estaba transformando en deleite.

—Vayamos al Renaissance. Con eso bastará —dijo ella antes de tomarlo del brazo con un gesto cálido y caminar a la salida. Se hicieron a un lado para dejar pasar a algunas personas y luego se unieron a la multitud en Market Street. Al dirigirse al restaurante, el aroma de nueces rostizadas proveniente de la carretilla de un vendedor les ofreció una agradable sensación que ocultó la marejada de los olores urbanos.

Lily estaba contenta de no haber cancelado su cita. Le preguntó sobre sus nuevas pistas porque sabía que eso siempre era garantía de conversación, pero, aunque lo estaba escuchando, de pronto algo la inquietó en el fondo. Un pensamiento ínfimo pero persistente.

Era alguien a quien acababa de ver en el *Examiner*, alguien entre la gente que acababa de entrar... algo en esa persona le resultaba familiar. Esos rasgos... Lily los conocía.

Cuando estaban a una cuadra del restaurante, se detuvo en seco.

—Ay, por Dios —dijo mientras visualizaba de nuevo la escena y verificaba.

—¿Lily? —dijo Clayton, pero su voz sonaba distante, hueca—. ¿Qué sucede?

Lily lo miró mientras buscaba una respuesta.

—Tengo que... Lo siento, acabo de darme cuenta de algo.

—¿De qué se trata?

No había tiempo para explicar.

—Entra al restaurante, te alcanzaré después —le dijo mientras daba media vuelta y se apresuraba a volver al *Examiner*. De pronto, todos los sonidos alrededor desaparecieron. Solo quedó el ruido sordo de su corazón, sus tacones golpeando el pavimento y su esperanza repitiéndose como si fuera una oración.

—Por favor —susurró—, no se vaya.

CAPÍTULO 23

De acuerdo con el amigo de Dutch de *Los Angeles Times*, Alfred Millstone había aparecido en los periódicos de por aquí y por allá a lo largo de varios años. Era vicepresidente de American Trust Company en Long Beach, así que era lógico que lo mencionaran. Se trataba de comentarios triviales en todos los casos salvo en uno: el anuncio de un funeral.

Dos años atrás, la única hija de los Millstone falleció en un accidente automovilístico. De acuerdo con los reportes, no hubo señales de algún acto premeditado. Luego, hace no mucho tiempo, al igual que muchos otros hombres en tiempos recientes, el presidente del Century Alliance Bank salió disparado en su automóvil de un puente en Nueva Jersey, y el señor Millstone viajó al otro lado del país para ocupar su puesto.

Ahora todo le resultaba lógico a Ellis. Ruby y Calvin eran parte del intento de la pareja por sanar y seguir avanzando en la vida. De su intento por un nuevo comienzo.

De una manera mucho más modesta, era lo mismo que él esperaba lograr ese día al ir ahí.

El edificio era un típico banco de dos pisos en Hoboken. A un lado había un taller de sastrería y, al otro, una barbería. Para llegar antes del cierre, Ellis tuvo que salir temprano del *New York Herald Tribune.* Esta vez, logró evitar al señor Tate. Tras la visita de su madre y las noticias que le dio Dutch, las probabilidades de ser productivo aumentaron, así que no se pudo resistir a abordar su automóvil y cruzar el Hudson para ir a Century Alliance.

En el interior, en un muro junto a la entrada, vio una serie de fotografías enmarcadas de los peces gordos de esa sucursal. Su corazón se detuvo un momento al ver el nombre grabado debajo del retrato en la cima:

ALFRED J. MILLSTONE, PRESIDENTE

El hombre era bastante parecido a la descripción del taxista. Detrás de sus gafas de montura de carey, había una mirada amable enmarcada por la nariz recta que conducía a una punta más bien redondeada y luego a un denso bigote, oscuro y prolijo como su cabello. No parecía el tipo de persona que uno imaginaría entregando un fajo de billetes a cambio de dos niños descalzos en una granja.

Ellis miró alrededor y escudriñó el lugar en busca de la versión en carne y hueso del banquero que podría estar entre las pocas personas que circulaban por ahí. Un guardia de seguridad, corpulento como un bulldog, lo miró y aclaró la garganta. Era un mensaje: aquí, los fisgones eran igual de mal recibidos que tras bambalinas en un teatro.

—Buenas tardes —dijo Ellis—, solo vine a ver a…

El guardia señaló enseguida las ventanillas de los empleados. Otro mensaje.

Ellis se formó en la fila más corta, detrás de tres clientes del banco, y observó el lugar de una manera más sutil. Parecía que las oficinas administrativas estaban arriba y tendría que subir por las escaleras, pero el guardia seguía al acecho.

Poco después fue su turno de hablar con la empleada del banco, una joven que, a diferencia del guardia, parecía muy contenta de trabajar en un lugar donde se almacenaba una buena parte del dinero en efectivo de la ciudad.

—Me gustaría hablar con el señor Millstone, por favor.

La sonrisa de la joven se vino abajo.

—Oh, ¿hay algún problema?

—En absoluto, solo estoy considerando abrir una cuenta con un depósito sustancial.

—Ah, eso son palabras mayores. Un momento por favor —dijo la joven antes de alejarse para hablar con una mujer mayor que pasaba por ahí con los brazos llenos de carpetas. La empleada volvió frunciendo el ceño a medias—. Me temo que el señor Millstone estará ocupado el resto del día en reuniones, pero nuestro gerente estará feliz de ayudarle. Espere un momento, iré a avisarle…

—En realidad, preferiría volver más tarde —dijo él sonriendo—. Verá, un amigo en quien confío me recomendó hablar en persona con el señor Millstone.

La joven le aseguró que comprendía y Ellis volvió a su automóvil, donde acampó como si fuera investigador privado. Se había estacionado a solo media cuadra del banco para garantizarse una vista clara de la entrada al otro lado de la calle.

Cuando trabajaba para la sección de Sociales, de vez en cuando le asignaban seguir a una celebridad y obtener una fotografía intrigante. Detestaba esas misiones. Pero claro, no lo suficiente para no rastrear a un senador y su harem de amantes. Esto, sin embargo, era distinto. No lo hacía por su carrera, era algo personal. Para tener paz y por Geraldine, necesitaba cerciorarse de que el hombre que se llevó a los niños fuera tan bondadoso y honorable como uno esperaría en estos casos.

El banco llevaba cerrado casi veinte minutos y el sol se deslizaba hacia el poniente cuando un hombre con bigote salió por las puertas. Ellis se enderezó de inmediato. Alfred Millstone vestía traje color gris carbón y un sombrero del mismo color. Se sujetó bien del bastón que parecía usar más por estilo que por necesidad.

Ellis salió de su automóvil preparado con varias preguntas: cómo llegar al ayuntamiento, recomendaciones de espectáculos o restaurantes. Era reportero y las preguntas no se le acababan nunca. Estaba cruzando la calle cuando un taxi se detuvo junto al banquero sin que este lo llamara, como si estuviera programado.

Al escuchar el claxon de un camión, Ellis retrocedió un paso. Apenas alcanzó a esquivar al vehículo cuyo conductor parecía decidido a no virar y ahora maldecía.

Bienvenido a Jersey.

El señor Millstone acababa de cerrar la puerta del taxi y estaba a punto de partir.

Ellis siempre podría volver otro día, pero entonces se le ocurrió un nuevo plan. Uno que podría ofrecerle muchas más certezas.

Antes de siquiera sopesar su decisión, corrió a su automóvil y se apresuró a seguir al taxi.

Desde una distancia discreta siguió al vehículo hasta llegar a un vecindario a unos cinco kilómetros del banco. Ahí vio una serie de imponentes casas victorianas alineadas del lado norte de una calle con árboles intermitentes. Al sur había un pequeño parque.

Cuando el taxi se detuvo, Ellis se hizo a un lado de la calle y apagó el motor.

El señor Millstone bajó del vehículo, se despidió del conductor inclinando un poco su sombrero y subió por una serie breve de escalones que llevaban a la entrada de una casa verde menta con pórtico y molduras color blanco brillante. Sobre los inclinados techos había dos chimeneas a las que se sumaba el encanto de un frontón decorado. Por lo que se podía ver, parecía un lugar bastante decente para los niños.

Suponiendo que estuvieran ahí, pero Ellis no lo había constatado. Si atisbara por las ventanas y los viera en buenas condiciones, tal vez podría dar fin al misterio y a sus preocupaciones. En ese caso, quizá no sería necesario reunirse con el señor Millstone después de todo.

Esa idea bastó para animarlo.

Bajó de su automóvil justo cuando pasaba por ahí un niño en bicicleta lanzando periódicos a cada puerta. Iba tomando cada uno del bolso que le colgaba del hombro como si fuera un arquero experto a punto de tirar. Una mujer paseaba a su perrito y, cuando dio vuelta en la esquina y la calle quedó vacía de nuevo, Ellis subió por los escalones. En el pórtico vio una canasta de alambre con botellas vacías esperando la entrega del lechero.

Miró con cuidado a través de una estrecha separación entre las cortinas de encaje. Vio un amplio salón y, sobre una alfombra persa, a una niña sentada frente a un gran radio vertical en mueble de piso. Llevaba vestido marinero, zapatos negros tipo Mary Jane y un moño rojo en el cabello. Ellis no vio ni una coleta ni un overol, pero supo que era ella, Ruby Dillard. Limpia y deslumbrante como una flamante moneda de un centavo.

Sentada en un antiguo sillón de dos plazas vio a una mujer esbelta en un moderno vestido de día y con un libro abierto sobre el regazo. La curva de sus labios parecía ser más producto de contemplar a la niña que de escuchar la radio. En el fondo había una chimenea con repisa blanca y, en otras partes del salón, lámparas Tiffany. La escena parecía sacada de una portada del *Saturday Evening Post*.

A través de la ventana escuchó el suave sonido de la risa nerviosa de un niño.

Calvin.

Se sintió aliviado, empezó a animarse hasta que escuchó un ligero crujido detrás de él.

Giró y vio la puerta del frente abierta. Alfred Millstone había salido a recoger el periódico vespertino y ahora lo miraba francamente sobresaltado.

—Buenas tardes, señor Millstone —dijo Ellis igual de confundido, pero también avergonzado por su audaz plan de espiar. ¿Cómo diablos se le ocurrió?

—¿Quién… quién es usted? —preguntó el banquero tartamudeando.

Necesitaba explicarse y rápido.

¿Por qué no decir la verdad?, pensó. Estaba frente a la persona que le ayudó a Geraldine. Tal vez le gustaría saber que había fallecido. Y que él había hecho una buena acción, en caso de que tuviera dudas.

—Señor, soy Ellis Reed… del *Herald Tribune* —explicó extendiendo la mano para saludarlo.

El señor Millstone giró con aire severo.

—¿Es reportero? —preguntó sin hacer ningún intento por estrechar su mano—. ¿Qué quiere?

Y ahí estaba la ironía: el periódico era bien recibido en el hogar, pero el reportero no. El señor Millstone y el padre de Ellis podrían hacerse amigos en un abrir y cerrar de ojos.

¿Pero qué esperaba? La reacción no era una sorpresa. Después de todos los pánicos bancarios que tras el desplome de la bolsa de valores golpearon de manera doble los ahorros de la gente, los reporteros no habían mostrado la mejor cara de los bancos, ni de sus ejecutivos.

—Conteste ahora mismo o llamaré a la policía —exclamó el señor Millstone. Ellis vio la frente sonrojada y brillante del hombre, y su instinto le dijo que debería hacer algo… como dejar el asunto por la paz, y que no había razón para insistir. ¿No había afectado suficientes vidas ya? Podría solo ofrecer una excusa para justificar su presencia e irse.

—Señor, estoy… trabajando en un artículo. Para el periódico. Una semblanza.

Los ojos del hombre se tensaron detrás de sus gafas.

—¿Un artículo sobre qué?

—Pues… sobre usted, señor Millstone.

Yiiiiipiiii, yeeee! De pronto se escucharon gritos y el golpeteo de cascos de caballos corriendo. El sonido provenía de la radio. Los disparos hicieron eco en el silencio del pórtico.

Ellis necesitaba continuar explicando o, de otra manera, terminaría hablando con la policía.

—Estoy seguro de que sabe que, después del martes negro, la confianza en la comunidad bancaria disminuyó un poco. Una semblanza personal de banqueros prominentes como usted podría ayudar a remediar la situación y reforzar la relación con sus clientes.

Era obvio que el señor Millstone no estaría de acuerdo, lo cual era bueno porque lo único que necesitaba Ellis era una salida fácil.

—Pero si usted prefiere no hacerlo, no hay problema. Podríamos…

—¿Cuándo?

Ellis parpadeó. *Mierda.*

—Supongo que tiene una fecha límite, ¿no?

Ellis hizo cálculos mentales mientras trataba de parecer agradecido.

—¿Qué le parece mañana?

Aunque poquísimo, el señor Millstone pareció relajarse.

—De acuerdo. Dos en punto —dijo y, levantando el dedo índice, enfatizó—: En el banco.

—Por supuesto. Me dará mucho gusto verlo de nuevo.

El banquero resopló rápido y le deseó buenas noches. Luego, como si acabara de recordar a qué había salido, tomó el periódico del suelo y cerró la puerta.

Ellis exhaló discretamente.

—Bien hecho, zoquete —murmuró para sí mismo.

Cuando giró para acercarse a los escalones, echó un último vistazo a la ventana. La escena de los niños en el salón ya no estaba ahí, alguien había corrido las cortinas.

⁓

Cuando estuvo cerca de la puerta de su apartamento, escuchó el teléfono repiqueteando. Abrió la puerta rápido, se apresuró a entrar y tomó el auricular del aparato sobre la mesa junto a la entrada. Apenas alcanzó a saludar cuando escuchó la voz de una mujer.

—¿Ellis? Ay, gracias al cielo que está ahí.

Titubeó por un instante, escuchar esa voz fue una grata sorpresa.

—Lily… sí, acabo de llegar.

—Le he estado llamando una y otra vez, al trabajo y a su apartamento, pero no había podido ponerme en contacto con usted.

Al escuchar la urgencia en su voz, acercó más el auricular.

—¿Qué sucede? ¿Se encuentra bien?

—Fue a buscarlo al *Examiner*. Apenas la alcancé, ella ya iba saliendo del edificio. Hay algo más que debe saber, pero quiere decírselo en persona.

—Espere un segundo, retroceda por favor —dijo Ellis, nada de lo que Lily decía le parecía lógico—. ¿A quién se refiere con… *ella*?

Ahora fue Lily quien titubeó, pero tras respirar hondo, contestó.

—Geraldine Dillard.

CAPÍTULO 24

UN VISTAZO AL PASAR no era suficiente para reconocerla. Después de todo, la única vez que Lily había visto a Geraldine fue en la fotografía gris y granulosa que se imprimió en el periódico y, para colmo, la mitad de su rostro estaba oscurecido.

Aún se preguntaba qué habría causado la revelación. ¿Una corazonada tal vez? ¿Instinto? ¿Intuición? Lo más probable era que se tratara de un simple deseo profundo. Había pasado toda la semana buscando el rostro de esa mujer entre los extraños al pasar, imaginó que, para ese momento, estaba demasiado implicada para aceptar su fatídico hallazgo.

Y, al final, el hallazgo había sido incorrecto. O al menos, lo que le dijo la directora del sanatorio lo fue. La mayor prueba era el resurgimiento de Geraldine, quien, tras enterarse de que Lily había indagado en el sanatorio en nombre de Ellis, sintió la necesidad de ir al *Examiner* para hablar con él. Pero como él se encontraba en Nueva York, fue Lily quien la recibió y, con un enorme deseo de ayudar, la instó vehementemente a que hablara con confianza.

Así pues, en la privacidad del cuarto oscuro, el lugar donde todo comenzó, donde el círculo se cerraba, Lily escuchó su historia y estuvo de acuerdo con ella: Ellis necesitaba enterarse de todo, pero a partir de la fuente original.

Geraldine esperó en un merendero cerca del periódico mientras Lily hacía malabares para lidiar con sus tareas laborales y trataba de manera desesperada de ponerse en contacto con Ellis. Cuando lo intentó por cuarta vez, Clayton apareció en su escritorio, venía del almuerzo. Del almuerzo al que debieron asistir *ambos*. Al verlo, el estómago se le hizo nudo. Lo había olvidado por completo.

Clayton debió de ver el horror en su rostro porque, cuando en sus labios empezaba a formarse una disculpa, se inclinó hacia ella y sonrió.

—Yo también lo he hecho. Estas cosas suceden. Culpemos al jefe —dijo. Había dado por sentado que lo que la obligó a volver al periódico fueron sus apremiantes tareas—. En fin, de todas formas, me encontré a unos amigos del *Bulletin* y todo salió bien. ¿Cenamos pronto?

—Dios santo, *por supuesto*, Clayton. Gracias por comprender.

Clayton le guiñó y se fue a su escritorio. Su gentileza ante su terrible lapsus la hizo sentir aún peor.

Al escuchar el repiqueteo en su oreja recordó que tenía el auricular en las manos.

Otra llamada sin respuesta.

Horas después, aún sin rendirse, marcó desde la casa de huéspedes. Estaba con Geraldine. La había llevado con ella y le prometió que encontraría a Ellis.

En realidad, por la mente le pasaron imágenes de él lanzando los dados del pase inglés y bebiendo licor a tragos en algún salón de juego clandestino… hasta que contestó el teléfono sonando sorprendido, pero sobrio.

Le dio algunos detalles que él no necesitó para tomar una decisión.

—Dígame dónde está —exclamó.

El ruido del viejo motor llevó a Lily al vestíbulo poco después de las ocho. La noche empezaba a escaparse.

El autobús que llevaría a Geraldine de vuelta al sanatorio, salía a las 9:32. Por orgullo, a pesar de que el trayecto tomaba más de media hora, se rehusó a quedarse en la casa de huéspedes esa noche. Lily habría insistido de no ser porque en el lugar no veían con buenos ojos que los visitantes pasaran la noche ahí y, además, ya había puesto a prueba demasiado la flexibilidad de su casera.

La señorita Westin, como las pocas inquilinas de la casa de arenisca que esa noche no se atrevieron a ir al cine o a algún espectáculo de vodevil, ya se había ido a acostar. Lily le avisó que una segunda persona la visitaría, pero no especificó que no sería una mujer. De haberlo hecho, la remilgada señorita británica habría insistido en fungir como chaperona.

Eso fue lo que la hizo salir corriendo a abrir la pesada puerta de roble para evitar que Ellis tocara el timbre. Lo encontró debajo de un poste de luz de la calle, caminando hacia la entrada.

—Pase —dijo tratando de mantener la voz baja a pesar de su ansiedad.

Cerró la puerta y, por lo que pudo ver en sus ojos azules, la preocupación y la confusión se habían acumulado a lo largo del trayecto en su automóvil.

Consciente de la discrepancia que más lo inquietaba, ni siquiera esperó su pregunta.

—Cuando llamé al sanatorio, me dijeron que Geraldine había fallecido —explicó Lily.

—Entonces fue una confusión.

—Eso fue lo que yo pensé, pero, en realidad, les pidió privacidad en cuanto llegó ahí. Deseaba pasar sus últimos días sin atraer la atención de nadie, en especial de la prensa.

Ellis arqueó las cejas. Era una petición muy lógica.

—¿Y qué tan enferma está ahora? —preguntó tras un instante.

Quería prepararse, pero lo mejor sería verla por sí mismo.

—Nos espera en la sala de estar.

Ellis se quitó el sombrero y Lily lo guio. Por las noches, los paneles de madera oscura que cubrían el piso y los muros de la casa de arenisca le conferían una atmósfera gótica. Y hoy, debido a la visitante viuda que parecía haberse levantado de entre los muertos, mucho más que de costumbre.

Después de pasar junto a una escalera estrecha y la pequeña mesa para el teléfono, entraron a la sala de estar. El aroma a pulidor de limón se fundía con el de los viejos libros en las repisas que cubrían dos muros de casi cuatro metros de altura, y sobre la chimenea titilaba la pintura de un pueblo empedrado.

Geraldine estaba sentada en una de dos sillas tapizadas de la misma manera, mirando las llamas. Aún tenía el abrigo puesto y estaba jugueteando con uno de los botones de su larga falda.

—¿Señora Dillard? —dijo Ellis. Cuando ella volteó y asintió, él avanzó un poco más con los ojos entrecerrados, tratando de ver en qué estado se encontraba—. Yo no... Dijeron que...

Era obvio por qué titubeaba. Frente a la luz ambarina de la chimenea, excepto por el cansancio en sus ojos y las mechas sueltas que habían escapado de su flojo chongo, no parecía una mujer agonizante para nada. De hecho, se veía tan sana que, cualquier afirmación respecto a una enfermedad grave habría sonado a una elaborada conspiración.

Lily intervino para explicar.

—Su médico se equivocó, no era tuberculosis.

Ellis continuó mirando a Geraldine.

—¿Cuándo lo supo?

Sus manos, maltratadas pero fuertes, se quedaron inmóviles mientras pensaba.

—Debe de haber sido un mes después de ir a Dearborn —explicó.

—El sanatorio —murmuró Ellis al comprender de qué hablaba Geraldine.

—La directora del lugar tomó algunos rayos X y me hizo otras pruebas. Gracias a *ella*, por fin pudieron darme un tratamiento adecuado para mis pulmones y la infección que tenía. Ahora que estoy bien, incluso me permitió quedarme a ayudarle con otros pacientes.

—Estoy segura de que ellos están agradecidos de contar con usted —dijo Lily tratando de aligerar el ambiente y mostrar su apoyo.

Geraldine sonrió, pero con cierta solemnidad.

—Sí, también a mí me ha beneficiado. Tener un propósito siempre ayuda, sobre todo ahora que mi esposo no está… y que los niños… —murmuró.

Le había contado a Lily que su esposo era muy fuerte y nunca se enfermó sino hasta que pisó un clavo oxidado y murió de tétanos una semana después, dejándola viuda y desesperada. Fue cuando tuvo que coser y lavar ajeno para salir de aprietos con sus dos niños.

Lily miró a Ellis, cuyo rostro se había oscurecido por el remordimiento.

—¿Por qué no nos sentamos? —le propuso. Él asintió descorazonado, quizá preguntándose si estaría preparado para seguir escuchando.

Lily se sentó en la silla junto a Geraldine. Ellis se acomodó en el peludo diván frente a ellas y colocó su sombrero en su regazo.

—La señorita Palmer me dijo que quería usted hablar conmigo —se atrevió a decir.

—Así es —dijo Geraldine, y entonces, lo miró recelosa y le hizo una advertencia—: pero no quiero que nada de esto sea publicado en el periódico, ¿comprende?

—Por supuesto, le doy mi palabra.

Geraldine analizó sus rasgos y, al parecer satisfecha, se reclinó con rigidez.

—Le dije a ese hombre que los niños no estaban a la venta —comenzó a explicar—, pero el insistió de todas maneras. Dejó cincuenta dólares en mi pórtico, pero yo no los noté en ese momento —explicó negando con la cabeza, tal vez al recordar la insistencia del banquero o por no haber prestado atención.

—En aquel tiempo tenía más días malos que buenos y, esa mañana, tosí suficiente sangre para asustarme. Estaba cansada todo el día y toda la noche, y las cosas iban de mal en peor. Entonces pensé que tal vez era el Señor quien me estaba enviando a esa persona justo en ese momento —dijo con los ojos brillantes por el incipiente llanto.

Cuando bajó la mirada y vio sus desgastados zapatos negros, Lily notó que tenía miedo a ser juzgada.

—Él tenía tantas razones… —continuó—, me dijo que, junto con su esposa, podría darles a los niños una buena vida, mejor de la que yo jamás podría ofrecerles, enferma o no. Solo le advertí que Ruby y Cal tenían que permanecer juntos, le hice jurar que así sería.

El silencio llenó la sala por un rato, solo se escuchaba el chisporroteo de los leños en la chimenea. Ellis tragó saliva de forma notoria y Lily se dio cuenta de cuán tensa tenía la garganta a pesar de que ya conocía la historia.

La voz de Geraldine cobró convicción de repente.

—Debe usted saber que preferiría morir que usar *un centavo* del dinero de ese hombre —dijo mirando a Ellis, casi desafiándolo.

—Le creo —dijo él con firmeza.

—Yo también —dijo Lily casi en un susurro.

Geraldine asintió lentamente, la tensión alrededor de su boca empezó a relajarse.

Tal vez le pareció que no era necesario mencionar el antiguo jarrón de vidrio que le había descrito a Lily: el transparente exhibidor donde se encontraban los malditos billetes de dólar. Cada uno como un recordatorio de la vergüenza de una madre sin importar los razonamientos o justificaciones detrás de su decisión.

Prefirió mantener la compostura y continuar hablando con vigor.

—Ahora bien, señor Reed —dijo—, cuando la señorita Palmer llamó, le dijo a la doctora Summers que usted estaba tratando de averiguar qué nos había sucedido a mí y a mis niños, que quería indagar respecto a sus nuevos padres y otras cosas.

—Sí, así es.

—Bien, cuando lo haga, cuando averigüe más, quiero que me diga todo. Y no se preocupe, no estoy tratando de robarlos para recuperarlos. Pueden quedarse donde están y no enterarse de nada de esto, solo necesito saber de primera mano que se encuentran bien.

Ellis sonrió apesadumbrado.

—Comprendo.

Lily estaba perpleja. Hasta ese momento había creído que el objetivo de la visita de Geraldine era solicitar la ayuda de Ellis, unir fuerzas para reunir a su familia.

—Puedo decirle desde ahora, señora Dillard —dijo Ellis con voz suave—, que por todo lo que he visto, los niños están siendo bien cuidados como usted lo esperaba.

A Lily le costó trabajo comprender sus palabras, sonaba demasiado literal.

—Los vio —dijo la señora Dillard.

¿Por qué habría de ocultar noticias tan importantes? ¿Había algo que no le había dicho?

—Fue hoy —dijo rápido al percibir su preocupación—. Los encontré en Nueva Jersey.

En el rostro de Geraldine apareció una expresión casi de pánico.

—Pero, iban a ir a California, ahí está soleado y hace calor, fue lo que ese hombre me dijo.

Ellis levantó la mano para tranquilizarla.

—Era cierto. Él y su esposa estaban viviendo en Long Beach o cerca de ahí, pero luego él empezó a trabajar en otro banco, fue un ascenso importante en Jersey. Por eso tuvieron que mudarse ahí, a una casa en verdad hermosa.

El repentino alivio de Geraldine fue palpable. De pronto fue como si se hubiera quebrado una presa interior que hasta ese momento había contenido con cada fibra, con toda su fuerza, y las lágrimas fluyeron sin reservas a sus ojos.

—Entonces los niños... ¿se encuentran bien?

—No pude hablar con ellos —dijo Ellis—, pero los vi de lejos y Ruby se veía bastante feliz y sana.

—¿Y Cal? ¿Estaba con ella?

—Sí, incluso estaba riendo. Creo que estaba escuchando un programa de radio... de vaqueros.

Geraldine se animó, era obvio que escuchaba la risa de su pequeño en su mente. Pero su alegría se desvaneció un minuto después. Debió de ser una sensación agridulce, comprender que alguien más podía provocar la alegría de su hijo con tanta facilidad. Que, para ella, ese sonido se convertiría en solo un recuerdo.

Esa era la razón por la que Lily no podía permitir que eso sucediera.

—Señora Dillard, no es demasiado tarde. Juntos podemos solucionar esto, estoy segura.

Geraldine se enjugó las lágrimas, se enderezó en su asiento y negó con la cabeza de manera ferviente.

—No hay nada que solucionar, la vida es tal como debe ser.

—Pero... si quiere recuperarlos...

—Me basta con saber que están sanos y felices.

—Bueno, sí, comprendo, pero…

—He dicho todo lo que tenía que decir.

Lily quería continuar protestando, pero se contuvo. Era doloroso pero obvio que no habría manera de que Geraldine cambiara de parecer.

Al menos, no esa noche.

Lily y Ellis caminaron en silencio hacia el automóvil. Los postes de luz y el blanco resplandor de la media luna producían sombras en el pavimento. Ella pudo haberse despedido en la casa de huéspedes y verlo partir desde la puerta del frente, pero necesitaba decirle algo más.

Ellis, como esperando lo que ella tenía que decir, se quedó junto a la puerta de su automóvil con el sombrero entre las manos.

—Esos niños deberían estar con su madre. Ahora que se encuentra bien, sería injusto que permanecieran separados. En el fondo de su corazón, usted sabe que ella no quiere vivir sin ellos.

—Escuche, Lily… —aunque habló con suavidad, en su tono se percibía el desacuerdo.

—Sí, lo sé, los Millstone son personas prominentes, poseen una casa hermosa y es probable que tengan buenas intenciones. Pero usted escuchó a Geraldine, ahora trabaja como cuidadora en un sanatorio. Podría encontrar la manera de hacerse cargo de ellos.

—Estoy seguro de que lo haría —admitió Ellis sonando convencido—. Pero, por desgracia… las cosas no son tan simples.

—Ella es su madre, es así de simple. ¿Qué podría ser más importante que eso?

Ellis suspiró con temor a articular la respuesta.

—Comprendo la situación, Lily, créame. Pero incluso si Geraldine los pidiera de vuelta, no creo que los Millstone los entregarían sin luchar. Y tienen casi todo de su lado, incluyendo un abogado de alto nivel. Estoy familiarizado con suficientes casos para saber que ningún juez razonable le devolvería los niños a una viuda sin recursos económicos —dijo—. Sobre todo si los vendió —agregó con renuencia.

—Pero los niños no estaban a la venta en realidad, y usted *lo sabe.*

Ellis se quedó callado y Lily temió que sus palabras hubiesen sonado a acusación. No era esa su intención, solo quería enfatizar que él estaba al tanto de los detalles.

Entonces Ellis se frotó la nuca mientras reconsideraba el asunto. Tal vez estaba pensando en las opciones.

—Ellis, debe de haber algo que podamos hacer.

Levantó un hombro y la miró a los ojos.

—Si supiera que eso ayudaría en algo, demonios, pagaría los honorarios legales yo mismo, pero para abordar un caso así, cualquier abogado que conozca su valor tendría que creer que existe la probabilidad, aunque sea remota, de ganar.

—Entonces armaremos un caso más sólido.

Al verlo sonreír, se dio cuenta de lo ingenua que debía sonar.

Tal vez, hasta cierto punto lo era porque necesitaba creer que había una solución, que el poderoso vínculo inherente entre una madre y sus hijos podía superar cualquier obstáculo que los separara. Y sin embargo, también había aprendido que el apoyo de otra persona, incluso inesperado, podría resultar vital.

Geraldine necesitaba su ayuda y la de Ellis más de lo que imaginaba, y ella sabía que, una vez que le hiciera ver a él las cosas desde su perspectiva, no podría negarlo.

—Si yo recibí una segunda oportunidad —le dijo—, también Geraldine la merece.

Ellis ladeó la cabeza un poco, pero le estaba prestando toda su atención.

Esta sería la primera vez que Lily le contaría su historia a alguien que no era de su familia. No diría todo, pero lo suficiente.

—El verano previo a mi último año en la escuela —empezó a contar—, me quedé en la bahía con una amiga y su familia. Ahí conocí a un chico guapo y encantador que me miró de una manera tan especial… que estaba segura de que era amor. Por supuesto, cuando lo vi irse con otra chica, descubrí lo tonta que fui, pero para entonces era demasiado tarde… lo que había hecho era irreversible.

Lily no ahondó en la implicación, no deseaba volver a narrar las tardes de dulces susurros y paseos en la calle, de viento frío, manos entrelazadas y besos que llevaron a más.

—Era muy joven y estaba aterrada. Sabía el escándalo que implicaría para mi familia… y para el bebé. Por eso estuve de acuerdo en darlo en adopción —la referencia a Samuel no necesitaba aclaración. Ellis asintió. Con eso dejó claro que entendía y la invitaba a continuar.

—Era la decisión más lógica del mundo. Incluso le escribí una carta en la que le explicaba todo, y esperaba que la leyera algún día —dijo. Debió de ser el mensaje más difícil de redactar en su vida, pero ella persistió para el beneficio de todos—. Luego, cuando nació, vi a aquel hermoso y perfecto niño que era parte de mí, y no pude hacerlo. Los papeles ya estaban firmados, pero de todas formas supliqué e imploré. Si mi padre no nos hubiera defendido a mí y a Samuel, la agencia de adopción lo habría tomado y yo habría cometido el mayor error de mi existencia.

En medio de la oscuridad, Lily todavía podía ver las escenas como imágenes silenciosas, como una película de Chaplin proyectada en la pantalla. A medida que se volvieron borrosas y se desvanecieron miró a Ellis de nuevo con un repentino temor a ser juzgada como el que Geraldine había sentido.

Por esa razón, la aceptación que encontró en lo profundo de su mirada y en su actitud significó para ella mucho más de lo que él jamás habría imaginado.

—Entonces, ¿ahora me entiende?

La ternura de su sonrisa fue una afirmación absoluta.

—Sí.

La sensación de que Ellis estaba comprendiendo la animó.

—Los Dillard deben estar juntos, Ellis.

—Y para que eso suceda... necesitarán ayuda —terminó de decir él.

—Precisamente.

Lily se dio cuenta de que, en ese sentido, no eran una familia distinta a los Lindbergh. La diferencia era que Geraldine no contaba con un equipo de sabuesos y agentes trabajando día y noche. Tampoco tenía ahorros considerables para ofrecer una recompensa o proponer un intercambio. Su nombre no era lo bastante reconocido para aparecer en los encabezados de los periódicos nacionales. Lo único con lo que contaba era con ella y con Ellis, y con la verdad de lo que era justo.

Si la situación todavía estaba en sus manos, ¿cómo podrían no intentarlo?

CAPÍTULO 25

—Señor Reed, espere un momento —dijo el señor Walker arrastrando las palabras, aunque eso no sirvió para suavizar lo amenazante de su tono.

Al igual que el resto de los reporteros, Dutch se separó de la reunión diaria de noticias, pero se detuvo y le mostró a Ellis los dientes bien apretados, un gesto que seguro significaba: *Espera un momento, amigo*, aunque se sintió más como: *Amigo, estás en problemas*.

Tal vez eso fue lo que interpretó Ellis porque era justo lo que se estaba diciendo a sí mismo.

Al principio, cuando el señor Walker estaba pidiendo que todos en el círculo le indicaran el estatus de sus artículos y lo saltó a él, Ellis se sintió aliviado porque no estaba trabajando todavía en nada relevante. Al menos, nada relevante para el público. Pero en ese momento alcanzó a ver al señor Tate sonriendo entre dientes y supo que el hecho de que Walker lo hubiera omitido no había sido un descuido.

—Sígame —le dijo el jefe de la redacción a Ellis mientras caminaba entre el usual murmullo de las conversaciones en la sala de noticias locales, dirigiéndose a la privacidad de la sala de juntas. El espacio se limitaba a una mesa simple y rectangular rodeada de sillas desgastadas. Las paredes estaban desnudas excepto por el reloj de trabajo que, aparte de la tinta y el papel, representaba la mayor necesidad en el negocio periodístico.

Cuando el señor Walker cerró la puerta, Ellis le echó un vistazo al reloj. Era la una y media. A pesar de que la noche anterior tuvo que manejar a Filadelfia y de regreso, no estaba tan cansado como para olvidar su reunión de las dos de la tarde con el señor Millstone. Si quería llegar a tiempo, tendría que partir pronto, lo cual, en vista de que el señor Walker tenía los brazos cruzados y la mandíbula tensa, no parecía que sería el caso. Solo faltaba un cinturón con un arma enfundada y una estrella de plata en su traje para que pareciera comisario del sur llegando al límite de su alcance diplomático.

—¿Sucede algo malo, señor? —preguntó Ellis.

—Había previsto preguntarle lo mismo porque le aseguro que no tengo idea de dónde ha tenido la cabeza últimamente.

Ellis dudaba que eso fuera cierto. El señor Walker parecía tener una idea muy clara de que tenía la cabeza pegada al cuello, pero como hacer una broma al respecto no le ayudaría en nada, se limitó a escuchar.

—Al principio tuve dudas de traerlo a trabajar al periódico, pero luego lo vi encontrar su paso y escribir algunas historias sólidas —dijo Walker antes de hacer una pausa. Ellis quería que terminara de hablar, pero también lo temía demasiado—. Sin embargo, si cree que haber firmado un par de artículos le da derecho a dormirse en sus laureles, en especial con el salario que *usted* recibe, le aseguro que se va a decepcionar mucho.

El generoso aumento de Ellis siempre le había dado la impresión de ser un acuerdo por debajo del agua. Al parecer, el contador del periódico no era el único miembro del personal al tanto de los detalles de su paga.

—Señor, le aseguro que no pienso en eso en absoluto. De hecho —le recordó—, ayer me ofrecí para escribir un artículo sobre la legislación de la cerveza.

Con todo lo que había pasado desde ese momento, le costaba trabajo creer que solo había pasado un día.

—Ah, sí, el artículo misterioso —dijo Walker. Ellis se quedó desconcertado al escuchar la descripción—. Ya sabe… un misterio. Cuando la lógica nos dice que algo debería estar ahí, pero por alguna razón, nunca aparece.

—Pero, señor, recuerde que terminé ese artículo bastante tiempo antes de la fecha límite —dijo Ellis. Lo terminó incluso antes de que su madre lo sorprendiera con su visita.

—De acuerdo, entonces, ¿con quién lo dejó?

Ellis detestaba culpar a alguien más, pero lo recordaba con toda claridad. Antes de irse temprano al banco, reunió sus pertenencias y, casi al salir, le entregó el artículo a…

Salvo que… no, no se lo entregó a nadie. Las malditas páginas seguían en su bolso de cuero.

—¡Dios santísimo! —dijo cubriéndose los ojos con la mano.

—Bien, Reed, voy a dar por hecho que no está usted tratando de culpar al todopoderoso, creo que estamos de acuerdo respecto a esto.

Ellis apuntó a la puerta.

—Señor, tengo el artículo en mi escritorio, lo puedo traer ahora mismo.

—Está hecho —dijo el señor Walker—, le pedí a Hagen que lo escribiera porque no pudimos encontrarlo a usted. Algo que, al parecer, sucede con más frecuencia cada vez.

El artículo no era urgente, reasignárselo de manera específica a un novato con mil millones de ideas era una señal muy clara de frustración.

Ellis lamentó su error, pero lamentó aún más que lo consideraran un holgazán.

—Lo siento, señor Walker. Le aseguro que valoro mi trabajo. Como ya mencioné, es solo que tuve un asunto personal que atender.

—Todos tenemos asuntos personales, señor Reed, y si eso nos garantizara pases para desaparecer todo el tiempo, el periódico no existiría. Además, aquí estamos en el negocio de las noticias, creo que no tengo que explicarle la importancia de la percepción.

No, en realidad no. Una percepción errónea fue justo lo que lo había metido en el desastre en que estaba ahora con Lily, Geraldine y Alfred Millstone.

Pensar en el banquero lo hizo mirar el reloj en la pared, y el sermón de su redactor se fue convirtiendo en un sonsonete hasta que la oficina se quedó en silencio de forma abrupta.

El señor Walker lo miró con severidad.

—¿Tiene otro lugar dónde estar ahora, Reed?

Ellis podría posponer la cita, pero por la manera en que propuso la reunión, dudaba que Millstone le diera otra oportunidad. Además, encontrarse a solas con él podría permitirle averiguar suficientes detalles para ayudar a los niños.

—Del otro lado del río —explicó—. Para realizar una entrevista.

El señor Walker se quedó pensando y Ellis temió que quisiera conocer los detalles. Sin embargo, el redactor solo le lanzó una mirada indescifrable antes de abrir la puerta.

—Entonces le sugiero que se vaya.

En una situación normal, esas mismas palabras habrían hecho a Ellis romperse la cabeza. Las habría repasado en busca de la intención, de alguna señal de su finalidad. Era un mensaje que no era necesario responder, por el que no era necesario preocuparse. Pero en lo único que podía pensar ahora que iba manejando a Century Alliance era en que, animados por el moderado clima primaveral, todos los residentes de la isla de Manhattan habían decidido dar un paseo en automóvil.

Unos segundos después de detenerse frente al banco, se estacionó y corrió hasta la entrada. Una gota de sudor cayó de su sombrero.

—Nada de correr en el banco —le gritó el guardia en el interior, lo que lo obligó a desacelerar y caminar rápido.

Mantuvo ese paso al subir por las escaleras, contento de que nadie lo detuviera para interrogarlo, y se presentó con la solitaria secretaria afuera de tres oficinas ejecutivas. La mujer tenía una cabellera gris que parecía casco y vestía una blusa con un moño abultado debajo de la barbilla. En la puerta más cercana a su escritorio, en el letrero sobre el vidrio esmerilado, se podía leer: *Alfred Millstone*.

La secretaria miró de forma exagerada por encima de sus gafas bifocales el enorme reloj en la pared, cuyos números romanos indicaban que Ellis había llegado veinte minutos tarde. Y solo después de eso revisó la agenda. Él la recordaba gracias a la cajera que trabajaba en el piso de abajo. Ella fue quien le negó ver al señor Millstone cuando solicitó encontrarse con él el día anterior. Ahora era obvio que podría volver a ser un obstáculo tan solo por sus principios.

Estaba a punto de explicarse cuando ella se puso de pie.

—Por aquí.

Ellis la siguió agradecido hasta la oficina donde el señor Millstone estaba sentado frente a un escritorio de caoba sobre el que estaban acomodados de forma prolija un portalápices, un pisapapeles en forma de prisma, algunas carpetas y otros artículos. El banquero estaba colocando tabaco en una elegante pipa de madera. Al percibir el aroma que se mezclaba en la oficina con las anotaciones en tinta en el libro de contabilidad y con el dinero de la costa Este, Ellis supo que ya la había usado durante el día.

—Señor Millstone —dijo extendiendo la mano que el banquero sí aceptó estrechar en esta ocasión, incluso poniéndose de pie del elegante sillón alto tapizado con piel.

—Empezaba a preguntarme si volvería a verlo.

—Lo lamento, señor —dijo Ellis. Había estado disculpándose tanto últimamente que daba la impresión de que quería imponer un récord—. Antes de salir del periódico, mi redactor necesitó que me encargara de algunos asuntos urgentes.

—Bueno, los jefes a veces pueden ser problemáticos, ¿cierto? —dijo el banquero tratando de aligerar la situación mientras le sonreía a su secretaria. Ella le respondió con una sonrisa a medias antes de cerrar la puerta—. Siéntese, por favor —indicó al tiempo que señalaba una silla para visitantes frente a su escritorio, y ambos se pusieron cómodos—. La verdad es, señor Reed, que yo también le debo una disculpa.

Ellis estaba sacando su libreta y lápiz del bolsillo de su saco, pero la revelación lo hizo detenerse. No había anticipado esto.

—¿A qué se refiere?

—Como sabe, hay mucha gente que todavía enfrenta momentos difíciles. Cuando uno es banquero y un desconocido toca a la puerta, no es raro ponerse un poco nervioso.

—Me imagino —dijo sonriéndole con confianza y notando que su mirada se suavizaba detrás de sus gafas.

El banquero encendió su pipa y avivó el tabaco soplando varias veces mientras Ellis esperaba.

—Bien —dijo y sopló para apagar el fósforo—, ¿qué puedo decirle?

¿Qué tal si me pone al día con la situación de los niños que compró en Pensilvania?, pensó Ellis, pero prefirió no decir nada. Como

siempre lo hacía cuando se disponía a llegar al fondo de una gran historia, trabajaría despacio, de forma gradual.

—Bueno, señor Millstone, para el perfil…

—Puede llamarme Alfred.

—Alfred, entonces —dijo Ellis. No era sorprendente, los peces gordos a menudo creían que ser amables produciría un artículo más favorable—, para empezar, esperaba que me pudiera contar un poco sobre su empleo como presidente del banco.

—Suena bastante inocuo.

Tomando todo en cuenta, a Ellis le pareció que el banquero había elegido palabras peculiares, pero en cuanto abrió su libreta, empezó a hacer una descripción de sus tareas diarias y una lista de sus responsabilidades principales. Se presentó justo como lo describió el taxista: como un caballero genial. También habló con pasión sobre sus ocupaciones, tanto, que solo hizo algunas pausas momentáneas para avivar la pipa mientras se adentraba en la importancia de la banca en la comunidad y enfatizaba la necesidad de esforzarse por ayudar a los ciudadanos honestos y trabajadores a alcanzar el éxito.

Ellis tuvo que garabatear para seguirle el ritmo. Cuando pasó a una cuarta página, Alfred se detuvo y sacudió la cabeza.

—Ay, Dios, he estado divagando, ¿no es cierto?

Tal vez llevaba unos quince minutos hablando, pero este no era momento para quedarse callado.

—En realidad, resulta vigorizante —dijo Ellis—. Con las personas de su nivel, suele ser difícil sacar más de una o dos oraciones para lograr una cita. A menos de que sea tiempo de elecciones.

Alfred rio un poco antes de volver a su pipa. El dulce aroma a maderas llenaba la oficina.

—Veamos —dijo Ellis bajando la vista a las preguntas que tenía preparadas en su libreta, como si en su mente no estuvieran ya incrustados los detalles de la vida de Alfred—. Escuché que usted viene de la Costa Oeste, ¿es correcto?

—Así es.

—California, ¿cierto?

—Veo que hizo usted su tarea.

Ellis sonrió.

—Una de las exigencias del oficio.

Alfred asintió divertido.

—De la zona de Los Ángeles.

Como la respuesta no era muy específica, pero tampoco era una falsedad, Ellis no insistió.

—Lamento decir que nunca he ido al oeste más allá de Ohio. Imagino que debe de ser un cambio notable pasar de una costa del país a otra.

—Sin duda lo es.

—¿Qué lo trajo acá? ¿Algo en particular?

Alfred caló su pipa de nuevo y exhaló.

—Razones familiares, sobre todo —explicó sin elaborar.

Ellis insistió.

—Conque la familia, ¿eh?

—Mi esposa y yo habíamos hablado durante mucho tiempo respecto a vivir más cerca de nuestros parientes en Nueva York. Cuando se abrió la vacante aquí, en Century Alliance, por fin tuve la oportunidad de hacerlo.

—Genial —dijo Ellis mientras anotaba algo en su libreta. Ninguno mencionó el funesto fin de su predecesor—. ¿Y qué tal se siente el resto de la familia con el cambio? ¿Se han adaptado tras la mudanza?

Alfred se encogió de hombros.

—Ya sabe cómo son los niños.

Ellis levantó con aire amigable su mano izquierda desprovista de una argolla de matrimonio.

—Tendrá que iluminarme en el tema.

—Mmm —titubeó Alfred y se reclinó en su sillón.

—Supongo que, como padres, siempre nos preocupamos... por la nueva escuela, los amigos. Queremos proteger a los niños, mantenerlos a salvo del mundo, de cualquier cosa que pudiera lastimarlos... de lo que no vemos venir... —explicó con un aire nostálgico, su mirada empezaba a deambular.

Pasó un momento y Ellis se preguntó si debería hablar, si sería correcto interrumpir el obvio viaje de Alfred en la nostalgia. Pero entonces el banquero continuó.

—Al final, por supuesto, ellos son quienes se adaptan y perseveran sin siquiera parpadear. Hay mucho que podemos aprender de nuestros niños —dijo mirando a Ellis a los ojos—. ¿No cree usted?

Ellis asintió y, un instante después, el sentimiento le pareció familiar. De cierta forma, las palabras de Alfred eran un eco del artículo que había escrito para acompañar la fotografía de los Dillard.

¿Él también habría hecho su tarea?

—Señor Reed, voy a ser honesto con usted —dijo el banquero tras bajar su pipa y disminuyendo de pronto el volumen de su voz—. Y esto es un asunto extraoficial —agregó mirando a la puerta como para cerciorarse de que estuviera cerrada.

Ellis dejó el lápiz entre las hojas de la libreta y sintió sus músculos tensarse.

—Extraoficial, comprendo.

¿Cuánto sabría el banquero? ¿Cuánto estaría dispuesto a revelar?

—Un banco en Nueva Jersey *no* habría sido mi primera opción —confesó con toda seriedad antes de sonreír discretamente, y en cuanto Ellis vio el gesto que relajó la tensión, no pudo no sonreír.

No se mencionó nada sobre el fatal accidente automovilístico ni sobre la adición de Ruby y Calvin a la familia Millstone. Y, por lo que Ellis pudo ver, tampoco hubo nada en el comportamiento de Alfred que justificara alarmarse.

—A veces —añadió el banquero en voz baja—, tenemos que hacer sacrificios por nuestros seres queridos. Estoy seguro de que usted comprende.

Ellis pensó en Geraldine, quien había decidido ceder a sus hijos exclusivamente por su bienestar. Era un ejemplo fundamental.

—Sí, señor, comprendo.

En ese momento se escuchó un ligero golpe en la puerta. La secretaria había vuelto y ahora se encontraba en el umbral con una gabardina y un sombrero de ala.

—Señor Millstone, es hora de que se vaya a la estación —afirmó. Afuera de la puerta se alcanzaba a ver una maleta y el bastón.

—¿Ya es tan tarde? —preguntó con un suspiro antes de voltear a ver a Ellis—. Viaje de negocios a Chicago. Me temo que tendremos que terminar por hoy.

—No hay problema, creo tener todo lo que necesito.

—Excelente. Volveré el domingo. Si gusta, puede llamarme en caso de que tenga más preguntas.

—Lo haré, señor —dijo Ellis poniéndose de pie para estrechar la mano del banquero y aprovechó para descargar un poco la responsabilidad—. Naturalmente, será mi redactor quien decida cuándo publicar el artículo o si publicarlo del todo, pero lo mantendré informado.

—Espero que sí —dijo Alfred sonriendo.

～

Ellis había propuesto la idea del perfil solo como una excusa para evaluar al banquero, pero ahora en verdad se sentía tentado a presentarle la propuesta al señor Walker. Sin importar lo terrible e inconveniente de la realidad, Alfred parecía, ser un individuo honesto.

Algo que tal vez Geraldine también notó desde el principio.

Era obvio que no era el tipo de persona que le daría sus hijos a cualquier tipo que pasara, aunque fuera adinerado y llegara bien vestido. Parecía que les había elegido un buen hogar en todos sentidos. Después de todos esos meses que Ruby y Calvin llevaban establecidos con los Millstone, tal vez en verdad se sentían felices de estar ahí.

Y, en el fondo, ¿acaso no era eso lo más importante? ¿Que tuvieran la mejor vida posible? Aunque sonaba cruel, no se necesitaba un apostador avezado para calcular cuál de sus futuros era más promisorio. Geraldine ya ni siquiera tenía una casa propia, lo único que pedía era que sus hijos estuvieran bien y que las cosas continuaran como se dispusieron en un principio. Si él y Lily insistían en continuar con esto, ¿no estarían excediéndose en buena medida solo para sentirse mejor? ¿Para limpiar sus conciencias?

Después de todo, la directora del sanatorio llegó al extremo de declarar a Geraldine muerta para protegerla de los curiosos. Una batalla en un juzgado provocaría de manera inevitable que un enjambre de reporteros, fotógrafos y lectores extrovertidos expresaran su opinión. Y cuando todo eso terminara, cuando los niños y Geraldine y los Millstone terminaran de ser restregados en el fango de los procesos legales y la opinión pública, lo más probable era que el veredicto condujera más o menos a la situación en que estaban ahora.

Por supuesto, Ellis temía aceptar todo esto frente a Lily porque, con base en su experiencia con Samuel, sabía que no querría escuchar su teoría. Pero era un hecho que distintos dilemas podrían tener soluciones distintas y, dada su experiencia personal, sabía que el hecho de que por las venas corriera la misma sangre no garantizaba una familia amorosa ni próspera.

Tal vez Geraldine tenía razón.

Tal vez la vida era tal como debía ser.

CAPÍTULO 26

Sin lugar a dudas, la situación no era como debía ser.

El tal Alfred Millstone podría bajar la luna y las estrellas, pero Lily no cambiaría de parecer.

—Lily, por lo menos piénselo —dijo Ellis por teléfono, pero su tono en realidad decía otra cosa: *Mujer, está usted siendo muy terca.*

Casi la podía ver en su escritorio negando vigorosamente con la cabeza y razonando.

—¿Lily? —insistió Ellis.

Su voz se escuchó por encima del ruido vespertino en la sala de redacción.

—De acuerdo, lo pensaré.

Y lo hizo. Durante dos segundos completos repasó concienzudamente el resumen que Ellis le dio de la reunión que acababa de tener con Alfred Millstone, pero a pesar de eso continuaba estando en desacuerdo.

—Escuche, debo irme —dijo Ellis—. Mi redactor me destazará vivo si no le presento una historia. Por favor, solo prométame que no hará algo radical sin hablar antes conmigo.

—De acuerdo.

Ellis suspiró como si no quisiera dejar solo a alguien que afirmaba nada más estar contemplando la vista… desde la cornisa de un edificio.

—Se lo prometo —dijo Lily, y era cierto de manera literal, no planeaba hacer nada radical… a menos de que fuera necesario.

El viaje de ida y vuelta tomaría medio día como máximo. Abordaría el primer tren a Nueva York para regresar con suficiente tiempo para cenar.

—Te lo prometo, bichito de azúcar —dijo Lily arrodillada en la entrada de la charcutería frente a Samuel, quien aún vestía el pijama. Desde el otro lado de las ventanas, el cielo del amanecer coloreó sus mejillas de puchero con un suave resplandor anaranjado.

—Pero dijiste que haríamos un día de campo.

La madre de Lily estaba en el mostrador preparando la caja registradora para abrir la charcutería en una hora. Los silbidos de su padre se escuchaban desde la cocina del fondo.

—Y lo haremos muy pronto, Samuel, te lo juro —dijo Lily mientras le limpiaba una mancha café de la mejilla: los residuos de la cocoa que bebió en el desayuno. El pequeño se replegó mirando al suelo—. Por favor comprende, en verdad detesto estar lejos de ti, pero hay dos niños que no pueden estar con su mami y quiero solucionar eso.

Samuel continuó mirando los mocasines que él mismo había lustrado. Algo más que había aprendido de sus abuelos, un peldaño más conquistado en ausencia de su madre.

En otra ocasión, pensar en ello la habría convencido de quedarse con su hijo, pero no podía ignorar los incontables peldaños de Ruby y Calvin que Geraldine podrían perderse.

—Vamos, dale a mami un abrazo de despedida —dijo abriendo los brazos—. Necesito tomar el tren para poder volver pronto.

237

Samuel por fin levantó la mirada pero frunció los labios en señal de su frustración y corrió por la charcutería.

—Samuel —gritó su madre al verlo continuar por las escaleras hacia el piso superior. La madre de Lily salió de detrás del mostrador.

—No te inquietes, estará bien.

Lily se puso de pie e insistió.

—Sabes que no renunciaría a nuestro tiempo juntos si esto no fuera importante.

—Lo sé, cariño.

Clayton estaba ocupado ese fin de semana, lo cual le dio más tiempo para pensar durante su trayecto en autobús a Maryville. Cuando llegó, le contó una parte del dilema a su madre, pero solo lo esencial. No quería transgredir la privacidad de Geraldine.

Aunque era cierto, estaba a punto de hacer justo eso.

—Volveré pronto —le dijo a su madre antes de besarla en la mejilla.

—Ten cuidado en el viaje —le suplicó con una sonrisa tensa. O estaba cansada porque apenas iba amaneciendo, o dudaba de los planes de su hija. Antes de que Lily pudiera determinar la razón, tomó su bolso de mano del suelo y salió hacia la estación.

Apenas pasaban de las once cuando llegó a Maple Street. Había caminado desde la estación en Hoboken para ahorrarse el dinero del taxi. El boleto de ida y vuelta había sido ya bastante oneroso.

Como secretaria, era muy hábil para averiguar detalles. El ejemplo era la dirección escrita en el trozo de papel que volvió a mirar antes de detenerse frente al lugar que buscaba: una casa verde menta con molduras color blanco brillante, tan perfecta como una casa de muñecas.

Demasiado perfecta, pensó.

En el parque al otro lado de la calle, varios niños se regodeaban en la rara libertad que les ofrecía una templada mañana de sábado. El coro de sus risas le recordó que Samuel esperaba su regreso y la hizo subir por los escalones que llevaban a la puerta del frente.

Tras guardar la dirección y sus guantes de viaje, tocó a la puerta.

Escuchó el piar de las aves desde los árboles que había alrededor y luego el traqueteo de un automóvil que pasó por la calle. La posibilidad de que fuera el de Ellis hizo que le sudaran las manos. ¿Por qué? No era ni su padre ni su jefe y, sin lugar a dudas, tampoco su novio. No necesitaba de su autorización para estar ahí. Y sin embargo, la culpa no la dejaba en paz.

Se deshizo del sentimiento y tocó el timbre. La respuesta radicaba en apelar a la señora Millstone de manera directa. Como ella y Geraldine, también era madre y entendía lo que significaba perder un hijo. Ahora que su esposo estaba de viaje por cuestión de negocios, Lily podría hablar con ella a solas.

A menos de que ella también hubiera viajado el fin de semana.

Se aferró con fuerza a su bolso como si fuera su esperanza. Se estiró para volver a tocar el timbre, pero la puerta se abrió antes de que lo alcanzara. Una joven empleada doméstica vestida de negro con delantal blanco y el cabello bien recogido la saludó.

—Lamento haberla hecho esperar, señorita —dijo con un acento que delató su estatus de inmigrante irlandesa. Su pálida piel y las pecas, más pronunciadas que las de Lily, coincidían con la suposición—. Estaba arrodillada tallando el piso y no escuché la puerta de inmediato.

—No hay problema, me da gusto que haya alguien en casa —dijo Lily sonriendo hasta cierto punto aliviada. Si la señora no se encontraba en casa, lo más probable era que la empleada supiera dónde estaba.

La chica sonrió con timidez. Era casi una niña, no podía tener más de dieciséis años.

—¿Le puedo ayudar en algo?

—De hecho, sí, quisiera ver a la señora Millstone.

—¿Ella… la espera, señorita? —preguntó con un tono que evidenciaba la duda, ya que, en ese caso, le habrían avisado que debía prepararse para recibir visitantes.

—No —dijo Lily—, pero se trata de un asunto muy importante. Verá, soy una antigua colega del señor Reed que, según tengo entendido, estuvo aquí hace poco —explicó y, ante la expresión de incertidumbre de la chica, continuó—. El señor Reed es reportero del *New York Herald Tribune* y vino a hablar con el señor Millstone.

—Ah, ya veo —dijo la chica—, y usted también trabaja en el periódico.

—Así es. Bueno, yo trabajo en el *Philadelphia Examiner* —corrigió. Los ojos de la chica se iluminaron por lo impresionante de la información, pero Lily continuó hablando—. ¿La señora Millstone estará disponible para hablar?

—Puedo ir a preguntar. ¿Podría esperar aquí un minuto?

Lily asintió y enseguida descubrió que la empleada no había exagerado. Tras un minuto en que desapareció, volvió a la puerta.

—A la señora le dará gusto recibirla, pase por favor.

Cuando Lily estuvo en el vestíbulo, la chica se ofreció a tomar su abrigo, pero Lily se negó amablemente. Tomando en cuenta el propósito de su visita, le parecía demasiado casual, demasiado atrevido hacerse sentir en casa. Además, dependiendo de cuánto durara la conversación, era probable que no quisieran volver a recibirla.

Caminó por los pisos de mármol detrás de la chica mientras miraba la amplia e imponente escalinata y el candelabro que se cernía sobre ellas. En el aire percibió un aroma fino y casi dulce.

Aunque Ellis no había pasado de la puerta, no se equivocaba respecto a la residencia.

Pero ella no había ido a admirar la decoración.

Para bloquear en su mente la imagen de niños corriendo por ahí, libres en la vastedad de aquel espacio, se enfocó en un pensamiento más lúgubre. Pensó en la discrepancia entre la fortuna de los banqueros y la de muchos de sus clientes, de quienes no tenían más opción que vivir en chabolas o mendigar en las calles.

O, aún peor, vender a sus hijos.

Cuando la empleada entró al salón, una mujer sentada en un sillón de dos plazas con patas en forma de garra se puso de pie para saludarla. Parecía tener treinta y tantos años. Vestía una blusa de seda color beige y una falda negra acampanada. Llevaba el cabello rubio oscuro peinado con elegancia alrededor del rostro y tenía delicados toques de rosa en los labios y las mejillas. De su cuello colgaba un collar de perlas.

—Señora, le presento a… —dijo la chica antes de hacer un gesto de dolor. Había olvidado preguntarle a Lily su nombre

—Señora Millstone —interrumpió Lily con amabilidad—. Espero que no haya problema si me presento yo misma. Soy Lillian Palmer y le agradezco haberme recibido.

—Llámeme Sylvia —dijo la mujer invitando a Lily a sentarse frente a ella en una ornamentada silla de brazos con tapiz a rayas y brillo satinado. Lily se sentó y dejó su bolso a un lado mientras Sylvia se dirigió a la empleada—. Claire, un poco de té para nuestra invitada.

Claire miró a Lily agradecida y caminó deprisa hasta el carrito de servicio junto al piano vertical. Tomó una antigua taza de porcelana azul y blanco como la que estaba en la mesa junto a Sylvia y la empezó a rellenar. Mientras tanto, Lily notó los retratos enmarcados sobre la repisa de la chimenea. Desde donde se encontraba, la fotografía de la que mejor pudo ver los detalles fue la del centro. Era un retrato de Ruby y, en efecto, como Ellis le había dicho, se veía limpia y bien rica.

—Técnicamente tiene diez años, pero según su maestra, parece de veinte. Siempre trae la cabeza llena de ideas.

Lily miró agradecida a Claire cuando le entregó la taza de té.

—Oh, Claire, por cierto —dijo Sylvia—, por favor dile a mi dulce niña que si quiere tapioca esta noche, debe practicar su lección de piano una vez más antes de la cena. Y no vayas a permitir que te diga que no comerá postre —exclamó poniendo los ojos en blanco en un divertido gesto antes de dirigirse a Lily—. Es su postre favorito, así que no logrará engañarme.

Claire inclinó la cabeza con discreción, dio media vuelta y salió. Sus pasos continuaron escuchándose desde el vestíbulo y luego las escaleras.

—Para ser honesta —agregó Sylvia con aire conspirador—, yo era terrible para practicar cuando era niña. Ahora desearía haber sido más diligente —confesó mientras llevaba hasta sus labios la taza y el plato en su regazo—. Pensándolo bien, tal vez no habría servido de mucho porque era muy poco talentosa. Es triste, pero nunca tuve la habilidad natural que mi hija parece poseer.

Lily imaginó a Ruby sentada frente al piano y pensó que Geraldine no podría ofrecerle de manera inmediata a su hija el lujo de tomar clases de piano y, mucho menos, un piano.

Sylvia bebió un poco de té.

—Con gusto le pediría que bajara y tocara algo para usted, pero está en su momento especial de lectura. En cuanto mete la nariz en un libro, me es imposible despegarla de él. Espero que no le importe.

Lily negó con la cabeza al tiempo que trataba de desprenderse de la noción de que Ruby era feliz ahí y de la innegable sensación de que Sylvia le agradaba.

Si daba por sentado que su esposo se parecía a ella, resultaba lógico que Ellis se sintiera conflictuado.

—Yo soy igual —logró decir poco después—. Me refiero a la lectura.

—Sí, bueno, una persona siempre podría tener peores vicios —señaló Sylvia bebiendo un poco más de té—. ¿Usted también tiene niños?

Lily tuvo que pensar antes de contestar, todo lo que había hablado con Sylvia hasta el momento la desarmó un poco.

—Uno, sí. Un niño.

—Oh, qué encanto —exclamó Sylvia y, mirándola con asombro, dejó la copa sobre el platito—. Claro que los varones pueden ser difíciles de controlar a veces con toda esa energía que tienen acumulada en sus cuerpecitos, pero qué padre no desea en secreto una versión de sí mismo corriendo como el demonio por todos lados? Estoy segura de que su esposo debe sentirse como pavorreal.

Lily sonrió antes de ahogar la verdad con un sorbo de Earl Grey. Le habría venido bien que tuviera crema y un cubo de azúcar, pero de todas formas pasó el trago.

—Ahora bien —dijo Sylvia—, ¿qué más podría yo decirle respecto a nuestra familia? Imagino que necesitará cierta información específica para su artículo.

Lily apretó la taza de té. Era obvio que lo que Claire le dijo a Sylvia sobre su actividad laboral o su vínculo con Ellis había provocado un malentendido respecto al propósito de su visita.

Se escucharon pasos bajando por las escaleras antes de que Claire volviera al vestíbulo, pero no había razón para llamarla y aclarar la situación.

Lily dejó la taza y el platito a un lado. El plan que había trazado, de llegar y hablar del asunto, seguía pareciendo mucho más sencillo en su cabeza.

—En realidad vine a hablar de Geraldine Dillard —dijo.

Una pequeña arruga apareció sobre la nariz de Sylvia.

~

—Lo lamento, no la conozco —dijo.

Su gesto no pareció insincero ni incierto de ninguna manera.

¿Sería posible que nunca se haya enterado de su nombre? ¿Su esposo no se había tomado la molestia de preguntar ese detalle tan importante?

Lily no quería insultar a Sylvia duplicando su título maternal, pero no había otra manera de decirlo.

—Señora Millstone, Geraldine es la madre de los dos menores que ahora están a su cargo.

Sylvia volvió a sonreír, pero en esta ocasión con un dejo de comprensión.

—Me temo que se equivoca. Solo tenemos una hija y es la niña de la que le he hablado.

Tal vez debido a la confusión, Lily empezó a impacientarse.

—Sí, comprendo que solo hay una niña, pero con "menores" me refería también a Calvin, su hermano. El niño que, junto con Ruby, su esposo compró en Pensilvania.

Adoptó, pensó Lily. Al percibir la densa capa de silencio que se extendió en el salón, se dio cuenta de que no utilizó la palabra que habría resultado menos agresiva. Los labios de Sylvia colapsaron, sus ojos se oscurecieron, pero le pareció que no fue debido a la ofensa. Estaba tratando de comprender. Fue como observar las nubes más ominosas invadiendo el horizonte, como ser testigo de una transformación que sintió en carne propia cuando su asombro empezó a rayar en terror.

¿Alfred Millstone habría conseguido a los niños por su cuenta sin hablarle a su esposa de las circunstancias? ¿Cómo le habrá explicado que, de ahí en adelante, se harían cargo de Ruby?

Tal vez le dijo que era una niña pobre que encontró en un callejón o la hija, ahora huérfana, de un pariente fallecido. En cualquier caso, ¿por qué la engañaría?

Lily se sacudió al escuchar un fuerte ruido. La taza y el plato de Sylvia habían caído al suelo y ahora estaban hechos añicos sobre un charco ambarino sobre el mármol.

—¿Se encuentra bien, señora? —exclamó Claire al entrar apresurada al salón. Un trozo de porcelana crujió bajo su zapato cuando se acercó a la palidísima Sylvia.

—Necesito… Necesito… recostarme.

—Por supuesto, señora, permítame —dijo la joven al tiempo que la ayudaba a ponerse de pie. Luego la escoltó hacia el vestíbulo y juntas subieron por la escalinata y desaparecieron.

Lily estaba analizando el encuentro, tratando de encontrar la lógica, cuando su vista volvió a las fotografías. Junto a la imagen de Ruby en el centro, había otra, de ella también, abrazando una muñeca, y una tercera tomada en un jardín. Luego había un retrato formal de la familia en el que algo hacía falta.

O, mejor dicho, *alguien*.

La revelación se deslizó por la columna de Lily hasta el cráneo como un dedo helado que le provocó escalofríos en todo el cuerpo hasta que una pregunta en su cerebro la detuvo.

¿Dónde estaba Calvin, por Dios santo?

TERCERA PARTE

No hay ningún truco, ninguna estafa, no hay vicio alguno
que no viva bajo el secreto.

—JOSEPH PULITZER

CAPÍTULO 27

EL TELÉFONO SONÓ aquel sábado por la tarde.

Ellis estaba en su apartamento preparándose un sándwich mientras escuchaba en el RCA un partido de béisbol transmitido por radio. A diferencia de los amigos que dejó atrás, en su pueblo natal, él nunca sería un admirador acérrimo del béisbol, pero tampoco dejaría de ser pensilvano. Cuando los *Phillies* jugaban, uno escuchaba, en especial en días como este, en que estaban dándole una paliza a los Yankees. Cuatro a dos, en la parte alta de la sexta entrada.

El teléfono volvió a repiquetear.

Ellis salió de la cocina lamiéndose un poco de mostaza del pulgar y, al imaginar que sería su madre, se tomó un momento antes de contestar.

Cuando la fue a dejar a la estación de trenes le dijo que la visitaría pronto para cenar juntos. *Pronto*, claro, como un concepto convenientemente vago. Su padre seguro estaba escuchando el juego también, algo que solían hacer juntos o, más bien, estando en la misma habitación, y eso significaba que ella tendría dos horas libres para pensar... dos horas que le servirían para llamar por teléfono.

Era hora de que él hiciera la parte que le correspondía, que limara asperezas en la base de la familia para que todos pudieran continuar como lo habían hecho durante décadas.

Levantó el auricular.

Pero no era su madre.

—Ellis —exclamó Lily—, necesito hablar con usted.

Por un instante se sintió feliz de escuchar su voz, pero luego analizó el saludo. O más bien, la falta de este. Lo que venía no podía ser nada bueno.

Pasó lo que quedaba del fin de semana hurgando en su memoria. Volvió a analizar y ponderar detalles que había tomado como hechos. Nunca vio a Calvin por la ventana, pero recordaba haber escuchado la voz del pequeño…

A menos que ese sonido también formara parte del programa de radio.

Pero no. En la entrevista que hizo en el banco, Alfred dijo *niños*, en plural.

¿O se referiría a los niños en general? Nunca mencionó que tuviera un hijo y una hija, de hecho, no le dio ningún detalle sobre ellos.

A pesar de todo, se negaba a creer lo peor. Cuando Lily le llamó desde casa de sus padres, al volver de la de los Millstone, repasó lo que le contó una y otra vez en busca de una explicación lógica.

Tal vez Sylvia estaba enferma y por eso estuvo a punto de desmayarse, quizá tenía fiebre y empezó a desvariar mientras hablaba. También era posible que, lo que en realidad quiso decir, era que Calvin no estaba viviendo ahí en ese momento porque estudiaba en un prestigioso internado. Era difícil saber a qué edad enviaban los ricos a sus hijos a estudiar lejos.

Fuera lo que fuera, Ellis convenció a Lily de esperar y no hablar con Geraldine aún. No había razón para alarmarla antes de saber más. Ella estuvo de acuerdo, pero solo bajo la condición de que él actuaría con rapidez.

Era lo que planeaba hacer. Su propia aprensión no dejaba de ebullir con un movimiento lento pero implacable, como si se estuviera cocinando en un asador.

La mejor opción era confrontar a la otra persona que, además de Alfred, debía de saber la verdad.

Entre el ajetreo matinal del lunes no sería difícil seguir a alguien sin ser visto. Incluso en Hoboken.

Ellis contó con ello cuando empezó a seguir a Sylvia y a Ruby desde su casa. Salieron tomadas de la mano y ambas se veían arregladas para el día. Sylvia llevaba un vestido acampanado y un sombrero en ángulo, en tanto que Ruby vestía su uniforme escolar y un moño amarillo en el cabello.

Pero no había ninguna señal de Calvin.

La caminata duró unos diez minutos hasta llegar a una imponente escuela de ladrillo. Sylvia se inclinó para enderezar el cuello de Ruby antes de dejarla ir e incorporarse al río de niños que, en su mayoría, llegaban solos. Las únicas otras personas adultas en el lugar parecían más bien jóvenes nanas.

Ruby atravesó las puertas de la escuela y Sylvia giró para volver por donde había llegado. Ellis caminó del otro lado de la calle manteniendo su distancia y supuso que Sylvia volvería en la tarde para llevar a la niña de vuelta a casa.

Tendría que elegir bien el momento para hablar con la pequeña a solas.

En la parte oeste de la escuela había un jardín de juegos. Las grandes nubes apiñadas podrían moverse en cualquier dirección, pero mientras el clima se mantuviera templado, era seguro que los niños tendrían un recreo.

Así que esperaría.

En la zona había edificios de apartamentos y los típicos comercios intercalados. Compró una copia del *Tribune* en la barbería porque, irónicamente, era el único periódico que vendían, y luego se sentó en una banca. Cada vez que se abría la puerta de doble filo de la zapatería detrás de él, se escapaba el aroma de cuero y cera para calzado.

Miró varios artículos para pasar el tiempo. Los encabezados en negritas y los codiciados artículos firmados le recordaron la inminente reunión diaria en la redacción.

De pronto, un estallido de voces agudas captó su atención.

Por fin libres para saltar y juguetear, los niños salieron de la escuela y se dispersaron en el jardín de juegos.

Ellis dejó su periódico en la banca. Cuando iba cruzando la calle empezó a buscar entre los rostros infantiles como si estuviera cribando una elusiva pepita de oro, y cuando miró más de cerca mientras ellos se columpiaban y se deslizaban en la resbaladilla o batallaban jugando al avión, comprendió que Ruby no estaba ahí.

Pero luego volteó y la vio.

El moño amarillo en su cabello.

Estaba sola en uno de los extremos laterales del jardín, deambulando debajo de un manzano que no era para nada tan frondoso o robusto como el que había al lado de su casa, aquel cuyas ramas soportaban con facilidad a su hermano cuando se colgaba en ellas. Pero tal vez el ligero parecido bastaba para brindarle confort.

Ellis salió caminando con aire casual de detrás del manzano con las manos en los bolsillos. Había pasado demasiado tiempo para que lo recordara y no quería asustarla.

—¿Disfrutas del silencio que hay aquí?

Ruby dejó de mirar la hoja que tenía en su mano, levantó la vista y encogió los hombros.

—No quieres jugar con los otros niños, ¿cierto?

La pequeña volteó a ver a sus compañeros y escuchó los agudos gritos como en un caldero de alegría. Ellis esperaba que volviera a encoger los hombros.

—No tengo permiso —contestó.

Evidentemente, se trataba de una especie de castigo. Cambiar el overol por un uniforme escolar no bastaría para domar la pasión y el entusiasmo de la niña que recordaba y, para ser francos, le daba gusto que así fuera.

—Entonces has estado causando algunos problemas —dijo Ellis con tiento.

—Manché mi suéter en el balancín —dijo y señaló el subibaja en que los niños jugaban con alegría—. Fue hace semanas, pero todavía no puedo usarlo —agregó. Entonces se volvió a enfocar en la hoja, la hizo trocitos y los tiró a un lado, pero no con calma, sino como producto de su irritación.

Tratando de mantenerse lo más fuera posible de su campo visual, Ellis notó a la solitaria maestra con aire de matrona que cuidaba a los niños en el recreo. Observaba el jardín de juegos como si fuera una carcelera a cargo del patio de una prisión. No costaba trabajo imaginarla imponiendo un castigo así de ridículo.

—Bueno, ¿y usted qué hace aquí? —preguntó Ruby—. ¿Vino a tomar fotografías?

A Ellis le tomó un segundo comprender la conexión y, cuando lo hizo, le sonrió impresionado a Ruby.

—No creí que me recordarías.

—¿Por qué?

—Porque ha pasado algún tiempo —dijo y calculó. Ocho meses, increíble—. Además, solo nos vimos una vez... Bueno, supongo que dos.

—No, yo lo vi muchas veces trayendo cajas y dejándolas en nuestro pórtico. La comida y lo demás.

Otra razón para sorprenderse. Cada vez que fue, se estacionó al final del acceso con los faros del frente hacia otro lado, evitando las ventanas de la casa. Pensó que había sido lo bastante sigiloso bajo la protección nocturna.

—¿Y todo el tiempo supiste que era yo?

Ruby levantó otra hoja y empezó a rasgarla en trocitos también, pero con un poco más de delicadeza.

—Escuchaba su motor. Sonaba como si atropellara a un animal salvaje.

—Ja, así es —dijo Ellis riendo para sí—. Todavía suena así.

Las mejillas se sonrojaron un poco y apareció la curva en los pequeños labios que Ellis conocía.

—Me gustaron los betabeles encurtidos que nos llevó. También las peras, pero habría preferido no comer los garbanzos.

—¿No te gustaron?

—Oh, sí, me gustó comerlos. El problema fue *después*, ¡y no me refiero a mí, si es que eso está pensando! —dijo Ruby señalando con énfasis—. Compartir la cama fue una pesadilla cada vez que Cal empezó a disparar y descoserse. El olor habría matado a un oso.

Ellis no pudo evitar reír de nuevo.

—Así de malo fue, ¡eh!

—Es increíble que algo tan grande pueda salir de una persona tan pequeña, y no solo por los garbanzos. Otro día, mi hermano apostó… —empezó a explicar Ruby, pero entonces calló y bajó la vista. La alegría se desvaneció con sus palabras.

—¿Qué? —la presionó Ellis un poco—. ¿Qué hizo tu hermano?

Ruby sacudió con vigor la cabeza, con aire inflexible.

—No, no tengo… un hermano.

Ellis se la quedó mirando asombrado por la mentira. Era obvio que la habían entrenado para mentir. De pronto sintió ansiedad y temor de continuar tanteando el terreno, pero se preparó y se puso en cuclillas. La miró a los ojos.

—¿Sabes, Ruby? ¿Recuerdas que al principio me preguntaste por qué vine? Bien, pues es por Calvin. Si tienes idea de adónde fue, me gustaría que me lo dijeras.

Ruby frunció su labio inferior, su reticencia era obvia, pero Ellis no podía dejar las cosas así.

—Verás, le juré a alguien que me aseguraría de que Calvin estuviera bien y estoy tratando de cumplir mi juramento. Solo que no creo lograrlo sin tu ayuda.

Ruby lo miró de frente y consideró su súplica.

—Está con mamá —dijo en voz baja.

Ellis ladeó la cabeza antes de distinguir la referencia.

—¿Te refieres a la señora Millstone? ¿La madre con quien vives ahora?

—No —dijo la pequeña—, mi antigua mamá.

Ahora sí estaba desconcertado.

—¿Me estás diciendo que tu mamá, Geraldine, *conservó* a Calvin?

Ruby dejó pasar un momento antes de asentir.

Eso no tenía sentido, no coincidía con lo que le dijeron el taxista y el empleado del tren, tampoco con la versión de Geraldine.

—Me parece interesante lo que dices. Verás, me contaron que Calvin subió al tren con el señor Millstone y fue con él hasta California. Y luego tú te mudaste aquí a Jersey, con la señora Millstone también.

Ruby volvió a asentir.

Cuando estuvo en la casa de huéspedes, tal vez Ellis le dio a Geraldine suficientes detalles para que ubicara a los niños por sí misma. ¿Habría pensado mejor las cosas en la semana que había pasado? ¿Tal vez logró recuperar a su hijo?

En ese instante, miró por encima del hombro de Ruby y vio a la maestra caminar hacia ellos. El tiempo se acababa.

—¿Y qué sucedió después?

—Un día, después de clases —explicó Ruby—, recibí una carta de mamá. Me emocioné mucho porque pensé que se había curado y que volveríamos a casa. A la granja.

Entonces la niña sabía que su madre estaba enferma. Tal vez siempre lo supo.

—¿Qué decía la carta?

—Que me amaba mucho, pero… pero que solo podía cuidar a uno de nosotros —dijo con una voz que se quebró al tiempo que el llanto inundó sus ojos—. Yo soy más grande que Calvin, él la necesitaba más. Por eso vino por él.

La campana sonó. El recreo había llegado a su fin.

Ellis estaba desesperado, necesitaba más tiempo, deseaba consolarla.

—Cariño, necesito saber. ¿*Viste* a tu mamá en algún momento cuando vino por Calvin?

Ruby negó con la cabeza.

—No porque era muy difícil para ella volver a despedirse.

—¿Pero cómo lo sabes? ¿Alguien te…

—¿Le puedo ayudar en algo, señor?

Ellis respondió a la seriedad de la maestra con una sonrisa instantánea.

—Buenos días, señora —dijo levantándose de mala gana—, solo pasaba por aquí y, como soy amigo de la familia, pensé que sería buena idea saludar.

La mujer miró a la pequeña.

—¿Es cierto? —preguntó. Tras un tenso silencio, la niña asintió. Por suerte—. De cualquier manera, está interrumpiendo el horario escolar. En el futuro le sugiero que mantenga sus visitas dentro del tiempo personal de la familia.

—Por supuesto, eso haré.

La maestra dio un brusco giro y levantó la mano dirigiéndose a los otros niños que ya estaban entrando a la escuela.

—¡Entra ahora, Victoria!

Ellis miró por última vez a Ruby antes de que obedeciera la orden que lo dejó desconcertado una vez más. Ahora se llamaba Victoria.

No solo le habían quitado a su familia, también la despojaron de su nombre.

Llamó al sanatorio en cuanto volvió al periódico. La directora, que ahora estaba al tanto de quién era Ellis, le pasó la llamada a Geraldine.

Con toda calma, le preguntó respecto a una supuesta carta enviada a Ruby, pero sin mencionar lo que le dijo la niña ni que le habían cambiado el nombre.

Como se lo temía, Geraldine no sabía de qué hablaba. Ellis descartó el asunto de la carta como un posible malentendido, y cuando ella le pidió que fuera a ver a sus niños cada vez que pudiera, confirmó sus sospechas.

Geraldine nunca recogió a su hijo.

Lily tenía razón en estar preocupada. O la pareja había regalado a Calvin, o algo grave sucedió mientras Ruby estaba en la escuela, lo cual explicaría la reacción de Sylvia.

Pero no, se negaba a aceptar esa posibilidad. Como reportero, se jactaba de saber intuir y detectar la verdad. Cuando habló con Alfred respecto a los niños, algo en su comportamiento lo habría alertado.

¿O quizá permitió que su deseo de solo ver lo que quería lo hiciera creer que todo estaba bien?

—Dutch —gritó.

Su compañero iba caminando por ahí con una libreta en las manos, pero al ver a Ellis caminó hacia él.

—Oye, te perdiste la reunión de hoy. Pensé que estabas enfermo.

Cierto, no se sentía bien físicamente, pero no se debía a un resfriado.

Dejó pasar el comentario y se enfocó en lo que más le interesaba.

—Tu amigo que trabaja en Los Ángeles, me parece que dijiste que me enviaría los recortes de periódico que encontró. ¿Podrías darle seguimiento al asunto cuando tengas tiempo?

Dutch contuvo la risa.

—¿Ves ese montículo allá? —dijo señalando los sobres dejados al azar en capas sobre el escritorio de Ellis—. Tal vez deberías revisar tu correspondencia de vez en cuando —dijo Dutch al tiempo que le echaba un vistazo al altero de papeles. Sacó de entre ellos un pequeño sobre de papel manila y se lo entregó a Ellis—. Toma… lo dejé aquí la semana pasada.

—Supongo que son las consecuencias de darle vacaciones a mi secretaria —dijo Ellis sonriendo. Hizo la broma no solo para mantener la conversación ligera con Dutch, sino también para minimizar sus temores. La situación comenzaba a arder tanto que amenazaba con tornarse en incendio. Lo sintió incluso antes de sacar los recortes cuando Dutch se alejó, antes de llegar al obituario de la hija fallecida de los Millstone y contemplar el retrato en que aparecía con un vestido marinero que le resultaba familiar y un listón en el cabello.

Victoria Agnes Millstone, decía el pie de la fotografía.

Ellis había adivinado sin problema que los Millstone trataron de llenar un vacío, pero nunca imaginó que Ruby remplazaría *literalmente* a su hija, en la apariencia y en todo lo demás. Incluso si no llevaran el mismo moño en el cabello y el mismo vestido, podrían pasar por gemelas.

Cada uno de los detalles que lo habían incomodado hasta ese momento se magnificaron.

Aunque temía transmitir las noticias porque, ¿cómo diablos explicaría eso?, acercó su teléfono. Aún seguía procesando todo cuando contestó la operadora que lo conectó con la línea de Lily en el *Examiner*. Pero quien contestó fue el jefe y sonaba mucho más agitado que él.

—Se tomó el día —gruñó al explicar la ausencia de Lily y colgó antes de que Ellis pudiera preguntar algo más.

¿Un día libre? El jefe no mencionó si estaba enferma.

Después de haber viajado a Jersey, resultaba lógico que extendiera el fin de semana para compensar el tiempo que no pasó con su hijo. Ellis se debatió entre marcar enseguida y esperar porque no quería interrumpir, pero tuvo que hacer la llamada por el bien de Calvin y de Ruby.

Para conectarse con los Palmer tuvo que solicitar la línea de la charcutería. El teléfono solo sonó una vez antes de que alguien contestara sin saludar.

—¿Doctor Mannis?

—No… Lily, soy yo.

—¿Ellis? —dijo, al borde de las lágrimas.

En ese instante se evaporaron todos los otros pensamientos de Ellis, incluso la razón por la que había llamado.

—¿Qué sucede Lily? ¿Qué pasó?

Su voz tembló al contestar del otro lado de la línea.

—Algo malo le pasa a Samuel.

CAPÍTULO 28

LILY LUCHÓ CONTRA LOS ECOS de su conciencia.

Es tu culpa. Tú le hiciste esto.

Sentada en una silla al lado de la cama de Samuel, retiró el paño doblado. El calor que irradiaba la frente del pequeño casi había secado la tela. Sus mejillas estaban rojas como pétalos de rosa, y tenía los párpados inflamados y sellados. Por centésima vez ese día, Lily mojó y exprimió el paño en el recipiente de porcelana sobre la mesa de noche.

Tu hijo va a morir y será por tu culpa.

Quería llorar, sacudir los hombros desnudos de Samuel hasta que se moviera. Deseaba viajar al pasado y borrar la maldición que había desencadenado, pero sabía que era imposible, que no había vuelta atrás y que lo único que podía hacer era colocar un trapo fresco sobre su frente.

El sábado volvió de Nueva Jersey por la tarde y le llamó de inmediato a Ellis para hablar de Sylvia. Apenas acababa de terminar la llamada cuando su madre le pidió que bajara y le ayudara con el ajetreo del fin de semana. Samuel decidió permanecer en su cuarto. Por lo general, la habría seguido y bajado con ella a la charcutería como un cachorro pegado a sus talones porque le encantaba ayudar en cualquier oportunidad, pero era obvio que seguía molesto por la cancelación del día de campo.

—Descuida, le hace bien —le aseguró su madre mientras le pasaba un gran trozo de Gouda para que lo envolviera y se lo entregara a un cliente—. Los niños necesitan a aprender que los planes cambian. Así es la vida.

—Ya escuchaste a tu madre —dijo el padre de Lily al pasar del otro lado del mostrador—. Es más fácil de esa manera, créeme —añadió con un guiño.

Incluso si no estuviera de acuerdo, a Lily le resultaba cada vez más difícil discutir con sus padres respecto a las decisiones para la educación de Samuel, tomando en cuenta que ellos se hacían cargo de él todos los días de la semana laboral. Además, el comportamiento del niño esa noche, es decir su testarudo silencio y la insistencia en no comer y solo jugar con sus alimentos, solo reforzaban lo que decía su madre. Decidió hacerse cargo antes de que sus padres pudieran intervenir, lo cual era resultado de su fortaleza maternal, pero también del estado de ánimo que tenía. Lidiar con el asunto de Calvin la había enervado.

—Samuel, tu abuela y yo nos esforzamos mucho para preparar este guiso, así que come tu cena ahora.

—No tengo hambre —murmuró. Estaba encorvado en su silla y tenía la vista fija en el tenedor.

El padre de Lily intervino como de costumbre.

—Ay, por favor, Sammy, plato limpio o no habrá postre. Y si no te toca postre, yo tendré que acabarme el pastel de chocolate solo.

—*No* tengo hambre —repitió con un tono tan obstinado que puso a Lily al borde.

—Samuel Ray, te recuerdo que hay mucha gente allá afuera que estaría agradecida de tener esos alimentos.

Y era cierto. Todos los viernes desde que Lily era niña, personas con los bolsillos tan vacíos como su estómago se reunían en la puerta de atrás de la charcutería, y ahí su padre les daba lo que quedaba de queso, trozos de carne y bollos secos que había guardado con ese propósito.

—Si no te sientas bien y te comportas, puedes ir directo a dormir.

Samuel dejó su silla y se escabulló como si nada, pero Lily ignoró la sensación de que algo andaba mal. Más tarde, cuando los trastos ya estaban lavados y secos, fue a hablar con él. Planeaba insistir en la lección de la mesa, pero con más calidez. ¿Podría culparlo por lamentar que hubieran cancelado su fecha especial?

Para ese momento, Samuel ya se había acurrucado entre sus cobijas y respiraba con fuerza por el sueño.

—Debe de estar creciendo —dijo su padre a la mañana siguiente.

Era la manera más obvia de explicar el raro berrinche de Samuel y que permaneciera tanto tiempo en la cama. Su padre insistió en que no lo despertaran, ni siquiera para despedirse. A menudo viajaba con el dueño de la tienda general del pueblo y juntos visitaban ferias estatales y de los condados para comprar carne y otros productos a granel. Cuando iban a otro estado, tenían que pasar la noche en algún lugar.

Lily estuvo de acuerdo con su padre y permitió que Samuel durmiera hasta después de la hora del desayuno.

Pero a medida que pasaron las horas y ya casi llegaba la hora de partir, jaló las cobijas y encontró a Samuel con el cabello empapado en sudor. Cuando tocó su carita sintió que la mano se le quemaba. No era un simple resfriado. Sí, solía preocuparse de inmediato, pero sabía que esta vez las cosas eran distintas.

Y parecía que su madre también lo sabía, a pesar de que le explicó con calma las instrucciones que recibió de una enfermera a la que llamó por teléfono. Hoy, igual que el día anterior, debían observar y esperar. El hospital más cercano estaba repleto y se encontraba a casi cincuenta kilómetros, y el malestar de Samuel podía atenderse con descanso y una aspirina.

Tal vez la enfermera tenía razón. Debía tenerla. Aunque el niño jamás había tenido tanta fiebre ni por tanto tiempo.

Si tan solo el doctor Mannis, médico del pueblo, pudiera asegurarle a Lily que no se trataba de influenza, rubeola o tifoidea, o de otra cruel enfermedad como las que mataban niños todos los días, se quedaría tranquila. Su esposa prometió que el médico les llamaría en cuanto volviera de pescar, y Lily necesitó toda su fuerza de voluntad para no despotricar por su negligencia. ¡Era lunes, por Dios santo!

Tenía que considerar que el doctor Mannis era ahora un enemigo no ayudaría en nada. Pero entonces ¿qué sí serviría? Pensó y pensó mientras acariciaba la mano de su hijo. Estaba tan caliente que parecía carbón encendido, pero de todas formas se la colocó en la mejilla. *Por favor, Dios, por favor, no te lo lleves*, rezó con pena y consciente de que había renunciado a ese derecho…

Un golpe en la puerta dio fin a sus pensamientos. Su madre estaba en la entrada de la habitación, había cerrado la charcutería temprano. La luz de la tarde le permitió a Lily ver sus ojos enrojecidos, ninguna de las dos durmió en la noche.

—Querida, tus amigos han venido a ayudar —dijo con una voz sin sesgos, solo se escuchaba desesperanzada. Lo cual, viniendo de la madre de Lily, representaba un clímax aterrador.

Entonces Lily vio en el pasillo a Ellis, quien entró y la saludó.

—Recuerda a la señora Dillard… —añadió.

Lily lo que esperaba era una crónica de lo que había pasado, no que Geraldine apareciera de pronto en su casa.

Se veía confundida.

—¿Qué hace aquí?

—Solo vine a ayudar —dijo Geraldine caminando hacia Samuel, observándolo.

Ellis explicó.

—Como su médico no está en casa, Lily, marqué al sanatorio Dearborn. La directora dijo que vendría a ayudar. Pasé a recogerla camino acá, pero cuando llegué, dos de sus pacientes habían... —no terminó la frase por razones evidentes—. En fin, no podía dejar el sanatorio, así que Geraldine se ofreció a venir en su lugar.

—Está ardiendo —dijo Geraldine. Tenía la parte interior de su muñeca sobre la sien de Samuel—. ¿Qué tan alta ha sido la fiebre? —preguntó.

Lily vio que debajo del abrigo traía el delantal blanco que usaba como asistente en el hospital, ¿pero cuánta experiencia tendría en realidad?, se preguntaba. Por eso dudó en responder.

—Mmm, treinta y nueve y medio. Dos días completos.

—¿Algún salpullido?

Lily negó con la cabeza.

—¿Ha vomitado? ¿Diarrea?

—No.

—Esa es buena señal, pero de todas formas necesitamos que consuma agua.

—Pero se niega a pasar todo lo que le hemos dado —dijo Lily desesperada. No para discutir, sino porque todos sus intentos por hacerlo beber habían sido inútiles y enervantes.

Geraldine volteó a ver a la madre de Lily.

—¿Tiene un bloque de hielo?

—Varios. Abajo, en la charcutería.

—Vamos a necesitar trozos bien picados. Podemos colocarlos en el interior de sus mejillas.

Ellis se ofreció.

—Los traeré en un tazón —dijo antes de bajar con prisa por las escaleras.

—Ahora tratemos de refrescarlo. ¿Ya le dieron un baño?

La madre de Lily volvió a responder con aire obediente, algo muy raro en una mujer acostumbrada a capitanear su hogar sin ayuda.

—Le preguntamos a la enfermera si deberíamos darle un baño con hielo, y ella nos dijo que no lo hiciéramos a menos de que tuviera una convulsión.

—Un baño con agua tibia es mejor y no hay razón para esperar.

—¿Tibia? —preguntó Lily tratando de no pensar en la posibilidad de que su hijo convulsionara, algo que había temido todo ese tiempo.

—Así es.

—Pero… ¿eso no hará que aumente la temperatura aún más? Geraldine levantó las palmas.

—A mí también me parecía una locura al principio, pero en muchas ocasiones, la doctora Summers me ha demostrado que funciona. Incluso mejor que el agua fría. Si el agua está helada, puede provocar escalofríos y la fiebre puede dispararse.

—Sí, pero —dijo Lily—. La enfermera con que hablamos por teléfono…

—Señorita Palmer, si quiere que mejore su hijo, necesita confiar en mí. Le aseguro que puedo ayudarle.

Lily desvió la vista de Geraldine y miró a su hijo. De pronto se veía tan pequeño y frágil, tan indefenso como un recién nacido. Volteó a ver a su madre buscando guía, deseando que su padre estuviera ahí.

Pero a pesar de todo, sin importar lo que los otros opinaran, Samuel solo tenía una madre y, al final, a ella le correspondía tomar la decisión.

—Empezaré a llenar la tina —dijo.

~

La siguiente hora pareció durar años y, al mismo tiempo, solo segundos.

La temperatura de Samuel descendió poco a poco hasta igualar la del agua en que lo bañaron, y el enrojecimiento disminuyó hasta que su piel recobró el color de los duraznos. En la casa se respiró el alivio cuando Ellis lo llevó a su habitación seco y envuelto en una toalla. Ese mismo alivio se convirtió en una marejada para Lily cuando lo vio sonreír mientras acostaba a su hijo.

—Oye, diablillo, bienvenido a casa —exclamó Ellis.

Samuel había abierto los ojos.

Lily corrió, se arrodilló al lado de su cama y acarició su mejilla mientras el pequeño trataba de comprender qué pasaba.

—Mami —dijo adormilado.

—Hola, bichito de azúcar. Te extrañamos.

El asombro apareció en su dulce rostro.

—¿Adónde… fui?

A Lily le costó trabajo contener su desbordante emoción y, al ver las sonrisas alrededor, comprendió que no era la única.

Besó a Samuel en la frente y en la punta de la nariz, tomó su mano y disfrutó al sentir su temperatura de costumbre.

Al final trató de incorporarse para permitir que su madre viera a Samuel, pero antes de estar de pie, se mareó y su visión se nubló. Lo único que impidió que cayera fue que Ellis la sujetó del brazo y la cadera.

—La tengo —le dijo.

La confusión disminuyó.

—No ha comido ni bebido en días —dijo su madre.

—Estaré bien —dijo Lily sintiendo que recuperaba el equilibrio.

—Señor Reed, ¿podría llevarla a la cocina, por favor? Hay comida de sobra —dijo su madre y, eludiendo la objeción de

Lily, agregó—: Te vendría bien un poco de aire fresco, Lillian, la ventana de abajo está abierta. Nosotras cuidaremos de Samuel.

La capitana había vuelto a ocupar su puesto.

Sobraba decir que la temperatura podría volver a subir, y por eso no vaciaron la tina, pero la madre de Lily ahora también estaba ayudando a colocar trozos de hielo en la boca de su nieto.

Todo estaría bien.

Y se lo debían a Geraldine.

—Gracias —le dijo Lily, pero la palabra sonó ridícula, inútil. Geraldine sonrió de todas formas, se sentó en la silla junto a la cama y empezó a tararear para Samuel una melodía que parecía corresponder a una canción de cuna, *Daisy Bell*. Luego tomó el paño, lo mojó y lo exprimió en el recipiente de agua fresca.

La melodía tranquilizó a Lily lo suficiente para retirarse y seguir a Ellis a la cocina. Ahí, él se dirigió al mostrador y examinó la panera. Habló con amabilidad, sin voltear.

—Pastrami y queso suizo en pan de centeno. Si no me equivoco.

Sí, era su sándwich favorito, pero no podía hablar.

El alivio que poco antes sirvió para deshacerse de sus temores desapareció de pronto, la dejó sintiéndose vacía, sin fuerza. Se deslizó hacia abajo recargada en los paneles que cubrían la pared hasta que quedó sentada en el linóleo. El sonido de las puertas de los gabinetes abriéndose y cerrándose, de los cajones deslizándose, se acabó. Escuchó la voz de Ellis distante e incomprensible hasta que él se acuclilló y se sentó junto a ella.

—Su hijo estará bien, Lily. Ya lo está —le dijo. Y cuando sujetó con suavidad su mano, el llanto se desbordó y traspasó su coraza, llenó cada cavidad y se acumuló detrás de sus ojos. En esas lágrimas estaba contenida la vergüenza de su pasado.

Una vergüenza que no podría contener un día más, ni siquiera un minuto.

—Ellis, un día le dije lo asustada que estaba... cuando estaba embarazada de Samuel, pero no le conté todo.

Ellis asintió instándola a continuar, su expresión no mutó, no hubo un solo gesto con que pareciera juzgarla.

—Al principio recé para que no fuera cierto, esperaba que solo se tratara de un desequilibrio en mi cuerpo. Luego recé y supliqué poder ocultárselo a mis padres. Y cuando eso fue casi imposible... —el final del relato se estancó en su garganta, pero lo obligó a salir—. Quería que Dios hiciera desaparecer mi error. Porque eso era para mí, un error. Estando en la farmacia escuché al encargado darle medicamento e indicaciones a una mujer que había tenido un aborto involuntario y pensé: *Sucede todo el tiempo, por accidentes o caídas, o por cualquier razón* —explicó. Su voz empezó a temblar igual que su mano y Ellis la estrujó.

—Una noche, ya tarde, mis padres dormían. Fue en esta casa. Yo estaba en camisón en la parte superior de la escalera, mirando hacia abajo —dijo. Incluso en ese momento le dolió pensar en cuánto tiempo y con cuánta fe sus padres esperaron tener un hijo propio, pensó en su esperanza infinita, en su sufrimiento—. Bastaría con dar un salto, solo uno y todo podría terminar. Pero mientras estaba ahí tratando de reunir el valor necesario, sentí una patada de Samuel. Fue solo como un aleteo, pero entonces comprendí que ese bebé era real, que un niño de verdad crecía dentro de mí.

Negó con vigor al recordar, al pensar en su estupidez por no comprenderlo desde el principio. Por no prever que habría consecuencias.

—Ahora, cada vez que a Samuel le da el resfriado más ligero, enloquezco. Estoy aterrada de que Dios responda a esas súplicas de hace tiempo y me castigue por lo que hice.

—Por lo que *casi* hizo —la corrigió Ellis—, pero no hizo.

Lilly levantó la vista

—Sí, lo sé… pero si Samuel no se hubiera movido en ese instante, lo habría perdido para siempre.

—Pero no lo perdió —insistió Ellis—, no dio ese gran paso.

—Ellis, no me está escuchando —dijo separando su mano de la de él. En parte lo hizo porque se sentía frustrada, pero, sobre todo, porque le parecía que no era digna de una compasión que surgía sin ningún esfuerzo.

Hubo un prolongado momento de silencio entre ellos antes de que Ellis volviera a hablar.

—Lily, usted sabe que no soy católico. La verdad es que no recuerdo cuándo fue la última vez que puse un pie en una iglesia. Solo pienso que… ha pasado todos estos años preocupándose y esperando lo peor. Pero, si quiere mi opinión, Él ya respondió a sus oraciones… lo hizo cuando usted estaba al borde de la escalera y sintió a su hijo patear.

La necesidad de Lily de contradecirlo cesó, eran palabras que no esperaba, que tuvo que analizar.

Desde que Samuel nació, sus miedos habían crecido y se habían extendido como una maleza que logró ahogar las raíces de la alegría de la maternidad. Continuar preocupada sería continuar siendo madre, pero aceptar la perspectiva de Ellis implicaría elegir vida en lugar de culpa. Significaría reconocer una señal que tal vez debió ver desde el principio.

No se dio cuenta de que sus lágrimas se desbordaron sino hasta que Ellis usó su pulgar para enjugarlas. Sintió que, con cada una, disminuía el peso de su carga.

Ellis comenzó a retirarse, preparándose para ponerse de pie. Pero sin planearlo, Lily impidió que separara la mano de su mejilla. Y él permaneció ahí. La miró como si pudiera ver a través de ella. Había pasado toda una vida desde la última vez que estuvieron así de cerca, con sus rostros a solo centímetros de distancia.

Un instante después, los labios de él estuvieron sobre los de ella. Lily no sabría decir quién se inclinó primero. El calor y la fusión del aliento de ambos consumió sus sentidos.

Luego la mano de él recorrió su cuello, la otra pasó entre su cabello y ella sintió que un cosquilleo le cubría los brazos, los costados. El beso se volvió más profundo. El corazón de Lily latió con fuerza. Acercó sus dedos a su camisa y dejó que se posaran en su pecho. Los músculos de él se tensaron al sentirlos. La atrajo con vigor, pero también con ternura. Hubo más suspiros profundos, más deseo.

Hasta que se escuchó una voz.

—Lillian.

Se quedó paralizada, el mundo que se había desmoronado a su alrededor de pronto apareció de nuevo. Al darse cuenta de la presencia de su madre, sintió como si hubiera recibido una bofetada.

Se separaron y se pusieron de pie con dificultad, como adolescentes sorprendidos en el vestidor en un baile escolar.

—Tu hijo quiere sopa.

Ellis miró en otra dirección, se veía tan ruborizado como Lily.

—¿So-pa? —tartamudeó ella—. Vaya, es buena señal.

—Sí —dijo su madre antes de hacer una marcada pausa—. Creo que Geraldine podría irse dentro de poco.

Pero por su tono fue obvio que al decir "Geraldine", en realidad quiso decir "Ellis". No era un reproche, sino un recordatorio necesario tras una intensa prueba emocional. Había que pensar en Samuel. Y en Ruby y Calvin.

Y en Clayton.

—Tienes razón —dijo Lily—, no tendría el más mínimo sentido retenerla aquí.

CAPÍTULO 29

ELLIS DEBIÓ PRESTAR ATENCIÓN camino a casa, pero Lily Palmer ocupaba su pensamiento por completo. Su beso se reprodujo como las imágenes de los teatros donde proyectaban películas, solo que en bucle. No le importó que su despedida, en cambio, hubiese sido más bien fría. Mientras a Geraldine le ofreció un sincero abrazo, lo único que recibió él fue un apretón de manos que mostraba aprecio, un recordatorio de cómo eran las cosas entre ellos. Fue difícil de aceptar porque él todavía sentía la suavidad de su cabello, de su piel y sus labios, que no se comparaban en nada con la belleza y la fortaleza que vio en ella mientras cuidaba de su hijo.

No fue sorprendente que le tomara un considerable tramo del viaje notar la reserva de Geraldine, quien tenía la mirada fija en el cielo crepuscular más allá del parabrisas y las manos bien entrelazadas sobre su regazo.

—Fue toda una heroína, Geraldine —dijo Ellis, y con eso rompió el largo silencio.

—Bueno… no fue gran cosa en realidad.

—Creo que las Palmer no estarían de acuerdo con usted. Tampoco la doctora Summers, se lo apuesto.

—Solo hice lo que ella me enseñó, es una buena maestra.

—Estoy seguro de ello, aunque es obvio que tiene un talento natural para este tipo de trabajo.

La gran revelación no fue ni el baño ni los trozos de hielo, sino el equilibrio entre su manera de cuidar a otros y su confianza en sí misma, su habilidad para promover la confianza en gente que se enfrenta a sus miedos más terribles.

—Supongo que sí —dijo ella—. Pero, claro, es más fácil tomar decisiones cuando no se trata de los seres queridos de uno.

En cuanto las palabras salieron de entre sus labios, se quedaron flotando en el aire, y el mensaje doble, que no parecía voluntario, la hizo voltear a otro lado.

Ellis estaba tratando de pensar en algo que añadir, pero de pronto escuchó un murmullo.

—A veces me pregunto si ellos olvidarán quién soy…

Un pensamiento devastador para el que no hacía falta preguntar a quién se refería con *ellos*.

—Ay, por Dios, Geraldine. No, en absoluto, no podrían. No lo harán.

Ella no respondió y Ellis se dio cuenta de que nada de lo que dijera en ese momento cambiaría la situación. El silencio reinó durante el resto del trayecto mientras él condujo y ella miró por la ventana. De no ser por las ocasiones en que Geraldine pasó sus dedos sobre sus ojos con discreción, nadie habría adivinado que lloraba.

Para cuando llegaron a Dearborn, Ellis no podía negar la verdad: Geraldine Dillard quería a sus niños de vuelta. Pero más allá de las cuestiones prácticas, había otras razones que le impedían reclamarlos: era una vergüenza. Y ahora, tras haber escuchado la historia de Lily en la cocina, se daba cuenta de ello más que nunca. Por distintas razones, ambas madres creían que perder a sus hijos era un castigo merecido.

Y ambas estaban equivocadas.

En ese momento decidió volver a reunirse con Alfred, tener una entrevista agresiva. El banquero tendría que escucharlo, tendría que conocer toda la historia y considerar las opciones. Si quería mantener el asunto fuera de los juzgados y los periódicos, empezaría por revelar dónde se encontraba Calvin y todo sobre la carta que recibió Ruby.

A veces tenemos que hacer sacrificios por nuestros seres queridos, le había dicho el banquero. El alcance potencial de dichos sacrificios lo intrigaba ahora y ahí continuaría toda la noche.

Al amanecer, en el periódico, Ellis tuvo que hacer a un lado ese pensamiento. Llegó temprano para compensar su ausencia del día anterior y para tener un poco más de margen. Después de la reunión de noticias iría al banco y le haría una visita sorpresa a Alfred, pero hasta entonces, permanecería agachado en su escritorio, haciendo su mejor esfuerzo para mantener al margen los pensamientos sobre Lily y escribiendo más detalles triviales sobre la propuesta de la ciudad de cambiarle el nombre a la biblioteca local.

No habría un premio Pulitzer para ese artículo, pero, a menos de que quisiera formarse todos los días en la fila de indigentes para recibir las ayudas sociales, redactar cualquier cosa sería mejor que nada.

—Señor Reed, quiero hablar con usted —dijo el señor Walker sin tener que gritar. Esa mañana, la sala de redacción estaba en silencio.

Ellis se preparó para otra reprimenda. Se dirigió al escritorio de las noticias locales y se detuvo con gusto para dejar pasar a un *copy boy* antes de caminar hasta el jefe de la redacción.

—Recibí una llamada interesante esta mañana —dijo Walker sin dar más detalles, como un escritor tentando a su lector a dar vuelta a la página—. Del presidente de Century Alliance Bank, un caballero de nombre Alfred Millstone.

Ellis trató de permanecer impávido.

—¿Oh, sí?

—Dijo que usted se puso en contacto con él para escribir un perfil. Para destacar rasgos positivos de los banqueros de hoy y ese tipo de tonterías —dijo Walker inclinándose sobre su silla, con los dedos apoyados sobre el centro del respaldo—. No quiere continuar. Me pidió que no volviera a contactar a su familia.

Su familia. No solo a él. Era obvio que la pareja había comparado situaciones. ¿También habrían hablado con Ruby?

—¿Y qué le dijo usted?

—Que no sería un problema porque, para empezar, yo no estaba al tanto de ningún artículo de semblanza.

Genial. Las probabilidades de que la secretaria de Alfred o el guardia del banco lo dejaran pasar por la puerta del banco acababan de reducirse a cero.

Pero primero necesitaba salvar su empleo.

—Señor Walker, permítame explicarle…

—El hecho es, Reed, que ha estado usted tan disperso en las últimas semanas, que no fue sino hasta que colgué el teléfono que imaginé lo que ha estado haciendo.

La explicación de Ellis se quedó enrollada en su garganta y tuvo que tragarla.

—¿A qué se refiere, señor?

—Supongo que ha estado husmeando cerca de los Millstone, cazando una pista. Ahora comprendo por qué no ha hablado de ello, sobre todo tomando en cuenta sus vínculos con Giovanni Trevino. Pero con todo lo que he escuchado… más vale que se ande con tiento, señor Reed.

En ese momento, Walker vio pasar a un conocido agente de prensa y lo invitó a pasar a su oficina para hablar.

La cabeza de Ellis era un remolino, pero no podía permitir que se notara, así que solo se hizo a un lado y trató de descifrar la advertencia de su jefe. El apellido Trevino era solo una sombra en los márgenes de su mente. Oscuro y familiar, pero sin información específica.

Cuando giró, vio a Dutch entrar a la oficina, fue directo a la estación de café antes de llegar a su escritorio, lo que indicaba que había pasado mala noche. Lo alcanzó ahí.

—Dutch, tengo una pregunta.

—¿Ajá? —preguntó su colega mientras olisqueaba la cafetera para averiguar qué tan fresco era el café.

—Giovanni Trevino. ¿Te dice algo ese nombre?

—Seguro… claro…

Dutch seguía distraído, ahora estaba vertiendo el café en su taza. Ellis esperó a que terminara porque era importante ser claros.

—¿Qué sabes al respecto?

—Contrabando de alcohol, me parece. Tiene algunos clubes exclusivos y salas de apuestas… Algunos dicen que tiene vínculos con la Mano negra.

La sombra en su mente cobró forma de repente.

—Espera, ¿estamos hablando de *Max* Trevino?

—Max, sí. Es el mismo tipo.

Ellis no sabía mucho sobre el hombre, excepto que pertenecía a la Mafia, pero sin duda conocía a la Mano Negra, un grupo de maleantes que extorsionaban a pequeños negocios en todo Nueva York. Italianos. Despiadados. Brutales.

—¿Por qué preguntas?

Ellis sintió el repentino peso del miedo, pero se obligó a encoger los hombros y decir:

—Por nada. Simple curiosidad.

~

El martes el tráfico estaba cooperando, era la primera buena señal en el día de Ellis.

Claro que, si fuera lo bastante inteligente solo daría media vuelta y olvidaría el asunto de los Millstone. Pero no podía. En vista de los vínculos con la Mafia, su preocupación por los niños se duplicó. Incluso vio el viaje de negocios de Alfred a Chicago, ciudad esencial para la actividad del crimen organizado, en un nuevo contexto.

Era hora de volver a la fuente. No se refería a Alfred, sino a Ruby. Todavía era bastante temprano para llegar a tiempo y alcanzar a verla en su recreo matutino.

Estaba cruzando hacia Jersey cuando sintió que un automóvil lo seguía de cerca, un Packard negro. Dio vuelta en las mismas calles que él, lo siguió hasta Hoboken como una lata atada a la salpicadera de atrás. Cuando llegó a la escuela se detuvo al otro lado de la calle y el Packard pasó junto a él sin detenerse.

Habría sido un alivio de no ser por la apariencia del conductor. Tenía las mejillas marcadas con cicatrices comunes de la viruela que permitirían distinguirlo en medio de una multitud. Lo había visto antes, pero ¿dónde?

Bueno, tal vez era posible que, después de escuchar la advertencia del señor Walker, su paranoia hubiera aflorado.

No había tiempo para averiguarlo, los niños ya estaban en el jardín gritando y revolcándose bajo el sol primaveral.

Bajó de su automóvil y, como se lo esperaba, vio a Ruby sola, cerca del manzano. Una vez más, la maestra estaba enfocada en los niños más activos. Sin bajar la guardia, caminó hacia la pequeña.

Estaba a unos metros de distancia cuando sus miradas se cruzaron. En el rostro de Ruby apareció la aprensión y de inmediato colocó su dedo índice sobre sus labios. Con un gesto le indicó que se ocultara detrás del árbol. Al llegar ahí, se agachó y trató de permanecer fuera del campo visual de la maestra.

—Ya no debo hablar con usted —dijo Ruby con prisa—, pero esperaba que volviera. Tengo algo que decirle.

—¿Sobre Calvin? —preguntó Ellis, fue lo primero en que pensó.

Ruby arrugó la barbilla y negó con la cabeza, pero la intensidad en su mirada sugería que quería hablarle de algo igual de inquietante.

—Querida, *¿te encuentras bien?*

La niña se quedó en silencio el tiempo suficiente para darle una respuesta. Ellis se arrepintió de no haberle hecho esa pregunta desde el principio, cuando estuvo ahí la primera vez.

—Ruby, si me es posible, quisiera ayudarte también.

Las comisuras de los labios de la niña se elevaron un poco y Ellis se dio cuenta de que no era por su oferta, sino porque la llamó por su nombre. Ruby, en lugar de Victoria.

—Entones necesito un favor —susurró—. Tengo que enviarle un mensaje a mi mami porque he estado pensando mucho. Mire, Claire, nuestra empleada, me está enseñando a coser. También me va a enseñar a bordar y a hacer crochet. Y ya aprendí a lavar ropa y a freír comida. Mamá necesita saber que estoy lista para ganarme el pan. Así no le costará nada tenerme y todos podríamos volver a estar juntos.

La súplica hizo que a Ellis se le encogiera el pecho y oprimiera sus pulmones con fuerza.

Había ido para saber más sobre la carta, para averiguar si en ella había otras claves y cuándo le llegó a Ruby. ¿Podría mostrársela? ¿Había escuchado algo en casa por casualidad?

Pero ahora que la tenía frente a él, se sintió en una encrucijada. La enfermedad de Samuel le mostró la resiliencia de los niños, claro, pero también su vulnerabilidad, lo mucho que dependen de quienes los cuidan para sobrevivir.

Ruby esperó su respuesta.

Tenía qué elegir cuánto decirle y, después de eso, qué tan lejos quería llegar.

En ese momento se escuchó el ruido de un silbato. Ellis volteó y vio a un hombre parado junto a la maestra y cuyo rostro parecía cincelado. Un policía. Seguro pasó por ahí haciendo su ronda. O no, demonios. Tal vez lo envió el conductor del Packard.

—¡Oiga! ¡Usted! —gritó el policía—. ¡No se mueva!

No quedaba duda, la orden era para Ellis. Cierto, tal vez estaba en propiedad privada, pero, si le daban oportunidad, podría explicarlo.

Por desgracia, las agresivas zancadas del hombre y la cachiporra en sus manos le indicaron que no aceptaría sostener una conversación diplomática.

—Volveré en cuanto pueda —le dijo a Ruby. En el rostro de ella se reflejó la alarma de él, pero no había tiempo para decir algo más, tenía que correr.

—¡Alto!

Ellis trató de ir a su automóvil, pero a media calle pensó que su viejo motor no le permitiría huir con la rapidez que necesitaba, tendría que correr por entre las calles para perder al policía.

—¡Dije alto!

Al echar un vistazo atrás confirmó que el policía venía pisándole los talones. Entonces se escuchó un claxon y un automóvil viró con brusquedad. Ellis tropezó, estuvo a nada de ser atropellado. Cuando se puso de pie sintió en el cuello de la camisa el jalón que lo hizo girar y que su codo chocara con algo duro.

La cara del policía.

Jesucristo.

En un abrir y cerrar de ojos estuvo extendido en la calle con ambos brazos estirados hacia atrás, en la espalda, y la mejilla golpeando con fuerza el pavimento.

—Quédate en el suelo —le ordenó el policía oprimiéndole la espalda con su huesuda rodilla—. Estás arrestado, idiota.

CAPÍTULO 30

LILY NO HABÍA QUERIDO DEJARLO. Sin embargo, un simple cambio de perspectiva le hizo sentir una profunda tranquilidad y la confianza de que Samuel estaría seguro. Que, como su madre, podría protegerlo sin temer siempre lo peor.

Geraldine Dillard no merecía menos que eso. ¡Si solo supiera cómo poder ayudarle!

—¡Señorita Palmer! —gritó el jefe trayéndola de vuelta a la sala de redacción.

Lily se levantó de su asiento y tomó su libreta y un lápiz. En ese momento Clayton la miró y, desde atrás de su máquina de escribir, le hizo un guiño para recordarle que tenían una cita esa tarde. Después volvió a concentrarse en su borrador.

Esa mañana, poco antes, la había invitado a almorzar. Fue cuando pasó a su escritorio a ver cómo se encontraba porque estaba preocupado por su ausencia del día anterior. Ella mencionó de forma muy breve la fiebre de Samuel, pensó que lo mejor sería no ahondar en el asunto.

Después de su beso con Ellis, el cual fue un verdadero error y la culminación de un día de demasiadas emociones, sus sentimientos quedaron bastante agitados, y añadir la simpatía de

279

Clayton solo los enmarañaría más y formaría nudos imposibles de resolver.

El jefe volvió a gritar y Lily tuvo que resistir a la tentación de taparse los oídos al entrar a su oficina. Estaba plantado frente a escritorio y solo levantó la vista y la miró por encima de sus gafas.

—Cierre la puerta y tome asiento.

—Sí, jefe —dijo y obedeció sin chistar. Sabía que las cartas y los memorándums que le dictaba a veces eran confidenciales.

—Señorita Palmer —dijo el jefe—. Espero que sepa lo que representa la honestidad para mí —continuó. Si alguna vez hubo una frase inicial intimidante, esta era la mejor, pero lo que más aprensión le provocó a Lily fue la manera en que vio moverse su mandíbula detrás de la barba.

—Lo sé.

—Bien, porque necesito preguntarle respecto al tiempo libre que solicitó ayer. Su excusa fue bastante vaga y creo que ahora sé por qué.

Lily sostuvo el lápiz y la libreta bien apretados sobre su regazo. Después de sus preocupaciones maternales y de no haber dormido, debería estar resignada a cualquier cosa que sucediera, en especial si era algo inevitable y, tras dos años de trabajar para el jefe, esta confrontación era justo eso.

Pero de todas formas, el tono de desaprobación con que le habló la hizo encogerse por dentro.

—Acaba de llamar una mujer que quería confirmar que en el *Examiner* trabajaba una mujer llamada Lillian Palmer. Es obvio que ustedes se conocieron cuando usted estaba tratando de hacer alguna especie de... entrevista.

Lily parpadeó, le tomó un momento saltar de Samuel a Sylvia y a la implicación del jefe de que era capaz de mentir para alimentar su propia vanidad.

—Jefe, le aseguro que —trató de explicar—, yo nunca especifiqué ser...

El jefe levantó su dedo índice y dio fin a su defensa. Después de todo, ni siquiera había llegado a esa pregunta todavía, pero tal vez sería una variante de: *¿Qué tan rápido puede empacar los efectos personales que tiene en su escritorio?*

—He notado su distracción, he visto que no es la misma de siempre y estoy consciente de que tiene grandes ambiciones. Por eso le estoy preguntando ahora, señorita Palmer... —aquí venía—: ¿Está buscando de forma activa empleo como reportera en algún otro lugar?

¿Empleo en otro lugar?

¿Cómo reportera?

Lily estaba tan desconcertada que tuvo que retroceder y tratar de unir los eslabones del razonamiento del jefe.

—Señor... no. Yo... no estaba...

—¿Está segura?

Lily respondió con más fervor aún.

—Por completo. En realidad estaba ayudando a una amiga, fue solo un malentendido, nada más.

Como pudo sostener su mirada, el escepticismo del jefe desapareció de su rostro. Se reclinó en su silla aliviado, y su actitud hizo eco en ella, aunque por razones muy distintas.

—Muy bien, entonces —dijo hasta cierto punto avergonzado. A nadie le gusta equivocarse en este negocio—. Vuelva al trabajo —dijo señalando la puerta y enseguida volvió a sus artículos. El asunto estaba arreglado y eso era todo.

Solo que no era todo.

Lily no pudo moverse. Estaba cansada. En el aspecto físico, sí, pero también estaba fatigada de ocultar su pasado, de tener miedo. Sobre todo, ya no quería sentirse avergonzada del logro más grande de su vida.

El jefe levantó la vista.

—¿Hay algo más?

—Sí, jefe.

Aunque Lily sabía que él valoraba sus habilidades secretariales, también estaba consciente de que eso no le garantizaba impunidad. Pero se preparó e hizo una confesión que debió hacer mucho tiempo atrás.

—La razón por la que no vine ayer, señor, es porque Samuel estaba enfermo. Samuel —agregó— es mi hijo de cuatro años.

El jefe se quedó impávido, lo único que revelaba su sorpresa eran sus ojos.

—Debí hablarle de él desde el principio —admitió Lily—, pero necesitaba este empleo… y un lugar donde vivir, y la señorita Westin no me habría admitido de haberlo sabido. Verá, por eso Samuel vive con mis padres en Maryville y yo lo visito todos los fines de semana. Pero estoy ahorrando para que cuando tenga edad para ir a la escuela podamos vivir juntos en la ciudad.

Estuvo a punto de continuar, pero en ese momento se quedó callada. El hecho de que no se proclamara como viuda dejaba en claro la naturaleza de su situación, ya que el divorcio era algo casi tan escandaloso como una madre que nunca se casó. De alguna manera, a pesar de lo incómodo y tenso de la situación, las consecuencias parecieron disminuir y Lily de pronto se enderezó y se sentó con más confianza cuando el jefe reaccionó a la altura, digamos.

—¿Su hijo andará corriendo por aquí cuando usted venga a trabajar?

La pregunta le resultó tan inesperada que tuvo que reflexionar un poco.

—No, jefe.

—¿Y en la casa de huéspedes?

—No, por supuesto que no.

—Entonces no veo el problema.

Y tras decir eso, el jefe volvió a bajar la mirada y a leer sus papeles.

La mera simplicidad de la conversación la dejó confundida, un poco mareada y sintiéndose tonta.

¿Habría sido siempre tan sencillo? ¿O la respuesta del jefe sería producto de su dedicación al trabajo durante todo ese tiempo? Tal vez fue porque mostró fortaleza y porque decidió decir la verdad sin que nadie la instara u obligara a hacerlo.

Prefirió pensar que se trataba de una combinación de todo y se dirigió a la puerta. Cada paso que dio fue más ligero que el anterior hasta que se estiró para girar el picaporte.

Lo mejor sería irse, pero entonces se le ocurrió una idea. No llegó a ella en fragmentos, sino, más bien, como una fotografía que está siendo revelada, como la imagen que aparece, casi completa. Y esa idea implicaba mucho más que sus *grandes ambiciones*.

Sintiéndose fortalecida por la reciente inyección de valor, giró y lo miró de nuevo.

—Jefe, solo algo más —dijo y él levantó la vista de mala gana—, tiene que ver con una posible nueva columna para el periódico…

—Ay, Jesucristo —murmuró el jefe, pero no en un tono que le indicara que debía parar.

—Una columna —explicó—. Sobre la crianza cuando se es padre soltero. Las realidades, las luchas, los puntos destacados. No solo para las mujeres, también para los hombres —dijo con mayor entusiasmo cada vez. Al igual que la visión que tuvo antes para una columna, este sería un proyecto osado, pero con un significado más profundo para gente como Geraldine.

—Es probable que haya igual número de madres viudas debido a la Gran Guerra, que padres cuyas esposas fallecieron al dar a luz o debido a otras tragedias. Le puedo decir por experiencia personal que no necesitan consejos para preparar la cena perfecta y terminar a las cinco de la tarde, ni saber cuáles son las tendencias de moda más recientes. Lo que necesitan es comprensión, saber que no están solos. Necesitan escuchar...

—Sí, sí, entiendo —masculló el jefe con un suspiro que hizo que las cenizas del cenicero se dispersaran. Su barba volvió a retorcerse, pero no había dicho no. Todavía.

Tamborileó con los dedos sobre el escritorio. Lily sabía que el concepto era progresista, pero quizá también sería el tipo de riesgo al que Nellie Bly habría aplaudido.

El jefe habló por fin.

—Supongo que... podría insertar alguna cosa.

Acababa de aceptar.

La idea que *ella* propuso.

Para una columna.

Le costó trabajo contener su sonrisa.

—Pero hay dos condiciones —le advirtió, dando fin a su alegría—. En primer lugar, no debe interferir con sus tareas habituales y, en segundo, *no se atreva* a convertir a todos esos padres muertos en mártires.

Lily aceptaría ambas, por supuesto, aunque lo peculiar de la segunda la hizo dudar.

—Antes de morir, mi padre se bebió hasta el último centavo que teníamos. Yo y mis hermanos salimos adelante, pero solo gracias a mi madre —explicó el jefe con aire reticente—. ¿Quedó claro?

Lily se sintió afligida al escuchar una confesión tan personal, pero le sorprendió más aún las conexiones que había que hacer.

—Por supuesto, gracias jefe —fue lo único que logró contestar y él solo asintió y continuó trabajando.

~

Hoy, por una sola razón, ningún desafío en la vida podría lograr que el entusiasmo de Lily declinara: si podía lograr una tarea que le había parecido imposible, ¿por qué no otras también?

Otra cosa que la animó fue una historia que apareció en el periódico. En una reciente transmisión de radio, la señora Lindbergh hizo un llamado personal para recuperar a su hijo secuestrado e incluso habló de cómo lo cuidaba y cuáles eran sus alimentos infantiles preferidos. En pocas palabras, hizo lo que *ella* había sugerido, pero el jefe menospreció. Pero eso ya no importaba ahora. La transmisión condujo a una pista: una sospechosa pareja sin niños compró y almacenó precisamente los alimentos que mencionó la señora Lindbergh. Las autoridades se sentían optimistas.

¿No sería increíble si ambas familias terminaran reuniéndose?

En su cita para almorzar con Clayton, después de celebrar la noticia de su columna, Lily le contaría sobre los Dillard. Después de todo, era un reportero avezado y era momento de pedirle su opinión y consejos. Con discreción, por supuesto. Tendría que confiar en que su estricto punto de vista respecto a lo correcto y lo incorrecto, lo bueno y lo malo, no le impediría hacer todo lo necesario para ayudar.

Más tarde se repitió esto, cuando se sentaron en uno de los gabinetes de Geoffrey's. El restaurante estaba en la parte superior de un edificio de doce pisos, lo cual ofrecía una vista impresionante del Ayuntamiento y de la gran estatua de bronce de William Penn. En Geoffrey's había manteles de damasco y rosas en floreros de vidrio esmerilados que lo hacían aún más atractivo que Renaissance.

Recordar la cita con Clayton a la que no asistió todavía le provocaba oleadas de culpabilidad.

Todo eso se desvaneció junto con el tintineo del hielo y la porcelana, la conversación entre los elegantes comensales y lo demás en el entorno, cuando llegó el anuncio de una oferta de trabajo.

Pero no la de Lily.

—Ay, Clayton —dijo ella—. El Departamento nacional, ¡es maravilloso!

El mesero acababa de tomar la orden y ahora se dirigía a la cocina.

Clayton sonrió.

—Sí, el Departamento nacional del *Chicago Tribune* —explicó, lo cual la sorprendió aún más.

—¿Chicago?

—Ya sabes que crecí ahí —le recordó—, y que siempre he querido volver.

—Sí, por supuesto, lo recuerdo —dijo, pero nunca pensó que se refiriera a volver tan pronto.

—Por eso he estado tantos fines de semana fuera. Como mis padres ahora viven en el sur de Illinois, necesitaba volver por mi cuenta y ver distintas zonas donde podría vivir. Necesitaba asegurarme de que de verdad sea conveniente —dijo antes de que su expresión se tornara mucho más seria—. Lily, quiero que tú y Samuel vengan conmigo.

—¿A… Chicago? —repitió el nombre como si se tratara de otro planeta y Clayton rio un poco al notar su confusión. O quizá porque estaba también nervioso. Lily lo notó cuando lo vio sacar un brillante anillo dorado del bolsillo de su saco.

—Cariño, quiero que te cases conmigo —dijo. Y tras una brevísima pausa, añadió convencido—: También quiero cuidar de Samuel como si fuera mi hijo.

Lily dio una ligera bocanada, la propuesta matrimonial era suficiente para aturdirla, que Clayton considerara a su hijo multiplicó el efecto—. No tendrías que volver a trabajar, podrías estar con él en casa todos los días, todo el día. No más autobuses o esperar para verlo los fines de semana. Podríamos ser una verdadera familia.

Desde la hilera de ventanales altos, la luz entró y brilló en el redondo, perfecto y hermoso diamante al centro del anillo. Lily imaginó en su reflejo la vida que Clayton le estaba ofreciendo. Vio la casa donde vivirían y un futuro lleno de promesa.

—Sé que es una sorpresa, pero espero que sea grata —susurró. Su tono coincidía con la creciente preocupación que se veía en sus ojos color café claro, una preocupación que le permitió a Lily apreciar una faceta vulnerable que nunca había visto. Emocionada por esto y muchas cosas más, se apresuró a responder.

—Es increíble, Clayton. Todo es increíble —dijo con una sonrisa en los labios que Clayton imitó, pero en un ángulo que ella ya reconocía.

—Si hubiera podido hacer las cosas como las había planeado, te habría hecho la propuesta cenando a la luz de las velas, y no a la hora del almuerzo. Pero tengo que avisarle al jefe hoy y, por supuesto, debía hablar contigo antes.

Las escenas que en su mente se habían formado en un principio como posibilidades, se vinieron abajo cuando escuchó lo último que dijo Clayton.

—¿Entonces ya aceptaste el empleo?

—Pues… sí.

En el breve silencio que siguió, Clayton extendió los brazos y colocó su mano sobre las de ella.

—Sé que parece rápido, pero lo he pensado todo muy bien.

De eso no tenía duda Lily, no se lo habría propuesto de no haber pensado todo antes.

—Estoy segura de que lo hiciste, pero…

—Lily —dijo pronunciando su nombre con una sinceridad que la hizo callar—, te amo y quiero hacer esto por nosotros.

Nosotros.

Así pensaba Clayton de ellos. Con todas las ventajas que el cambio de empleo y el ascenso traerían a su vida, ¿por qué habría debido rechazar la oferta? Habría sido un tonto si lo hiciera. De la misma manera que ella sería una tonta si no aceptara *su* oferta.

¿O no?

Tambaleándose entre decisiones, con las puntas de los pies en el borde de un precipicio, Lily sonrió.

El resto del día pasó en un nubarrón de llamadas telefónicas, memorándums y preguntas introspectivas sin respuestas sencillas. Los momentos de distracción hicieron disminuir la productividad de Lily, por lo que terminó trabajando hasta tarde para asegurarse de terminar todas sus tareas de manera correcta. No podía arriesgarse a fallar, sobre todo ese día. Cualquier error podría arruinar su oportunidad de escribir su propia columna, el mayor intento de su vida. Oportunidad a la que tendría que renunciar si acaso aceptara la propuesta de Clayton.

Si acaso.

Le había pedido un poco de tiempo, le explicó que debía ser cautelosa porque tenía un hijo en quién pensar. Él le dijo que comprendía e incluso insistió en que conservara el anillo mientras tanto y ella aceptó. Lo guardó con cuidado en un bolsillo para monedas dentro de su bolso, y las cosas terminaron ahí.

En ese momento no le pareció correcto hablarle de la oportunidad laboral que había surgido para ella. De todas formas, si llegaran a casarse, terminaría siendo un asunto irrelevante. Como ya debería de serlo porque, para ser honesta, ¿cuál era el gran debate? Que la posibilidad de escribir una columna que podría tener éxito o fracasar con rapidez fuera la causa de su dilema, le parecía tonto y egoísta.

Clayton era inteligente, encantador y amable. Y la amaba. Ella protegía demasiado su corazón y por eso no le había dicho que lo amaba, pero sabía que lo estimaba de manera muy profunda.

Eso era de lo que estaba segura. También sabía que ella y su hijo estarían a salvo con él, que no tendría que volver a soportar miradas moralistas ni susurros. No más incomodidad durante conversaciones sobre matrimonio y crianza de los hijos. No más riesgo de terminar siendo una tonta con otro hombre. Como Ellis Reed, por quien sentía una atracción emocional tan fuerte, que bastaba para intuir que debía alejarse de él.

La lista de cosas que Lily ya no haría continuó creciendo en su trayecto a la casa de huéspedes, donde la esperaba su cuarto en soledad. Sin Samuel, sin nadie. De la misma manera que permanecería por al menos otro año si continuaba haciendo lo mismo que hasta ese momento.

La desolación de esa perspectiva fue tan envolvente, que no percibió otra presencia sino hasta que escuchó pasos detrás de ella. Una débil neblina urbana cubría a la figura entre sombras.

Abrazó su bolso contra su cuerpo, sabiendo que el anillo de Clayton le haría el día a cualquier ladrón. Aumentó la velocidad, pero como eco en una cueva, escuchó que los pasos que la seguían también imitaban su ritmo. Sin parar, casi sin desacelerar, miró hacia atrás. Los faros frontales de un automóvil que iba pasando la cegaron y solo vio puntos de luz flotando en el aire.

Alguien la seguía.

CAPÍTULO 31

ELLIS ESTABA DETENIDO en la cárcel de Hudson County. Olía justo como él lo habría imaginado: a una mezcla penetrante de alcohol rancio, hongos y orina. Y los retretes no olían mucho mejor.

Le impusieron una multa de cincuenta dólares por atacar a un oficial y resistirse al arresto, lo cual resultaba un poco problemático, dado que en la cartera no tenía más que ocho. Le permitieron hacer una llamada telefónica... y la desperdició. Su banco en Manhattan había congelado su cuenta y, por más que suplicó y que habló con el gerente, no consiguió más que un: "Nos dará mucho gusto averiguar qué sucedió, señor".

Sin duda se trataba de un favor que le hicieron a Alfred. En ese sentido, la banca era como cualquier otro negocio, los miembros se cuidaban entre sí. O quizá, los vínculos que tenía el banquero con la mafia jugaron un papel importante. Eso también explicaba que el guardia no le permitiera hacer otra llamada y que, cada vez que Ellis se lo pedía, solo le respondiera: "Después" con su ronca y grave voz.

Lo bueno fue que eso le dio muchísimo tiempo para pensar a quién llamaría. Un día completo, de hecho. Ya era de noche y seguía encerrado en esa estrecha celda donde no había nada más que un delgado y manchado colchón sobre un catre. Seguro una buena parte de las celdas alrededor de la suya estarían ocupadas al amanecer porque los borrachos no dejaban de llegar.

Las quejas que se escuchaban más allá se mezclaron con el ruido de las llaves que tintinearon cuando el guardia de ancho pecho se detuvo frente a su celda y dijo: "Vamos", al tiempo que abría la puerta.

Ellis se levantó del catre.

Al caminar escoltado por el corredor, ansioso de hacer la segunda llamada, fue viendo a varios de los hombres en la prisión y tuvo que pasar por dos rejas, también cerradas con llave. Descartó llamar a Dutch porque era demasiado tarde y necesitaría una buena suma de dinero, además, Dutch tenía una familia de la cual ocuparse, igual que Lily, la primera persona que le vino a la mente. Descartar al señor Walker fue incluso más sencillo. Tal vez alguno de los reporteros con quienes había intercambiado favores y que trabajaban en los distintos periódicos de la ciudad. Sí, tal vez valdría la pena. Si lograra ponerse en contacto con por lo menos uno.

Cuando llegaron al final del corredor, el guardia señaló con su cachiporra: "Ahí".

Ellis entró a un cuarto sin teléfono. Solo había dos sillas separadas por una mesa, y un hombre de traje oscuro parado mirando a través de una ventana con barrotes. Al ver el lugar, que parecía destinado a conversaciones legales, supuso que, de alguna manera, un abogado había ido para hablar con él. Pero luego el hombre giró.

Alfred.

—Siéntese —le ordenó el guardia.

El miedo se apoderó de Ellis mientras caminaba alrededor de la mesa para sentarse. Debió esperarse algo así.

Alfred le dijo al guardia que cerrara la puerta y se quedara afuera, y se sentó en la otra silla. Cuando estuvieron solos, señaló el rostro de Ellis con su fedora en la mano.

—Me da la impresión de que tuvo un día difícil.

Ellis se resistió a la tentación de tocarse la mejilla, aunque todavía le ardía por el golpe con el pavimento.

—Los he tenido mejores.

—Estoy seguro de que así es —dijo Alfred. Dejó a un lado su sombrero con aroma a tabaco de pipa y entrelazó los dedos de una manera tan casual que uno pensaría que él y Ellis estaban bebiendo whiskey después de cenar—. Debo admitir que, cuando le pedí a un oficial que patrullara la zona de la escuela, imaginé que, si acaso llegaba a suceder algo, sería solo una advertencia.

Claro, la llegada del policía a la escuela no fue coincidencia.

Eso también significaba que Alfred había esperado todas esas horas antes de aparecer en la prisión.

—Entonces supongo que logré mucho más de lo que usted esperaba.

—Eso parece —dijo Alfred y una sonrisa apareció en los bordes de su bigote. A diferencia de lo que sucedió en su último encuentro, la amabilidad del banquero ahora hacía que Ellis sintiera la necesidad de ser cauteloso—. Señor Reed, estoy aquí porque me gustaría aclarar un malentendido, pero antes de eso quisiera agradecerle.

—¿Agradecerme...

—Me parece que empezamos con el pie izquierdo. Estoy seguro de que usted sabe que la reciente visita de su colega, la reportera, le causó un gran malestar a mi esposa. Y, claro, después de tener una conversación con su redactor, me pareció que sus intenciones eran aún más cuestionables. Sin embargo, todo eso fue antes de que hablara con Victoria.

A menos que los Millstone hubieran contratado a un espiritista, se refería a Ruby, pero Ellis prefirió no aclarar ese punto. Contradecir a Alfred solo empeoraría su situación en la prisión y, sobre todo, impediría avanzar en cualquier indagación sobre Calvin.

—¿Ah, sí?

—En cuanto supe que usted había sido el responsable de que la fotografía apareciera en el periódico, me di cuenta de cuánto debía estarle agradecido porque, de manera indirecta, usted nos ayudó, a mí y a mi esposa, en tiempos muy difíciles.

No había razón para provocarlo, para ese momento Ellis se había dado cuenta de que Alfred era el tipo de individuo que se manejaba con base en la planeación y un propósito. Solo que todavía no sabía cuál era ese propósito.

—Mi esposa Sylvia y yo nos casamos siendo ya un poco mayores. Por eso, como usted comprenderá, nos sentimos muy afortunados cuando ella dio a luz a nuestra hija. Durante diez años Victoria fue nuestro orgullo y alegría. Y luego... se fue.

—En el accidente —dijo Ellis de manera respetuosa.

—Sí. Supongo que usted lo leyó en algún lugar —dijo mientras, detrás de sus lentes de montura de carey, su mirada decaía un poco—. Fue en una carretera serpenteante, llovía mucho y el automóvil solo se deslizó hasta caer. Habría sido imposible evitarlo, pero de cualquier forma Sylvia se culpa a sí misma. Y el hecho de que los oficiales y los reporteros la bombardearan con preguntas tampoco ayudó —explicó con aire resentido, aunque, al parecer, ese sentimiento no se dirigía a Ellis.

—Después del funeral, Sylvia pasó muchos meses en cama, y luego dejó pasar muchos más antes de atreverse a salir de casa. Mejoró poco a poco, e incluso llegó a viajar con algunas amigas de vez en cuando. Luego, un día, cuando la empleada estaba ventilando y limpiando la habitación de nuestra hija, rompió una figurita en la repisa que sacudía. Sylvia se puso histérica. La empleada me llamó por teléfono y yo salí corriendo a casa, pero llegué demasiado tarde. La tristeza de mi esposa había vuelto y ahora parecía peor. Difícilmente comía o dormía, su salud empezó a decaer con rapidez, y yo, como su esposo, me sentía impotente, incapaz de salvarla. Sentía como si… —empezó a decir, pero luego calló de pronto llevándose el puño a la boca. Tosió una vez y se aclaró la garganta.

Ellis no dijo nada mientras Alfred se preparaba para continuar.

—Los médicos convinieron que debía ser hospitalizada en un sanatorio psiquiátrico, dijeron que ahí podría recibir el tratamiento adecuado. Finalmente empezamos a hacer los arreglos, pero un día, Sylvia vio aquel periódico que dejé doblado sobre mi mesa de noche. Solo lo había hojeado un poco. De haber visto la fotografía, sin duda habría notado el impresionante parecido entre esa niña y nuestra hija.

—Entonces la remplazó —dijo Ellis. Para ese momento, ya no podía ocultar su irritación. No estaban hablando de un pez dorado como los que uno tira y deja ir por el retrete antes de ir a comprar otro para sustituirlo.

—Comprendo que pueda parecer… poco común. Yo mismo tenía mis dudas, pero Sylvia se sentía llena de esperanza. Estaba convencida de que se trataba de una señal, de un regalo enviado del cielo. Al final, no fue necesario tomar una decisión. Fui a Pensilvania para traer a la niña y recibirla en nuestra familia, y me di cuenta de que nos necesitaba tanto como nosotros a ella.

Ellis hizo un gesto de dolor por el relato que acaba de escuchar o, mejor dicho, por lo que Alfred había dejado de lado en él. Porque no solo había una niña, también había un niño. En cuanto pensó en ellos, recordó las palabras de Geraldine, lo que estipuló.

—Pero usted estaba obligado a aceptar a su hermano porque, de lo contrario, no habría trato.

Alfred pareció sorprendido, casi impresionado.

—Sí, ese fue el acuerdo... y yo lo cumplí respetuosamente. Y ahora, señor Reed, le voy a pedir que usted haga lo mismo por mí —dijo inclinándose hacia Ellis sin la amabilidad que había mostrado hasta entonces—. Después de lo que le he dicho y, tomando todo en cuenta, confío en que le queda claro que, escribir un segundo artículo sobre los niños solo les causaría un daño innecesario.

Ahí estaba por fin el objetivo de esa conversación tan cándida.

Ellis debía admitir que la conjetura de Alfred no era incorrecta, ya que, en algún momento, el señor Walker propuso escribir justo ese artículo. Sin embargo, el banquero se equivocaba.

—Mire —dijo Ellis—, no estoy interesado en escribir un artículo sobre los niños o sobre la familia Millstone —aseguró, aunque sabía que acababa de renunciar a la amenaza que le habría servido como apalancamiento. No obstante, le pareció que sería más sensato ser honesto.

Alfred lo miró con intensidad a través de sus gafas.

—¿Entonces qué es lo que quiere?

—Necesito asegurarme de que el niño está a salvo. Por razones personales —confesó Ellis sin añadir lo que le había dicho Ruby. Si algo había aprendido en ese trabajo era que, si agitaba un poco el agua y solo dejaba a una persona hablar, las verdades tendían a emerger.

En ese momento se abrió la puerta del cuarto. Desde el corredor se escucharon las palabrotas de un borracho cuando el guardia de voz grave los sorprendió a ambos colocando una silla más al lado de la de Alfred. Todo se aclaró cuando Sylvia entró. El guardia salió, cerró con fuerza la puerta y el impacto sobresaltó a la mujer.

—Querida, te dije que te quedaras en la sala de espera —dijo Alfred poniéndose de pie. Su preocupación era casi tan evidente como la incomodidad de su esposa al ver el entorno.

—Tengo derecho a estar aquí —dijo sujetando su bolso y enderezándose.

—Sí, querida, pero ya solucioné todo. No habrá ningún artículo, nada que te inquiete. Este hombre solo quiere saber cómo están los niños, verificar que se encuentran bien.

La explicación no la hizo abandonar el lugar.

—Sí, eso es lo único que quiero —confirmó Ellis, pero Sylvia no dejaba de mirarlo, difícilmente convencida.

—¿Entonces por qué ese comportamiento tan sospechoso? ¿Por qué no solo acercarse y preguntar?

Alfred volvió a sentarse, se veía acalorado, su piel enrojecida.

La pregunta dejó sin palabras a Ellis. Recordó la culpabilidad y el aire sospechoso con que se había involucrado en el asunto desde el principio. Las mentiras sobre las que se construyó la situación eran como las mandíbulas de una trampa que no dejaban de morder, de desangrar y drenar todo lo bueno de su vida y la vida de otros. Y todo seguiría así hasta que no abriera la trampa por la fuerza.

Con la verdad.

—Porque hay otros aspectos en esta historia —confesó, seguro en detrimento propio—. La fotografía no fue real… es decir, la fotografía sí, pero el letrero no les pertenecía a ellos. Yo lo coloqué ahí —admitió sabiendo que no había pasado un día en que no se arrepintiera de haberlo hecho—. El punto es que Geraldine no tenía ninguna intención de vender a sus niños.

Sylvia se puso rígida, los tendones de su cuello de pronto parecieron cables.

—Se equivoca, eso fue justo lo que hizo esa mujer. ¿No es cierto, Alfred?

Ellis continuó hablando.

—En ese tiempo, Geraldine estaba enferma y su diagnóstico era incorrecto, pero ella no lo sabía. Pensó que tenía una enfermedad incurable. Señor Millstone, usted mismo la vio. Estoy seguro de que para cuando estuvo ahí, ella debió tener muy mal semblante.

Alfred se quedó boquiabierto. Le costó trabajo responder, solo pudo posar la vista en su sombrero.

Sylvia interrumpió.

—¡Esto es ridículo! Esa mujer tomó una decisión —exclamó temblando. Enrolló aún más los dedos en el bolso como preparándose para arañar, para golpear y proteger lo que le pertenecía. Pero en ese instante miró sus manos y pareció quedarse inmóvil, pensando.

—Hemos sido más que comprensivos. Cuando a esa *madre* le convino y quiso recuperar a su hijo, estuvimos de acuerdo y accedimos sin hacer un escándalo —explicó Sylvia al tiempo que sacaba de su bolso una hoja de papel plegada que le entregó a Ellis—. Véalo por usted mismo.

La carta.

Ellis tomó con recelo la hoja desprovista de sobre y la extendió.

Mi querida Ruby, decía al principio.

Era una escritura poco pulida, repleta de faltas de ortografía, pero lo suficientemente legible para descifrar el contenido.

Ellis imaginó a Geraldine escribiendo la carta. El mensaje coincidía con el resumen que le había dado Ruby: la elección de un hijo en lugar del otro, la disculpa por no despedirse en persona. El contenido era desgarrador. Cruel.

Pero había algo que él sabía, sin lugar a dudas…

—Geraldine no escribió esto —dijo—. Y su hijo no está con ella.

Alfred miró a Sylvia de inmediato, de una manera incomprensible.

Todo ese tiempo, Ellis se había negado a imaginar lo peor, pero ahora era inevitable. Sin embargo, antes de que la pareja pudiera argumentar o solo irse, necesitaba actuar de manera muy astuta.

—Señor y señora Millstone, sé que ustedes comprenden el dolor de perder un hijo. La horrenda tragedia que significa, la injusticia. Es obvio que Victoria era una pequeña muy especial. Yo no soy padre y no puedo ni empezar a imaginar el dolor que ustedes sufrieron tras ese accidente. Lo que sí sé es que tienen ahora la oportunidad de reunir a una madre con sus hijos. Ayúdenme a hacerlo, por favor —dijo—. Díganme qué le sucedió a Calvin.

Mientras Ellis suplicaba, Sylvia se quedó impávida. Sus ojos brillaban mirando a lo lejos, a la nada.

—¿Señora Millstone?

Alfred se paró de forma abrupta.

—Será mejor que nos vayamos, cariño —dijo colocando la mano sobre el hombro de Sylvia, quien de pronto cobró conciencia y se enfocó en Ellis.

—Vamos —insistió Alfred—. ¿Sylvia?

La mujer negó con la cabeza.

—Cariño, en verdad creo que será mejor…

—No —dijo ella de forma contundente.

Alfred se quedó de pie, Ellis lo vio sopesando la opción de sacarla arrastrando y provocar una escena que obligaría al guardia a intervenir. Volvió a sentarse de mala gana.

Tenía miedo de que ella dijera algo, pero ¿qué?

Ellis apretó la mandíbula ansioso de que la mujer hablara.

—Señor Reed, antes necesito que jure que no habrá más cuestionamientos, que no va a seguir indagando por ahí, y que se mantendrá alejado de nosotros para siempre para que podamos continuar con nuestra vida de antes.

De antes. Es decir, ¿antes de que bloquearan sus fondos y lo arrojaran a una celda? ¿O antes de que separaran a esos niños de su verdadera madre?

Ellis respondió con absoluta honestidad.

—Me temo que no puedo garantizarle eso —dijo. Los dedos de Sylvia volvieron a enrollarse antes de que Ellis se explicara—. Al menos, no con una fecha para presentarme en el juzgado donde me exigirán explicar por qué estaba en la escuela. El juez querrá saber cuáles son mis vínculos con su familia, y le apuesto que también habrá bastantes preguntas que no sabré cómo responder —afirmó. En resumen, sería mejor que ella le diera los detalles en ese momento.

Sylvia se quedó pensando y en unos instantes tomó una decisión.

—Me aseguraré de que los cargos sean retirados.

—¿Y qué pasaría si yo me negara a que los retiraran? —dijo Ellis en tono desafiante, y solo en ese momento recordó la brutalidad de los sospechosos contactos del esposo de Sylvia. Se preparó para lo que venía, pero no se retractó—. Supongo que de esa manera podría obtener algunas de las respuestas que busco.

Un ligero indicio de pánico apareció en el rostro de Sylvia, sintió el tumulto mental frente a la prueba de voluntades.

—Si usted cree que eso es absolutamente necesario, entonces... le sugiero que se prepare para enfrentar un cargo adicional.

—¿Ah sí? ¿Cuál?

Sylvia levantó la barbilla y Ellis vio sus rasgos endurecerse.

—Relación impropia —dijo—. Con nuestra hija.

Alfred abrió los ojos como platos, pero permaneció en silencio. Sabía que solo era un pasajero más en un autobús sin frenos que tenía como objetivo destruir la vida de Ellis.

El reportero apretó los puños y siseó al darse cuenta de lo que Sylvia estaba insinuando. Era repugnante, abominable. Lo único que le impedía levantar la voz era que estaba en una prisión.

—Ningún juez creerá eso, no sin pruebas suficientes.

—Estoy segura de que tiene usted razón —dijo Sylvia—. ¿Pero qué hay de su jefe? ¿O de sus amigos y sus lectores? Le aseguro que es increíble lo que la gente acepta como hecho solo porque lo vio publicado en un periódico. ¿No lo había notado?

No habían pasado más que unos minutos desde que admitió lo que hizo con la fotografía, y ahora estaba sufriendo severísimas repercusiones.

¿Cuántos redactores de los periódicos rivales saltarían para apropiarse de la historia? Tal vez incluso algunos en el *Tribune*. De pronto vio los puntos más destacados de la historia: reportero hace montaje y fotografía a dos niños pobres. Los sigue más allá de las fronteras estatales. Finge misión periodística para acercarse a la niña con motivos perversos. Se le ordena alejarse y es arrestado por no obedecer.

Esta historia tenía fuentes, un escándalo. Y todo era cierto. Incluso si no hubiera una acusación falsa que implicara un comportamiento indecente, su reputación quedaría destruida.

Como también quedaría destruida cualquier posibilidad de que Geraldine volviera a ver a sus hijos.

Ellis luchó contra las náuseas que lo abrumaban y se forzó a concentrarse de nuevo en su misión.

—¿Qué… le sucedió… a Calvin? —preguntó con firmeza.

Alfred también miraba a Sylvia en espera de una respuesta.

—Veo que necesita tiempo para pensar las cosas —dijo ella—, pero confío en que nos dará a conocer su decisión pronto.

Una oleada de cólera lo hizo ponerse de pie y, al verlo, Alfred se paró con dificultad y colocó su brazo frente a su esposa en actitud defensiva. Un enfrentamiento silencioso.

—¿Todo en orden? —preguntó el guardia que, sin que nadie se diera cuenta, de pronto estaba asomado en el cuarto. Era claro que la pregunta iba dirigida a los Millstone.

Ellis no tenía opción. Le costó trabajo, pero retrocedió, no solo por él, sino también por Ruby y Calvin. Esta no era la mejor manera de descubrir la verdad ni de ayudar a los niños.

—Estamos bien, oficial —contestó Alfred al tiempo que bajaba el brazo y tomaba su sombrero—. Sylvia, es hora de irnos.

La mujer no protestó más, se levantó con una expresión espeluznante, imposible de leer, y la pareja salió del cuarto. Ellis se quedó mirando dos sillas vacías y sintiendo en las sienes el brutal pulso de su corazón.

—Se acabó la fiesta, amigo, de vuelta a tu celda —le indicó el guardia, pero Ellis no comprendió de inmediato. En cuanto asimiló la orden, caminó aturdido hasta que un pensamiento lo hizo detenerse.

—Necesito salir de aquí.

—No será esta noche —le aseguró el guardia.

Ellis lo miró.

—¿Por qué?

—El empleado de las fianzas ya se fue, tendrás que esperar hasta mañana.

¿Sería ese el plan de los Millstone? ¿Flexionar el músculo hasta hacerlo ceder? Pasar toda la noche tras las rejas podría animarlo a cooperar.

—Por lo menos déjeme hacer una segunda llamada… por favor —dijo. Medio suplicando, medio exigiendo.

El guardia cerró los ojos un buen rato, expresándose sin decir nada.

También era posible que los policías le estuvieran dando una lección por haber golpeado a su compañero uniformado. De ser así, no quería imaginar de qué otras maneras se vengarían si tuviera que permanecer más tiempo encerrado.

El guardia resopló.

—Apresúrate.

Ellis asintió con ganas y se puso a pensar. Debía de haber alguien cerca y con lo necesario para liberarlo: suficiente dinero o influencia. O ambos. El nuevo nivel de desesperación en que se encontraba produjo dos posibilidades: la primera fue el mafioso irlandés con quien había intercambiado la información que alguna vez salvó su carrera y, la segunda… su padre. Pero sabía que, sin importar a quién eligiera pedirle ayuda, habría un precio a pagar.

Lo triste era que le costara tanto trabajo decidir.

CAPÍTULO 32

A DOS CALLES DE LA CASA DE HUÉSPEDES, el corazón de Lily empezó a latir como tambor tribal. El sonido era tan portentoso que incluso lo escuchaba en su cabeza. Estaba acostumbrada a caminar sola por las calles, incluso de noche, pero cada vez que llegaba a sentirse demasiado cómoda, un reporte sobre un asalto o algo peor la obligaba a subir la guardia de nuevo. Como madre, no podía darse el lujo de ignorar la sensación de que algo no andaba bien y, en ese momento, su intuición la hacía sentir escalofríos.

Se apresuró a dar vuelta en la última esquina y los pasos en la penumbra aceleraron también. Cuando estaba a punto de echarse a correr, se atrevió a volver a mirar atrás, y escuchó a alguien gritar:

—¡Espere! ¡Espere, por favor!

Aunque se trataba de una voz femenina e incluso agradable, a Lily le tomó uno o dos segundos desacelerar.

—Señorita Palmer... —dijo una voz que sonaba joven e incluso conocida. La mujer, a quien el sombrero le cubría buena parte del rostro, se acercó respirando con dificultad.

—Solo soy yo... Claire.

—¿Claire?

Fuera de contexto y sin ver el cabello rojizo, le fue imposible a Lily reconocer de inmediato el pálido rostro con pecas de la empleada doméstica de los Millstone.

—No quise asustarla, señorita. Estaba esperando afuera del edificio del periódico con la esperanza de verla salir, pero como me encontraba del otro lado de la calle, cuando la vi no estaba segura de que fuera usted.

Lily sonrió aliviada y se llevó la mano al pecho.

—No hay problema.

—Le habría llamado por teléfono en lugar de buscarla, pero cuando lo intenté esta mañana, el señor que contestó me dijo que usted estaba demasiado ocupada para tomar llamadas.

El jefe.

Y la mujer con la que habló fue Claire, no Sylvia, como ella había dado por sentado.

—¿Entonces viajaste hasta acá?

—Había planeado salir a pasear con mi hermana, pero ella estuvo de acuerdo en que viniera, me dijo que era necesario hacerlo.

De pronto se escucharon voces acercándose y Claire volteó enseguida. Era una pareja con aire jovial que conversaba mientras cruzaba la calle.

Claire miró de nuevo a Lily y reacomodó su abrigo para cubrirse más el cuello.

—¿Hay un lugar donde podamos hablar? Solo usted y yo —dijo. El temor que parecía tener de que alguien las viera hablando hizo que Lily llegara a una desafortunada conclusión: su intuición de que algo andaba mal no se equivocaba después de todo.

—Ven conmigo.

En la casa, las inquilinas habían terminado de cenar y de recoger todo de la mesa. A la hora del almuerzo, la propuesta de Clayton afectó su capacidad para tomar decisiones de todo tipo, incluyendo qué comer. Él ordenó ternera para ella, pero Lily prácticamente no la tocó porque, en ese momento, la comida era la menor de sus preocupaciones.

Y ahora más, al ver el comportamiento de la joven empleada irlandesa.

La chica se sentó en la sala de estar sin quitarse el abrigo. Preocupada por ocultar la costura de su falda que se había debilitado, trató de acomodarla con manos demasiado envejecidas para su edad. En ese momento, bajo la suave luz de la lámpara y sentada en la misma silla, se parecía a Geraldine.

—¿Quieres un poco de té? —preguntó Lily.

—No, gracias, señorita, no me quedaré mucho tiempo.

En otra parte de la casa, las agudas risas de las mujeres dominaban sobre las notas sinfónicas que producía un crepitante gramófono, pero cuando Lily cerró la puerta, se apagaron.

Se sentó en el diván frente a Claire, el lugar de Ellis. Cómo deseaba que estuviera ahí ahora.

Claire volvió a jugar con la costura.

—Camino acá, en el autobús, estuve pensando cómo decir todo esto, pero ahora no recuerdo.

Lily sonrió.

—Solo empieza por donde quieras —dijo tratando de bloquear cualquier conjetura de lo que podría venir a continuación, y arrepentida por no haber pensado antes en hablar con Claire. Aunque, claro, encontrar la oportunidad habría sido todo un reto.

—Es el niño.

—Calvin...

—Cuando la señora me contrató, casi a finales del año, acababan de mudarse a la casa. Solo había pasado un mes, pero ella ya no soportaba el llanto. Su hermanita trató de explicarle que lloraba porque extrañaba a su mamá y su casa, pero eso solo ponía de peor humor a la señora. Me esforcé por calmar al pobre niño y convencerlo de que se portara bien, y el señor Millstone me agradecía que ayudara a su esposa. "Sylvia es muy frágil", decía... —explicó y luego fue callando poco a poco, viéndose cada vez más arrepentida—. Yo no quería ser parte de eso, señorita Palmer, pero necesitaba el dinero.

—¿Parte de eso? —preguntó Lily inhalando de manera profunda.

—Mi hermana necesitaba una cirugía, señorita —continuó la joven empleada—, y yo tenía miedo de que la señora me despidiera de inmediato si me negaba a ayudarla.

—Claire —interrumpió Lily—. La señora Millstone te pagó... ¿para hacer *qué*?

El titubeo de Claire era exasperante. De pronto bajó la vista y se quedó mirando el suelo, su voz se redujo a un murmullo.

—La señora le dijo a Calvin que tenía planes para ese día, que lo iba a llevar a un zoológico especial de invierno mientras su hermana estaba en la escuela. Hasta preparó una pequeña maleta. "Para estar preparados si tenemos que pasar una noche fuera", le dijo al niño. Cuando íbamos en el autobús, él empezó a preguntar por los animales. Nunca lo había visto sonreír tanto —dijo Claire sonriendo también al recordar. Pero de inmediato su expresión cambió, su barbilla empezó a temblar y el rostro se le inundó de llanto—. El niño confiaba en mí y yo lo traicioné. No dejaba de abrazarme. La gente del orfanato tuvo que estirarle los dedos a la fuerza para que me soltara.

Al imaginarlo, a Lily se le encogió el corazón. Por supuesto, había situaciones mucho peores, pero le parecía que era imposible sentir alivio ante la sensación de ser rechazado, echado a la calle. No una, sino dos veces.

—¿Calvin está ahí ahora? ¿En un orfanato?

—No sabría decirle, señora. Volví en la primera oportunidad que tuve para ver si estaba bien, pero el director me advirtió que debía mantenerme alejada, sí, así lo hizo. Me dijo que el niño necesitaba tener mejor disposición si quería encontrar padres dispuestos a darle un hogar, y que mi presencia solo arruinaría la oportunidad de que lo lograra. Si yo hubiera podido llevarlo a mi casa, lo habría hecho, señorita. También habría adoptado a la pobre niña, sí. Si hubiera tenido los medios para hacerlo.

La referencia a Ruby fue casi igual de alarmante.

Lily se inclinó hacia el frente.

—Claire, necesito que seas muy franca conmigo. ¿Su hermana está a salvo en esa casa?

Claire se encogió y bajó la barbilla como un ratón acorralado en un rincón. Era obvio que no estaba acostumbrada a dar su opinión. Al menos, no sobre un tema tan relevante.

—Por favor —dijo Lily—, si esos pequeños te importan tanto como dices, tienes que decirme todo lo que sepas.

Se escucharon risas provenientes del salón principal. El contraste de las emociones entre la sala de estar y un lugar que se encontraba casi al lado era abrumador, pero tal vez el contraste con las emociones en el elegante salón de una casa a un estado de distancia lo era aún más.

Claire levantó la vista lentamente y no por completo.

—Por algún tiempo, sin Calvin en casa, todo fue tranquilidad. Pero después, la señora no hizo más que empeorar.

—¿Empeorar? ¿Cómo?

—Estaba cada vez más… confundida. Era como si su hija nunca hubiera muerto. Cualquier recuerdo la pone mal… como cuando la niña insiste en que no le gusta la mermelada o los moños en el cabello, o tocar el piano. Y si daña algo que le pertenecía a la otra hija, como un vestido o un libro, la deja parada en un rincón por horas o la obliga a escribir páginas y más páginas de la misma frase pidiendo perdón.

Ellis había mencionado algo sobre un castigo, que Ruby tenía prohibido jugar en el jardín con los otros niños porque había manchado su ropa...

Sin embargo, ahora que Lily pensaba en otra página escrita, tenía más de qué preocuparse. Sospechaba algo, pero quería confirmarlo.

—Por lo que sé, Ruby recibió una carta de su madre en cuanto se llevaron a Calvin. La escribió Sylvia, ¿no es cierto? Como se trataba de una pregunta más bien retórica, Lily se sorprendió al ver a Claire desbordar en llanto y escuchar su quebrada voz.

—La palabras eran de la señora... pero yo fui quien las escribió —confesó la joven mientras las lágrimas empezaban a colgar y derramarse por su barbilla. Entonces levantó el rostro y miró a Lily a los ojos—. Ay, señorita Palmer, lo siento tanto. Yo no quería hacer nada de eso.

La compasión de Lily se centró en aquella pobre muchacha que cargaba una enorme culpabilidad, producto de decisiones que nunca pudo tomar por ella misma. Claire merecía tanto ser perdonada... Lily se estiró y la tomó de la mano.

—Claire, esto es más mi culpa que tuya, pero te aseguro que haré todo lo que pueda para corregirlo.

Aunque las palabras de Lily la confundieron, en el rostro de Claire apareció de pronto un poco de esperanza. Se enjugó las lágrimas con la manga de su abrigo.

—Entonces, ¿va a ir por el niño? *Debe* pensar en él antes que nada.

Antes de que Lily pudiera preguntarle por qué, Claire continuó.

—Conozco a muchos que crecieron en orfanatos como ese. Tal vez son buenos lugares para los niños callados y tranquilos, pero para los que no se adaptan con facilidad… bueno, prefiero no contar las historias que he escuchado.

Dicho de otra forma, Lily necesitaba investigar de inmediato. Habían pasado por lo menos dos meses y tal vez Calvin necesitaba con desesperación que lo rescataran de un lugar que podría dejarle cicatrices de todo tipo.

Si es que aún estaba ahí.

CAPÍTULO 33

A Ellis le bastó con mirar el entrecejo fruncido de su padre para saber que se había equivocado. Aceptar la ayuda de un mafioso irlandés habría tenido menos repercusiones que las que ahora le esperaban.

El hecho de que pasaran de las diez de la noche, horario que violaba la inflexible regla de su padre de acostarse y despertarse temprano, fue suficiente para ponerlo de mal humor. Sin embargo, lo peor fue la necesidad de sacar cincuenta dólares de su bolsillo.

Era increíble, pero el sargento no infló la multa justificándose con que fue aceptada fuera del horario de atención del empleado correspondiente. Por otra parte, el padre de Ellis fue supervisor durante décadas y sabía cómo razonar con la gente, hablar su idioma y encontrar soluciones. Excepto si se trataba de su hijo.

En la recepción de la estación de policía que conectaba con la prisión, Jim Reed dobló la hoja de papel y la metió a su bolsillo. Al fin tenía una prueba tangible de los diversos fracasos de su hijo. Esto le pareció obvio a Ellis cuando, después de agradecerle una vez más, lo vio negar con la cabeza por ninguna razón en particular.

—Está hecho —dijo su padre.

No lo saludó, no le preguntó sobre la fecha en que tendría que presentarse en el juzgado. Tampoco le preguntó qué había pasado.

¿Acaso le importaba siquiera?

Ellis salió de la estación de policía caminando detrás de él, y fue como un viaje al pasado, cuando salían de la oficina del director de la escuela. Cuando estuvo en la preparatoria, Ellis tuvo un período de rebeldía, pero fue breve y, en general, inocuo. Quiso atraer la atención de su padre haciendo bromas como pegar la silla de un maestro al suelo con cemento a pesar de que, siendo honestos, el señor Cullen merecía algo peor, y, aunque logró su objetivo hasta cierto punto, su padre no se mantuvo interesado el tiempo suficiente para decir que las travesuras habían valido la pena.

La diferencia era que Ellis era ahora un adulto y lo último que quería era que su padre le prestara atención por situaciones como esta. Pero ¿por qué el señor Reed no se daba cuenta de ello?

¿Por qué no podía ver a Ellis como algo que no fuera solo un inconveniente?

—Pa, como te dije por teléfono, te pagaré pronto, ¿de acuerdo?

Bajo el resplandor de la lámpara de gas en la calle, Ellis vio a su padre bajar por las escaleras de concreto, varios pasos delante de él.

—Tú eres el que tiene dinero, el que ha triunfado en la vida, ¿no?

Un golpe bajo, dadas las circunstancias.

—Ya te dije que solo tengo que arreglar un malentendido con el banco.

—Sí, sí, según tú es eso lo que tienes que hacer.

Ellis desaceleró al llegar al inicio de las escaleras. Todavía estaba muy tenso por su encuentro con los Millstone, no necesitaba esto también.

—¿Qué quieres insinuar con eso?

Su padre lo ignoró y continuó caminando hacia su camioneta. No era nada nuevo, pero esta vez, Ellis se negó a pasarlo por alto.

—¿Crees que miento?

Como volvió a ignorarlo, Ellis paró en seco. Sí, se había equivocado en grande al tomar la fotografía de los niños, pero ahora estaba tratando de hacer lo correcto, y no era fácil. Su vida se desmoronaba debido a su error, pero a su padre le importaba un comino.

—Dime, *¿eso es lo que crees?*

Era lo más que le había levantado la voz, pero no se arrepentía. Ni siquiera lo hizo cuando lo vio girar y en su mirada notó que la sorpresa se transformaba en ira.

—Dejaste muy claro lo que piensas de mis opiniones.

Era el resentimiento por lo que sucedió en el club cuando salieron a cenar con su madre. De acuerdo, haber acusado a su padre de sentir envidia fue bastante terrible, un argumento inconsistente. Jim Reed era un individuo orgulloso, pero nunca envidió a nadie. Ellis dijo aquello porque, al sentirse por completo vencido ante su progenitor, usó lo primero que tuvo a mano para atacarlo.

Pero era obvio que Jim aún se sentía herido.

Al reconocer esto, Ellis trató de ocultar sus emociones.

—Pa, lo lamento. En realidad no quise decir… todas esas cosas que dije la última vez que nos vimos. ¿Qué no lo entiendes? Solo quería mostrarte todo lo que había logrado, lo bien que me había ido.

—Oh, sí, comprendo —dijo su padre con las manos en la cadera—. Y tengo suficiente experiencia para saber que, si sigues con todas esas ambiciones que tienes de una vida de ricos y sofisticada, terminarás en Leavenworth. Aunque tal vez eso es lo que quieres. Cualquier cosa por un encabezado, ¿no se trata de eso este negocio tuyo?

¿Por qué nunca lo escucharía su padre? Escucharlo de verdad.

—Mira, sé lo que sientes respecto a los reporteros, estoy al tanto de tu desencuentro con aquel reportero en la mina, el que te hizo renunciar. Pero no todos somos así.

Su padre se encogió de repente, lo había tomado por sorpresa.

—*Yo* no soy así.

No se trataba de una estrategia, estaba siendo honesto. Y, sin embargo, la mentira de por medio hacía que le remordiera la conciencia.

No podía negar los dólares que había repartido por aquí y por allá, los tratos que hizo, el intercambio de noticias exclusivas. La verdad era que se jactaba de haber marcado la frontera entre él y los buitres que harían cualquier cosa por conseguir una historia, pero la línea se había ido borrando de manera constante.

—Y entonces, ¿por qué, en el nombre de Dios, estoy aquí pagando una fianza para sacarte de la cárcel? —dijo su padre en un tono gélido.

En realidad no era una pregunta, sino otro golpe bajo, otra suposición.

Ellis estaba demasiado cansado, en todos los sentidos, de ocultar el dolor y la frustración acumulados.

—¿Quieres otra disculpa? De acuerdo, lamento haberte decepcionado esta noche y siento mucho haber renunciado a la planta. Lamento que mi empleo en el *Examiner* implicara trabajar a cambio de cacahuates. Lamento cada una de las ocasiones en que no fui lo bastante digno para ti. Y, sobre todo, lamento que cuando mi hermano murió, ¡hayas perdido al hijo equivocado!

Y ahí estaba.

Lo que se mantuvo en silencio tantos años por fin emergió.

Su padre se lo quedó viendo con los ojos abiertísimos. Esta vez no hubo manera de disminuir la tensión, las manos de su madre no estaban ahí para mantener, con ternura y destreza, a la familia unida.

Un perro aulló en algún lugar a lo lejos. Los faros de un taxi los deslumbraron al pasar.

—Sube a la camioneta —le ordenó su padre con una voz que no implicaba nada, y caminó al lado del vehículo para subir por el lado del conductor.

Ellis, mientras tanto, se escuchaba a sí mismo gritar en su cabeza.

¿Y ya? ¿Eso es todo lo que vas a decir?

La inutilidad de todo lo dejó sintiéndose desnudo, herido en carne viva. Derrotado. Y así, en silencio, subió a la camioneta. Su padre encendió el motor, ansioso de irse.

No era el único que quería alejarse.

Ellis pensó en que, al día siguiente, tendría que volver a la zona de la escuela para recoger su automóvil, también pensó en solo acostarse. Al menos por algunas horas, trataría de olvidar las decisiones que tendría que tomar en la mañana.

Pero entonces notó que la camioneta no avanzaba. Su padre tenía las manos aferradas al volante y la mirada fija más allá del parabrisas. Al otro lado de la calle, la luz de la luna cubría la estación de policía.

—¿Pa? —se atrevió a musitar.

Por un segundo, incluso se preguntó si su padre estaba respirando. Cuando por fin habló, fue como si lo hiciera para sí mismo.

—Un pozo colapsó en la mina.

Ellis estaba confundido, esperó a que continuara.

—Nos tomó treinta horas sacar a los hombres. Yo acababa de llegar a casa y tú te caíste de la bicicleta y te rompiste el brazo. Tu madre te llevó al médico mientras el bebé tomaba su siesta. Yo debí quedarme dormido porque, de pronto, solo escuché a tu madre gritando. "Henry no respira", decía con él entre sus brazos. Tenía los labios azules y su carita… —intentó decir, pero su voz se quebró. Las fuertes y callosas manos temblaron.

Ellis se quedó conmocionado, tanto por la historia como por las lágrimas que vio a su padre derramar.

—Yo estaba a unos malditos seis metros de distancia. Si lo hubiera ido a ver por lo menos una vez…

La frase permaneció en el aire sin que nadie pudiera decir cuál habría sido el resultado alternativo si lo hubiera hecho.

Ellis miró hacia fuera y, en medio de la noche, un collage de recuerdos zumbó en su mente. Pasaron volando y chocaron como luciérnagas en un frasco. Desde su perspectiva infantil, él vio aquel día de manera muy distinta. O más bien, las dos décadas pasadas. El distanciamiento, la brusquedad. La cuarta silla en la mesa del comedor, siempre vacía pero llena. Recordó los pasos que en la madrugada lo despertaban cuando era niño, pasos colmados de dolor… y culpa.

¿Cómo demonios responder a eso?

Pensó en las palabras de su madre. En que, a veces, los bebés dejaban de respirar sin ninguna razón. En que ahora su hermano estaba en paz viviendo con los ángeles. Seguro su padre había escuchado todo, e incluso lo almacenó en la parte lógica de su cerebro, pero esto no tenía que ver con la lógica.

Su padre relajó las manos sobre el volante y Ellis temió que ese momento, el tenue vínculo que había logrado formarse entre ellos, llegara a su fin.

—Comprendo —dijo.

Tratar de consolar así, sin nada específico, sonaba vacío.

Aunque estaba consciente de que su carga nunca podría compararse con la de su padre, le pareció adecuado actuar de forma recíproca confesando lo que había detrás de su dilema. Decidió contarle la oscura verdad que terminó llevándolo adonde se encontraba en ese momento, literalmente a ese punto.

Sin pensar en nada más y deshaciéndose de toda posibilidad de censura, volvió al inicio. Era una historia que iba aún más atrás del resumen que le hizo a Lily, antes de que el motor se sobrecalentara y encontrara a dos niños sentados en un pórtico. En el verdadero principio, lo que había eran sus aspiraciones juveniles de aceptación y vanidad.

Su padre comenzó a prestarle atención.

Ellis pasó a las partes esenciales del artículo y a los Dillard, y de pronto surgieron los puntos que tenía en común con su padre: historias de tragedias, niños y el anhelo de reparar errores irreversibles.

Cuando por fin terminó, un denso silenció se impuso entre ellos. Pero por primera vez, no se sentía como parte de un juicio.

—¿Qué van a hacer? —preguntó su padre.

Una verdadera pregunta al fin.

—No lo sé, pero no podemos darnos por vencidos. No hasta que esos niños estén a salvo.

Su padre asintió.

—Algo se les ocurrirá —dijo con certeza en su voz. El brillo de fe en sus ojos significó para Ellis mucho más de lo que Jim Reed se proponía, pero su hijo lo valoró inmensamente de todas maneras.

En una típica película sonora en los cines, este sería el momento en que el padre abrazaría a su hijo o, al menos, apretaría su hombro con cariño. Pero aquí no hubo nada de eso. Solo manejaron hasta donde Ellis había dejado su automóvil. Al llegar a la escuela, sin embargo, cuando bajó de la camioneta, giró y le extendió la mano a su padre, y su padre la estrechó. No solo con cortesía, sino más bien, como si fueran iguales.

—Sabes dónde encontrarme —le dijo a su hijo, quien percibió el calor de aquellas palabras que sonaron a promesa.

—Lo sé, pa.

En su trayecto de vuelta al Bronx, Ellis pensó en sus padres y, en particular, en su madre. En todos esos años, nunca dijo nada respecto a la culpabilidad de su padre. Tal vez creía que era una historia que no le correspondía a ella contar. Quizás estaba tratando de proteger a Ellis, cuyo accidente los obligó a salir de casa ese funesto día. O tal vez, solo anhelaba seguir adelante y se dijo a sí misma que lo hecho, hecho estaba.

A diferencia del caso de los Dillard.

No podía evitar sentir pena por la pérdida de los Millstone, pero haría lo que fuera necesario para ayudar a Ruby y Calvin. En parte, por su padre. Mientras no fuera demasiado tarde, como lo era para su hermano Henry, él trataría de encontrar la manera de reunir a los Dillard.

Geraldine anhelaba lo mismo. Ellis lo sabía en su corazón, no era necesario que ella lo aclarara. Lily había tenido razón respecto a eso todo ese tiempo.

Pensó en decírselo esa noche, cuando contestó el teléfono apenas minutos después de que llegara a su apartamento y escuchó su voz. Pero en cuanto se dio cuenta de que pasaban de las once, se inquietó de inmediato por su hijo.

—¿Le sucede algo a Samuel?

—Oh, no, para nada —dijo Lily—. Samuel está bien —explicó, y Ellis percibió su gratitud por haber preguntado, a pesar de que casi susurraba. La imaginó en el silencio de la casa de huéspedes—. No lo habría molestado tan tarde, es solo que he tratado de hablar con usted toda la tarde.

—Lo siento, fue un día difícil.

Lily se quedó en silencio un instante.

—¿Se encuentra bien, Ellis? —en su voz se escuchaba la preocupación desbordante, pero oírla acalló todo lo demás.

—Estaré bien —dijo. No sabía si estaba diciendo la verdad, pero, al menos, hablar con ella lo hizo sentir esperanzado—. ¿Qué hay de usted, Lily? ¿Necesita algo?

—Oh, sí —contestó. Pareció haberlo olvidado por un instante—. Tengo que contarle algo de lo que me acabo de enterar, es sobre Calvin. Son buenas noticias.

Después del día que tuvo, definitivamente le vendría bien escucharlas.

No obstante, algo en su tono la hacía sonar insegura de que fuera del todo verdad.

El orfanato estaba en Clover, dos horas al oeste de Hoboken. Lo bastante cerca para que la joven empleada irlandesa fuera y regresara en un día escolar, pero lo bastante lejos para ocultar con facilidad cualquier vínculo con los Millstone.

Ellis imaginó a Calvin cayendo en cuenta de la mentira respecto al paseo, imaginó el terror y la confusión de que lo fueran a botar lejos por pura conveniencia, y eso renovó su ira. También hizo desaparecer toda la simpatía que en algún momento sintió por Sylvia y Alfred.

Incluso si el banquero no hubiese estado al tanto, como le dijo la empleada a Lily, ¿no habría sospechado algo? ¿O simplemente no quiso enterarse? En el periódico, Ellis dejó de pensar en las posibilidades. Eran casi las tres de la tarde de un miércoles y necesitaba enfocarse lo suficiente para terminar su artículo sobre el fraudulento plan de un negociante de sellos postales. Más que nada, eso lo obligaba a no dudar, ni por un instante, de su decisión de rechazar el trato de Sylvia.

En una hora saldría de ahí y se reuniría con Lily en Clover. Ella correría y abordaría el primer autobús disponible como a las cuatro, en cuanto el jefe saliera del *Examiner* para ir a casa.

Para Ellis, perder otro día entero de trabajo no era tan arriesgado como parecía. De todas formas, en cualquier momento su carrera se vendría abajo, ya sea por culpa de Sylvia o de él mismo. De una u otra manera, el señor Walker, quien en ese momento estaba en una reunión con el gobernador Roosevelt, se enteraría del arresto: una mancha permanente en el currículum de un reportero que con dificultad publicaba.

Pero hasta entonces, él saborearía este momento, encorvado sobre su máquina de escribir, haciendo llamadas y preguntas, rodeado de cazadores de historias y buscadores de la verdad. Reporteros de todo tipo tratando de hacer la diferencia, como él lo intentó desde el principio.

—Tengo una pista enorme aquí —dijo Dutch al tiempo que dejaba caer una hoja de papel sobre su escritorio—. Tiene que ver con un policía.

A Ellis se le pusieron los pelos de punta. Casi esperaba que se tratara del recibo de la multa que pagó por haber golpeado a un oficial. Pero no, solo eran notas en la típica escritura casi ilegible de Dutch.

—Cuatro policías, para ser exactos. Un agente infiltrado dice que ayudaron a veinte gánsteres a escapar con camiones cargados de cerveza.

—Tienes razón, esta pista es enorme.

—Toda tuya.

Ellis se sintió desconcertado hasta que averiguó de qué se trataba. Una primicia por misericordia. Su espiral en descenso se había vuelto igual de patética que obvia.

—Lo aprecio mucho, Dutch, en verdad, pero no puedo quitarte esto.

—Ya lo hiciste. Como en lugar de asistir ayer a la junta estuviste practicando box en algún callejón por lo que veo, le dije a Walker que estabas fuera trabajando en este artículo. Insistió en que lo quería para hoy, antes de que termine el día, así que más te vale ponerte a trabajar porque, de lo contrario, me llevarás contigo entre las patas. Estas notas te ayudarán a redactar algo bueno desde el principio.

Ellis recordó el golpe en su mejilla que ahora era un moretón, y también por qué no podría terminar el artículo a tiempo.

—Créeme, desearía poder escribirlo, pero tengo que encargarme de un asunto personal hoy y no sé a qué hora volveré.

Dutch tenía todo el derecho de creer que se había vuelto loco y de decírselo sin miramientos, pero en lugar de eso, dudó un poco antes de inclinarse sobre su escritorio y mirarlo de manera furtiva.

—Reed, si estás en problemas por apostar en las carreras de caballos o porque pediste un préstamo, o por lo que sea, puedes decírmelo. Tuve un cuñado que se involucró a fondo con un grupo parecido a la Mano negra. Así que, si estás pasando por un mal momento y te puedo ayudar en algo…

Era una conjetura razonable que, tomando en cuenta que anduvo indagando sobre la mafia, su comportamiento errático y, por supuesto, el rostro amoratado, resultaba muy lógica.

—No, te aseguro que no se trata de nada de eso, Dutch —dijo Ellis. Quería explicarle de qué se trataba, pero ya había agobiado a demasiada gente con sus problemas.

Dutch resopló, tomó de vuelta sus notas y, sabiamente, se alejó de ahí.

~

Una hora después, Ellis se preparó con discreción para partir tras haber entregado su artículo sobre el fraude del negociante de sellos postales: un escrito medianamente decoroso, en el mejor de los casos. Subió al elevador y, cuando la puerta empezó a deslizarse, alcanzó a ver que el señor Tate lo fulminaba con la mirada.

Una advertencia, quizá la última. Pero como Lily ya estaba en camino, no podía dar marcha atrás.

A una cuadra del periódico, giró la manivela de su Modelo T y este apenas balbuceó.

—No, Dios santo, hoy no —murmuró sintiendo que el sudor empezaba a perlarle la línea del cabello. Metió su sombrero al automóvil, exhaló, sujetó el guardabarros para apalancar más y lo intentó de nuevo. La chatarra tosió hasta resucitar y, unos segundos después volvió a desfallecer, pero parecía estar cobrando vida.

—¿Necesita ayuda, amigo?

La oferta venía de un hombre corpulento que vestía de traje y sostenía un cigarro a la altura de sus piernas.

—No, gracias, es solo que el motor se pone necio a veces.

—¿Y qué tal si lo llevamos nosotros?

Ellis estaba a punto de negarse de nuevo cuando captó el "nosotros" en la oración. Entonces levantó la cabeza.

—Vamos, nuestra carroza está allá —dijo el hombre señalando un Packard negro estacionado dos autos atrás. Los ojos del conductor no se veían con claridad porque los ensombrecía el ala de su sombrero, pero su rostro resultaba familiar, en especial las cicatrices en las mejillas. Era el hombre que lo había seguido a la escuela.

Entonces no fue paranoia después de todo, pensó Ellis mientras sujetaba con más fuerza la manivela, preparándose para liberarla.

—Como decía —insistió el grandulón—, ¿qué tal si lo llevamos nosotros? —dijo mientras abría su chaqueta para mostrarle a Ellis una pistola enfundada. La risa irónica en su rostro era más para desafiarlo que para amenazarlo. Quería provocarlo, que Ellis tratara de hacer algo. Solo por diversión. Por la emoción.

Ellis soltó la manivela y se enderezó. No sabía quiénes eran esos hombres ni lo que querían, pero de algo estaba seguro: viajar con comodidad en el asiento trasero de un Packard era mucho más atractivo que viajar embutido en la cajuela.

CAPÍTULO 34

LA IMPACIENCIA DE LILY AUMENTABA minuto a minuto. Estaba en la estación de autobuses de Clover viendo otro autobús Greyhound llegar y partir. Los pasajeros ascendían y descendían mientras los gases del escape se dispersaban en el aire.

Como estaba demasiado nerviosa para sentarse, permaneció de pie junto a una banca de madera. Se cubrió la boca con un pañuelo y tosió mientras esperaba que la acritud se desvaneciera y que Ellis llegara en su automóvil.

Cuando habló con él por teléfono y le contó lo que le había dicho Claire, lo escuchó cansado pero ansioso de reunir a los Dillard. Geraldine había cedido a sus hijos solo para garantizar que tendrían una vida mejor, pero todo indicaba que sucedía lo contrario. Ella querría estar al tanto de esto, pero Ellis mantuvo una actitud racional y le dijo a Lily que deberían averiguar más antes de alertarla.

Sabio consejo. Habían pasado dos meses desde que dejaron a Calvin en el orfanato, ¿qué pasaría si alguien lo hubiera adoptado? O, si como Claire suponía, ¿seguía ahí, pero lo maltrataban?

Ay, ¿por qué habría mencionado la chica algo así? Lily pasó la mitad de la noche dando vueltas en la cama, abrumada por visiones de niños golpeados y maltratados. Imaginó sus pequeños e indefensos cuerpos, como el de Samuel, azotados con varillas. Los imaginó hambrientos, atados a sus camas.

—Ellis —murmuró—, ¿qué demonios lo retrasa?

Aunque no se lo esperaba, en las últimas semanas Ellis se había vuelto una persona en quien podía confiar, de quien podía depender. Mucho más de lo que debería, como se lo decía su mente. Sin embargo, cuando recordaba cómo se apresuró a ayudar a su familia, cómo cargó a su hijo después del baño y la reconfortó con sus brazos y sus palabras, era casi imposible no sentir que lo había juzgado mal.

De cualquier manera, el tiempo que tenía entre ese momento y la partida del último autobús para volver, se estaba reduciendo. El sol se acababa de ocultar detrás del horizonte formado por los techos del pueblo, una zona que le recordaba a Maryville, y la mayoría de los comercios que flanqueaban la calle empezó a cerrar.

Con su bolso debajo del brazo, Lily caminó hasta la taquilla.

—Disculpe, señor —le dijo al empleado—, esperaba que pudiera indicarme el camino a cierto lugar.

Ir al orfanato y explicar lo sucedido sin el apoyo y el testimonio de Ellis sería un desafío, pero tendría que hacerlo.

⁓

Fue una caminata de más de kilómetro y medio, lo supo porque los arcos de los pies empezaron a dolerle. De haber anticipado que tendría que caminar tanto, se habría puesto zapatos más cómodos. Ahora solo esperaba que la humedad se aferrara al nublado cielo un poco más.

Siguió de memoria las instrucciones del empleado y pasó junto a un grupo de niños que jugaban beisbol callejero en un lote baldío. En el pórtico de una casa cercana vio a un anciano durmiendo en su mecedora y, en la casa de junto, a una mujer golpeando una alfombra para desempolvarla.

Se preguntó si debería interrumpirla para confirmar que iba por el camino correcto, pero cuando se acercó a una desviación vio la vieja bodega de ladrillos que coincidía con la descripción que le había dado el empleado.

Vio la leyenda *McFarland Tanning Factory* escrita en descoloridas letras blancas e hileras de ventanas en ambos niveles, pero el brillo anaranjado del sol impedía ver lo que había en el interior.

No fue sino hasta que se acercó a la puerta del frente que encontró una prueba de la transformación del edificio: sobre la entrada había un letrero que confirmaba la desgarradora historia de Claire.

Hogar para niños de Warren County

Desde que la bolsa de valores se desplomó, muchas de las bodegas abandonadas de Filadelfia se convirtieron en refugios colectivos para indigentes, pero imaginar un lugar así lleno de niños y adolescentes solos en el mundo hizo a Lily respirar hondo.

Se preparó antes de jalar la cadena que hacía sonar la campana junto a la puerta. Esperó un momento, tal vez menos de lo que le pareció, y luego se abrió un pequeño cuadrado en la puerta de metal, al centro del cual se veía un ojo.

De pronto sintió que debía tener una contraseña, como si estuviera negociando su entrada a un exigente club clandestino.

—Buenas tardes —dijo levantando la mano enguantada con aire jovial, pero antes de que pudiera decir algo más, se cerró la puertecilla. Pensó que había fallado la prueba hasta que escuchó un rechinido grave que indicaba la apertura de un cerrojo y la puerta se abrió.

La mujer tenía la piel del color de la melaza y llevaba un sencillo y holgado vestido color café que colgaba de su robusto cuerpo. Las manchas en el delantal y el encrespado cabello que brotaba de su mascada indicaban que había tenido un largo día de trabajo físico.

—¿Viene a ver al señor Lowell?

—Vengo con la esperanza de llevar a casa a un niño. Si el señor Lowell es la persona con quien debo hablar, entonces la respuesta es sí —explicó Lily sonriendo para aumentar las probabilidades de que la dejaran entrar.

—Entonces pase —dijo la mujer y, una vez que estuvo dentro, volvió a echar el cerrojo. El rechinido metálico hizo que a Lily se le erizaran las raíces del chongo. Era obvio que cerrar para que los niños no pudieran salir era una medida práctica para protegerlos, pero sería igual de conveniente si se tratara de una prisión.

La mujer escoltó a Lily por un pasillo y ambas atravesaron puertas que le permitieron atisbar dos salones de clases con repisas para libros, pizarras y banderas estadounidenses. Había también una tercera sala que parecía ser para jugar, ya que en ella había cubitos de construcción y otros juguetes pequeños apilados cerca de un caballo de madera que se mecía y tenía la crin de estambre deshilachada por el uso.

Excepto por el ligero aroma a cuero del edificio, el interior en realidad no parecía una fábrica. De hecho, para ser un orfanato, resultaba un entorno bastante agradable.

Al llegar a la cuarta y última puerta, la mujer levantó un dedo para indicarle a Lily que debía esperar. Se asomó al interior de la habitación y habló de una manera que resultaba indescifrable desde el exterior.

Lily alcanzó a oír los sonidos de los niños en algún lugar cerca de ahí. Prestó mucha más atención, no porque pudiera reconocer a Calvin con solo escuchar, sino por curiosidad, y tuvo que luchar contra un intenso deseo de escabullirse y empezar a buscar.

—Pase por favor —dijo una voz desde adentro. El saludo del hombre la hizo girar hacia la oficina—. Soy Frederick Lowell, director del orfanato —agregó levantándose de un escritorio cuya superficie estaba tapizada de documentos, un poco como el del jefe, pero con la diferencia de que, aquí, los papeles y carpetas estaban acomodados en pulcras pilas. En la pared del lado derecho, incluso los trozos de papel y las pequeñas notas pegadas a un tablero de corcho estaban bien organizadas.

Cuando Lily entró, el señor Lowell señaló un par de sillas para visitantes, y la mujer que la había recibido desapareció.

—Póngase cómoda —dijo Lowell.

Lily le agradeció y, mientras se sentaba, notó, encima de la ventana detrás del director, un retrato enmarcado de una mujer mirando hacia abajo con ojos pequeños y brillantes. Tal vez era la fundadora del hogar.

—Le agradezco recibirme sin cita, en especial siendo tan tarde.

—Admito que, por lo general, solo recibimos gente con cita, lo cual explica mi apariencia más bien desprolija.

Lily sonrió y negó con la cabeza para restarle importancia a la innecesaria disculpa de Lowell. La referencia a la ausencia de un saco formal y a sus mangas arremangadas hasta los codos, se compensaba con facilidad al ver la elegante corbata de moño a cuadros y el cabello canoso, igual de bien peinado y elegante que su delgado bigote recto. Salvo por la nariz chueca debido a una fractura, era un hombre bastante guapo de unos sesenta años.

—Señor, estoy aquí porque busco a un niño.

—Sí, fue lo que me dijo Mildred. Es el tipo de noticias que me agrada recibir. Por supuesto… supongo que usted y su esposo han pensado bien las cosas —dijo el director.

El tono agudo al final de la frase implicaba que esperaba una respuesta positiva, pero la frase completa evidenciaba que se equivocaba respecto a su propósito y su estatus. Después de todo, los guantes de viaje impedían ver que no llevaba un anillo en el dedo… como el que Clayton le había dado y continuaba en su bolso.

Fue extraño, pero en esta ocasión, el hecho de ser madre soltera no le produjo vergüenza en absoluto.

—Me temo que debo aclarar la situación. Verá, apenas ayer me enteré de que el hijo de una amiga fue traído aquí por error. Puedo explicarle todo con detalles de ser necesario, pero en resumen, señor Lowell, ese pequeño debe estar con su verdadera madre.

El director no parecía asombrado en absoluto. Lily oró porque eso fuera una señal de comprensión en lugar de un suceso recurrente.

—¿Y de qué niño estamos hablando?

—Calvin Dillard —dijo, pero de inmediato pensó que tal vez le habían cambiado el nombre como lo hicieron con Ruby—. Ese es su nombre de nacimiento. Lo trajeron hace dos meses y tengo una fotografía —dijo mientras abría su bolso para sacar la fotografía del periódico. El director levantó la mano de inmediato.

—No es necesario, estoy bien familiarizado con el pequeño Calvin.

—Entonces… ¿sí lo tiene usted aquí? —Lily se esforzó por controlar su esperanza, lo cual resultaba difícil porque el señor Lowell sonreía.

—Sí —dijo el director—. Bueno… lo tuvimos algún tiempo. Hasta que le encontramos un hogar.

El suelo, que apenas hacía un instante se veía sólido, ahora parecía abrirse a los pies de Lily, quien sintió que caía por una enorme grieta. *¿Y por qué diablos sonríe?*, gritó en su cabeza, incapaz de hablar.

Como si pudiera escuchar sus pensamientos, Lowell controló su expresión.

—Le aseguro que se encuentra con gente cariñosa y respetuosa de Dios. Sus dos hijos son mayores y se han ido en busca de aventuras, la pareja se quedó sola y se encuentra en una posición adecuada para criar otro hijo.

La descripción no le brindó a Lily ningún confort. Los Millstone sonaban igual de impresionantes o más... hasta que ella se puso a averiguar.

—Reconozco que la situación de su amiga es desafortunada, por supuesto —dijo Lowell usando un tono más solidario—. Para ser franco, eso es lo que con frecuencia trae niños no deseados a nuestra puerta. Aunque es perfectamente razonable que una madre cambie de opinión, a veces la reflexión sucede demasiado tarde.

A Lily le costó trabajo recuperar su voz, el eco de su propio pasado se lo impedía.

—Pero no se trata de eso, las cosas no sucedieron así.

Lowell arqueó una ceja intrigado.

—¿Quiere decir que... el hijo de su amiga fue robado? ¿Que lo trajeron aquí sin que ella supiera?

—No... no exactamente. Ella estaba enferma cuando lo cedió, pero ahora... Todo ha sido un error —dijo Lily escuchando su propia agitación, la cual se intensificó cuando comprendió la naturaleza sentenciosa de su propio argumento—. Por favor, solo permítame explicarle.

El director estaba a punto de responder, pero de pronto miró a la entrada de su oficina.

—¿Sí, Mildred?

—Señor, los niños están peleando en el comedor. Usted dijo que si Freddy volvía a portarse mal...

—Sí, sí, lo atenderé personalmente —dijo poniéndose de pie. Antes de salir, se dirigió de nuevo a Lily—. Desearía poder ayudar más a su amiga. Por favor dígale que Calvin se encuentra ahora en muy buenas manos.

Lily se levantó sintiéndose tentada a impedirle la salida.

—Señor Lowell, si pudiera usted decirme quiénes lo adoptaron… Tal vez ellos comprenderán.

—Por el bien de los padres y los niños, nuestros registros son estrictamente confidenciales. Ahora, por favor discúlpeme…

—¿No podría hacer una excepción? ¿Solo en esta ocasión? Se lo suplico.

Los labios de Lowell se tensaron y sus fosas nasales se dilataron en señal de enojo. Tal vez porque lo estaba retrasando o porque tendría que repetir lo que ya había dicho. La guapura había desaparecido.

—No hago excepciones, y creo que quienes tienen una sólida fibra moral tampoco deberían hacerlo. Como le dije, Mildred tendrá la amabilidad de acompañarla a la salida.

Lily estuvo a punto de sujetarlo de la pierna. No se le ocurrió otra manera de detenerlo cuando pasó junto a ella dirigiéndose a la puerta. Lo único que impedía que sus lágrimas se desbordaran como ríos era la conmoción en la que aún estaba.

Y los archivos que tenía frente a sí.

Sobre el escritorio.

Al alcance de su mano.

—¿Señorita?

Era Mildred hablándole con urgencia para acompañarla a la salida. Cuando regresara, a su jefe no le agradaría descubrir que el orden de su escritorio había sido perturbado.

Lily obedeció y siguió a la mujer a la salida. ¿Qué más podía hacer?

Pero volvería.

Y, de alguna manera, encontraría la información que necesitaba.

CAPÍTULO 35

COMO REPORTERO, Ellis estaba muy consciente de que a veces la policía sacaba cuerpos del Hudson. Era uno de los efectos más desagradables de la Prohibición. Había visto fotografías demasiado repugnantes para ser publicadas: los miembros hinchados, la piel hecha harapos, las cavidades oculares vacías.

Ahora, en el asiento trasero del Packard, trató de eliminar de su mente las imágenes de sí mismo como un bulto sin vida, pero era bastante difícil hacerlo durante un trayecto silencioso con dos mafiosos al frente. Ninguno le había explicado nada. No le habían dicho adónde se dirigían ni cuál era el propósito del viaje, solo le dieron una palmada en la espalda antes de hacerlo abordar el vehículo y encerrarlo.

Para prevenir el pánico, se mantuvo en su papel de reportero. Observó y dedujo, y eso le permitió mantenerse a distancia de la situación.

Cuando Sylvia le dio su ultimátum, no especificó una fecha límite. Tal vez hoy era el día, y los amigos de su esposo tenían la misión de asegurarse de que respondiera de la manera correcta. O quizás estaban a punto de eliminar la necesidad de que respondiera en absoluto.

—¿Sería posible que nos comunicáramos, caballeros? Si me dijeran lo que quieren, tal vez podríamos ahorrarnos tiempo —dijo pensando que valía la pena intentarlo de nuevo, pero el hombre con cicatrices en las mejillas solo continuó manejando. El más robusto caló su cigarro a pesar de que las ventanas estaban cerradas. Gracias a la tolerancia que había desarrollado en medio de la neblina cotidiana en el periódico, Ellis pudo reprimir la tos.

Al mirar hacia afuera supo que seguían en Nueva York. Estaban en el Bronx, de hecho. Entonces se dio cuenta de que se dirigían a su apartamento. Si su plan consistía en montar la escena de un accidente, no era mala idea. Un resbalón fatal en la ducha o tal vez una caída trágica desde la ventana.

Al menos, el hecho de que su automóvil estuviera estacionado del otro lado de la calle, frente al periódico, serviría de pista.

A no ser que lo movieran de ahí.

Tragó saliva con dificultad, el aire había adquirido la densidad del lodo.

Entonces vino una sacudida. Una suave presión sobre los frenos hizo que el Packard desacelerara lo suficiente para girar a la izquierda en un callejón y detenerse. Los escoltas abrieron sus puertas y salieron del automóvil.

—Vamos —le dijo el conductor a Ellis.

El día anterior, un guardia le dio la misma orden para hacerlo salir de su celda. Volver a prisión tenía un nuevo atractivo.

Al salir del automóvil vio una puerta en la parte superior de una escalera de metal. Ya había estado ahí...

—*Muévete.*

Lo empujaron desde atrás. Las rodillas se le debilitaron a medida que subió por los escalones. El conductor, que se encontraba unos metros detrás de él, era más alto de lo que había imaginado la primera vez que lo vio.

El hombre robusto se quedó junto al Packard encendiendo un nuevo cigarro. El hecho de que no los siguiera solo le proveyó a Ellis un alivio mínimo, estaba seguro de que el conductor también estaba armado y se sentiría igual de cómodo jalando un gatillo.

Al entrar, caminó delante del conductor hacia un salón no iluminado. La puerta se cerró de golpe y el lugar se sumió en una negrura absoluta. La oscuridad lo envolvió como un túnel que recibe un tren a toda velocidad.

—Camina.

Avanzó lento, de la mejor manera que pudo, quería evitar otro empujón y, quizá, caer y golpearse la cabeza. Su visión empezó a ajustarse. Llegó a la mesa de recepción de un guardarropa que conducía a una entrada cubierta por cortinas, reconoció todo.

Estaba en el Royal, el exclusivo club adonde había llevado a sus padres. Igual que aquel día, el comedor brillaba bajo la luz de un gran candelabro, solo que, ahora, se veía tan silencioso e inmóvil como un cementerio. A pesar de que no estaba encantado, le daba gusto estar ahí, en lugar de en una fría bodega abandonada.

Continuó caminando sobre los mosaicos cuadrados, sintiendo al conductor casi pisarle los talones. Los pasos de ambos hicieron eco en los techos altos. Las sillas estaban volteadas, equilibradas sobre las mesas sin manteles. No había ni velas ni vajilla. Ningún testigo alrededor, solo el terror cada vez más cerca.

Pensó que pocas cosas eran peores que el suspenso ante lo desconocido. Giró y se detuvo.

—Si va a desaparecerme, hágalo. De otra manera, dígame por qué estoy aquí.

El conductor se lo quedó mirando impávido hasta que se escuchó un fuerte golpe que pasó por las puertas batientes de la cocina, en la pared del lado derecho. Ellis imaginó que un cocinero había dejado caer algunas sartenes, pero solo hasta que escuchó los gruñidos apagados, intercalados con los sonidos de piel golpeando piel. Alguien estaba suavizando carne. Y alguien más estaba recibiendo una golpiza.

No era necesario adivinar quién sería el siguiente.

—Ellis Reed —dijo una voz proveniente de atrás. En el último gabinete, parcialmente oscurecido por una cortina blanca de privacidad, había un hombre cortando un puro.

La ansiedad inundó a Ellis de la cabeza a la punta de los pies. Max Trevino se veía tan formidable en persona como en los periódicos. El costoso traje a la medida hacía destacar su prominente cuello y hombros. El negro cabello con incipientes mechones blancos lo llevaba peinado con goma, y tenía ojos oscuros y el porte de un siciliano típico.

—Siéntate, muchacho —le dijo ondeando el cortador de puros que tenía en la mano.

Ellis logró dar los pocos pasos que faltaban para llegar a la mesa. Se sentó en el gabinete y el conductor se colocó en posición de guardia, a no más de cuatro pasos.

—¿Sabes? —dijo Max—, desde hace cierto tiempo me he familiarizado contigo y tu trabajo.

—Me siento… honrado, señor.

—No deberías.

En la cabeza de Ellis dieron vuelta posibles respuestas, pero optó por mantenerse en silencio.

Max avivó su puro con un encendedor dorado y exhaló una nube terrosa.

—Algunos de tus artículos me causaron problemas en mis transacciones hace algunos meses. Y, como hombre de negocios, a mí me gusta que las cosas fluyan sin problema, como una máquina bien aceitada. Comprendes, ¿verdad?

Ellis pensó en las viejas pistas que le proveyó la mafia irlandesa. Varios de los artículos que escribió con ellas exponían los crímenes de políticos que se llenaban los bolsillos de dinero con los pagos de otros grupos criminales. Al parecer, parte de ese dinero provenía de Max.

—Pero, diablos, ¿qué estoy pensando? Por supuesto que comprendes la importancia de una máquina bien aceitada —añadió—. Después de quince años de trabajar en una fábrica, apuesto a que tu padre te enseñó todo al respecto.

El comentario con que hizo patente que estaba al tanto de su padre y sus actividades hizo temblar a Ellis incluso más que los ruidos que seguía escuchando al fondo, desde un cuarto lleno de cuchillos: otro golpe, otro gemido.

—¿Qué es lo que quiere, señor Trevino? —preguntó tratando de evitar que se le quebrara la voz.

—Esto. Hablar contigo —dijo el mafioso con una ligereza que resultaba casi convincente.

—¿Hablar de qué?

—La familia. La importancia de protegerla. Estoy seguro de que tú y yo estamos de acuerdo en este tema —explicó antes de exhalar varias veces el humo del puro. Estaba reclinado sobre su acolchado asiento, pero su amenaza implícita flotaba entre el humo—. La cuestión es que, por lo que escuché, tú y otra reportera, una dama amiga tuya, se han interesado mucho en los asuntos de mi hermana.

¿Su hermana?

En ese momento recordó algo que dijo Alfred en el banco, que durante mucho tiempo a él y su esposa les había atraído la idea de vivir en Nueva York para estar más cerca de sus parientes.

—Usted es hermano de Sylvia —dijo Ellis en cuanto ató cabos.

Y, en ese caso, cuando su redactor le dijo que se anduviera con tiento, se refería más a Sylvia que a Alfred.

Max arqueó sus gruesas cejas.

—No juegues a hacerte el tonto, muchacho, no tengo paciencia con la gente que me hace perder el tiempo.

Era lógico que supusiera eso, cualquier reportero decente habría visto la conexión para ese momento. El problema era que él había estado demasiado ocupado con el asunto de los Dillard, con Samuel y, ah, por supuesto, pasando tiempo en una celda.

—Me esforzaré por no hacerlo, señor.

Max escudriñó su rostro en busca de sarcasmo, pero Ellis no se atrevió ni a respirar.

—Como decía —continuó el mafioso—, si llegaras a averiguar algo interesante, creo que deberíamos hablar de ello. De manera extraoficial, por supuesto.

Era obvio que pocas cosas en la vida de Max Trevino podían discutirse de manera *oficial*.

—Oiga, señor Trevino —dijo un hombre que iba saliendo de la cocina. Pesaría unos 150 kilos de una equilibrada mezcla de grasa y músculo. Traía una toalla entre las manos, venía limpiándose manchas rojas que, a todas luces, no eran de salsa de tomate. Ellis trató de no imaginar cómo habría quedado la cara ni el cuerpo que recibieron la golpiza.

—Creo que ya acabamos aquí, señor. ¿Necesita algo más?

—Todavía no estoy seguro —contestó—. ¿Podrías quedarte un rato por aquí?

—Con gusto —dijo el matón del tamaño de una montaña al tiempo que volteaba a ver a Ellis—. Estaré limpiando allá atrás —agregó antes de desaparecer tras las puertas batientes. De no ser porque se escucharon más gemidos provenientes de la cocina, Ellis habría dado por hecho que con "limpiando" había querido decir en código que se desharía de un cuerpo.

Y si él no tenía cuidado, tal vez el matón tendría que realizar más tarde esa tarea pendiente en su agenda.

Max volvió a enfocarse en la conversación.

—¿Entonces? —preguntó, refiriéndose a su propuesta de discutir lo que averiguara.

Ellis trató de controlar el movimiento de sus manos y su respiración, cualquier indicio de deshonestidad resultaría perjudicial. No solo para él y sus padres, sino incluso para Lily, a quien de repente temió no volver a ver jamás.

—Señor, solo tengo buenas intenciones respecto a su familia.

Aunque Max permaneció en absoluto silencio mientras fumaba, Ellis vio que lo estaba escuchando.

Tratando de tomar en cuenta el tiempo y los valores del mafioso, se esforzó por simplificar su relato.

—Verá, había dos niños con un letrero, pero la fotografía que tomé fue solo para un artículo… —explicó antes de pasar a la venta no planeada que separó a la familia. No había necesidad de dar fechas, nombres u otros detalles que pudieran volver más densa la historia esencial. Luego habló de su preocupación por la madre que, aunque ahora estaba curada, se encontraba sola, y del bienestar de los niños.

—Y el bienestar de su hermana también —añadió enseguida.

Max se había quedado tan inmóvil, que era difícil saber si echaba chispas o solo lo estaba contemplando.

—Muchacho, dime *con exactitud*, ¿qué crees saber sobre mi hermana?

Aunque Ellis no estaba seguro de nada más, sabía que estaba pisando cerca de arenas movedizas.

Se tomó un momento para volver a adentrarse con cautela en la conversación. Estaba a punto de responder cuando Max habló con voz alta.

—¿Sal?

En ese instante el conductor tomó a Ellis de la parte del frente del cuello de su camisa y él, por reflejo, trató de resistirse al sentir la presión que ejercían los nudillos del hombre sobre su garganta.

—Por si no se ha dado cuenta, el señor Trevino le hizo una pregunta —dijo Sal.

Tratar de suavizar la situación dándole al mafioso una respuesta amable y falsa sobre su hermana sería lo más obvio. Era lo que tal vez le daría la oportunidad de salir de ahí de una sola pieza, literalmente. Pero su instinto, o quizá su estúpida esperanza, le dijo que Max compartía una preocupación similar a la suya. Y que esa, por encima de cualquier supuesto artículo, era la verdadera razón por la que organizó ese encuentro.

—Verá, no soy ningún experto en el tema —contestó con la voz tensa por la forma en que Sal lo estaba sujetando—, pero le diré todo lo que sé.

Tras un momento, Max asintió una sola vez para indicarle a Sal que retrocediera. Ellis recuperó el aliento y trató de organizar rápido lo que diría. Aunque estaba consciente de que tal vez se equivocaba por completo, había decidido atreverse a ser honesto.

Max caló de vez en cuando su puro mientras él le decía todo lo que había averiguado. Le contó las inquietantes cosas que había visto y escuchado, las cada vez más evidentes señales de delirio. Sin importar cuán depravadas y ridículas fueran las amenazas que Sylvia le hizo, en ese lugar no significarían gran cosa. Por eso mejor habló de la ropa y el nombre que Ruby heredó, de la cruel carta y las mentiras, de cómo terminaron de desgarrar a su familia alejando a su hermano en secreto. Describió las interminables horas de castigo por dificultar la resurrección de la hija, o sobrina, que se había ido de manera irreversible.

Para cuando Ellis terminó de hablar, Max jugueteaba con su cortador de puros: la apertura circular tenía el tamaño exacto del pulgar de un hombre adulto. Añadir argumentos sería como apostar, sabía que la línea entre proveer información y proferir una opinión era muy delgada.

Pero, al final, corrió el riesgo.

—En resumen, señor, yo diría que tiene usted dos opciones. O su hermana pierde a la niña o... dentro de poco, usted pierde a su hermana.

Los dedos de Max se detuvieron y sus ojos se entrecerraron de forma casi imperceptible. La espera que siguió no le brindó a Ellis consuelo.

Al final, el mafioso habló de manera contundente.

—Un hombre debe hacer lo que sea mejor para su familia.

La ambigüedad de su sentencia mantuvo a Ellis inmóvil. Detrás de él, el rechinar de una suela de zapato le hizo saber que Sal se acercaba. Seguro moría de ganas de continuar realizando una de las tareas más nefastas de su trabajo.

—Mañana por la mañana. Ocho en punto —dijo Max—. Te encontrarás conmigo en casa de Sylvia y la niña volverá adonde pertenece. *Capisce?*

El inesperado plan y la premura en todo el asunto tomaron a Ellis por sorpresa. Permaneció mudo hasta que el mafioso se inclinó hacia delante.

—Confío en que mi decisión no te cause ningún problema.

—Noo... para... nada, señor Trevino —contestó Ellis enseguida para evitar que Sal lo sujetara del cuello otra vez.

Max volvió a calar su puro y a reclinarse.

—Hemos acabado, Sal. Lleva al señor Reed de vuelta adonde lo encontraste.

Sal se dispuso a cumplir con aire estoico. Se dirigió a la salida y Ellis se levantó de prisa del gabinete para seguirlo. En esta ocasión él iba atrás, deseando estar al frente.

Tras dar algunos pasos se dio cuenta de que no le había agradecido al mafioso. Más que cortesía, lo haría como una inversión, así que giró, pero entonces vio que Trevino estaba perdido en su reflexión y supo que sería mejor no interrumpir.

En especial al ver el aire introspectivo en su rostro. La perspectiva de darle a su hermana la noticia seguramente era una fuente de temor.

Solo esperaba que no lo suficiente para hacer al mafioso cambiar de opinión.

CAPÍTULO 36

LILY TENÍA TODO EL DERECHO de estar enojada cuando Ellis llegó más de una hora tarde. Sin embargo, cuando entró por la puerta del pub en penumbra, que era uno de los pocos establecimientos de pueblo que continuaban abiertos, la invadió una oleada de alivio.

Él parecía sentir lo mismo. En cuanto la vio en la mesa del rincón, caminó directo hacia ella.

—Debo explicarle —dijo para tranquilizarla—, pero estoy muy contento de haberla encontrado. Temía que hubiera vuelto a casa para esta hora —agregó. Se había arriesgado bastante al viajar hasta Clover y buscarla en varios lugares.

—Bueno, sí… tuve una razón para quedarme —dijo. Dudó en darle la noticia, pero se sintió presionada al ver la forma en que la miraba—. Lo adoptaron, Ellis, pero *estoy segura* de que podemos encontrarlo —dijo haciendo énfasis en la última frase antes de disminuir el volumen. Todavía había varios clientes locales y debía ser cautelosa.

Ellis se sentó frente a ella, había captado su interés. Lily lo puso al tanto y explicó su plan en detalle.

—Para no arriesgarnos, creo que deberíamos esperar una hora más. Para entonces las luces del orfanato deberían estar apagadas.

La puerta del frente la cierran con un cerrojo grande, y creo que sucede lo mismo con otras del interior. Pero en un edificio viejo con tantas ventanas debe haber manera de meterse y echarles un vistazo a esos registros.

Cuando Lily terminó de hablar, hizo una mueca de dolor al notar la ausencia de reacción por parte de Ellis. Seguro pensaba que estaba loca. ¿Qué tal si los atrapaban? El director parecía una persona muy estricta, podrían terminar frente a un juez y con sus carreras destruidas sin importar el veredicto. Y ni hablar de la nueva dosis de chismes que se convertiría en una plaga para su familia.

Pero no podían darse por vencidos. *Ella* no podía.

—Ellis, si no quiere ser parte de esto, yo compren…

—Cuente conmigo —dijo sin dudarlo y con una confianza que la reanimó. Y luego, cuando la miró con esos ojos azules, casi la hizo olvidar el propósito de su plan.

Entonces se escuchó un ruido que disminuyó la tensión del momento. A Lily le tomó un instante darse cuenta de que era el estómago de Ellis. Le hizo recordar la ocasión en que lo encontró en Franklin Square.

Reprimiendo una sonrisa, deslizó su bol y la cuchara.

—¿Alguna vez *no se le olvida* comer?

Ellis olió lo que quedaba del estofado de Lily y sonrió.

—Al parecer, solo cuando estoy con usted —dijo. La forma en que suspiró tras el tercer bocado hacía evidente que había dejado pasar más de una comida.

Mientras él continuaba comiendo, Lily trató de no hablar demasiado de los riesgos de la misión que tenían por delante.

—Acabo de recordar que… —dijo—. Ese día en el parque, nunca me contó la historia.

Ellis estaba a medio bocado, pero levantó la vista confundido.

—¿Sobre un pato y… gelatina, ¿no?

Al escucharla, medio se rio y medio tosió.

—Lo siento.

Aclaró la garganta y negó con la cabeza.

—Es una tontería, no vale la pena repetirlo.

—Por la forma en que lo dice, lo dudo —insistió Lily. Lo presionó con una mirada juguetona hasta que él levantó la cuchara en un gesto que indicaba que se daba por vencido. Dejó de comer el estofado y se enderezó.

—Me parece que tenía diez años. Quería ir a cazar faisanes con mi pa, así que traté de reunir valor suficiente para dispararle a un ave de verdad. Cuando estuve solo en casa, tomé nuestra escopeta 410 y salí con un molde lleno de gelatina de espinacas y zanahorias que *ma* había preparado para un día de campo que tendríamos con algunos mineros.

Lily pudo ver adónde iba la historia.

—Ay, no, no me diga que…

—En el proyectil solo había perdigones diminutos, no creí que un solo disparo pudiera causar tanto daño.

—¿Explotó?

—En un millón de fragmentos, lo que no fue tan malo, tomando en cuenta que la gelatina de verduras sabe espantosa. El problema fue que dejó manchas verdes y anaranjadas en todas nuestras sábanas. Mamá las había colgado para que se secaran.

Lily no pudo evitar reír al imaginar la escena.

—Supongo que se metió en un gran aprieto.

—Me dieron un sermón soporífero. También me habría tocado el cinturón, de no ser porque quedé tan lastimado por el culatazo, que me tuvieron clemencia —explicó sonriéndole a Lily. Como si hubieran estado esperando una señal, en ese momento varias personas en el pub se rieron y Ellis volteó a verlas. Unos centímetros debajo de su sombrero, en la mejilla, Lily vio un terrible raspón. Lo que le impidió llegar a tiempo, ¿habría sido una riña?

Sin pensarlo, levantó la mano para tocarlo, pero se detuvo en cuanto él volteó de nuevo a verla.

—¿Qué es eso?

Ellis estaba a punto de responder, pero las risas volvieron a escucharse. Miró alrededor, parecía desconcertado por la gente que podría estarlos escuchando. Eso le recordó la situación en que se encontraban.

Con la cabeza señaló la salida.

—Hablemos en el camino.

Mientras Ellis conducía, una ligera lluvia cubrió el parabrisas. El cielo estaba nublado y cada vez más oscuro. Aún no eran las ocho, pero parecían las diez. Los jugadores de béisbol callejero ya no estaban, los pórticos se encontraban vacíos. Lily supuso que todo eso sería una ventaja para ellos.

Ellis se estacionó más allá de la vieja curtiduría y apagó el motor. Algunas de las ventanas del orfanato, en la parte de arriba, todavía estaban iluminadas. Las últimas en apagarse serían las de las habitaciones de los niños.

De estar sola, Lily se sentiría demasiado impaciente, pero ahora estaba absorta escuchando los momentos destacados de los últimos días: la súplica de Ruby, su arresto en la escuela, la confrontación con los Millstone y el sorpresivo trato con un mafioso llamado Max.

Geraldine no sabía nada de eso aún, Ellis le dijo a Lily que no había habido tiempo para contarle. Además, él apenas estaba digiriendo sucesos que correspondían más a una película con detectives de la Agencia Nacional Pinkerton y círculos de espías, que a la vida real.

—Al menos, la relación con mi padre es un poco menos tensa —dijo con una sonrisa a medias—. Tal vez terminemos viviendo juntos otra vez muy pronto —bromeó tratando de aligerar un poco el ambiente, pero también agobiado por las amenazantes consecuencias que ahora podrían ser aún más devastadoras.

Lily entró en el juego, pero de manera respetuosa.

—Bueno, estoy segura de que Geraldine estará muy agradecida de recuperar a Ruby, en especial cuando se entere de toda la historia. Para entonces, espero que sepamos dónde está Calvin. Y, de ser necesario, por Dios, creo que mis padres con mucho gusto encontrarían espacio en casa para recibir a los Dillard hasta que logren establecerse.

Ellis asintió sonriendo de nuevo. Cuando puso a un lado su sombrero, un ondulado mechón de cabello negro le cayó en la sien.

Durante varios segundos Lily trató de dejar de hablar del tema, pero no pudo.

—Pero, ¿y no tiene miedo de Sylvia? ¿De que intente vengarse de alguna manera?

Ellis lo pensó por un instante.

—Supongo que ya lo averiguaremos.

—Si ellos son quienes están controlando sus ahorros, ¿no podría preguntarle a ese individuo, Max, al respecto?

Ellis se rio.

—Creo que Max sería mucho menos solidario en lo referente al dinero y, por supuesto, querría un favor a cambio.

La frustración impidió que Lily se diera por vencida. Sí, le había dado su opinión a Ellis cuando temió que el atractivo del materialismo y los encabezados llamativos estuvieran cambiando su personalidad, dañando su forma de ser. Pero que le quitaran todo sería demasiado injusto.

Además, que la ayudara esa noche podría sumarse de manera muy negativa a su situación.

—Ellis, si ya hay cargos en su contra… tal vez no debería estar aquí.

—¿Cómo? ¿Y dejarle a usted toda la gloria, señorita Palmer? Ni lo piense.

—Hablo en serio, no tiene que hacer esto.

—Sí, tengo que hacerlo.

—Pero el riesgo que estaría corriendo…

—No sería distinto al que usted correría.

Lily podría argumentar y decir que él tenía más que perder, pero la determinación en su rostro le hizo saber que no tenía caso. Luego, cuando la miró a través del borroso ambiente gris, sus rasgos se suavizaron.

—Todo estará bien. No importa lo que suceda, estamos haciendo lo correcto.

Para ese momento, ella había comprendido que esa amabilidad en su tono era reflejo de su personalidad y, al escucharlo, la armadura alrededor de su corazón se cerró. Él separó los labios como si lo hubiera percibido y dejó que su mano abandonara el volante y bajara. La posibilidad de que se inclinara y tocara su mejilla, de que la besara como una vez lo hizo, capturó el aliento en la garganta de Lily. Las sensaciones de aquel momento volvieron: sus dedos en su cabello, la manera en que acarició su cuello.

Sin embargo, Ellis de pronto enrolló los dedos y colocó la mano sobre su propia pierna.

Era un mensaje, accidental o no.

Ella volteó de inmediato hacia su ventana y, exhalando con discreción, borró las imágenes de su mente. Agradecida de que él no las hubiera visto.

¿Las luces del orfanato se apagarían en algún momento?

—Se da cuenta de que, si logramos esto —dijo Ellis un momento después—, le proveería excelente material para su columna, ¿verdad?

Aparte del jefe, Lily no le había mencionado el asunto a nadie. Volteó enseguida a ver a Ellis.

—¿Lo sabe?

Él se veía tan sorprendido como ella.

—¿Saber qué? ¿Consiguió una columna?

—Pensé que… Sonó como si estuviera enterado.

—Pero no lo estoy —dijo Ellis.

—Entonces, ¿cómo…

Ellis encogió los hombros en una actitud divertida.

—Es solo que la he visto como mil veces con esos libros de Nelly Bly. Supuse que eso había sido lo que la trajo al periódico, que fue su primera motivación.

A Lily le conmovió descubrir que le había prestado ese tipo de atención, pero no se atrevió a confesarlo.

—¿Soy así de predecible?

—¿Con base en lo que ha sucedido esta noche? No, no diría que lo es, para nada —dijo Ellis. Ella sonrió y él correspondió con el mismo dulce gesto, aunque un poco más franco y amplio—. De cualquier forma, felicitaciones. Para que el jefe conceda un espacio como ese, se necesita que haya quedado muy impresionado con su forma de escribir.

—Creo que tuvo más que ver con el hecho de que lo fastidié hasta cansarlo.

—Lo dudo, al jefe nunca le ha costado trabajo repetir la palabra "no" sin fatigarse.

Eso era verdad, y el halago resultó intoxicante, la llenó de orgullo.

—Entonces, ¿cuándo se estrena la columna?

Lily no tenía una respuesta, pero en cuanto recordó por qué, sintió que el bolso sobre su regazo pesaba como si fuera de hierro. En especial por el anillo en su interior. Era como un ancla en la realidad.

—En realidad… no estoy del todo segura de que vaya a estrenarse.

—¿Cómo dice?

—Es solo que mis planes podrían cambiar.

La miró en silencio, en espera de una respuesta.

El negocio de las noticias estaba conformado por una comunidad pequeña, por un grupo de chismosos profesionales. Ellis merecía escucharlo directo de ella.

—Le ofrecieron un empleo a Clayton, en el Departamento nacional del *Chicago Tribune*. Quiere que vayamos con él. Es decir, no *usted y yo* —explicó señalándose y señalándolo a él ruborizada. Qué ridículo tener que aclararlo—, sino *nosotros*, Samuel y yo. Lo que quiero decir es que... me propuso matrimonio.

Ellis abrió los ojos a más no poder.

—Yo... no sabía que...

Dios santo, lo imaginó reproduciendo el momento que vivieron en la cocina. Seguro ahora pensaba que se lo había ocultado en ese momento.

—Es algo reciente —aclaró enseguida—. Muy reciente. Ni siquiera he tenido oportunidad de asimilarlo, con todo lo que ha pasado con los Dillard, ya sabe.

—¿Y va a aceptar?

Aunque debería hacerlo, no estaba segura aún. Como Clayton lo había planeado, renunció al *Examiner*. Ella lo supo en cuanto notó en el jefe una profunda irritación que solo desaparecería con el paso del tiempo. Por eso pasó todo el día eludiéndolo. También había evitado a Clayton, pero por una razón completamente distinta: esperaba una respuesta pronto.

Lily ya había decidido, solo esperaba haberlo hecho bien.

—Creo que... sí...

Ellis habló, pero cambió de tema.

—¿Y qué hay de la columna?

—Supongo que tendrá que esperar. En realidad no es tan importante —dijo, sintiéndose cada vez más segura mientras hablaba—. Estar con Samuel, formar una familia, eso es lo que importa.

Tras una marcada pausa, Ellis la miró complacido. Sus ojos, sin embargo, decían que no estaba convencido.

—Por favor, no haga eso.

—¿Qué?

Mirarme de esa manera, como si comprendiera todo de mí.

—Lo que sucedió entre nosotros… entre usted y yo… Debe saber, Ellis, que yo estaba demasiado sensible después del episodio de fiebre de Samuel. Me sentí agradecida por su ayuda y por lo que me dijo. En verdad significó mucho para mí, pero no puedo cometer otro error, tengo que pensar en mi hijo. Y Clayton… es un buen hombre. Será un padre cariñoso y confiable. ¿Qué más podría yo pedir?

Ellis solo se quedó asimilando sus palabras. Al final, se recargó en el asiento del automóvil y le mostró su comprensión con una melancólica sonrisa.

—Me da gusto por todos ustedes. En verdad.

Lily se negó a mirarlo a los ojos, estaba decidida a no flaquear.

—Gracias.

En el eterno lapso a continuación, la tensión se tornó tan densa y con tanta facilidad, que, en algún momento, cada uno construyó con ella muros a su alrededor.

—Llegó la hora —dijo Ellis al fin y sacó una linterna de debajo de su asiento.

Solo hasta que bajó del automóvil se dio cuenta de que el orfanato estaba completamente en penumbras.

CAPÍTULO 37

Este era el lugar. Ellis alumbró con la linterna a través de la ventana que le quedaba a la altura del pecho y confirmó que estaban afuera de la oficina. Sobre el escritorio había un par de registros apilados, justo como Lily lo había descrito.

El problema era que la única ventana del lugar no podía abrirse. Empujó con toda la fuerza de la que era capaz, pero el cerrojo estaba puesto.

—¿Qué tal esta? —susurró empezando a caminar.

Ellis la siguió y alumbró el cuarto contiguo, donde vieron una serie de juguetes que indicaban que era un área de juegos.

Trató de entrar, pero no tuvo suerte.

Pasaron al siguiente.

Un salón.

Mismo resultado.

De este lado del edificio solo quedaba un puñado de ventanas en el primer piso, y las probabilidades de que alguna de ellas estuviera abierta parecían pocas.

Era una precaución peculiar en un pueblo tan pequeño.

Lily lo miró como si tratara de compartir con él ese pensamiento. Las sombras enfatizaron la aprensión en su rostro, pero eso no le impidió avanzar al siguiente cuarto con las manos extendidas, preparada para intentarlo ella misma.

—Espere —le advirtió Ellis. Necesitaba echar un vistazo con la linterna primero.

Lily no esperó, empujó la ventana y sonrió cuando la vio levantarse algunos centímetros.

Lo estaba volviendo loco. Por más razones que solo esto, pero no podía pensar en esas ahora.

Por suerte el lugar estaba vacío, era un salón parecido al primero.

Ellis guardó la linterna en el bolsillo de su saco y ambos empujaron el vidrio hacia arriba, de un lado y del otro, de forma alternada hasta que el hueco fue lo bastante amplio para pasar por ahí. Lily sujetó el alféizar y vio que era demasiado alto para que ella misma pudiera impulsarse y subir, pero su renuencia a pedirle ayuda a Ellis era evidente.

A pesar de todo sentido común, la disposición de él a ofrecerle su ayuda era casi igual de fuerte.

—Espere —dijo entrelazando sus dedos para formar un escalón. Dadas las limitaciones de su falda de trabajo, Ellis se acuclilló hasta estar a la altura adecuada.

¿Qué otras opciones tenían?

Lily se quitó las zapatillas y volvió a sujetarse del alféizar. Sobre las palmas entrelazadas de Ellis colocó su pie envuelto en la suave media de seda y se impulsó hacia arriba. Cuando su cuerpo estuvo a solo centímetros del rostro de Ellis y se estiró por encima de él para entrar al salón, él desvió la mirada.

Ahora era su turno.

Se impulsó hacia arriba, preocupado por la posibilidad de hacer tintinear las hojas de vidrio sobre él. Un pequeño librero le ayudó a aterrizar. Cuando estuvo a salvo sobre el piso, se incorporó. Y la linterna se deslizó y cayó de su saco.

Clac. La tomó y la deslizó hacia arriba.

Ambos contuvieron el aliento y se quedaron mirando la puerta a medio abrir. Parecía abrirse un poco más, pero por sí misma, tal vez era una ilusión visual nocturna.

El silencio duró lo suficiente para convencerlos de que estaban a salvo.

Suspirando de manera entrecortada, pasaron caminando al lado de varias hileras de sillas y pupitres. Lily se asomó al corredor antes de salir de puntitas del salón. Ellis la siguió, aún atento por si escuchaba algún ruido que indicara movimiento. Tres puertas más allá, frente a la oficina, Lily se detuvo. La identificó a través de la ventana y giró el picaporte. Luego miró a Ellis con la preocupación exacerbada en su rostro.

La puerta estaba cerrada.

Él no se veía tan angustiado. Tener un padre que prefería meterle mano a cuanta máquina tuviera cerca en lugar de conversar con la gente, terminó siendo una ventaja.

Le dio la linterna a Lily y, al ver su confusión, colocó su dedo índice sobre sus labios para indicarle que guardara silencio. Luego se estiró por encima de su hombro y sacó dos horquillas de entre su cabello. Los bucles cobrizos se desenrollaron y cayeron alrededor de su cuello. Para ese momento ya había entendido, así que se hizo a un lado y dirigió la luz de la linterna a la puerta.

Apoyado sobre una rodilla, Ellis insertó las horquillas en el picaporte. La única razón por la que se atrevió a intentarlo fue porque vio que era un picaporte simple. Y también, claro, por el tonto deseo de impresionar a Lily.

Necesitaba concentrarse. Habían pasado años desde la última vez que lo hizo. Fue en su período de rebeldía, por una apuesta para ver quién se atrevía a abrir la cerradura que separaba los vestidores de los chicos de los de las chicas. Se convirtió en el héroe de sus compañeros, pero solo hasta que se escucharon los alaridos de ellas.

De la misma manera que lo hizo entonces, maniobró con base en sus sensaciones a pesar de que empezaba a creer que había olvidado cómo hacerlo. Pero en ese momento el mecanismo se movió, algo se liberó y la cerradura hizo un ligero *clic*. Giró el picaporte por completo y Lily sonrió. Por un instante.

Atravesó la oficina y se lanzó de lleno a la primera pila de carpetas sobre el escritorio. Él cerró la puerta y atacó la segunda pila. No le tomó mucho tiempo terminar, la mayoría de los documentos tenían que ver con servicios, permisos y otros negocios regulados.

Lily, mientras tanto, fue pasando registros de niños con las puntas de los dedos, hasta que empezó a desacelerar y mirar las fotografías. Las notas sobre las circunstancias seguro eran desgarradoras, así que Ellis tuvo que apretar un poco su antebrazo para recordarle que no tenían tiempo para eso. No ahora.

Ella recobró la compostura y retomó el paso, ya casi llegaba a los registros en la parte inferior.

Tenía que haber más.

Ellis vio un archivero vertical en un rincón. Trató de abrir los tres cajones tirando de cada uno, pero una cerradura en la parte superior los mantenía cerrados. ¿En verdad el personal tenía tanto miedo de los ladrones? ¿Qué demonios trataban de proteger tanto?

Entonces comprendió. Todas esas cerraduras, en las ventanas, la oficina, los archiveros, las usaban por los niños, para mantenerlos *dentro*, pero también para ocultar cualquier vínculo con su pasado.

—No está aquí —susurró Lily un instante antes de ver lo que Ellis había encontrado—. ¿Puede abrirlo como lo hizo con la puerta?

Él negó con la cabeza. Incluso si supiera cómo hacerlo, era demasiado pequeño para las horquillas.

—La llave debe estar aquí, en algún lugar.

Dividieron la oficina y se pusieron a trabajar de inmediato. Ellis pasó las manos por las superficies en busca de algún escondite. Detrás del archivero, a lo largo del tablero de corcho, sobre el marco de la puerta.

—Ellis… —murmuró Lily mirando en el interior de uno de los cajones del escritorio. Había más carpetas que revisó enseguida. Es él.

—Ellis se apresuró a ver por sí mismo. En efecto, en la segunda carpeta de arriba hacia abajo, estaba la fotografía del niño engrapada a una hoja. *Calvin*, decía. Ellis conocía esa carita redonda y los labios de angelito, las gruesas pestañas y esos ojos enormes, ahora tan tristes. No había apellido, era solo un niño más de las calles, sin padres, no deseado. Pero en realidad no.

Revisaron rápido la siguiente hoja y luego la de atrás. Había firmas y una dirección garabateada…

Un crujido hizo voltear a Ellis. Lily hizo una mueca de dolor, era el sonido de tuberías de metal, los maltratados huesos de un edificio tratando de descansar. Un propicio recordatorio de que debían salir de ahí.

Lily tomó las dos hojas con la dirección y la información que necesitaba y dejó la del frente en la carpeta que le entregó a Ellis para que la volviera a poner en su lugar. La ventana del salón seguía abierta, lo mejor sería salir por donde entraron.

Otro vistazo al corredor. Cerraron la puerta y regresaron al librero. Sería más fácil ayudarle a Lily a descender si él estuviera del otro lado.

—Saldré primero —le dijo. Apenas comenzaba a subir la rodilla cuando la luz del salón se encendió con un destello que casi los cegó.

Giraron y vieron a una mujer negra parada junto a la puerta con la mano en el interruptor y los ojos desorbitados por el miedo.

—Soy yo, soy yo —dijo Lily rápido con voz ronca, tratando de evitar que gritara—. Estuve aquí en la tarde, ¿recuerda?

La mujer retrocedió, sujetó el cuello de su bata de baño y miró las dos hojas en la mano de Lily.

Lily las abrazó contra su pecho, protegiéndolas.

—El pequeño por quien vine, Calvin Dillard... Necesitaba saber adónde se había ido para hablar con las personas que lo adoptaron. Mildred, él nunca debió estar aquí, debe creerme.

Mildred seguramente conoció a Calvin porque parecía ser parte del personal y vivir en el edificio. Debió de haberlo escuchado decir que quería volver a casa o llorar porque extrañaba a su madre y su hermana.

Sin embargo, eso no lo diferenciaba de la mitad de los huérfanos que vivían en ese lugar.

Ellis se preguntó si añadir algo ayudaría o sería contraproducente, pero tenía que actuar.

—Por favor, señora, estoy seguro de que trabaja aquí porque le interesan los niños. Muchos de ellos darían cualquier cosa por volver con sus verdaderas familias.

Mildred bajó la mirada y relajó un poco la mano con que sujetaba su bata.

—Podemos ayudar a lograrlo si nos lo permite —agregó Ellis antes de dar un paso hacia ella sin pensar. Y cuando levantó la mano apelando a su sentimientos, ella alzó la cara de golpe.

Ellis se había acercado demasiado, apostó a la acción incorrecta.

Entonces alguien tosió. Un hombre en algún lugar del corredor.

Nadie se movió.

En la mirada de Mildred era posible ver el conflicto, su empleo y obligaciones contra argumentos cuestionables de desconocidos que estaban violando la ley. No sería muy difícil elegir, no les debía nada a ellos.

Ellis se preparó para verla huir y gritar, para alertar al resto del personal, se preparó para sujetar a Lily, lanzarla por la ventana y ordenarle correr.

Pero entonces Mildred levantó la mano.

—Váyanse —murmuró. Les estaba diciendo que se largaran.

Lily asintió y se escabulló hasta donde estaba Ellis, quien trepó con rapidez antes de ayudarla a bajar. Sus medias acababan de tocar la tierra cuando la ventana se cerró. Ellis le agradeció a la mujer en silencio a través del vidrio mientras Lily se ponía los zapatos. Segundos después, el salón detrás de la ventana se volvió a oscurecer por completo.

Se apresuraron a llegar al automóvil. A Ellis le tomó tres intentos encender el motor antes de poder manejar hacia la carretera. Con las manos temblando por la adrenalina, volteó a ver cómo se encontraba Lily. Ella ya estaba examinando las hojas que robaron bajo la luz de la linterna.

—Briasburg —dijo—, en Sussex County, ahí fue Calvin. Debe de estar a… ¿media hora al norte?

— Más o menos —dijo Ellis. Le tomó un momento comprender que quería ir en ese instante—. Lily, es demasiado tarde para hacer una visita —explicó, pero su precaución no tenía nada que ver con los buenos modales. Llegar sin anunciarse y molestar a una pareja, en especial a esa hora, tal vez no era la mejor estrategia.

Antes de que pudiera decirlo, ella habló sin reservas.

—Si en la mañana el director nota que las hojas no están, podría llegar antes que nosotros a hablar con la familia.

Ellis pensó en esa posibilidad. Lily tenía razón.

Pero, claro, ¿cuándo no?

Volteó a la parte de atrás del automóvil y con una mano buscó en el interior de su bolso de cuero.

—Usted nos guiará, yo conduzco —dijo al entregarle el mapa.

CAPÍTULO 38

En algún lugar del camino dieron una vuelta equivocada. Dos, de hecho. Atravesar carreteras y caminos rurales desconocidos era de por sí difícil, pero en una noche lluviosa y sin luna, resultaba aún peor. A eso había que añadir el cansancio de la semana y, sin duda, Lily había interpretado mal el mapa. En dos ocasiones.

Las veces que tuvieron que retroceder implicaron más tiempo y cortesía. Cada vez que ella se disculpaba por sus errores, Ellis le aseguraba que no había problema, pero solo lo hacía por impulso. Empezó a mostrarse indiferente y ella se puso a la defensiva. En conjunto terminaron formando un imponente tercer pasajero y, para cuando encontraron Tilikum Road, ella estaba más ansiosa que nunca de llegar a su destino.

Ellis aminoró la marcha y ambos bajaron las ventanas, encontrar la casa a través de los vidrios mojados por la lluvia sería más difícil. El aroma del fango y el heno mojado penetraron en el automóvil, también el agua que humedeció los asientos y su ropa. Pero todo era una dificultad menor en comparación con su objetivo.

—Ahí hay una casa —exclamó Lily señalando luces al fondo de su lado del camino. ¿Calvin estaría por fin así de cerca?

—Busque el buzón.

Lily forzó la vista, los campos se extendían y parecían dominar la zona. La ironía de que el pequeño hubiese terminado en un lugar tan parecido a la casa que perdió era reconfortante y cruel al mismo tiempo.

—Ahí —dijo Lily al ver un buzón de lata que brilló al recibir la luz de los faros del automóvil.

Ellis se detuvo a una distancia que permitía leer y limpió el parabrisas con la delgada hoja manual. Los documentos seguían en el regazo de Lily, pero los nombres y la dirección de la pareja ya estaban grabados en su memoria.

Exhaló al ver los números pintados en el buzón.

—No es aquí.

—Entonces solo busque el siguiente

Ellis tenía razón en reaccionar con frialdad. En el mapa, el camino no parecía ser tan largo, la casa correcta tenía que estar por ahí en algún lugar.

Lily volvió a enfocarse mientras él manejaba. El traqueteo del motor casi no se escuchaba bajo el golpeteo de la lluvia y el trinar de los grillos.

Otro buzón incorrecto, luego otro más. El cuarto no tenía información y la ausencia de luz indicaba que los residentes se habían retirado a dormir. Ellis optó por saltarse esa casa por el momento y dijo que volverían de ser necesario. No obstante, a medida que siguieron avanzando, la posibilidad de que esa fuera la dirección que buscaban, inquietó a Lily cada vez más.

—¿Podríamos volver a aquella casa ahora? —preguntó.

Lo más probable era que tuvieran que despertar a la gente, pero después de las nueve de la noche en una zona de cultivo, sería el caso en cualquier otra casa. Además, tenían que hablar con la pareja antes de que el director apareciera.

Ellis se la quedó mirando, tratando de evaluar si su petición era producto de una corazonada o de su impaciencia.

—Pasando esta colina daré la vuelta —dijo, cualquiera que haya sido su conclusión.

—Gracias.

El automóvil crepitó durante la segunda mitad de la cuesta y después bajó casi deslizándose. En cuanto el camino volvió a emparejarse, Ellis se hizo a un lado, lo cual dejó espacio para que dieran vuelta de nuevo. En cuanto cambiaron de dirección, Lily vio otro buzón. Cuando los faros del automóvil lo iluminaron, las letras negras sobre el fondo blanco se leyeron como si fueran una marquesina.

GANTRY

—Deténgase —dijo Lily. La "A" estaba un poco borrada y a la "Y" la oscurecía un poco de óxido, pero sin duda era el apellido. Coincidía con el documento firmado por Bob y Ada Gantry—. Son ellos —exclamó Lily con el pulso agitado—. Sí, definitivamente son ellos.

Ellis se inclinó hacia ella, pero solo lo suficiente para asomarse por su ventana.

A lo lejos se movía una luz, era una persona con una linterna tal vez. Luego la figura pareció entrar en lo que se veía como una casa.

—Al menos hay una persona despierta —dijo ella animada.

Ellis estuvo de acuerdo, pero decidió que sería mejor tomar las cosas con calma, así que solo cerró su ventana, le indicó a Lily que hicieran lo mismo, y avanzó lento por el camino de tierra. Los guijarros hicieron que el automóvil saltara y traqueteara un poco más.

Se estacionaron cerca del granero.

—Por favor, permítame ser yo quien hable —dijo Ellis, sin ningún gesto de arrogancia ni condescendencia.

Y entonces ella comprendió que a lo largo del trayecto se había mantenido en silencio porque estuvo pensando en cómo actuaría y lo que diría, ya que cada palabra sería crucial ahora.

—¿Está seguro? Me dará mucho gusto comenzar, si quiere —dijo Lily. Cierto, la discusión que tuvo con el director del orfanato no tuvo éxito de manera directa, pero al menos le había permitido practicar.

—Necesito solucionar esto —dijo Ellis volteando a verla. Sonaba como si fuera su obligación—. Solo lo han tenido algunos meses, si aceptaran hablar con Geraldine, estoy seguro de que comprenderían. Es una mujer decente y cariñosa, y es la madre de Calvin. ¿Cómo podrían negarse?

—No podrían —dijo Lily. Estaba de acuerdo en eso, ahora era ella quien necesitaba imbuir confianza y hacer un lado sus temores. Incluso sonrió—. Iré con usted.

Ellis asintió mirándola con aprecio.

Caminaron con prisa bajo la lluvia hasta llegar al pórtico cubierto. Por lo que Lilly alcanzó a ver en la oscuridad, la granja de dos pisos era de color claro y tenía una estructura típica. Ellis no dudó en tocar a la puerta, pero esperaron lo que pareció una eternidad.

Finalmente alguien abrió a medias. Detrás de la estructura de malla había una mujer con una lámpara de queroseno. Vestía bata y pantuflas, y sobre el hombro le caía una larga trenza. La amarillenta luz de la lámpara parpadeaba sobre su largo rostro.

—¿Señora Gantry? —preguntó Ellis.

—¿Sí?

—Señora… comprendo que es muy tarde, pero…

—¿Quién anda ahí? —interrumpió una voz áspera que asustó a Lily.

En lugar de responder, la señora Gantry se hizo a un lado para que pasara quien parecía ser su esposo. El hombre llegó descalzo y con un largo camisón a cuadros que cubría su prominente barriga. El cabello en la parte de atrás de su cabeza estaba tieso, como si se acabara de separar de la almohada.

Como por reflejo, Lily bajó un poco la mirada.

—¿Y bien? —gritó el hombre, esta vez dirigiéndose a Ellis.

—Lamento haberlo despertado, señor.

—Más vale que esto sea importante. En la mañana tengo que cuidar los campos —dijo el hombre mientras la señora Gantry colocaba la lámpara en la mesa de la entrada antes de retroceder con timidez y curiosidad al mismo tiempo—. Y si vienen a vender algo, pueden seguir su camino —agregó.

—En absoluto, señor Gantry. Venimos por un asunto distinto.

El hombre miró a Lily, quien sonreía amablemente a pesar de que él permanecía inmutable.

—Verá —continuó Ellis—. Estamos aquí para hablar de un niño que usted y su esposa adoptaron hace poco, un niño llamado Calvin. Del Hogar para niños de Warren County.

El señor Gantry se veía receloso.

—¿Qué hay con eso?

Aunque al decir "eso" tal vez se refirió al tema, Lily se resistió a la idea de que estuviera hablando de Calvin.

Al menos, el hombre había confirmado la adopción sin darse cuenta. Eso hizo que Lily empezara a imaginar la situación en la casa, más allá de la pareja. ¿Calvin estaría en el piso de arriba arropado en su cama? ¿Bajaría corriendo si escuchara su nombre?

Trató de contenerse mientras Ellis explicaba la información esencial sobre el dilema, un niño que fue tomado por error y una madre amorosa que ahora estaba sola. Terminó diciendo que esperaba encontrar una solución, si la pareja aceptara reunirse con Geraldine.

El señor Gantry se cruzó de brazos, una de sus mangas se deslizó y dejó a la vista el tatuaje de un torpedo que tenía en el antebrazo. Seguro era de su tiempo en la Gran Guerra y entonaba con su desagradable comportamiento.

—Veo su problema —dijo—. Ahora bien, este es el mío: yo pagué una buena cantidad por el muchacho. Lo compré con todas las de la ley.

Lily imaginó que había escuchado mal.

—¿Dijo "lo compré"? —preguntó.

—Eso es. Pagué los gastos de las fotografías, el papeleo y todas esas cosas. Así que no me interesa hablar con ninguna mujer, no me importa qué le haya sucedido ni su triste historia. El muchacho va a trabajar en la granja, para eso lo traje.

Lily no se esforzó en ocultar su repulsión. Con razón sus hijos se fueron cuando crecieron en lugar de quedarse a ayudarle. Volteó a ver a la señora Gantry, quien se veía acobardada. Antes de que se escabullera y desapareciera de vista, Lily alcanzó a ver en su rostro la vergüenza.

—Le pagaré —dijo Ellis, evitando que Lily replicara.

—¿Cómo dijo? —preguntó el señor Gantry entrecerrando los ojos.

—Le reembolsaré todo lo que haya gastado.

Hablar de lo esencial, ese había sido el plan, pero solo hasta que se enteró de que Calvin se encontraba en calidad de esclavo.

Gantry analizó a Ellis a través de la puerta de malla. Aún parecía desconfiar, pero era obvio que la tentación era inmensa.

—Fueron veinte dólares —dijo.

—De acuerdo.

Ellis respondió demasiado rápido para haberlo pensado. El granjero pareció comprender su propio error.

—Claro que eso no incluye la comida, la ropa y otros gastos que hemos tenido. Los niños pueden salir caros, usted sabe —dijo con el labio inferior enrollado, con aire irónico y calculador.

Ellis se quedó callado un largo rato.

—¿Cuánto?

—Oh, yo diría que si lo duplicamos y lo hacemos cuarenta, sería más justo.

La tensión en la mandíbula de Ellis y los puños bien apretados dejaban ver que su cara amable estaba dando de sí. Estaban hablando de un ser humano, negociando por un niño, por Dios santo.

Entonces Lily se dio cuenta de que, si llegaran a los golpes, incluso esa opción se desvanecería.

—¿Dijo cuarenta? —intervino ella. La pregunta captó la atención de Gantry. Lily habló más lento, fingiendo que estaba considerando la situación—. Me parece que sería hasta cierto punto un sacrificio, pero creo que podemos pagarlo.

—De acuerdo —dijo el hombre asintiendo con aire engreído antes de abrir la puerta de par en par—. Venga el dinero —agregó meneando los dedos de la mano que tenía libre y extendida.

Lily se quedó mirando a Ellis. Él le había dicho que, con su cuenta bloqueada, y después de comprar la gasolina para el viaje, solo le quedaban tres dólares. Ella no necesitó hurgar en su bolso, sabía que no tenía más de cinco.

—En realidad no tenemos el dinero aquí, admitió, pero puedo ir por él de inmediato —dijo Lily sabiendo que sin pensarlo lo tomaría del dinero que había ahorrado y tenía en casa.

—Eso imaginé —gruñó el señor Gantry dando fin a la negociación o a lo que, quizá, solo fue una prueba desde el principio—. Lárguense de mi propiedad y no vuelvan jamás o llamaré al sheriff —dijo y cerró la puerta de malla, pero antes de que esta se cerrara, Ellis la sujetó.

—No, espere…

El señor Gantry lo fulminó con la mirada y siseó entre dientes.

—O quita sus patas de mi puerta, o las cosas se van a poner feas muy rápido.

Ellis soltó la puerta y la malla formó de nuevo una endeble barrera.

—Se trata de un niño y tenemos que pensar en él —agregó en un tono más osado.

—¡Ada! —aulló el señor Gantry mientas volteaba hacia atrás—. ¡Trae mi escopeta!

Lily sujetó a Ellis del brazo y lo jaló hacia atrás.

—No hay necesidad de eso, señor, ya nos vamos. En este preciso instante —le dijo al granjero.

Ellis se resistió durante algunos segundos que pusieron a Lily demasiado nerviosa, pero por suerte, terminó cediendo.

—Seguro —dijo—, ya nos vamos.

Y eso hicieron.

El granjero los siguió con la vista hasta que se escuchó el motor del automóvil. Cuando la puerta de madera de la casa se cerró, obedecieron y se fueron.

Aunque… no tan lejos como al señor Gantry le habría gustado.

CAPÍTULO 39

—¿En verdad podrá ser esto correcto? —preguntó Lily en voz alta. Sus palabras se filtraron en los pensamientos de Ellis y en el golpeteo de la lluvia en el automóvil estacionado cerca de la entrada al acceso de los Gantry. Se habían quedado ahí para reorganizarse y pensar. Ella estaba repasando los documentos de Calvin con la linterna cubierta para mantener la oscuridad en el interior—. Aquí atrás dice que el proceso de adopción dura un año, lo que significa que aún no es oficial. Esto debería facilitarle las cosas a Geraldine, ¿no?

Ellis estaba distraído, su respuesta tardó en llegar.

—Eso esperaría yo.

—Bien… de cualquier manera, tenemos que hacer un plan.

El plan ya estaba tomando forma, pero no la incluía a *ella*.

—¿Podría pasarme el mapa? —dijo Ellis, señalando el piso del automóvil, junto a los pies de Lily.

—¿El mapa? ¿Para qué?

Intuyendo que objetaría, respondió sin mirarla de frente.

—Tengo que encontrar una estación de trenes o autobuses cerca de aquí.

—¿Por qué?

Entre los dos podrían comprar un boleto. Claro que él se quedaría con ella hasta que amaneciera, hasta que partiera el primer transporte disponible.

—La voy a enviar a casa.

Lily se lo quedó mirando.

—¿De qué habla?

—Necesita volver, tiene que estar en el periódico mañana temprano.

—¿Y usted no?

—Lily, prometo que la mantendré informada —dijo levantando la mano con la palma hacia el frente—. Ahora, ¿me podría pasar el mapa? —agregó.

Ante la mirada desafiante, se agachó, lo tomó él mismo y lo extendió sobre el volante. Y en ese momento ella apagó la linterna.

Dios mío, ayuda a este hombre…

—Va a hacer algo tonto, ¿no es cierto? —le preguntó, pero él solo movió la cabeza lento hasta encontrar su mirada—. Ya escuchó al señor Gantry, llamará al sheriff en cuanto tenga oportunidad, si es que no recurre a su escopeta antes —agregó.

—No hay nada de qué preocuparse, no me voy a meter a su casa ni a violar ninguna otra ley —explicó Ellis. No veía razón para recordarle que la idea de meterse al orfanato había sido de ella.

—De acuerdo, entonces, ¿*qué* está planeando hacer?

Así no iban a llegar a ningún lado. Le revelaría lo que estaba pensando para aplacarla, pero no mencionaría los peligros.

—Como el señor Gantry estará trabajando desde temprano en los campos, con Calvin, supongo, creo que yo podría hablar con su esposa a solas. Tal vez ella estaría dispuesta a ayudar si pudiera. Quizá tiene algún tipo de injerencia sobre su esposo dentro de su hogar. En fin, no cuesta nada intentarlo.

A menos… de que Gantry volviera a casa temprano ese día. O si, como sucedió con los Millstone, Ellis hubiera llegado a conclusiones erróneas respecto a la señora Gantry.

Lily evaluó la propuesta y asintió. Un pequeño milagro. Ellis volvió a mirar el mapa, pero todavía necesitaba la linterna.

—En ese caso —dijo ella—, me parece bastante lógico quedarme.

La sensación de alivio de Ellis se disipó tan rápido como había surgido.

—Le aseguro que la señora se sentirá más dispuesta a hablar con una mujer que con un hombre. Si yo tuviera un marido así, sentiría lo mismo.

Era imposible rebatir sus argumentos, pero Ellis también sabía lo que estaba en juego.

—Lily, escuche.

—¿Dónde deberíamos esperar mientras tanto?

—Lily…

—*No* iré a ningún lado. Si quiere, sáqueme del automóvil, pero no me iré sin ese niño.

Como de costumbre, se estaba comportando con orgullo, determinación y terquedad. Rasgos que hacían que Ellis quisiera besarla, en la misma medida que deseaba estrangularla. Otra razón para mandarla a casa. Él tenía que concentrarse en el objetivo, y ahí, en la oscuridad, con apenas unos centímetros de por medio, le sería difícil pensar en cualquier cosa que no fuera ella. La lluvia había enmarañado su cabello y deslavado su maquillaje, pero seguía viéndose despampanante. Incluso más que en condiciones normales por alguna razón. De no ser porque afuera caía un diluvio, Ellis se habría salido del automóvil y caminado para aclarar sus sentidos y sacudirse la estupidez. Ya le habían propuesto matrimonio, prácticamente estaba comprometida.

—Trate de entender —dijo Lily tras una pausa acercándose a él y hablando con voz suave—. Comprendo que podría ser peligroso, pero usted conoce mi pasado, conoce todo sobre Samuel… Así que sabe por qué necesito llegar hasta el fin —explicó. Su repentina vulnerabilidad solo exacerbó la sensación de conflicto de Ellis—. Diga algo, por favor.

No se case con él. Las palabras fluyeron a toda velocidad en su garganta y se detuvieron en la lengua, listas para salir. Lo único que tenía que hacer era dejarlas ser libres.

¿Pero cómo podría? ¿Cómo pedirle que dejara pasar la oportunidad de una vida con Clayton Brauer? Por más que quisiera hablar mal de él, no podría. Salvo por el ocasional acto de arrogancia, Clayton valía la pena como marido y podría brindarles a ella y su hijo la seguridad que merecían en el futuro.

Él, en cambio, estaba aquí, al borde de quedarse sin un centavo, sin empleo y sin hogar. Y eso sin contar la posibilidad de ir a prisión. Dependiendo del fallo del juez, podría terminar en una penitenciaría de concreto dentro de poco, y entonces no le sería de utilidad a nadie. Una válida razón para que les importara a sus padres aún menos.

Y sin embargo, en ese momento, a pesar de todo, lo que más temía en el mundo era no decirle nada a Lily, pasar décadas como su padre, pudriéndose en el silencio y el arrepentimiento.

Ella esperaba una respuesta.

La lluvia caía con más fuerza y, de repente, una luz parpadeó en la periferia, cerca de la casa.

Había alguien allá afuera.

—*Agáchese* —susurró Ellis jalándola del hombro. Ambos se inclinaron en sus asientos y el mapa cayó al suelo. ¿La linterna los habría delatado?

Ellis imaginó al señor Gantry caminando por el acceso con su escopeta cargada y el dedo en el gatillo.

Lily abrió los ojos y arqueó las cejas como preguntándole qué había visto.

Ellis bajó la ventana para observar mejor. Una vez más, todo se veía oscuro.

—La luz… se ha ido.

Fue un error estacionarse tan cerca.

Lily se atrevió a echar un vistazo por sí misma. Ellis estaba a punto de encender el motor, lo cual nunca era una tarea sencilla, pero entonces la luz reapareció. Era el resplandor de una ventana.

—Es en el interior del granero —murmuró Lily.

Ellis se había equivocado, la luz no provenía del exterior. Poco antes supuso que la señora Gantry había usado la lámpara de keroseno para ir del granero a la casa, pero desde entonces no había visto a nadie caminar de vuelta.

—Hay algo raro en todo esto —dijo Lily.

Su intuición le decía lo mismo a Ellis.

—Será mejor que vaya a ver qué sucede.

Ella estuvo de acuerdo y, antes de que él pudiera decirle que permaneciera en el automóvil, ella ya se había bajado.

—*No, Lily* —dijo con voz ronca, incapaz de gritar. Pero incluso si pudiera, no serviría de nada. Controló su frustración y caminó apresurado bajo la lluvia y entre los guijarros para alcanzarla. Si no podía desalentarla, al menos permanecería a su lado.

Como no traía su fedora, la lluvia nubló su vista. Mientras subían por el acceso miró la casa y se aseguró de que no hubiera luz ni movimiento.

—Manténgase detrás de mí —susurró mientras rodeaban con sigilo un camión maltratado. Para su alivio, Lily no empezó a pelear por la inflexible orden.

Al llegar por fin al granero, Ellis tomó el picaporte vertical de la puerta y, con mucha cautela, abrió el mínimo indispensable. En efecto, había luz. El rayo de una linterna dirigido a las vigas.

Su corazón lo alertó, pero no lo suficiente para hacerlo retroceder. Empujó la puerta unos centímetros más, lo cual produjo un rechinido en el eje de metal. Entonces la luz se apagó.

Volteó confundido a ver a Lily. Ella estaba encorvada, sosteniendo ansiosa la linterna y lista para encenderla en cuanto fuera necesario. En ese instante, Ellis se vio a sí mismo de niño, sorprendido con las manos en la masa: leyendo bajo las sábanas después de su hora de dormir.

De repente supo de dónde venía el halo de luz.

Entró al granero y Lily lo siguió. El lugar estaba seco, pero olía a animales y estaba tan helado que le provocó escalofríos en los brazos.

—¿Calvin? —dijo en voz muy baja, cerró la puerta y se dirigió a Lily—: Apague la linterna.

Lily obedeció y las sombras en su rostro destacaron el horror de lo que podrían encontrar. Se separaron y empezaron a buscar.

Ellis rodeó piezas de equipo de granja. El exceso de lluvia en su ropa goteó hasta el sucio suelo. Inspeccionó el área alrededor de varios botes de productos lácteos y montículos rotos de pacas de heno.

—¿Calvin? —insistió.

Desde un compartimiento cercano, un caballo relinchó en respuesta. La ligera luz hizo brillar sus ojos negros y el resplandeciente pelambre blanco que descendía desde su frente.

—Ellis, por aquí —murmuró Lily con urgencia y él caminó hasta el otro compartimiento del granero. En el suelo, junto a su linterna, había un pequeño plato con migajas y una lata de café Gold Shield que apestaba a orina. Estaba arrodillada junto a una cobija de lana hecha nido en el rincón. Sobre la tela había un mechón de cabello rubio.

—¿Calvin? —preguntó—. ¿Eres tú?

Dos grandes ojos aparecieron y, en cuanto Ellis reconoció la carita redonda, le costó trabajo moverse. Independientemente de si el niño dormía ahí todas las noches o de si se trataba de un severo castigo, la situación era repugnante.

—Descuida, estamos aquí para ayudarte —susurró Lily en un tono maternal—. Te sacaremos de este horrible lugar y te llevaremos a un lugar seguro. Te puedo cargar, ¿te gustaría?

El pequeño no contestó y, cuando ella tocó con suavidad su hombro, retrocedió gateando espantado hasta llegar al rincón.

No la conocía, no confiaba en ella.

¿Por qué razón tendría que confiar en quien fuera?

Tal vez si lo reconociera a él, las cosas serían distintas.

—Oye, Calvin, ¿me recuerdas? —musitó Ellis con voz congestionada. Al oírse a sí mismo, aclaró la garganta y habló con la mayor alegría de que fue capaz—. Soy el reportero amigo de tu mamá y tu hermana —Calvin arqueó las cejas en señal de interés, pero sin dejar de sospechar.

A lo largo de muchos años, Ellis se había deleitado en acumular detalles y encontrar lo importante incluso en los elementos más insignificantes. Ahora necesitaba volver a hacerlo más que nunca.

A medida que se acercó, con cada paso que dio hurgó en su mente.

—Ya sabes, nos conocimos en el verano. Yo fui quien le compró todas esas flores a Ruby, ¿recuerdas? —le preguntó recordando los dientes de león en pequeños ramos y marchitos por el calor.

Calvin lo miró con atención, escudriñando su rostro. Después de todo, siempre fue el hermano escéptico.

—Tú estabas junto al manzano, colgado de las ramas —agregó, poniéndose de cuclillas junto a Lily—. Tu mamá estaba lavando, fue el día que tomé la fotografía de ustedes en el pórtico.

Para el periódico… —explicó, aunque casi se ahogó al decir la última parte y comprender la manera en que esa fotografía, la fotografía que *él* había tomado, llevó al niño hasta donde se encontraba ahora.

Lily intervino.

—Estoy segura de que esto debe ser muy confuso para ti, pero fue un gran error que terminaras aquí. Debes saber que tu familia te ama, te juro que nunca dejaron de hacerlo —dijo aumentando la velocidad. Cada minuto que pasaban ahí era demasiado—. Si quieres volver a estar con tu madre y tu hermana, *tienes* que venir con nosotros, ¿de acuerdo, Calvin? —agregó. Trató de alcanzarlo, pero él retiró su cabeza como si los dedos de Lily fueran de plomo caliente—. Calvin, por favor —continuó, pero ahora con lágrimas sumadas a su súplica. Entonces volteó a ver a Ellis.

Si solo lo tomaban y salían con él a toda velocidad, pensó él, correrían el riesgo de que gritara, y ni hablar de la posibilidad de traumatizarlo todavía más. Ya se encontraba apartado en su cobija y lo único que sobresalía entre la tela era el borde de su linterna.

¿Qué más podría reconfortarlo? ¿Qué les diría Geraldine que hicieran?

Cuando Samuel estaba enfermo, le tareó para tranquilizarlo. Valía la pena intentarlo, pero tendría que recordar la canción.

¿Fue *Clementine*? No, pero sí tenía nombre de mujer.

¿Tal vez *¡Oh, Susana!*?

Maldita sea, le parecía escuchar de forma distante la melodía en el hueco de sus orejas. Y casi podía cantar la letra. Tenía que ver con dar una respuesta y estar medio loco… y una bicicleta para dos…

Daisy Bell.

—¿Sabes, Cal? Apuesto a que tu mamá te cantaría una canción para hacerte sentir mejor. Nosotros también podríamos cantar alguna de sus favoritas. Tú y yo, ¿te parece?

Ellis no esperó la respuesta, solo se tomó la libertad de alternar el tarareo con los versos que conocía. Tal vez estaba cantando desafinado y modificó algunas palabras, pero para cuando terminó, vio una sonrisa aparecer en las comisuras de la boca de Calvin.

Fue suficiente para sentir esperanza.

—¿Estás listo para ir a ver a mamá?

Calvin se lo quedó viendo por un largo y estresante lapso, pero al final asintió con timidez, y los ojos de Lily volvieron a humedecerse y su boca a sonreír.

—Bien, te voy a levantar —dijo Ellis, aunque su alivio era solo parcial—. Así podremos ir al automóvil y pasear —explicó mientras colocaba con cautela sus brazos alrededor del pequeño. Calvin no se retrajo. En cuanto lo tuvo bien abrazado empezó a ponerse de pie, pero algo tintineó y los jaló hacia atrás.

¿Qué demonios?

Lily levantó la cobija para ver de qué se trataba. Era una cadena oxidada que salía del muro y estaba atada a una gruesa banda de cuero. Un grillete alrededor del tobillo de Calvin.

El niño estaba encadenado.

Como si una chispa hubiese caído en la pólvora, un relámpago de furia recorrió a Ellis. Lo único que lo contuvo fue que sabía cuán necesario era alejar al niño de ahí lo más posible.

Lily estaba tratando de liberarlo, pero ella misma era presa del pánico.

—¡No puedo aflojarlo!

—Amiguito —susurró Ellis, tratando con toda su alma de sonar tranquilo—, dime: ¿cómo te quitan esta cosa?

Calvin se encogió de hombros. No sabía. O si lo sabía, no iba a ponerse a hablar de ello.

—Descuida, seremos creativos —dijo Ellis volviendo a dejarlo en el suelo. Luego se unió a Lily en una búsqueda frenética:

algún tipo de llave, un cortador, lo que fuera. Solo se detuvieron al escuchar ruido afuera.

Ellis estaría feliz de enfrentarse al señor Gantry, a ese maldito bastardo, pero no podía poner en riesgo la vida de nadie más.

Se acercó a la puerta y se asomó con tiento, no vio ni luz ni movimiento. Parecían estar a salvo aún.

Volvió a la búsqueda hasta que Lily lo llamó.

—¿Esto servirá? —preguntó señalando unos enormes alicates que colgaban de la pared entre otras herramientas.

—Intentémoslo.

Lily se estiró para desengancharlos y, al hacerlo, salieron disparados y rebotaron en el riel del compartimiento contiguo. El caballo se espantó y empezó a relinchar y resoplar. Lily trató en vano de apaciguarlo, pero el animal empezó a patear en la pared con los cascos traseros.

Ellis corrió a levantar los alicates, sabía que el ruido despertaría a la gente en la casa. Volvió a donde estaba el pobre Calvin temblando, pero no había tiempo para tranquilizarlo. Trató de cortar a la altura de un eslabón oxidado, pero no sirvió de nada.

Sintió el corazón latiendo fuerte contra sus costillas.

De pronto se agachó y tomó el rostro del niño entre sus manos para asegurarse de que prestara atención.

—No te muevas ni tantito, ¿comprendes?

Calvin asintió con suavidad, tenía la barbilla manchada de lodo.

El caballo había dejado de patear, pero seguía relinchando y moviéndose en el compartimiento.

Ellis extendió la cadena tratando de alejarla del niño. Se paró con los pies separados, como si fuera a cortar leña con un hacha, sujetó la herramienta encima de él con ambas manos y luego las bajó con fuerza. *Clanc.* Los eslabones se movieron, pero ninguno se rompió.

—Demonios.

Lily se acercó a Calvin y Ellis volvió a extender la cadena. En esta ocasión se enfocó en una sección que parecía más débil y estaba cubierta de óxido. Cuando la tocó, pequeños trozos se quedaron entre sus dedos. Mantuvo la vista fija en el blanco y volvió a golpear con toda su fuerza. *Clanc.* Un eslabón se rompió.

—Gracias a Dios —dijo Lily.

—Ayúdeme a liberarlo.

Lily se apresuró a separar la cadena mientras Ellis se abalanzaba sobre el pequeño envuelto en la cobija para levantarlo. Luego tomó la linterna y los tres se dirigieron a la puerta. Ella la abrió lo suficiente para que todos pudieran pasar por ella, pero antes de salir, Ellis miró hacia la casa y, en el piso de arriba, vio pasar una luz por la ventana.

Alguien venía.

—*Corra* —le ordenó en un susurro a Lily.

Ambos corrieron a toda velocidad hacia el automóvil y sintieron que se encontraba a miles de kilómetros de distancia. Las gotas de lluvia atacaron los ojos de Ellis sin piedad, los pulmones le ardían. Más de una piedra casi hizo que sus tobillos cedieran, pero él mantuvo a Calvin abrazado a su pecho y se negó a dejarlo caer. Lily estuvo al lado de ambos en cada paso.

Casi habían llegado al automóvil cuando un hombre empezó a gritar.

—¡Oigan! ¡Vuelvan acá!

Un disparo atravesó el cielo y Ellis se agachó por reflejo mientras Lily se cubría la cabeza.

—¡Vamos, vamos! —le dijo Ellis—. ¡Aprisa!

Lily abrió la puerta del lado del pasajero, subió de un salto y extendió los brazos para recibir a Calvin. Ellis lo dejó en su regazo y el trozo de cadena que aún colgaba de su tobillo volvió a tintinear. Cerró la puerta, rodeó el automóvil y se sentó frente al volante. Las probabilidades de que el motor volviera a la vida sin que tuviera que girar varias veces la manivela eran muy pocas, pero ya estaba sentado y, como el motor seguía relativamente caliente, decidió intentarlo. Oprimió el pedal. El motor tosió y murió, pero estuvo cerca.

—¡Ellis! ¡Ahí viene!

A lo lejos se veían los faros del camión cerca del granero y la silueta del señor Gantry cerniéndose sobre el volante.

Ellis volvió a intentarlo. El motor tosió más tiempo antes de crepitar.

—El camión se detuvo —dijo Lily.

Su motor debió de haberse ahogado, Ellis lo escuchó batallando igual que el suyo.

—Por favor, por favor, por favor —le murmuró a su querido, adorado Modelo T. Si cooperaba solo esta vez, lo conservaría para siempre, lo restauraría y quedaría mejor que nuevo.

Volvió a presionar el pedal… ¡y el automóvil se sacudió y revivió!

Con los faros del frente encendidos, Ellis presionó el acelerador y avanzó por donde habían llegado. El sonido del camión acelerando a lo lejos le recordó que lo mejor sería no celebrar, pero luego pensó que, con suerte, el camino lleno de guijarros obligaría a Gantry a avanzar más lento.

Lily susurró algo al oído de Calvin mientras lo acunaba y le decía que todo estaría bien. Ellis rezó por que fuera verdad.

Le dio vuelta al limpiaparabrisas para aclarar la vista, pero la respiración de los tres no dejaba de empañar el vidrio.

Lily giró para mirar atrás.

—Nos sigue.

En el espejo lateral se veían dos puntitos de luz, los faros que podrían alcanzarlos muy pronto a menos de que encontraran la manera de perder al tipo. De que encontraran un lugar para ocultarse.

—La vuelta equivocada que dimos al llegar —dijo Ellis—, ¿dónde estaba?

—¿Cuál?

—La última.

—Estaba… a la derecha… a menos de un kilómetro. Creo.

—Dígame en cuanto la vea.

Lily bajó su ventana y se preparó.

Ellis limpió el vapor del parabrisas con la manga de su saco, pero como la tela estaba mojada, solo dejó una mancha que le impedía ver. *Mierda*. Bajó su ventana también y sacó la cabeza. Entrecerró los ojos y parpadeó tratando de ver el camino. Las gotas de lluvia le golpeaban el rostro como perdigones. Y, mientras tanto, trató de no imaginar que alguien le disparaba en la nuca.

—¡Ahí está! —gritó Lily señalando—. ¡Ahí, adelante!

Ellis vio la vuelta y, al llegar a la parte baja de la colina, giró a la derecha. Casi de inmediato viró con brusquedad en el lote tapizado de grava por el que pasaron la última vez que dieron una vuelta equivocada. Era una tienda de alimentos cerrada. Se detuvo detrás de la construcción y apagó los faros del frente. A la derecha era posible ver el camino principal de manera parcial.

Lily tomó la mano de Ellis y la estrujó.

Los minutos se estiraron y adelgazaron como infinitos hilos de caramelo. Ellis sintió que la oscuridad amplificaba cada sonido: la lluvia que caía sobre el techo, el motor encendido, pero en reposo, la sangre palpitando en sus oídos.

Y el motor del camión. El rugido se escuchó más profundo y con más fuerza, cada vez más avasallador, como un cohete preparándose para despegar.

Pero él también estaba listo. Lucharía con el hombre usando solo sus puños de ser necesario. Aunque no era ningún Jack Dempsey, lucharía hasta el final para mantener a salvo a Calvin y Lily.

Por fin, el camión cubierto de sombras pasó frente a ellos.
Primero el capó… luego la cabina… la plataforma…
Y, al final, terminó de pasar sin verlos.

CAPÍTULO 40

Sería necesario tomar decisiones: adónde llevar a Calvin, qué decirle a Geraldine y cómo, y cuándo volvería Lily a Filadelfia.

En cuanto a Lily, la última pregunta sería la más sencilla de responder. Solo se iría cuando ambos niños estuvieran de nuevo a salvo en los brazos de su madre, ni un minuto antes. Eso significaría llegar tarde al periódico, pero el jefe tendría que comprender. Y si no, ni modo. Después del día que acababa de tener, muy pocos desafíos volverían a acobardarla.

Ahora que se encontraba en el apartamento de Ellis debería sentirse exhausta, pero su mente continuaba trabajando a toda velocidad. Dirigió su huida y los mantuvo alejados de las carreteras principales hasta que cruzaron la línea estatal. Luego pasó el resto del trayecto abrazando a Calvin y mirando atrás de manera regular.

Ellis había tenido razón en hacerse cargo de llamar a Geraldine. Tomando en cuenta el estado mental de Lily, habría empezado a divagar y dar demasiados detalles. Habría sido muy cruel narrar todo en una sola dosis. Al día siguiente podrían hablar más, cuando Geraldine llegara a las nueve y Ruby también estaría bajo el resguardo de ellos.

—¿Cómo lo tomó? —le preguntó a Ellis en cuanto colgó el teléfono. La tenue luz de la lámpara no le permitió leer su expresión de inmediato.

—Está bastante alterada.

Lily asintió. Todos lo estaban.

Señaló la recámara.

—¿Calvin duerme?

—Está hibernando.

El niño estaba tan adormilado cuando entró con él en brazos al apartamento, que no quisieron molestarlo con un baño ni ofreciéndole alimento. Todo podía esperar, excepto la cadena. La prioridad de Ellis había sido quitarle el maldito grillete. Lo logró maniobrando con un destornillador y un picahielo, y deshaciéndose de los eslabones oxidados. La marca roja y circular que dejó la banda alrededor del tobillo de Calvin sin duda desaparecería más pronto que su recuerdo de lo sucedido.

Animado al notar cómo miraba Lily el objeto, Ellis juntó las piezas de la cadena y las colocó sobre la mesa de la entrada, a un lado de donde habían dejado sus sacos para que se secaran.

—Evidencia —explicó incómodo mientras ella lo observaba. Sobraba decir que, en ese momento, nadie lo consideraría el testigo más confiable.

—Tendré mucho gusto en hablar con la policía en persona —dijo Lily—. Los Gantry deben perder su derecho a adoptar para siempre.

—No volverán a hacerlo, me aseguraré de ello —dijo Ellis en un tono que no dejaba alternativa—. Solo asegurémonos de que esos niños lleguen a donde pertenecen. Yo me encargaré del resto después.

Lily estuvo de acuerdo. Con toda la incertidumbre que le esperaba a Ellis en los próximos días y semanas, lo mejor sería abordar un problema a la vez.

—Por cierto, gracias.

—¿Por…

—Por no discutir conmigo cuando propuse acompañarlo a recoger a Ruby.

Ellis la miró sonriendo.

—Supuse que se negaría a quedarse aquí, incluso si se lo pidiera.

Lily lo pensó por un momento.

—Es verdad —confesó.

Ambos rieron un poco. En el silencio que hubo a continuación, un hilo de remordimiento la recorrió. Estaban en la última etapa del maratón. En unas cuantas horas, ella abordaría un tren en Grand Central y sus caminos se separarían.

Era una buena decisión, por supuesto.

—Vaya —dijo Ellis señalando con la cabeza su recámara—. Debería usted dormir un poco.

Lily sentía extraño permitir que, estando en su propio apartamento, Ellis durmiera en el Davenport. En especial porque estaba segura de que ella no podría ni cerrar los ojos. Como él, supuso.

Pero, al menos, recostarse al lado de Calvin era una manera sensible de pasar el tiempo.

—Bien… buenas noches, señor Reed.

Él volvió a sonreír.

—Buenas noches, señorita Palmer.

⁓

Lily se equivocó. Al despertar de un sobresalto, se dio cuenta de que se había quedado dormida. La rítmica respiración de Calvin junto a ella seguro se sumó a la comodidad de la mullida almohada de Ellis.

¿Cuánto tiempo habría dormido? El oscuro hueco entre las cortinas confirmaba que era de noche.

Entonces escuchó a alguien tocar una puerta en el cuarto de al lado y descubrió lo que la había despertado. Imaginó al señor Gantry en la entrada, con el rostro colérico y aferrado a su escopeta.

Pero no, porque no podría saber dónde se encontraban.

A menos de que hubiera logrado seguirlos.

Bajó de la cama con cuidado, tratando de eludir las oleadas de náusea y terror, y se asomó a la sala. Así descubrió que no era la única en sospechar.

—¿Es él? —le susurró a Ellis, quien se encontraba en la entrada con un enorme y brillante cuchillo de cocina en la mano. Lily se arriesgó a dar unos pasos más con tal de recibir una respuesta—. ¿Es él?

Ellis levantó la palma ordenándole mantenerse donde estaba.

Los golpes se repitieron con fuerza, haciendo eco, y Lily imaginó la terrible posibilidad de que fuera alguien aún peor. Unos cuantos secuaces de Max Trevino bastarían para resolver el problema de su hermana de otra manera y, quizá, la propuesta de transferir a Ruby solo había sido un engaño.

Ellis se encorvó y se asomó por la mirilla.

Lily contuvo el aliento y se preparó mentalmente para tomar a Calvin y escapar por la escalera de incendios afuera de la ventana de la recámara. Si es que había una. ¡Dios santo! ¿Acaso no se le ocurrió revisar?

Sin embargo, en ese momento Ellis bajó el cuchillo, giró el cerrojo y abrió la puerta. Habló un instante con la persona sin que Lily pudiera ver de quién se trataba hasta que él retrocedió y le permitió el paso a una invitada.

Lily sonrió aliviada.

—Ay, señora Dillard, es usted —exclamó. Nunca se había sentido tan feliz de saludar a alguien.

Ellis cerró la puerta con llave mientras Geraldine miraba alrededor.

—¿Dónde está? Debo verlo, ¿dónde está mi Calvin? —repitió retorciendo las manos en un gesto casi frenético.

Al ver el reloj, fue obvio que había llegado con varias horas de anticipación. No eran ni siquiera las cuatro de la mañana.

Lily tuvo que recordarse a sí misma por lo que debió pasar Geraldine como madre, antes de acercarse a ella y responder en voz baja.

—Está en la recámara, profundamente dormido.

—¿No está herido? ¿Se encuentra bien? La vidriosa mirada de Geraldine exigía la verdad.

—Está bien —dijo Lily pensando en que, si no ahora, en algún momento lo estaría. O eso esperaba.

Geraldine giró a ver a Ellis como si necesitara una confirmación y se sorprendió al bajar la mirada y ver el cuchillo en su mano.

—Es solo una precaución —dijo él dejándolo sobre la mesa de la entrada.

Lily continuó hablando con Geraldine y trató de desviar la conversación más allá de la sobrecogedora explicación que tendrían que darle.

—Qué maravillosa sorpresa que haya llegado tan pronto.

—Después de la llamada del señor Reed, no habría podido esperar. La doctora Summers me prestó su automóvil, sabía que yo solía manejar un poco y, al verme tan… —su atención empezó a perderse hasta que vio algo detrás de Lily.

En la entrada a la recámara, vestido con overol y una camiseta harapienta, estaba Calvin frotándose los ojos.

Geraldine dio un vibrante grito ahogado y caminó a su encuentro, pero de repente se detuvo y se arrodilló a varios pasos. Extendió poco a poco sus manos, en un gesto anhelante, pero temerosa de asustarlo.

—Cal, bebé… soy yo. Mamá.

El pequeño estaba asombrado o confundido, tal vez ambas cosas.

Según Ellis, Ruby había estado al tanto de la enfermedad de su madre todo ese tiempo, pero ¿y Calvin? ¿Solo creyó que su madre ya no lo quería?

¿Sylvia le habría llenado la cabeza con más mentiras devastadoras?

El miedo que provocaban esas preguntas pareció tensar los rasgos de Geraldine, pero segundos después, las respuestas necesarias surgieron, cuando Calvin dio pasos inciertos, caminó hacia ella y se apresuró a abrazarla. En cuanto rodeó su cuello, Geraldine suspiró con fuerza. Se abrazaron y lloraron mientras ella lo mecía de un lado a otro. Besó sus mejillas y sus manos, y le repitió que lo amaba infinitas veces.

—Yo también te amo, mamá —dijo él.

Eran las primeras palabras que había pronunciado en toda la noche, las primeras que Lily escuchaba salir de su boca.

Y fueron perfectas.

Ellis observó con las manos en los bolsillos de su pantalón. Su expresión reflejaba la sensación de sanación que se agitaba en Lily, un vínculo que se extendió por toda la sala.

Geraldine se secó las lágrimas y se puso de pie con Calvin aferrado a su falda. Seguro ese sería su lugar preferido durante mucho tiempo.

Volteó a ver a Ellis.

—Ahora necesito ver a mi hija, ¿dónde está Ruby?

—En casa de los Millstone. Estaremos ahí a las ocho.

—No, iré ahora mismo —exclamó con una firmeza que sorprendió a Ellis tanto como a Lily.

—Señora Dillard —dijo Ellis—, debe confiar en mí. El conocido que arregló esto… Bien, digamos que no es un individuo cuyas ordenes pueda uno desobedecer solo por capricho. Además, creo que el hecho de que él esté ahí nos ayudará mucho.

No era difícil comprender la razón. Suponiendo que Sylvia no estuviera contenta con los arreglos, que Max se hiciera cargo les aseguraría a todos una experiencia menos turbulenta.

—Entonces, ¿Ruby nos estará esperando a las ocho? —preguntó Geraldine.

Lily intervino para tranquilizarla.

—Solo faltan algunas horas.

La mujer se cruzó de brazos, parecía agitada.

—¿Y qué le hace estar tan seguro de que esa mujer no solo se levantó y se largó con mi hija? En mi opinión, si está tan perturbada, dudo que sea capaz de escuchar consejos. Mire, estoy muy agradecida por lo que ambos han hecho esta noche, pero yo soy la madre de Ruby y, si tengo que cruzar la ciudad manejando para ir a esa casa y luego rastrearla desde ahí, lo haré. Con o sin ustedes.

Lily y Ellis se miraron. Ese día atravesaron más aros que los del Cyclone de Coney Island. Ni siquiera habían tenido la oportunidad de pensar en alterar el plan de Max o en la posibilidad de que alguien más se atreviera a desafiarlo.

¿Qué tal si Geraldine tenía razón?

¿Qué tal si su hija se había ido ya?

—Iremos en mi automóvil —dijo Ellis mientras tomaba su saco y el de Lily.

CAPÍTULO 41

EN EL TRAYECTO A JERSEY, Ellis sopesó sus opciones y los posibles costos. Si los Millstone habían logrado enviar o llevar a Ruby a otro sitio, encontrarla de nuevo sería imposible. Podrían cambiarse de nombre, cambiar de residencia y de vida. Lo único que necesitaban era dinero y los contactos adecuados, y Alfred y Sylvia tenían ambos. Por otra parte, ofender a Max Trevino implicaría renunciar a su ayuda ahora y en el futuro.

Y eso era solo en el mejor escenario. Imaginar el peor no le resultó difícil tras su visita al Royal y lo vívida que permanecía en su recuerdo: el enorme matón de la cocina, la toalla ensangrentada en su mano, los golpes y gemidos detrás de las puertas batientes.

—Las luces están encendidas —anunció Geraldine con ansiedad desde el asiento de atrás en cuanto se estacionaron frente a la casa.

Era cierto. Las ventanas estaban iluminadas en ambos pisos, lo cual resultaba demasiado raro dada la hora.

Calvin, acurrucado como gatito entre los brazos de su madre, se levantó para ver por sí mismo.

Lily volteó al asiento de atrás y se dirigió a Geraldine.

385

—Tal vez se despertaron temprano para preparar a Ruby, para entregársela —dijo ocultando bastante bien la incertidumbre en su voz.

Ellis trató de sonar igual de casual.

—¿Por qué no se quedan ustedes aquí mientras yo voy a echar un vistazo? —murmuró y, sin esperar objeciones, bajó del automóvil para ir a asomarse a una ventana. Sería más fácil ahora que había dejado de llover.

Acababa de subir por los escalones cuando vio a alguien entrar al salón principal.

Se agachó para que no lo vieran.

Se escuchó una voz, luego otra. El vidrio de las ventanas apagaba la conversación, pero la intensidad era innegable. Se levantó unos centímetros.

Vio a Sylvia vestida y lista para el día, estaba recogiendo los retratos enmarcados de la repisa de la chimenea. Alfred se veía suplicante, trataba de hacerla entender. Tenía la frente enrojecida y traía puesto el pijama: pantalones a cuadros y una camisa de botones con el cuello torcido.

Ellis agradeció en un murmullo que la pareja todavía estuviera ahí.

Pero entonces Alfred tomó de los brazos a Sylvia y la forzó a mirarlo. Cuando ella trató de soltarse, los marcos se cayeron y el vidrio se hizo añicos al chocar con el piso de mármol.

—¿Cómo pudiste? —aulló ella con toda claridad.

Empujó a Alfred, cayó de rodillas y al esforzarse por salvar las fotografías, se cortó los dedos con los trozos de vidrio y empezó a sangrar. Trató de limpiar las imágenes, pero solo empeoró la situación. El sollozo gutural llegó acompañado de un río de lágrimas.

Alfred se acuclilló a su lado mientras ella sostenía una fotografía con impotencia. Su esposo la atrajo hacia él y ella se lo permitió, la fotografía cayó al suelo. Alfred le frotó la espalda hablándole al oído. Por un instante, la sensación de estarse entrometiendo obligó a Ellis a retroceder un poco, pero luego Sylvia empujó a Alfred, se puso de pie con dificultad y miró a la ventana.

Ellis se agachó enseguida. Desde donde estaba, la oscuridad difícilmente le permitía discernir a Lily y Geraldine, pero presentía que ellas seguían cada uno de sus movimientos, anticipando y preguntándose qué sucedería.

—¡Victoria! —gritó Sylvia y el sonido atravesó las ventanas sin dificultad—. Victoria, ¡baja ya! ¡Es hora de irnos!

Ay, Jesucristo.

No, en definitiva no se sentarían a esperar. Buscar y encontrar a Max a esa hora tomaría demasiado tiempo y él no podía arriesgarse a que Sylvia se escabullera con Ruby. El acuerdo había llegado a su fin.

Caminó hasta la puerta del frente y golpeó con el puño varias veces.

La puerta se abrió por completo. En el rostro de Alfred apareció una expresión de alivio que se desvaneció casi enseguida, cuando se dio cuenta de que era Ellis.

—¿Qué está usted haciendo? No debería estar aquí.

Con un demonio, ¡claro que no!, pensó Ellis.

—¿Dónde está Ruby?

—Alfred —gritó Sylvia—. ¿Quién es? ¿Quién tocó a la puerta?

—Deberá esperar afuera —le dijo a Ellis susurrando—. Váyase, ya. Largo.

Empezó a cerrar con el pijama manchado de sangre de los dedos de Sylvia, pero Ellis empujó hacia el frente y se lo impidió.

—¿Quiere que me vaya? Entonces entréigueme a Ruby.

Sylvia apareció en la puerta y la terminó de abrir a la fuerza. Las lágrimas le habían corrido el maquillaje y ahora tenía negro el borde de los ojos. Su mirada pasó a toda velocidad de su esposo a Ellis y de vuelta.

—Tú le llamaste a este hombre... —exclamó exasperada, acusándolo—. Le dijiste que viniera temprano.

—No, cariño, por favor, no seas tonta. Pensé que era tu hermano quien había tocado a la puerta.

Sylvia negó con la cabeza y retrocedió, la percepción de haber sido traicionada oscureció sus rasgos aún más. La situación estaba en caída libre.

Ellis caminó hacia ella en la entrada.

—Señora Millstone, sentémonos a hablar, ¿podríamos hacer eso? —propuso. Necesitaba mantener la situación en calma. Por Ruby.

Pero entonces Alfred levantó la mano para detenerlo, haciéndole entender que él se haría cargo.

—Sylvia, por favor, no hagas esto más difícil. Podemos superarlo juntos. Solo tú y yo.

—¿Solo tú y yo? —exclamó. La frase tuvo un efecto agrio. Se lo quedó mirando como si acabara de comprender algo.

—Eso es, ¿no es cierto? Es lo que siempre quisiste, deshacerte de Victoria.

Alfred se la quedó viendo boquiabierto, azorado.

—Eso es absurdo, ¿cómo puedes insinuar... No tienes idea de lo que estás diciendo.

—Me dijiste que declarara que había sido yo. Que yo era quien iba manejando. Porque habías bebido demasiado brandy. Pero no fue así, yo no estaba manejando —su voz se tornó gélida—. Fuiste tú, planeaste todo, ¿no es cierto?

—¿Qué? No, ¿cómo crees? No podría... Fue un accidente —dijo Albert cada vez más nervioso, incapaz de hablar debido a la conmoción—. Las calles y carreteras estaban resbalosas. Tú estuviste ahí, lo sabes. Nunca quise lastimar a nuestra hija. Yo la amaba...

La abrumadora conversación le permitió a Ellis comprobar que los niños Dillard nunca debieron estar con esa gente. Miró alrededor en busca de Ruby, estaba listo a destruir la casa entera para encontrarla.

—¡Claire! —gritó de repente Sylvia volteando a las escaleras.

—Querida, escúchame —dijo Alfred caminando lento hacia su esposa, quien se escabullía hacia la escalera como un animal salvaje evadiendo una trampa. La sangre de sus dedos había dejado manchado el blanco piso de mármol.

La empleada apareció en la parte de arriba de la escalera vestida con su uniforme.

—¿Señora?

—¿Dónde está Victoria? ¡Te dije que la bajaras!

—Está empacando sus pertenencias. No están... listas todavía —explicó. Habló con la mirada hacia abajo, pero no solo por timidez. Ellis notó que se estaba esforzando por retrasar las cosas. Imaginó que Ruby estaría escondida en algún rincón, en un clóset.

¿Trataría de escapar por la parte de atrás y aventurarse sola en la oscuridad?

—Tráela en este preciso instante, ¡o subiré por ella yo misma! —ordenó Sylvia. Ellis se sintió obligado a intervenir.

—Claire, manténgala donde se encuentra —gritó. Estaba a punto de caminar hacia las escaleras con la esperanza de que no fuera necesario usar la fuerza para controlar a Sylvia, cuando de pronto la carita adormilada de Ruby se asomó desde atrás de la empleada.

—¡Ah, Victoria! —exclamó Sylvia—. Ahí estás —dijo con un suspiro y una sonrisa a la vez. Un inesperado y perturbador cambio de humor—. Vamos, querida, volveremos a California, nuestro verdadero hogar.

Sutilmente, Claire colocó y endureció su brazo frente a Ruby en un gesto protector.

—Victoria —insistió Sylvia, luchando contra otro ataque de frustración—. Sé buena niña y escucha a tu madre.

—Todo estará bien, Ruby —interrumpió Ellis—, te llevaré con tu familia.

Frotándose los ojos, Ruby dio un paso y apareció de lleno. Llevaba un vestido marinero, pero estaba descalza y tenía el cabello despeinado por la almohada. Empezó a bajar por la escalera lentamente y a espabilarse con cada escalón que dejaba atrás. Y a la mitad del camino, su rostro se iluminó y empezó a descender más rápido.

Sylvia se estiró para abrazarla.

—Esa es mi niña querida —exclamó.

Pero Ruby pasó corriendo a su lado.

—Mamá —gritó y saltó de lleno a los brazos abiertos de Geraldine, quien ahora estaba en la entrada. Su hijo se había escabullido del automóvil para alcanzarla y Lily venía detrás.

Al ver esta escena, los brazos de Sylvia se pusieron flácidos y sus dedos manchados de sangre quedaron colgando a sus costados. Una vez que pareció despertar de su trance, se desplomó sobre el último escalón de la escalera y volvió a ensimismarse.

—Calvin —dijo Lily tratando de convencer al niño de salir de ahí—. Necesitamos quedarnos afuera —agregó mirando a Ellis como disculpándose y explicando que había tratado de contener al pequeño. Y a su madre también.

¿Pero qué esperaban?

Geraldine tomó las manos de sus niños y volteó a ver a Alfred.

—Aquí tengo a mis dos niños y me los voy a llevar conmigo —dijo en un tono que no sonaba ni vengativo y ni siquiera frío, solo contundente porque era la madre legítima de ambos.

Alfred se la quedó viendo confundido, y solo se escuchó el rugido de un automóvil que pasó mientras él asentía.

Claire bajó y caminó hasta Geraldine, le entregó un pequeño abrigo y un par de zapatos de Ruby.

—Para la niña —dijo antes de inclinarse con una sonrisa llena de esperanza hacia Ruby y tocarle la nariz con suavidad—. Ahora cuidarás de mamá, ¿cierto?

Ruby sonrió afirmando con la cabeza. Cuando la empleada volteó a ver a Calvin, quien seguía pegado a las piernas de su madre, abrió la boca, pero no dijo nada. Lo miró con una solemnidad producto del arrepentimiento hasta que él habló en voz baja.

—Adiós, señorita Claire.

Claire sonrió y sus ojos se humedecieron.

—Adiós, dulce niño.

Ellis no tenía idea de cómo se sentiría Max respecto al cambio de planes sin su consentimiento, pero sabía que lo mejor sería no quedarse a averiguar.

—Es hora de irnos —dijo.

Tras asentir con gentileza mirando a Claire, Lily acompañó a la familia a la puerta, alejándolos de recuerdos que, con suerte, algún día se convertirían en una pesadilla olvidada.

—Sylvia, ¡no! —gritó Alfred.

Ellis giró de inmediato y miró a la escalera, pero no había nadie ahí. Luego vio a Sylvia al otro lado del salón, casi al borde. Sujetaba un revólver con ambas manos y le estaba apuntando a Geraldine, temblando.

—Querida, dame esa arma —le suplicó Alfred—. No necesitas hacer esto.

En la mirada de Sylvia había una distancia fantasmal, una suerte de desconexión.

Las otras mujeres se apresuraron a proteger a los niños apiñándose de forma frenética frente a ellos. Ellis caminó hasta la línea de fuego, pero no podría servir de escudo para todos.

—Nadie me va a quitar a mi hija —dijo Sylvia sin siquiera sonar enojada, solo como si fuera una realidad inamovible. Lo cual resultaba aún más aterrador.

Ellis levantó las manos mostrándole las palmas en un gesto conciliador.

—Señora Millstone, si desea culpar a alguien, debería ser a mí. No a ellos, solo a mí. Se lo suplico.

Sylvia no reaccionó, estaba encerrada en su propio reino, mirando más allá de Ellis.

—Señora Millstone —insistió él tratando de abrirse camino. Entonces se escuchó un clic.

Acababa de martillar el arma. Su dedo abrazaba al gatillo. Antes de que Ellis pudiera siquiera pensar, se lanzó hacia el frente y trató de tomar el revólver. Un disparo salió del cañón y sintió como si un atizador al rojo vivo le hubiera rasgado el costado, pero no se detuvo. No pudo. De pronto él y Sylvia forcejeaban en el suelo y luchaban por el control del arma. Cada movimiento le hacía sentir que se desgarraba por dentro, el dolor pulsaba y empezó a extenderse por su cuerpo al punto de estrechar su visión. Escuchaba una multitud de voces, un estruendo de palabras. No podía ceder, pero su fuerza empezaba a menguar, sentía que las extremidades se le convertían en agua. El lugar comenzó a oscurecerse hasta convertirse en un infinito túnel de negrura.

Lo último que escuchó antes de que su mente se apagara fue la explosión de un segundo disparo y el grito aterrador de una mujer.

CAPÍTULO 42

AFUERA DEL HOSPITAL PROTEGIDO POR GUARDIAS, los reporteros formaron un círculo como manada de lobos. Querían todos los detalles del tiroteo, incluyendo nombres y edades, de los niños en particular y, por supuesto, una confirmación del vínculo con Max Trevino. Dentro de poco, la historia aparecería en muchas primeras planas.

A Lily le fue imposible no notar la ironía.

En el área de espera, tras estar sentada horas en la misma silla, ya que eran casi las dos de la tarde, levantó la cabeza en cuanto apareció el médico. Este habló con la enfermera en voz muy baja, pero su abundante bigote, igual de canoso que sus sienes, vibró con cada palabra. Los hombros de Lily se enroscaron como resortes mientras buscaba con temor una mirada, una insinuación de lo peor. Alrededor, la tensión aumentaba debido a que los otros temían lo mismo. El repentino silencio resultaba ensordecedor, luego el médico continuó caminando y dio vuelta en la esquina.

Lily volvió a hundirse en su asiento una vez más.

El aire apestaba a desinfectante, blanqueador y cigarros de fumadores nerviosos. Entre la ligera neblina, un hombre arrastró una silla hacia ella, y del piso escapó un estridente rasguño. Los

393

diminutos vellos de su nuca se erizaron por algo más que el sonido. En cuanto se enteró de su participación, un oficial le advirtió que dentro de poco llegaría un detective para hablar.

Ese hombre estaba ahora sentado frente a ella.

—Buenas tardes —dijo mientras se quitaba el sombrero de ala y lo dejaba en su regazo de manera casual. Desde su traje a rayas y el pulcro corte, hasta sus perfectos y blancos dientes, parecía el póster de reclutamiento de J. Edgar Hoover.

Lily no alcanzó a escuchar su nombre ni nada más de su presentación, su mente estaba empantanada con olas de preocupación y carencia de sueño. Sin embargo, imaginó qué tipo de información buscaba.

Si tan solo pudiera escapar, escapar de ese hospital y de ese instante. Qué agradable sería saltar al futuro, una semana o un mes. Para ese momento, los rumores impropios habrían quedado enterrados tiempo atrás, los charcos de sangre habrían sido limpiados, el resultado de ese día habría sido superado. Entonces se imaginó en un rincón oscuro de una cafetería, contestando las preguntas de un joven reportero que la entrevistaba mientras bebían un café. Su fresco fervor le recordaría la persona que alguna vez fue ella, cuando se acababa de mudar a Filadelfia como una obstinada columnista en ciernes. Cuando tenía el pleno convencimiento de que un nuevo comienzo en una imponente ciudad desplazaría la vergüenza de su pasado. La sensación de ser madre sin merecerlo.

—Qué alivio que todo salió bien —diría él.

Para algunos, por supuesto, no para todos.

—¿Me puede decir cómo empezó todo? —escucharía enseguida.

Era una pregunta común que hizo que el reportero en la cabeza de Lily se fundiera con el detective sentado frente a ella. No sabía bien quién fue, quien preguntó, y, sin embargo, como si hubiera una lente en su mente, de pronto vio el año pasado con una claridad asombrosa, vio los senderos entrelazados que los condujeron a todos ahí. Vio cada paso como una ficha fundamental de dominó que caería sobre la siguiente.

Asintió lento a su pregunta, no sin un gran arrepentimiento, recordando al responder.

—Todo empezó con una fotografía.

Durante algún tiempo a partir de entones, todo salvo la memoria se transformó en un nubarrón. Los confines del hospital quedaron a la deriva. El repiqueteo de los teléfonos y el chirrido de los zapatos apagaron un zumbido distante. Lily solo recordó con quién estaba hablando cuando el detective le hizo una pregunta para aclarar algunos puntos. Tenía un lápiz y estaba apuntando en su libreta de bolsillo. El montón de páginas usadas dejaba ver todo lo que había tenido que garabatear para seguir el paso.

En medio de su última respuesta, el médico con bigote volvió a entrar a la sala de espera.

—Disculpen, todos —dijo con voz autoritaria, pero incluso si no hubiese usado ese tono, todos le habrían prestado atención enseguida. Era el mensajero de bendiciones o de la devastación, pero su expresión no transmitía nada—. Los miembros de la familia de Ellis Reed y Geraldine Dillard, ¿podrían acercarse? Tengo noticias.

Lily se paró de un salto antes de darse cuenta de que ella no coincidía con la descripción, sin embargo, los únicos miembros de la familia de Geraldine eran los niños, así que volteó a ver a su madre, que los estaba cuidando. Ruby, Calvin y Samuel levantaron la vista. Estaban leyendo un libro de Beatrix Potter que les dio la enfermera.

Cuando Lily marcó a la charcutería, estaba desesperada por escuchar a su familia tras aquel día de terror. Le aseguró a su padre que no había razón para que alguien fuera, que sus palabras bastaban para reconfortarla. Sin embargo, en cuanto su madre y Samuel entraron, la gratitud y el llanto manaron de ella como ríos.

—Vaya, señora —dijo el detective poniéndose de pie—. Tengo todo lo que necesito por el momento. Aquí tiene mi número para localizarme en caso de que recuerde algo más —agregó arrancando una página de su libreta. Sin prestar mucha atención, Lily guardó el trozo de papel y sujetó su bolso como si fuera parte de su armadura.

Su madre movió los dedos con frenesí instando a Lily a reunirse con Ruby y Calvin. Tomados de la mano, los pequeños ya iban caminando hacia el médico. Samuel se sentó y observó.

El miedo era casi palpable en el aire.

Al personal del hospital le tomó tiempo localizar a los padres de Ellis. Alguien necesitaría transmitir la actualización de su estado cuando llegaran. Lily se dijo que se aferraría a cada palabra para ponerlos al tanto, aunque en realidad su interés era mucho más personal. En el caso de Geraldine, su mayor preocupación residía en los niños. Era obvio que el médico también tenía reservas sobre lo que deberían saber.

—Niños —dijo el médico—. Creo que será mejor que se sienten y esperen mientras yo hablo con la señora.

Ruby se enderezó y abrazó a su hermano con aire de protectora avezada.

—Esto tiene que ver con mamá y nosotros tenemos derecho a saber.

El médico miró a Lily en busca de aprobación. Permitir que los niños escucharan no era común, pero también había que admitir que se trataba de niños excepcionales. Además, tras haber vivido el fallecimiento de su padre, les quedaba claro cuán grave era la situación.

Lily asintió y el doctor procedió.

—En primer lugar, respecto al señor Reed, me alegra informarle que no encontramos restos de la bala en la región lateral y que no hubo daño a los órganos principales. Por otro lado, tiene una costilla fracturada y requirió de una transfusión porque había perdido mucha sangre. Como siempre, todavía se corre el riesgo de una infección, pero mientras cuide las heridas que suturamos, creo que se recuperará sin dificultades.

El médico hizo una pausa y Lily comprendió que Ellis estaba a salvo. ¡Estaría bien! Se sintió aliviada, pero solo por un segundo.

—¿Y mamá? —preguntó Ruby.

El médico volteó a verla y notó el miedo en sus ojos.

—Por desgracia, la bala que perforó la espalda de tu mamá quebró un hueso pequeño pero importante. Siempre que eso sucede, lo que más nos preocupa es que haya daño a la médula espinal.

Las posibles consecuencias hicieron que a Lily se le encogiera el corazón: que la madre de esos pequeños niños, la única persona que tenían en el mundo, pudiera perder la movilidad de sus piernas. Y que, en un revés de papeles, Ruby y Calvin tuvieran que hacerse cargo de su madre por el resto de sus días.

Tal vez había sido un error permitir que los niños escucharon eso.

—¿Entonces? —preguntó Ruby—. ¿Qué encontró en mamá? —preguntó impaciente. Lily se preguntó cuánto de lo que dijo el médico habría comprendido.

—Si el disparo hubiera sido un poco más a la izquierda o a la derecha —explicó—, estaríamos en más problemas. Pero tu mamá es una mujer afortunada. Y fuerte también.

Calvin preguntó en voz baja.

—¿Mamá… está bien? —Ruby lo abrazó y acercó más a ella.

—Estará un poco inflamada y necesitará hacer ejercicios con ayuda de alguien de ser posible, pero sí, creo que puedo decir que estará bien.

Los niños sonrieron aliviados. La alegría que sintieron contagió a Lily e incluso a su madre, quien estaba atenta a las reacciones de los tres desde su asiento.

—El señor Reed ya despertó —agregó el médico—, pero podría estar un poco adormilado. La señora Dillard deberá despertar en cualquier momento también. Una enfermera los llevará a verlos dentro de poco —dijo antes de irse.

Ruby abrazó por completo a Calvin y ambos se elevaron como frijoles saltarines. A pesar de todo por lo que habían pasado, estallaron de felicidad gracias a la inocencia de su edad. Al menos en ese momento.

Samuel se unió a ellos y los tres saltaron sin parar. Si él sabía o no lo que estaba celebrando, no importaba gran cosa.

Lily no quería acallarlos, pero tuvo que hacerlo con dulzura y consciente de que los otros pacientes necesitaban tranquilidad. En ese momento, se escuchó una voz ansiosa desde atrás.

—¡Lily! Aquí estás.

Aunque reconoció la voz, la sorpresa no fue del todo completa sino hasta que vio a Clayton acercarse. La miró de arriba abajo.

—No estás herida —dijo aliviado.

—No, estoy en perfectas condiciones.

—Gracias a Dios —dijo él—. El jefe no tenía ningún detalle.

—¿El jefe?

—Tu madre le llamó y le dijo que no habías vuelto. Casualmente, yo estaba ahí, preparándome para salir, y en cuanto me enteré, salí corriendo a mi automóvil.

El asombro de Lily por el incesante apoyo de sus padres, sin importar el efecto que sus acciones pudieran tener en su día a día, era enorme. Y ahora estaba ahí Clayton, una nueva persona en su vida dispuesta a cuidar de ella, a protegerla.

—Siento horrible haberte hecho manejar hasta acá. De haber sabido… te habría llamado para decirte que estaba bien.

—Pero, cariño —dijo él—. ¿Qué diablos pasó aquí?

Una pregunta simple con una respuesta abrumadora.

De pronto Lily se sintió demasiado cansada. Excepto por una breve siesta que tomó acurrucada en las sillas del hospital, le parecía que había pasado una eternidad desde la última vez que descansó. La idea de volver a relatar el viaje se sumó a su fatiga, pero sabía que se lo debía a Clayton, que tenía que contarle todo.

En el fondo, una enfermera empujaba a un paciente en una ruidosa silla de ruedas mientras nuevos visitantes se paseaban por ahí. La mamá de Lily trató de calmar a los niños y de reprimir su propia sonrisa al mismo tiempo.

—Busquemos… un lugar tranquilo —dijo Lily.

El vacío de la escalera amplificó el silencio del aire estancado. Había pasado todo un minuto desde que Lily terminó su relato, y Clayton aún estaba frente a ella, asimilando, estrujando su fedora.

—Lo que no comprendo —dijo por fin— es por qué pusiste tu propia vida en riesgo por esto. Debiste contarme, habría ayudado.

—Lo sé, y sí, debí decirte. Iba a hacerlo. El otro día planeaba contarte todo sobre mi columna también, pero entonces…

—¿Tu columna? —preguntó mirándola confundido—. ¿De qué estás hablando?

Lily hizo un gesto de dolor, sus justificaciones empezaban a desmoronarse y formar un patético montículo. Cierto, el hecho de que le propusiera matrimonio la había tomado por sorpresa, pero en las semanas previas tuvo incontables oportunidades de hablar con él y no lo hizo. Además, no solo tenía que contarle sobre los Dillard.

Pasaron meses conversando en sus trayectos en el automóvil de Clayton, durante las cenas y otras comidas, solos y con la familia de ella. Y sin embargo, nunca se le ocurrió hablarle de los fantasmas del pasado que la perseguían ni de cuál había sido durante tanto tiempo la más grande fuente de sus miedos. Nunca le contó sobre el sueño de convertirse en escritora o sobre lo elevada que fue la fiebre más reciente de Samuel siquiera.

Podría culpar a la barrera que, para proteger a su hijo y su propio corazón lastimado, construía frente a cualquier hombre que no fuera su padre.

Pero ahora se daba cuenta de que la barrera no tenía nada que ver.

Ya no.

—Clayton, lo lamento en verdad. Hay muchísimas cosas más que debí decirte. Para ser honesta, no tengo ninguna excusa razonable.

Clayton desvió la vista y ella se encontró de pronto sin saber qué decir. La escalera volvió a quedarse en un silencio insoportable.

—Lily —dijo antes de mirarla de nuevo—. Necesito que me lo digas. No vendrás a Chicago… ¿verdad?

Al escuchar la resignación en su voz, trató de tranquilizarlo.

—Clayton, me importas muchísimo y tu oferta para mí y para Samuel es increíble, en verdad…

—Esa no fue mi pregunta —la interrumpió, aunque no de manera brusca o cortante. Era solo que ella se estaba yendo por las ramas y ambos lo sabían.

Aunque no quería lastimar a ese considerado, exitoso y apuesto hombre que estaba dispuesto a darle tanto, no podía seguir fingiendo. Clayton merecía más que eso. Merecía alguien que lo desafiara, incluso al punto de hacerlo sentir frustrado, alguien que le permitiera verse a sí mismo, al mundo y a los otros de una nueva manera. Alguien que lo inspirara a dar lo mejor de sí, más allá de lo que nunca se creyó capaz. Alguien que lo necesitara tanto como él la necesitara a ella. Eso es lo que deseaba para Clayton Brauer.

Y para sí misma.

Por último, para ofrecerle una respuesta, no solo sobre Chicago, sino respecto a su futuro juntos, expresó con cuidado lo que acababa de comprender.

—No… no iré.

Clayton escuchó y suspiró. En su rostro se veía más aceptación que desilusión. Tal vez ya sabía que las cosas llegarían ahí, tal vez ambos lo supieron desde el principio.

Lily abrió su bolso y sacó el anillo que él le había dado, lo sostuvo con fuerza entre sus dedos, sintiendo la contundencia de su decisión antes de devolvérselo. Él lo tomó y, sin decir nada, metió la mano debajo de su abrigo y lo guardó en el bolsillo de su saco.

—Clayton, necesito que sepas… Después de todo lo que has hecho por mí, de todo el tiempo que seguro sientes haber desperdiciado… Lo lamento…

Sus ojos cafés la miraron con dulzura.

—Yo no —dijo acariciándole la barbilla con el pulgar. Luego la besó en la mejilla con la amabilidad que siempre recordaría—. Cuídate, Lily.

A Lily la recorrió una oleada de emoción cuando le sonrió de vuelta.

—Tú también cuídate, Clayton —dijo y lo vio alejarse.

~

No era necesario que hiciese la pregunta. Cuando regresó a la sala de espera, en el rostro de su madre se leía la curiosidad respecto a dónde se encontraba Clayton.

Lily fue directo al grano.

—Se ha ido.

Su madre comprendió sus palabras y permaneció inmóvil.

Los niños seguían jugando en silencio cerca de ahí, esperaban con paciencia ver a Geraldine.

—Siéntate —le ordenó a Lily su madre dando una sola palmada en la silla de al lado, y ella se preparó para otro sermón.

—Sí, ya sé que soy una tonta. Sé que es lo que piensas de mí.

—Lo que yo pienso es que serías tonta si hicieras algo que no se supone que deberías hacer —dijo su madre y Lily levantó el rostro sorprendida—. Eres nuestro bebé milagro, Lillian Harper. Tu padre y yo siempre hemos querido cosas maravillosas para tu vida, pero lo que deseamos por encima de todo es tu felicidad.

Sus palabras la hicieron llorar.

Entonces reflexionó. Su camino se había desviado demasiado de las lógicas expectativas que tenían sus padres para ella, y la vergüenza y culpa subsecuentes se convirtieron en la carga que tuvo que soportar. Pero ahora sentía que lo que quedaba de ese peso empezaba a desintegrarse y a caer como migajas rancias e insignificantes.

Sonrió y tomó la mano de su madre.

—¿Sabes cuánto te amo?

—Lo sé —contestó, y Lily le creyó.

Una madre siempre sabe.

CAPÍTULO 43

EL REVÓLVER, LOS NIÑOS, LOS DISPAROS. La escena volvió en fragmentos. Cuando Ellis despertó en la cama del hospital, las imágenes le parecieron viñetas de las tiras cómicas de los domingos, cortadas en tiras y revueltas al azar. Con ayuda de una enfermera logró organizarlas, pero en cuanto vio a sus padres entrar a la habitación, volvió a preguntarse si en verdad estaría captando de manera adecuada la realidad.

Después de todo, le parecía que la riña en casa de los Millstone acababa de suceder, por lo que era imposible que sus padres hubiesen llegado tan pronto. Sin mencionar el hecho inamovible de que Jim Reed nunca entraba a un hospital. Era lo que Ellis recordaba desde que tenía memoria, aunque era cierto que apenas hacía poco había comprendido la raíz de la aversión de su padre.

Y, sin embargo, aquí estaba el hombre, en un verdadero hospital. Al parecer, su preocupación por su hijo superó la incomodidad que le hacía sentir el entorno, pero de todas formas fue su madre la que empezó a hablar hasta por los codos.

—Podrás imaginar lo que me pasó por la cabeza en cuanto llamaron del hospital. Vinimos en cuanto pudimos.

Ellis se apoyó en el colchón para enderezarse. Creyó que eso le ayudaría a disipar su neblina mental, pero tuvo que detenerse en cuanto sintió un dolor insoportable en el costado. Solo pudo apretar la mandíbula para reprimir el gemido.

—¿Necesitas un médico? —preguntó su madre—. O puedo ir a buscar a una enfermera.

—No, no, estoy bien… —dijo apretando con el brazo el abdomen envuelto en vendas, y tratando de recuperar el aliento.

—¿Estás seguro? Tal vez necesitas más medicamentos. Te acaban de operar.

—Mamá, te aseguro que estoy bien.

—Pero si te duele…

Su padre intervino.

—Ay, Myrna, déjalo en paz por favor. Es un hombre adulto, sabe lo que necesita.

Ellis miró a su padre agradecido. A pesar de que seguía adormilado, percibió con claridad la importancia de sus palabras.

—¡Pfff! —exclamó su madre, pero de todas formas se hizo a un lado lo suficiente para que su esposo por fin pudiera hablar con Ellis.

—Tuviste una semana muy agitada —señaló su padre con tiento.

—Aburrida no fue —dijo Ellis—. Al menos, los niños están a salvo ahora.

Su sueño infantil de escribir un artículo que causara verdadero impacto tal vez se volvería realidad de una manera sumamente extraña, pero sería muchísimo más emocionante de lo que había previsto.

—Bueno, como te dije, sabía que encontrarías la manera —dijo su padre al tiempo que miraba la bolsa transparente con un líquido que parecía agua y las mangueras que parecían ir en todas direcciones—. Claro que no esperaba que terminaras pareciendo un experimento científico.

—Créeme que yo tampoco lo esperaba, *pa*.

Al ver a su padre reír discretamente Ellis también rio, pero solo hasta que una aguda sensación le atravesó el costado.

—Qué gracioso, Jim —exclamó su madre dándole a su esposo un ligero golpe en el brazo—, estás empeorando la situación.

El dolor empezaba a disminuir y convertirse en un malestar menor cuando en la entrada a la habitación apareció una visita deseada, luciendo sensacional como siempre y bajo cualquier estándar que importara. Ellis no creía que pudiera haber mejor distracción en el mundo.

—Hola, Lily —dijo sonriendo y sus padres voltearon a ver.

La sonrisa en el rostro de Lily se desvaneció de inmediato.

—Lo lamento, no sabía que… Debí verificar antes… Con gusto esperaré y volveré más tarde.

—No, no, ¡espera! —exclamó tratando de evitar que huyera.

Como no tuvo la fuerza para formar la siguiente frase, su madre, siempre observadora y dispuesta a actuar como mediadora, se hizo cargo.

—Llega usted en un momento propicio en realidad. El padre de Ellis y yo estábamos a punto de ir a hablar con el médico. Usted es Lily, ¿cierto?

—Sí, Lily. Soy… una amiga. Del periódico. Es decir… de *The Examiner*. Yo… Por favor, no se vayan por mí, puedo… volver más tarde.

Ellis disfrutó bastante el raro acontecimiento de verla sonrojada, de verla hablando con su madre y darse cuenta de la cercanía, de que, para él, había dejado de ser la Señorita Palmer y ahora era Lily. Una amiga del *Examiner*.

—De ninguna manera —dijo la madre de Ellis—. No tenemos prisa, ¿cierto, Jim?

—No, no, nada de prisa —dijo el padre de Ellis lanzándole una mirada conspiradora.

—Estaré cerca si necesitas cualquier cosa, cariño —dijo la madre de Ellis.

—Gracias, ma.

Después de darle a su hijo una dulce palmadita en la parte superior de la cabeza como lo había hecho incontables veces desde que era niño, Myrna Reed pasó a un lado de Lily y salió de la habitación con su esposo.

—No fue mi intención hacerlos huir. Solo vine a ver cómo te sentías.

—Como si hubiera estado en una carrera de *roadsters* —contestó con mucha sinceridad—. Pero saldré adelante.

Lily asintió y se acercó a él.

—¿Ya tuviste noticias de Geraldine?

—Sí, gracias a Dios estará bien. No quiero ni imaginar…

—Lo sé.

No había ninguna razón para ahondar en el asunto. Los Dillard serían felices. Estarían sanos y volverían a vivir juntos a pesar de todas las fuerzas que se habían opuesto hasta entonces.

—La enfermera me dijo que arrestaron a Sylvia —dijo Ellis mientras Lily se sentaba en la silla al lado de su cama.

—Por el momento. Un oficial me explicó que sus abogados ofrecerán un trato para transferirla a un hospital psiquiátrico. Supongo que no debería sorprenderme.

A Lily parecía molestarle la posibilidad, pero Ellis no creía que la prisión fuera el lugar adecuado para aquella mujer. Llevaba mucho tiempo necesitando ayuda de verdad y, aunque tal vez no debería, sentía compasión por ella.

—Por otra parte, tengo buenas noticias —continuó Lily—. Se retirarán los cargos previos en tu contra.

—Solo así, ¿verdad? —ni siquiera había pensado en el asunto, pero eso significaba que su cuenta bancaria volvería a funcionar.

—*Eres* todo un héroe.

—Sí, claro. Vaya héroe —dijo mirando su maltratado cuerpo. Estaba muy lejos de ser un galante caballero en armadura y, mucho menos, un galán como Clayton Brauer.

—Todos los periódicos importantes del país se están peleando por obtener la exclusiva, pero primero, un detective quiere hablar contigo sobre los Millstone y los Gantry. Después de eso podrás elegir a cualquier reportero que desees.

Lily hablaba en serio.

Ellis estuvo a punto de carcajearse, pero se reprimió al recordar el dolor que se provocaría a sí mismo.

—Bueno, si en verdad puedo elegir a quien desee ya tomé una decisión.

—¿Quién? —preguntó Lily arrugando la nariz.

—Tú.

—Eso es ridículo —exclamó poniendo los ojos en blanco.

—¿Por qué?

—Porque solo soy columnista y… ni siquiera he publicado en un periódico de verdad.

—Lily…

—Ellis, me siento halagada, pero esta historia es muy importante y yo estoy demasiado involucrada en ella. Debe de haber alguien más en quien confíes y que sepas que la escribirá de la mejor manera posible.

Meditó un poco más y pensó en otra persona. Un redactor sólido, un verdadero amigo: Dutch Vernon. Él no descansaría hasta no hacerle justicia a la historia.

—Entonces, solo prométeme —dijo Ellis— que dirás tu versión también. Que contarás todo de principio a fin.

Lily aún se veía insegura, y de pronto se le ocurrió a Ellis que tal vez veía su propuesta como una excusa para mantenerla cerca de él a pesar de que ella estaba a punto de avanzar en otra dirección en su vida.

Claro, no podía negarlo, pero también tenía otra razón.

—En mi opinión, si mi primer artículo logró captar tantas donaciones para los Dillard, después de esto tal vez llenarían una barca. Estoy seguro de que le podría dar a la familia la oportunidad de un nuevo comienzo.

Quizá, si tenían suerte, no necesitarían hacer uso nunca del pago en efectivo de Alfred, aunque siempre tendrían esa opción.

—Cierto —dijo Lily—. Claro que, si quieres, sabes que siempre podría omitir cierta información.

A Ellis le tomó un momento descifrar su oferta, pero luego comprendió que se refería al hecho de que sustituyó una fotografía y eso condujo a mucho bien, pero fue un acto que no fue motivado por intenciones nobles.

—Podrías, pero no me gustaría que lo hicieras.

—Y tu redactor en el *Tribune*, ¿se sentiría cómodo con ello?

—Tal vez no —dijo Ellis sonriendo con aire irónico, ya que sus aspiraciones profesionales representaban por el momento la menor de sus preocupaciones—, pero qué demonios. Estoy seguro de que debe haber un periódico en busca de un reportero sumamente versado en el área de Sociales. ¿O quién sabe? Tal vez cuando te vayas a Chicago el jefe necesite un secretario, ¿no?

Cualquier traza de alegría en el rostro de Lily desapareció en ese momento. Tal vez lo que había presionado aquel botón doloroso fue un eco de la discusión que tuvieron, de la manera en que él despreció su puesto de secretaria.

Antes de que Ellis pudiera disculparse, ella habló.

—Ellis, no voy a renunciar al *Examiner*, no por el momento. Clayton y yo… decidimos tomar caminos separados.

Ellis analizó lo que acababa de escuchar con la esperanza de que los medicamentos no hubiesen afectado su sentido del oído. Porque, si eso era verdad, era el tipo de noticia que lo haría bajar de la cama de un salto… de no ser porque el dolor subsecuente podría hacerlo caer de nuevo de espaldas.

Con mucho tiento, preguntó:

—¿Qué hay de Samuel? ¿De tu plan de vivir con él?

—He logrado hacer malabares con nuestras vidas todo este tiempo. En un año tendrá edad suficiente para ir a la escuela y yo habré ahorrado aún más. En especial si a la columna le va bien —explicó encogiéndose de hombros.

—De eso estoy seguro —dijo Ellis.

—¿Lo crees?

—Por supuesto, será tan popular como las de Nellie Bly.

Lily sonrió y Ellis comprendió que su asombroso cambio de planes era una realidad.

—De cualquier forma —continuó ella—, pensando en nosotros, creo que podríamos encontrar un departamento en la ciudad, cerca de un parque y otras familias. Tal vez con espacio para una mesa y una máquina de escribir cerca de la ventana donde incluso podríamos colgar un macetero —dijo, pero de pronto se detuvo en seco—. Espera, con *nosotros* no quise decir *nosotros*, como si… —agregó señalando entre ella y Ellis—. En fin, no importa —dijo mirando en otra dirección y profundamente ruborizada—, quise decir *nosotros*, Samuel y yo...

—Lily —dijo Ellis. Y, al ver que no respondía, se estiró lo más que pudo y con suavidad tocó su rostro invitándola a voltear. Cuando sus miradas se encontraron, agregó—: es un plan perfecto.

En los perfectos labios de Lily apareció poco a poco una sonrisa, también perfecta. Como todo en ella. Con su mano cubrió la mano de él sobre su mejilla y se inclinó para besar sus labios. Fue un beso largo y cálido. Y cuando ella levantó el rostro, él se sintió en verdad agradecido por cada bendito error y remordimiento que lo condujeron hasta ese momento, que lo llevaron a ella.

—¡Mami! —dijo una vocecita apenas un segundo antes de que Samuel entrara a la habitación corriendo con los brazos abiertos hacia Lily.

Enseguida llegó su madre y se quedó en la puerta.

—Samuel Ray Palmer, ¡te dije que no vinieras a molestar!

—Pero necesita mi regalo para sentirse mejor.

—No hay problema, señora Palmer, en serio —le aseguró Ellis.

La madre de Lily lo miró con gentileza y asintió. Entonces Samuel colocó un objeto en la cama.

—¿Qué tienes ahí, pequeño travieso? —dijo Ellis al tiempo que levantaba la pequeña toalla retorcida y hecha nudos, transformada en una masa amorfa.

Samuel se quedó mirando a Ellis en espera de una reacción.

—Ay, ¿esto no es acaso… un conejito?

Samuel asintió entusiasmado y los hoyuelos en sus mejillas revelaron su sonrisa.

¿Cómo…?, le preguntó Lily a Ellis moviendo la boca, pero sin emitir ningún sonido. Sorprendida al ver que había logrado descifrar la forma.

—Es su animal favorito —le recordó Ellis viendo sus ojos verdes brillar.

—¿Ellis estará bien, mami? —preguntó Samuel casi murmurando.

—Sí, bichito de azúcar —contestó Lily al tiempo que lo besaba en la frente y antes de sonreírle a Ellis. *Todos estaremos bien*, pareció decir.

NOTA DE LA AUTORA

(Advertencia: aquí se desvela el final.)

Para los personajes de la historia, todo comenzó con una fotografía, pero podría decir lo mismo respecto a mi deseo de escribir este libro. Un día me topé con una imagen en un viejo periódico, en ella aparecían cuatro hermanos abrazados y sentados en los escalones de un edificio de departamentos de Chicago, su madre cubriendo su rostro de la cámara y un letrero al fondo que me dejó pasmada.

La fotografía apareció por primera vez en 1948, en el *Vidette-Messenger* de Valparaíso, Indiana. La breve leyenda al lado decía que en ella se exhibía la desesperación de la familia Chalifoux. La fotografía me inquietó tanto que guardé la página en una lista en el buscador de mi computadora, una de las muchas obsesiones que diferencian a los escritores de ficción histórica de la gente normal. Dado que yo también era madre, no dejé de preguntarme qué habría podido llevar a esa mujer, o a ambos padres, a llegar a ese punto. Imagino que, en la más funesta de las épocas, tal vez habría sido necesario tomar una decisión así de desgarradora por el bienestar de los niños. ¿Pero por qué demonios pedir

411

dinero a cambio? En un desayuno con un grupo de escritores hice la misma pregunta, pero en tono retórico. Sin embargo, mi amiga Maggie contestó sin dudar: "Porque querían comer".

La lógica fue tan absoluta en su manera de decirlo, que cambió mis conjeturas. Yo estaba juzgando a la familia desde una perspectiva moderna y con base en mis propios estándares. Mi mente giró al pensar en las distintas situaciones con las que podría sentir que estaba de acuerdo, pero por desgracia, al final, la presunta verdad respecto a aquella fotografía no coincidía con ninguna.

Durante mi investigación descubrí un artículo de Vanessa Renderman, publicado en *The Times of Northwest Indiana* en 2013. Era el seguimiento al caso de los hermanos que, siendo niños, aparecieron en esa inquietante fotografía. Entre los elementos más asombrosos de su historia se encontraba el hecho de que algunos miembros de la familia acusaban a la madre de haber recibido dinero por hacer el montaje. Al observar de nuevo el letrero, noté que las letras están pintadas a la perfección, e incluso parecían haber sido decoradas con trazos brillantes.

Ahí fue cuando, anclada en una suposición, surgió la premisa de *Sold on a Monday*: ¿qué tal si la decisión de un reportero, al parecer inocua, de montar y tomar la fotografía condujera a consecuencias inesperadas para todos los involucrados? Yo no sabía si en la fotografía real había un engaño o no, pero, para usar un término contemporáneo, terminó haciéndose viral. De manera similar a como ocurre en mi historia, la imagen, acompañada de un pie de fotografía, fue publicada poco después en otros periódicos de todo el país y dio lugar a una ola de donaciones y ofertas que iban desde dinero y empleo hasta hogares para los niños.

No obstante, en menos de dos años, todos los pequeños, incluyendo el bebé que se encontraba en el vientre de su madre cuando la fotografía fue tomada, fueron cedidos o, de hecho, vendidos. Según consta, una de las hijas recuerda que su madre la vendió por algo de dinero para jugar bingo, y que incluyó a su hermano gratis en la oferta, en parte porque el hombre con que estaba saliendo no estaba interesado en los niños. El pago total fue de dos miserables dólares. A los niños les asignaron nuevos nombres y fueron usados como mano de obra en la granja de la pareja que los adquirió, donde a menudo los maltrataban de manera inenarrable.

Aunque han pasado varias décadas desde entonces, deseé poder regresar en el tiempo y modificar esos espantosos sucesos. Por eso, aunque mis personajes son ficticios por completo, podría decirse que el libro que tienes en tus manos fue mi intento por darles a los pequeños de la fotografía la amorosa y compasiva opción que, en mi corazón, sentía que merecían.

GUÍA PARA GRUPOS DE LECTURA

1. ¿Cuál fue tu personaje favorito? ¿Y el que menos te gustó? ¿De qué manera cambió tu opinión respecto a los personajes principales a lo largo de la historia?

2. En el prólogo, el narrador anónimo reflexiona sobre: "los senderos entrelazados que nos condujeron a todos ahí. Vi cada paso como una ficha fundamental de dominó que caería sobre la siguiente". Después de haber leído el libro, ¿estarías de acuerdo con esta descripción? ¿Recuerdas algún incidente destacado que no fuera parte del resultado final?

3. En el club Royal, Max Trevino toma una difícil decisión respecto a su hermana. ¿Estás de acuerdo con su elección? ¿Crees que en verdad planeaba apegarse al plan que propuso? Si leíste *The Edge of Lost* de Kristina McMorris, ¿tu impresión de Max Trevino cambió al leer esta novela?

4. Al principio de la historia, debido a las normas sociales y a su propio oscuro secreto, Lily carga con sentimientos de vergüenza y culpa relacionados con su hijo. ¿Tú te habrías sentido de la misma manera si hubieras estado en sus zapatos? ¿Tú, o Lily, se sentirían distinto en la actualidad?

5. Como muchos padres que vivieron la Gran depresión, Geraldine Dillard se enfrenta a una elección casi imposible cuando Alfred Millstone aparece en su casa y le hace una oferta. En su lugar, ¿habrías tomado la misma decisión?

6. La gente lidia con el dolor de maneras muy distintas y, en ocasiones, extremas. ¿Qué piensas de la manera en que Sylvia Millstone y Jim Reed, el padre de Ellis, abordaron la pérdida de sus respectivos hijos? ¿Sientes por ellos el mismo tipo de compasión? ¿Qué opinas de las decisiones y acciones de Alfred Millstone?

7. A lo largo de la historia, a Lily le cuesta trabajo equilibrar la maternidad y su trabajo. ¿Crees que sus ambiciones profesionales tenían como objetivo proteger el futuro y bienestar de su hijo exclusivamente? De no ser así, ¿Lily sería capaz de admitirlo frente a otra persona? Este tipo de reflexiones, ¿han cambiado en la sociedad actual?

8. Durante la misión que Lily y Ellis realizan para encontrar y rescatar a Calvin, violan varias leyes. ¿Estás de acuerdo o no con sus acciones? ¿Habrías hecho las cosas de manera distinta de haber estado en esa situación?

9. Pensando en los aspectos negativos y/o positivos, ¿de qué manera crees que Ruby y Calvin resultaron afectados por todas las experiencias que vivieron a lo largo de la historia? ¿De qué manera podrían estos sucesos definir el tipo de personas en que se convertirían al llegar a la adultez o al ser padres?

10. ¿Dónde imaginas que terminarán los personajes poco después de que la historia termina? ¿Y qué tal cinco años más tarde?

UNA CONVERSACIÓN
CON LA AUTORA

La verdad en el periodismo se ha convertido en un tema candente entre los sucesos actuales. ¿Fue esta una de las mayores razones por las que escribiste *Sold on a Monday*?

Nunca fue mi principal propósito al escribir el libro, aunque muy pronto me di cuenta de que pertenecería a esa área temática. Es obvio que, aunque no tiene malas intenciones, Ellis está desesperado, y por eso toma una mala decisión. A partir de ahí, el jefe, y miles de lectores en todo el país, formaron su propia opinión respecto a lo que quedó capturado en la fotografía que tomó. En especial, el hecho de que la madre pareciera ocultarse de la cámara fue considerado evidencia de su vergüenza, y Sylvia incluso interpretó la imagen como una señal de su hija fallecida.

Creo que es muy importante recordar que, en el mundo actual de publicaciones, imágenes y grabaciones de audio virales, todos opinamos tomando en cuenta nuestras percepciones. Y que nuestras percepciones, de manera inevitable, están sesgadas debido a nuestras experiencias del pasado o incluso a un deseo inconsciente de solo ver lo que queremos ver. Más que nunca, los enjuiciamientos inmediatos con base en esos fragmentos de información y, sin duda, la tendencia a empujar la frontera moral a la hora de reportar algo, a menudo pueden tener consecuencias devastadoras para otros, algo que Ellis aprendió a la mala.

Al imaginar a un reportero de la década de los treinta, la mayoría de la gente piensa en un individuo con traje que espera afuera de un juzgado con una libreta o una enorme cámara en las manos. Al principio de la historia, ¿por qué decidiste que Ellis fuera un escritor menos convencional y que lo hubieran asignado a la página de Sociales?

Admito que no fue el primer empleo que tuve en mente para él (¡Lo siento, Ellis!). No obstante, para lograr que sus acciones al tomar la segunda fotografía fueran más comprensibles, debía haber una razón fuerte detrás de su desesperación al aferrarse a su gran éxito, algo que fuera más allá de pagar la renta o lograr un ascenso. Me pareció que el hecho de que estuviera estancado en una sección usualmente asignada a mujeres, le proveería esa motivación. En ese tiempo, las "páginas para mujeres" eran escritas casi siempre por mujeres porque, al parecer, los hombres se negaban rotundamente a ocuparse de esas secciones. Por eso, continuar ahí habría sido muy humillante para Ellis, no solo tomando en cuenta al personal del periódico, sino también a su padre.

Lo interesante es que, cuando estaba investigando para escribir el libro, encontré información sobre Clifford Wallace, el primer redactor hombre de la página femenina del *Toronto Star*, y descubrí que lo apodaban "Nellie" (sí, por Nellie Bly). Al parecer, tras suplicar mucho tiempo, le permitieron cambiarse de puesto y el lugar lo ocupó Gordon Sinclair, quien hizo todo lo que pudo para que lo despidieran o le asignaran otra misión. Entre las cosas que hizo se encuentran limitar sus horas de trabajo a tres por día y tomar la mayor parte de su material de publicaciones en otros periódicos. ¡Sinclair conservó este empleo un año completo antes de que un corrector descubriera el plagio!

Aparte de las situaciones verídicas que ya mencionaste, ¿qué otras partes de la historia te agradan de manera específica?

Lo que más me intrigó fueron los artículos reales de los periódicos que aparecen a lo largo de la novela. El encabezado sobre la novia que huye y luego se vuelve a reunir con su novio me hizo sonreír, sobre todo porque se publicó como un encabezado prominente en un periódico importante. Sucede lo mismo con el artículo sobre la pareja que atraparon con miles de billetes falsificados ocultos en sus colchones. Y en cuanto a las historias menos graciosas, el asesinato de Mickey Duffy, conocido como el *Mr. Big* de la Prohibición, resulta fascinante porque, era tan famoso, que miles de curiosos se presentaron a su funeral.

Creo que mis artículos favoritos... son dos. Uno sobre la historia de la viuda de un traficante de alcohol que organizó una sesión espiritista con la esperanza de identificar al asesino de su esposo, y el otro sobre el mítico club nocturno flotante conocido como *Flying Dutchman*, que en mi novela se llama *Lucky Seagull*. Durante la Prohibición, Sanford Jarrell, un reportero del *Herald Tribune*, escribió una historia que incluso registró bajo derechos de autor, en la que detalló su visita al elusivo bar clandestino e incluyó un mapa con su ubicación y el menú con los precios. Ese artículo y los otros con que dio seguimiento se volvieron una sensación, tanto así, que las autoridades se propusieron cazar al barco. Poco después, sin embargo, las afirmaciones de Jarrell empezaron a desmoronarse y, cuando lo presionaron y cuestionaron, renunció con una nota en la que confesaba que había inventado toda la historia. De una manera muy vergonzosa, los redactores del periódico terminaron reconociendo la verdad y admitiendo que el reportero los había engañado, y publicaron todo en la primera plana.

En lo que se refiere a las ajetreadas salas de redacción, la Ciudad de Nueva York suele aparecer en la imaginación de muchos, en especial en una historia en la que hay clubes clandestinos exclusivos, salones de apuestas y mafiosos. ¿Cuál fue la razón por la que elegiste Filadelfia como el lugar donde se desarrolla la acción en vez de, por ejemplo, Chicago?

De hecho, yo viví cerca de Chicago y adoro esa ciudad, pero como ya la había usado en mis otras novelas, me pareció que sería divertido buscar otro sitio. Hace varios años también viví en Filadelfia durante algún tiempo, así que ya estaba familiarizada con la zona y su rica historia. Además, la diversidad de los paisajes y formas de vida de Pensilvania hacían de Filadelfia el lugar ideal para la historia. A una distancia relativamente corta de donde se llevan a cabo todas las actividades de una gran ciudad, hay extensos campos de cultivo y granjas, pueblos mineros y fábricas textiles. Y, por supuesto, la presencia, en la década de los treinta, de mafiosos importantes en la ciudad la hizo aún más atractiva.

¿Cuáles fueron las fuentes más útiles durante tu investigación?

La más útil fue la experiencia personal de crecer en una sala de prensa. Cuando fui niña tuve la gran oportunidad de ser la anfitriona de un programa semanal de televisión de una estación afiliada a la ABC. Todos los miércoles por la noche grabábamos en el estudio, durante el espacio que quedaba libre entre dos noticieros. Mientras esperaba en la zona de redacción, tenía contacto con los presentadores, reporteros y presentadores de deportes. Pero mi persona favorita era el meteorólogo porque me dejaba mover las nubes alrededor del mapa del clima, algo que, en aquel entonces, ¡se hacía con una tecnología muy avanzada! Tiempo después, cuando estuve en la universidad y exploré distintas opciones de carrera, incluso tuve una experiencia profesional de verano en esa misma sala de prensa.

Por supuesto, para reunir más información para la historia, recurrí a un grupo de amigos periodistas, a documentales y a un altero de maravillosos libros de no ficción. Los que me resultaron más útiles fueron: *Skyline* de Gene Fowler, *City Editor* de Stanley Walker, *Nearly Everybody Read It: Snapshots of the Philadelphia Bulletin*, editado por Peter Binzen y *The Paper: The Life and Death of the New York Herald Tribune* de Richard Kluger.

AGRADECIMIENTOS

Lo más probable es que la idea para este libro continuara siendo solo una posibilidad dándome vueltas en la cabeza, de no ser por tres queridas amigas en particular. Les debo un enorme agradecimiento a Stephanie Dray por insistir en que escribiera sobre esa fotografía que me obsesionaba, y a Therese Walsh y Erika Robuck, cuyas mediciones respecto a cuánto puede una idea causar escalofríos siempre han sido mi manera esencial de poner a prueba el potencial de una historia.

Aimee Long, mi increíble, divertidísima y pedante amiga intelectual, ¿de qué manera agradecerte lo suficiente? No habría podido hacer esto sin ti. Sin todo el trabajo que incluyó, desde las incontables horas de lluvia de ideas y perfeccionamiento de la trama, hasta el pulimento de cada una de las páginas de este libro, muchas de las cuales seguro memorizaste. De no ser porque me preocupa que pierdas la humildad, añadiría tu nombre a la portada. Como mínimo, te debo un elegante Bloody Mary y una pedicura con gel cristal adicional.

Gracias a mi madre, Linda Yoshida, por guiar a mis personajes por el buen camino y por escuchar un libro más leído en voz alta (sí, mi madre escucha mis libros) mientras me ayudabas a mejorar y pulir cosas en el proceso. Mi gratitud más profunda también para Tracy Callan y Shelley McFarland. Señoras, su apoyo, amor y amistad incondicionales significan todo para mí.

A mi maravillosa agente, Elisabeth Weed: te ofrezco mi más profundo agradecimiento por tus reflexiones, por creer en mi trabajo y por tu visión de lo que es posible para los viajes de mis personajes y los míos. Y a mi editora, la asombrosa Shana Drehs: tu aguda visión y entusiasmo por esta historia han sido invaluables. Es un placer trabajar contigo. Muchísimas gracias a ti y a todo el equipo de Sourcebooks por su incansable labor para hacer llegar el libro a los lectores.

A menudo digo que escribir un libro es como componer una sinfonía. De manera similar, los productos finales son solo páginas con signos en tinta hasta que los músicos o los lectores las hacen vivir con sus propias experiencias e interpretaciones. Así que, gracias, queridos lectores, por permitir que mis historias entren en sus vidas, y por aventurarse a leer los compases conmigo. Y a las fabulosas promotoras de libros, en especial a International Editors & Yáñez Co' S.L., Kathie Bennett, Susan McBeth, Jenny O'Regan y Andrea Katz: su manera de alentarme y su apoyo son invaluables.

En la parte de la investigación, debo agradecerle a mucha gente por su tiempo y generosidad, y aclarar que cualquier error o licencia creativa es mi responsabilidad exclusivamente. Agradezco al oficial de policía de Portland, Sean McFarland por ayudarme con todas las cuestiones relacionadas con la policía y la prisión; a Mark Garber, presidente de grupos editoriales y periódicos, gracias por tu retroalimentación y entusiasmo; Claire Organ, gracias por, una vez más, garantizar la precisión de mis adorados personajes irlandeses; Renee Rosen por los detalles cruciales sobre las salas de redacción y el fotoperiodismo en el pasado; Traci y Parker Wheeler por su conocimiento sobre caballos y por organizar los distintos tipos de relinchos y otras cosas; al doctor Gordon Canzler por, una vez más, permitir que todas las heridas, enfermedades y jerga médica suene real; a Ellen Marie Wiseman por ser la primera en hablarme de los niños rompedores y por ayudarme a contar sus historias de la manera correcta; y, por supuesto, a Terry Smoke y Neil Handy por su excelente información sobre los Model T, los radiadores y la era del jazz. Neil, muchos te extrañamos.

Por último y sobre todo, agradezco a Danny, mi esposo, y mis hijos Tristan y Kiernan. Juntos, dulces chicos, son mi roca. Su amor y fe en mí no solo permite que todo sea posible en mi vida, también le da todo su significado.